BRENDA NOVAK
PERSEGUIDA

Editado por Harlequin Ibérica.
Una división de HarperCollins Ibérica, S.A.
Núñez de Balboa, 56
28001 Madrid

© 2011 Brenda Novak, Inc. Todos los derechos reservados.
PERSEGUIDA, N° 41 - 1.9.13
Título original: In Seconds
Publicada originalmente por Mira Books, Ontario, Canadá

Todos los derechos están reservados incluidos los de reproducción, total o parcial. Esta edición ha sido publicada con permiso de Harlequin Enterprises II BV.
Todos los personajes de este libro son ficticios. Cualquier parecido con alguna persona, viva o muerta, es pura coincidencia.
® Harlequin y logotipo Harlequin son marcas registradas por Harlequin Books S.A.
® y ™ son marcas registradas por Harlequin Enterprises Limited y sus filiales, utilizadas con licencia. Las marcas que lleven ® están registradas en la Oficina Española de Patentes y Marcas y en otros países.

I.S.B.N.: 978-84-687-3203-9
Depósito legal: M-19596-2013

Para Larry y Gloria Morrill.
Gracias por abrirme vuestro hogar y vuestro corazón.

Capítulo 1

Pineview, Montana

El asesinato desencadenó todo lo demás. En cuanto se enteró de la noticia, Laurel Hodges, Vivian Stewart desde hacía dos años, recordó de golpe todo lo que había vivido y todo lo que había hecho para escapar del pasado. Y le ocurrió en un lugar donde tan solo unos segundos antes se había sentido completamente a salvo. Se estaba poniendo mechas en el pelo en Claire's Salon, la peluquería de su amiga, que no estaba en un local, sino en una ampliación de la pequeña casa de Claire.

Aunque Claire se había criado en Pineview, Vivian solo vivía allí desde que había adoptado su nueva identidad. Había elegido aquel pueblo porque la tasa de criminalidad era muy baja y porque estaba muy lejos de donde vivía antes, bastante alejado de todo lo demás. Nunca se le hubiera ocurrido pensar que la gente que había estado persiguiéndola durante cuatro años la buscaría allí. Y había pasado una temporada de paz y tranquilidad tan larga, que había asumido que aquellos años terribles habían terminado. Había dejado atrás su antigua vida y se había adaptado a la nueva. Ella, y también sus dos hijos, Mia, de siete años, y Jake, de nueve. Los tres estaban empezando a echar raíces.

Y en aquel momento, en un abrir y cerrar de ojos, veía una gran amenaza para todo lo que habían creado allí.

—¿Qué has dicho? —preguntó.

Levantó la tapa del secador y sacó la cabeza para poder oír. El cartero, George Grannuto, acababa de entrar por la puerta del local. Claire la había dejado abierta para que entrara la brisa matinal de junio y para ventilar los vapores de los químicos del tinte.

—Que ha muerto Pat Stueben —repitió George mientras le entregaba el correo a Claire—. Lo han asesinado.

El cartero estaba pálido, y sin su acostumbrado color rubicundo en las mejillas, aparentaba todos y cada uno de los cincuenta y cinco años que tenía. Vivian sabía su edad exacta porque había ido a su fiesta de cumpleaños el mes pasado. Su mujer estaba en su grupo de literatura de los jueves por la noche.

Claire se apoyó en la escoba con la que estaba barriendo el cabello del suelo. Vivian se había hecho un corte de pelo atrevido que reflejara la felicidad y la libertad que estaba experimentando últimamente. Además, se había quitado el tinte color negro y había vuelto al rubio, que era su color natural. Sin embargo, llevar el pelo tan corto era un gran cambio. No podía dejar de mirar los mechones oscuros que había en el suelo. Se sentía como si acabara de mudar de piel.

—¿Cómo? ¿Cuándo? —preguntó Claire, llevándose una mano al corazón.

Obviamente, la noticia que acababa de darles George la había afectado tanto como a ella. Claire, que había sufrido la desaparición de su madre hacía quince años y la muerte de su marido pocos años después de casarse, ya había recibido suficientes malas noticias. Y ahora, aquello...

—Leanne y yo los vimos a Gertie y a él anoche —dijo Claire—. Estaban en la mesa de al lado de la nuestra.

George, que era alto y delgado, parecía una cigüeña que iba a entregar un bebé cuando recorría con su saca al hombro la calle sin fondo donde estaba la casita de Claire. Los pantalones cortos del uniforme de verano reforzaban aquella imagen, porque dejaban a la vista sus piernas delgadas como palillos, las rodillas huesudas y las varices. Sin embargo, él siempre sonreía.

Salvo aquel día.

—Lo llamó alguien diciendo que quería alquilar una de esas cabañas que tiene al norte —explicó el cartero—. Así que después de desayunar se fue en coche a enseñar la cabaña, pero no volvió.

Si hubiera dicho que Pat había muerto de un infarto, a Vivian no le habría costado creerlo. Pat ya no estaba tan esbelto como aparecía en las fotos de los anuncios de su inmobiliaria. Sin embargo, ¿asesinado? Eso no podía ser cierto. Todavía no se sabía lo que le había ocurrido a la madre de Claire, pero nunca habían matado a nadie en aquel lugar tan tranquilo, al menos recientemente. Allí, la gente ni siquiera cerraba la puerta con llave por la noche. Si había más muertes en aquella comunidad que en algunas otras, era porque la población tenía más ancianos.

Vivian sintió aquel miedo asfixiante, un viejo conocido que le impedía respirar con normalidad, y mucho menos hablar. Después de aclararse la garganta dos veces, pudo hacerlo.

—¿Quién lo descubrió?

—Gertie —dijo George, chasqueando la lengua para dar a entender que aquello empeoraba aún más las cosas—. Al ver que él no volvía a casa, se acercó a la cabaña para ver por qué tardaba tanto. Ya sabes lo unidos que están. Que estaban —corrigió—. Se encontró con una escena... —George cabeceó sin terminar la frase.

—¿Llegó demasiado tarde? —preguntó Claire. Vivian seguía atenazada por el pánico.

—Se lo encontró en el suelo, en medio de un charco de sangre. Lo habían dejado inconsciente de una paliza. Murió sin poder decirle nada a Gertie.

A Vivian se le puso todo el vello de punta. ¿Lo habían asesinado de una paliza? ¿Quién podía odiar tanto a Pat como para matarlo, y de un modo tan violento? Nadie de Pineview. Allí era muy querido.

¿Tenía aquella tragedia el significado que ella pensaba que podía tener?

—¿Saben quién lo ha hecho? —preguntó Claire, antes de que pudiera hacerlo ella.

—No creo —respondió George—. Tal vez fuera distinto si tuviéramos cobertura de móvil aquí, pero no la tenemos. Y si el sheriff sabe algo, no lo ha dicho.

Daba la casualidad de que el sheriff King era el vecino de al lado de Vivian, así que ella lo conocía, por lo menos un poco. No era de los que iba a divulgar detalles hasta que no le pareciera bien, y menos si pensaba que podía hacer peligrar el caso. Myles era un policía que seguía las normas al pie de la letra, y también era un viudo muy guapo con una hija de trece años. Le había pedido a Vivian que salieran juntos en alguna ocasión, pero ella no había aceptado.

Claire decía que era una loca por rechazarlo, pero ella todavía estaba intentando olvidar a Rex McCready, el mejor amigo de su hermano, que había entrado a formar parte del programa de protección de testigos al mismo tiempo que ella. Además, temía acercarse demasiado a cualquiera que no estuviera al tanto de su situación real por miedo a que su pasado volviera a irrumpir en su presente, como parecía que estaba sucediendo en aquel momento.

—¿Y cómo sabes todo esto? —preguntó.

—Mi ruta comprende todo el lago —dijo él, y señaló hacia Crystal Lake, aunque no pudieran verlo desde aquella parte del pueblo. La casa de Claire era pintoresca y agradable, pero estaba situada en la parte pobre de Pineview.

Claire iba a decir algo, pero Vivian se le adelantó.

—¿Has estado en la escena del crimen?

—Sí. Al mismo tiempo que el forense, el sheriff, algunos detectives y los técnicos forenses del condado. Todos tenían una expresión muy sombría, sobre todo el sheriff.

Lógicamente...

Claire dejó la escoba a un lado.

—¿Es él el que te contó lo de Pat?

—No, me lo contó C.C. Larsen. Cuando Gertie encontró a Pat, fue corriendo a casa de C.C. para llamar por teléfono.

—Pero... si la casa de C.C. está a medio kilómetro de las cabañas —dijo Claire. Había pasado toda su vida en el pueblo, y conocía todas las calles, los callejones, los campos y las cabañas de alquiler. Lo había recorrido todo, en algún momento de su vida, en busca de su madre.

—No quería ir a otra de las cabañas porque tenía miedo de que hubiera alguien. Es comprensible —dijo George—. C.C. y yo vimos a la policía llevarse el cuerpo.

—Esto es horrible —murmuró Vivian, pero no estaba pensando en lo que decía. Se preguntaba si el pánico que sentía por la muerte de Pat estaba justificado, o era solo un eco de otros tiempos.

—Intenté sonsacarle algo más al sheriff, pero no sirvió de nada —dijo George—. Me dijo que está investigando el caso y que sabrá más detalles dentro de poco. También me dijo que todo se arreglaría, pero yo no sé cómo van a arreglarse las cosas para Gertie.

El sheriff había respondido sin responder, en realidad.

Vivian reconocía aquella forma de hablar de los policías, porque la había oído más veces. Cuando su padrastro había sido asesinado a tiros, los investigadores no le decían nada ni a su familia ni a ella; el hecho de no saber lo que ocurría fue tan angustioso como enterarse de que iban a acusar del asesinato a su hermano mayor del crimen. Virgil solo tenía dieciocho años.

—Tenemos derecho a que nos den más información —dijo Claire—. También es nuestro pueblo.

George asintió.

—Veo esos programas de televisión. Sé lo que puede ocurrir cuando uno de esos asesinos en serie empieza a matar. Los psicópatas no paran hasta que alguien los detiene, y a mí me parece que esto es cosa de un psicópata. ¿Qué otro iba a matar a golpes a otra persona sin ningún motivo?

–¿No crees que tal vez un drogadicto intentara robarle la cartera a Pat y él no quiso dársela? –preguntó Vivian, intentando aferrarse a una explicación que no fuera la confirmación de lo que más temía.

–Supongo que es posible –dijo George–. C.C. me dijo que Gertie le había dicho que a Pat le faltaba la cartera, pero que solo llevaba cincuenta dólares. Sin embargo, un robo sería mejor que un asesino en serie. Imaginaos a alguien como aquel tipo de la Zodiac o a algún estrangulador actuando por aquí, en la zona de los lagos.

Vivian no podía imaginárselo, y ese era el problema. La única mancha que tenía aquel pueblo era la desaparición de la madre de Claire, que había sucedido quince años antes, y la mayoría de la gente pensaba que había huido. El pueblo de Pineview, situado a orillas de Crystal Lake, era tan bonito que parecía una postal. Seguro, unido, intacto. Lejos del resto del mundo. Tal y como había dicho George, los móviles ni siquiera tenían cobertura.

Sin embargo, tenía su primer asesinato moderno.

–El FBI nos invadiría. Y los medios de comunicación –dijo George, que seguía desarrollando su teoría del asesino psicópata.

Claire miró hacia la calle, seguramente, con la esperanza de ver a su hermana Leanne, acercarse a ellos en su silla de ruedas motorizada. Leanne se había quedado paralítica en un accidente de trineo cuando tenía trece años, e iba a todas partes en su silla.

–Tal vez Chester, el del periódico, reciba una carta del asesino. Algo para provocar al sheriff King.

George se tambaleó un poco bajo el peso de su saca.

–O tal vez muera alguien más.

La muerte de un agente inmobiliario a golpes hablaba

más de rabia que de un asesino en serie, pero Vivian no dijo nada. Prefería pasar desapercibida; no quería que Claire o George pensaran que sabía algo sobre el asunto. Nadie del pueblo sabía que habían asesinado a su padrastro, ni que su hermano había pasado catorce años en la cárcel antes de que lo exculparan del crimen. Tampoco sabían nada de los problemas que habían empezado después de su excarcelación. Todo aquello le había ocurrido a Laurel Hodges, no a Vivian Stewart.

–Si hay un asesino en serie suelto, el peligro no ha terminado –dijo Claire.

Sin embargo, Vivian no creía que aquel asesinato fuera obra de un psicópata. Si la banda mafiosa a la que se había unido su hermano mientras estaba en la cárcel había dado con ella una vez más, podía ser que Pat les hubiera molestado de algún modo. Como aquel alguacil de los Estados Unidos que estaba en el lugar equivocado. Los miembros de La Banda le habían cortado el cuello y lo habían dejado desangrándose en el suelo. Y también la habrían matado a ella, de no ser porque…

Ni siquiera podía pensar en lo que había ocurrido, porque sus hijos estaban involucrados. Los hombres de La Banda ya habían demostrado que eran despiadados, y que podían conseguir la información que quisieran. Vivian estaba convencida de que alguien que pertenecía a la agencia que se encargaba de su protección había hablado; esa era la única manera de que La Banda los hubiera encontrado antes, cuando vivían en Washington D.C. Así que habían abandonado el programa de protección de testigos, habían adoptado identidades nuevas una vez más y se habían separado.

Aparte de Virgil, su esposa, Peyton, y Rex, que vivían en Buffalo, Nueva York, nadie sabía dónde estaba ella, ni siquiera el agente del programa que les había ayudado a trasladarse la primera vez. Después de todo eso, ¿qué más podía hacer para proteger a su pequeña familia?

¿Acaso también tenía que cambiarles el nombre a sus hijos? Como los niños eran tan difíciles de localizar, puesto que no tenían tarjeta de crédito, ni trabajo, ni ninguna de las cosas que dejaban rastro, ella había optado por dejar que conservaran su nombre, aunque sí tenían un apellido distinto al suyo. Les había dicho que era a causa del divorcio. Y también les había dicho que había cambiado su hombre de pila porque le gustaba más.

—Tenemos que estar pendientes los unos de los otros e informar sobre todos los extraños que veamos —dijo Claire.

—Pero... estamos en temporada alta —respondió George—. En esta época del año siempre hay extraños por la zona; muchos jóvenes que vienen a cazar, o pescar, o a montar en canoa. Y ya sabéis que algunos tienen una pinta muy dura, van llenos de tatuajes y *piercings*.

—Entonces, tendremos que vigilarlos a todos ellos —dijo Claire, y miró a Vivian con la seguridad de que contaba con su apoyo. Entonces, se sobresaltó y exclamó—. ¡Oh, Dios mío! ¡Tengo que aclararte la cabeza!

Se había hecho un cambio de peinado drástico. Myles King se dio cuenta al instante. Para empezar, ahora tenía el pelo rubio. Eso le favorecía, pero él no estaba seguro de si el corte de pelo le gustaba tanto. Su vecina estaba esperando al lado de su porche, como si temiera que él le pidiera que entrara en casa si subía los escalones. Siempre se acercaba a él con tanta cautela como si fuera un oso u otro animal salvaje.

¿Por qué era tan asustadiza?

Tal vez él la intimidara. A veces, los oficiales de policía provocaban esa reacción en la gente; era algo que iba con el uniforme. Sin embargo, él medía un metro noventa centímetros, y eso significaba que solo era diez centímetros más alto que ella. Y tal vez ella fuera delgada, pero estaba en forma. No le parecía el tipo de mujer que se sentían amenazadas fácilmente.

Además, ¡él había sido agradable con ella! Le llevaba el cubo de basura a la acera si a ella se le olvidaba sacarlo, le cortaba el césped cuando cortaba el suyo y, cuando compraba fresas, compraba también para ella, porque una vez había oído decirle a su hija que le gustaban mucho. Sin embargo, ninguna de aquellas muestras de buena vecindad servía para superar sus barreras de defensa. Sus hijos siempre se alegraban de verlo, pero ella, aparte de aceptar las fresas o algún otro pequeño detalle como aquel, rechazaba amablemente el resto de los regalos y de las invitaciones.

El instinto le decía que estaba mejor sin mezclarse con ella, pero sentía la química que había entre ellos, y eso le confundía. No podía olvidarse de una ocasión en la que estaba trabajando sin camisa en el jardín, y la había sorprendido mirándolo desde el sitio en el que ella estaba quitando malas hierbas en su patio. Fue como si les hubiera atravesado un rayo a los dos y los hubiera incinerado allí mismo.

Reconocía el deseo al verlo, y sabía que ella se sentía tan atraída por él como él por ella. Así pues, ¿por qué no le permitía que la invitara a cenar?

—Hola, ¿puedo ayudarte en algo? —le preguntó.

Tomó la determinación de no intentar nada más con ella. Había tenido un día muy duro, y lo último que necesitaba era rematarlo con una dosis de frustración sexual.

—Eh... sí, tal vez sí —dijo ella, y carraspeó—. El caso es que mi nevera se ha estropeado.

Él tenía la cabeza llena de las imágenes de sangre y muerte que había visto aquel día, y eso le dificultó comprender sus palabras al principio. Había salido de la escena del asesinato de Pat Stueben hacía menos de una hora, y llevaba consigo la imagen espeluznante. El hecho de que alguien hubiera podido matar a golpes a un hombre bueno que era amigo de todo el mundo, en su propio pueblo, le producía tanta rabia que casi no podía pensar en otra cosa.

—¿Tu nevera? —preguntó.
—Sí.
Él arqueó las cejas.
—Está bien...
—Se apagó hace unas dos horas y... Bueno, Claire me ha dicho que tú eres más manitas que Byron Jacobs —dijo ella, y sonrió brevemente—. Me dijo que tuvo que llamarte a ti porque él no pudo arreglarle la caldera el mes pasado.

¿Había ido a su casa a pedirle un favor? Ella nunca se acercaba a su puerta, salvo para llevarse a su hijo. Jake iba allí cada vez que podía. Al niño le gustaba seguirlo de un lado a otro, incluso ayudarle con el trabajo del jardín, así que él le había estado enseñando a usar el herbicida, el *cortasetos* y las tijeras de podar.

Sin embargo, su trabajo no era arreglar los electrodomésticos de otras personas. Le había hecho un favor a Claire, y no le importaría echarle una mano a Vivian también, pero a él le había costado tres días reunir el valor necesario para preguntarle si quería ir a dar un paseo al lago hacía dos semanas. ¿Y su respuesta? Que tenía que limpiar la casa, una excusa tan mala como decirle que tenía que lavarse la cabeza.

Abrió la boca para excusarse; estuvo a punto de decirle que la comida iba a durar en buen estado hasta la mañana siguiente, cuando Byron podría ir a arreglarle el frigorífico. Sin embargo, no pudo hacerlo, lo cual demostraba lo muy obsesionado que estaba con ella. Su mujer había muerto de cáncer hacía tres años; treinta y seis meses de celibato no eran demasiado tiempo, pero a él le pesaban más en el cuerpo que el corazón. Y no solo eso; era la primera vez que Vivian le invitaba a entrar a su casa. Que él supiera, no invitaba nunca a nadie, salvo a Claire y a Vera Soblasky, que cuidaba de vez en cuando a Jake y a Mia.

Sintió curiosidad por ver cómo vivía, y aceptó.
—Claro. Puedo ir ahora mismo, si quieres.
—¿A Marley no le importará? —preguntó ella.

Su hija estaba en casa con una amiga, viendo una película en la pantalla grande de su habitación. No iban a echarlo de menos aunque se retrasara unos minutos.

—No, está ocupada.

A Vivian se le iluminó la cara.

—Estupendo. Muchas gracias.

Aquella sonrisa tan poco habitual fue como una flecha que se clavó directamente en su entrepierna. Él maldijo la testosterona que le hacía tan... masculino. Las mujeres solteras se le insinuaban muy a menudo, pero él no tenía interés en ninguna. Sin embargo, deseaba a aquella complicada vecina que le había dejado bien claro que no quería ni siquiera su amistad.

Pero aquella noche, ella necesitaba ayuda, y él iba a asegurarse de que la consiguiera. Parecía que ni siquiera el espantoso asesinato de un habitante de Pineview podía mitigar el impacto que ella tenía en él.

—Voy por mi caja de herramientas. Ahora mismo vuelvo.

Capítulo 2

Vivian se sentó a la mesa de la cocina mientras el sheriff desenchufaba el frigorífico y comenzaba a desmontar el motor. Al principio no estaba segura de que accediera a ayudarla, pero una vez que lo había conseguido, esperaba que no se diera cuenta de que era ella misma la que había saboteado la nevera. También esperaba que la tarea durara lo suficiente como para poder mantener con él algo más que una conversación superficial. Había tirado de unos cuantos cables, y temía que solo hiciera falta conectarlos de nuevo, cosa que solo le llevaría pocos minutos. Y, en pocos minutos, ella no tendría tiempo suficiente para averiguar nada sobre el asesinato de Pat Stueben.

–¿Los niños ya se han acostado? –preguntó él mientras trabajaba.

–Sí. Normalmente están en la cama a las nueve –dijo ella.

Se fijó en el sheriff. Los pantalones vaqueros le quedaban muy bien. Intentó no recrearse demasiado en los encantos que ocultaban aquellos pantalones, pero no era fácil. No se había permitido a sí misma acercarse tanto a un hombre desde hacía dos años, el tiempo que llevaba viviendo en Pineview, y menos a un hombre que la hiciera ser tan consciente de que iba a acostarse sola dentro de muy poco tiempo. Como todas las noches.

—¿Qué haces después de que se vayan a acostar?

Cayó una tuerca al suelo. Ella se inclinó a recogerla para que él no viera que se había ruborizado.

—Trabajar. De nueve a una de la mañana tengo mis horas más productivas.

—Entonces, no debes de dormir mucho. Los niños se levantan normalmente a las... ¿a las ocho?

—O antes —dijo ella, y puso cara de resignación.

—¿Y dónde está el padre de Jake y de Mia?

Hizo la pregunta en tono de despreocupación, él, y todos los habitantes del pueblo, querían conocer aquella información desde que Vivian había ido a vivir allí. No les gustaba que fuera tan sumamente reservada. No estaban acostumbrados. Sin embargo, hasta el momento ella no había revelado ningún detalle de su exmarido, y no iba a empezar a hacerlo en aquel momento. Si no le daba ninguna pista a la gente de Pineview, nadie podría empezar a tirar del hilo.

—Ya no forma parte de nuestra vida —respondió Vivian. «Y eso es todo lo que tengo que decir al respecto». Aquello último no lo dijo, pero lo transmitió con el tono de voz.

—Entiendo —dijo él. Si se ofendió con su respuesta cortante, no lo dejó entrever. Sus dedos le rozaron la piel cuando tomó la tuerca de su mano, y Vivian sintió un cosquilleo en el estómago—. Así que, cuando ellos ya se han acostado, ¿tú diseñas bolsos?

El sheriff olía a jabón. Vivian se preguntó si se habría duchado al volver a casa. Seguramente sí, porque cualquiera querría ducharse después de ver lo que había visto él. Ella lo sabía porque había visto morir tiroteados a dos hombres hacía cuatro años. A veces tenía la sensación de que había transcurrido una eternidad desde aquella noche.

Desde entonces había llegado muy lejos, había cambiado mucho. Otras veces, como el día anterior, tenía la sensación de que había sucedido ayer, como si las imágenes y los sonidos espantosos de aquellos asesinatos se le hubieran quedado grabados para siempre en el cerebro y permanecieran allí, tan vívidos y constantes como en el momento en que habían sucedido.

Myles la estaba mirando fijamente. No le había respondido.

—Hago algo de diseño, sí. También gestiono los pedidos, hago las cuentas, visito páginas web de la competencia y reviso las fotografías para mi nuevo catálogo —dijo. De vez en cuando, Claire conseguía convencerla para que se tomaran la noche libre y vieran una película—. Tengo cosas más que suficientes para mantenerme ocupada.

—Tu trabajo es poco corriente para alguien que vive en una zona rural de Montana —respondió él. Se metió la tuerca en el bolsillo, y ella tuvo que esforzarse para no bajar la vista a su trasero—. ¿Cómo empezaste con el diseño?

Aunque ellos dos nunca habían hablado de ello, puesto que solo habían tenido algunas conversaciones de cortesía, estaba segura de que él había oído la historia por el pueblo. Ella sí había revelado aquella información de su pasado. Sin embargo, si él quería mantener una charla intrascendente y cordial mientras ella esperaba el momento oportuno para abordar el tema del asesinato, no iba a ponerle objeciones. Gracias a Dios, no parecía que le extrañara lo que le había pasado a la nevera.

—Participé en un concurso que organizaban la revista *Vogue* y la empresa de bolsos Coach cuando vivía en la Costa Este. Presenté un diseño y... gané —dijo, encogiéndose de hombros.

El interés que vio reflejado en sus ojos verdes le sentó tan bien como un largo masaje. Tal vez fuera por las dos copas de vino que se había tomado para ser capaz de ir a llamar a su puerta, pero sentía un cosquilleo por todo el cuerpo cada vez que él alzaba la vista o sonreía. Echaba de menos tener un hombre en su vida.

—¿Te sorprendió? —le preguntó él.

—Me dejó alucinada –respondió. Aunque en realidad, aquello era un eufemismo. Aparte de los nacimientos de sus hijos, ganar el concurso era lo mejor que le había ocurrido en la vida.

—¿Y a qué atribuyes el éxito?

A una intensa fascinación por la moda y por el diseño. A ver todos los programas que había sobre aquel tema. A leer todas las revistas de belleza. Al método prueba-error. Era autodidacta, pero también era lo suficientemente minuciosa como para no dejar pasar ni el más mínimo detalle. Tenía que superar muchos obstáculos, y no podía permitirse el lujo de perder el entusiasmo o de ser descuidada. Sin embargo, describir la desesperación que había alimentado su sueño le parecía algo demasiado personal.

—A la suerte –dijo, para simplificarlo.

—Ese concurso debió de abrirte algunas puertas.

—Sí, es cierto. Coach me pidió otras muestras de mi trabajo, así que las diseñé rápidamente.

—¿Y esas también les gustaron?

—Les gustaron incluso más que la que presenté al concurso.

—Debes de tener un talento innato.

—Eso fue lo que dijo mi jefe de Coach cuando me ofreció trabajo. Antes de que yo me estableciera por mi cuenta.

—¿Has estudiado en una escuela de diseño?

A ella se le escapó una carcajada. No había tenido tiempo ni dinero para eso.

—No.

—¿Y a qué universidad fuiste?

Vivian se puso en guardia. Era inevitable que una pregunta llevara a otra, y su pasado era demasiado doloroso, y demasiado peligroso, como para hablar de él. Eso la aislaba de los demás, le impedía conectar con los demás…

—No he ido a la universidad.

De nuevo, él hizo una pausa.

—¿No tuviste la oportunidad?
—No —dijo ella, y señaló el frigorífico con un gesto de la cabeza—. Parece un poco complicado. ¿Habías arreglado alguna otra nevera antes?
Él captó la indirecta y siguió trabajando.
—Pues sí, en realidad sí.
—¿Te enseñaron eso en la academia de policía? —le preguntó ella, sonriendo para contrarrestar su frialdad. Ella no era difícil por naturaleza; era una respuesta aprendida, la única manera que tenía de crear el espacio y la privacidad necesarios para funcionar con normalidad.
Él cambió la punta del destornillador eléctrico.
—No. Mi padre era abogado, pero mi abuelo era el individuo más frugal del mundo. Por suerte, él no resultó ser tan agarrado como su padre, pero no quería pedirle a nadie que arreglara algo que podíamos aprender a arreglar nosotros mismos. Creía que los niños debían aprender a valerse por sí mismos desde pequeños. Y éramos cuatro, así que siempre tenía trabajo listo para nosotros —explicó, alzando la voz para hacerse oír por encima del zumbido del aparato—. Buscaba aparatos eléctricos rotos, tostadoras, ventiladores o lo que fuera, en los contenedores, y nos los llevaba a casa para que los arregláramos.
—¿Y qué hacíais con esas cosas después de conseguir que funcionaran?
—Algunas las vendíamos.
Vivian podía imaginárselo en la brusquedad de una familia de cuatro hermanos. Estaba claro que, con su encanto y su energía, se desenvolvería bien en medio de los problemas.
—¿Y las otras cosas?
—Se las dábamos a los pobres. Por lo menos, hasta que me fui a la universidad. Entonces, el pobre era yo —dijo él, riéndose—. Me pagué la residencia arreglando aparatos eléctricos. Y coches. Cuando cumplí dieciséis, mi padre consiguió una grúa y un coche viejos para que yo los re-

construyera. Ese fue mi regalo de cumpleaños –explicó, y esbozó aquella sonrisa irónica por la que se desmayaban la mitad de las mujeres de Pineview–. Ahora me encanta arreglar motores.

Vivian intentó no dejarse seducir por aquella sonrisa. Se apoyó en la mesa y le preguntó:

–¿Es eso lo que haces por las noches en tu garaje?

A menudo, ella veía luz por la rendija de la puerta de su garaje. Cuando salía al porche cerrado de su casa, a mitad de una noche oscura y silenciosa, algunas veces oía el ruido de sus herramientas, aunque había bastante espacio entre su casa y la de él. Espacio suficiente para dos viejos cobertizos y un jardín grande, y eso solo en su lado. En la parcela de Myles había una gran terraza y una zona de barbacoa que ocupaban la mayor parte de la trasera y el lateral de su patio.

Ella nunca le había visto usarlas, y de haber sido así se habría dado cuenta, porque no había separación alguna entre sus propiedades. Estaba bastante segura de que él lo había construido todo como regalo para su esposa. Había oído hablar a Claire y a otras mujeres del pueblo sobre aquel asunto. Al parecer, Myles había terminado la obra poco después de que muriera Amber Rose, y después no podía soportar verla.

–Estoy restaurando una Ducati antigua –dijo él.

–¿Qué es una Ducati? –preguntó Vivian.

Cuando Myles la miró, ella no pudo evitar preguntarse si le gustaba su nuevo corte de pelo. Ni siquiera le había dicho nada, pese al hecho de que ahora lo llevaba tan corto como él.

–Una moto.

Entonces, ella pensó que seguramente, Jake había visto aquella moto. ¿Era una de las maravillas que lo atraían hacia casa de Myles?

No se lo preguntó. No quería reconocer que su vecino también tenía un enorme atractivo para su hijo de nueve años, porque podía ofrecerle más actividades e intereses masculinos que ella.

–¿Cuánto se tarda en un proyecto como ese?

–Depende. Yo llevo seis meses, pero debería haber terminado ya –respondió él, y al sonreír, se le formó un hoyuelo en la mejilla–. Creo que no me he esforzado demasiado.

Tal vez hubiera algún motivo para eso. Tal vez no quisiera terminar para no encontrarse sin distracciones durante aquellas horas solitarias. Algunas veces, ella salía de casa con la esperanza de oírlo trabajar, para saber que no era la única que estaba en vela mientras el resto del mundo dormía. Si él no estaba en el garaje, de vez en cuando estaba en el porche, tomando una taza de café. Se quedaba allí un rato, incluso en invierno, mirando hacia la oscuridad.

Ella también se quedaba fuera hasta que lo veía entrar. Sentía el vacío que había dejado en su vida la muerte de su esposa, y sabía que echaba de menos a Amber Rose. Sin embargo, Vivian se sentía demasiado atraída por él, y demasiado preocupada por dónde podría llevarlos aquello, como para ofrecerle más apoyo que aquellas vigilias secretas.

–¿Te falta mucho para terminar? –le preguntó.

–No, ya casi he terminado.

–¿Te lo vas a quedar, o lo vas a vender?

–Todavía no lo sé.

Vivian estaba a punto de mencionar el asesinato, pero él habló antes de que ella pudiera hacerlo.

–¿Te alegras de haberte establecido por tu cuenta?

Ella, maldiciéndose por no haber intervenido antes, sonrió forzadamente.

–Claro.

–¿Por qué dejaste Coach?

–Quería tener más libertad artística y más control, y para eso necesitaba crear mi propia marca –explicó ella.

Sin embargo, no mencionó que también se había visto obligada a dejarlo, porque no podía decírselo. Habría sido imposible conservar su trabajo y asumir a la vez una nueva identidad–. Pero tener una empresa tan pequeña provoca un poco de soledad. Solo tengo tres empleados, que llevan mi *showroom* en Nueva York. Pero estamos empezando a crecer.

–¿Y nunca has pensado en usar tu nombre, como muchos otros diseñadores?

¿Qué nombre? No podía usar su nombre verdadero, por supuesto. Tenía que mantenerse en segundo plano, o arriesgaría su vida y la de sus hijos. Tenía a Coleen Turnbull, su empleada con más experiencia, para aparecer ante los medios de comunicación.

–No. Para mí, el nombre de Big Sky Bags transmite mejor la apariencia y las sensaciones que quiero crear con mi marca.

Él sujetó una de las piezas que hacían funcionar el frigorífico. Por suerte, no era una de las que ella había dañado.

–Esta nevera no es muy antigua. Me sorprende que ya te esté dando problemas.

Ella pensó en echarles la culpa a las ratas, o a sus precoces niños, cuando él hubiera dado con el problema, y se levantó para darle un trapo en el que Myles pudiera depositar la pieza sobre el suelo.

–¿Cuánto tiempo llevas sola? –le preguntó.

–Desde siempre.

Cuando él giró la cabeza para mirarla, Vivian se preguntó por qué había dicho eso. Él se lo había preguntado con respecto a su negocio. Sin embargo, estaba harta de tener siempre las mismas conversaciones superficiales con todo el mundo. Quería llegar más allá, hablar de verdad con otro ser humano, hablar con Myles, pero no podía. Tenía que refrenarse incluso con Claire. No podía confiar en nadie.

—¿Quieres explicarme eso? —le preguntó él suavemente. Su tono de voz sugería que entendía su deseo de abrirse, y que le agradecía la sinceridad, pero ella ya sabía que no podía decir nada más.

—No, lo siento. Es el vino —dijo, y movió la mano con un gesto de disculpa—. Empecé con Big Sky Bags en cuanto me establecí aquí.

Vivian notó la reticencia de Myles a dejar pasar aquel comentario personal, pero él no insistió, y ella se lo agradeció. Su hermano le advertía constantemente, en casi todos sus correos electrónicos semanales, de que no podía fiarse de nadie. Y menos de un policía, que tenía acceso a mucha más información que cualquier otro ciudadano.

—¿Y no es difícil tener éxito como diseñadora, estando tan lejos de Nueva York y de tus competidores?

Era difícil, sí. Durante meses había tenido miedo de estar apostando demasiado al lanzar Big Sky Bags. Sin embargo, muchos otros diseñadores vivían al oeste de las Rocosas y, como ella, tenían sus salas de exposición y sus empresas de relaciones públicas y de publicidad en Nueva York, y sus almacenes en Nueva Jersey. Hoy día era posible hacer tantas cosas por Internet que las cosas funcionaban.

Aunque, en un principio, ella tenía pensado llevar el negocio exclusivamente por Internet, y lo había estado haciendo así durante casi dos años, sus diseños se estaban haciendo muy populares entre seguidores de la moda muy importantes de Los Ángeles. Durante los tres meses anteriores, muchas boutiques de lujo habían empezado a ofrecer sus bolsos. Se sentía animada, como si hubiera entrado en una fase nueva de su carrera profesional. Esa era una de las razones por las que se había sentido tan feliz últimamente.

Sin embargo, con el asesinato de Pat, no sabía si tendría que mudarse una vez más, como antes. Y en aquella ocasión, no podía soportarlo. No quería enfrentarse a la pérdida de todo una vez más.

–Ya no es tan importante estar en Nueva York –dijo–. Con Internet puedo trabajar casi desde cualquier parte. Las fábricas están en Hong Kong. Cuando llegan las muestras, contrato a un fotógrafo independiente para que tome fotografías, y las cuelgo en mi página web. Entonces, envío los bolsos a mi *showroom* de Nueva York, y los minoristas van allí a elegir lo que quieren. No tengo que estar en Nueva York para hacer eso.

–Pero hay un vuelo muy largo si tienes que ir por algún motivo.

Aquel año ya había tenido que ir a Nueva York dos veces, cuando había decidido cambiar de empresa de publicidad y cuando había tenido que reunirse con su firma de relaciones públicas. No le importaba, porque así tenía ocasión de ver a Virgil y a Peyton, su esposa, que habían cambiado su nombre de nuevo, por Daniel y Mariah Greene. Vivían a siete horas de la ciudad. Sin embargo, para ella no era fácil dejar a los niños en casa. Vera Soblasky, que vivía detrás de la iglesia, en el pueblo, se había quedado con ellos; era una profesora jubilada y soltera que trabajaba tres veces a la semana en la biblioteca pública. Como no tenía hijos ni nietos, le gustaba pasar el tiempo libre con Jake y Mia, que no tenían abuela. O más bien, que no tenían contacto con su verdadera abuela.

Vera era otro de los motivos por los que ella no podía volver a cambiar de vida y de ciudad. No podía alejar a los niños de su «abuela». Nunca se lo perdonarían. Además estaba Claire, que se había convertido en una parte muy importante de su vida. Claire siempre estaba dispuesta a ayudarla con los niños, aunque tenía mucho trabajo.

–Intento evitar los viajes en la medida de lo posible –dijo.

–Aquí está el problema –dijo Myles de repente, mostrándole la pieza de metal de la que ella había arrancado los cables–. Se supone que esto tendría que estar conectado.

Vivian frunció el ceño, como si se sorprendiera.

—¿Qué ha ocurrido? ¿Se los ha comido una rata? —preguntó, y ella misma se sintió como una rata al mentir.
—Es posible.
—Y... ¿puedes arreglarlo?
—Sería más fácil si este cable no estuviera tan estropeado. Ya no es seguro usarlo, porque ha perdido la funda protectora. Pero creo que yo tengo algún cable que puede valer en el garaje.

Ella suspiró.
—Eres muy amable.

Myles se fue a su casa y volvió pocos minutos más tarde con el cable. Arregló el motor y puso en funcionamiento la nevera. Entonces, Vivian se quedó pensando de qué modo podía retenerlo. No había abordado el asesinato de Pat, porque temía delatarse haciendo preguntas.

—Creo que ya está —dijo Myles, canturreando, mientras empujaba la nevera para colocarla en su hueco.
—Vaya. Es increíble. Muchísimas gracias.
—De nada.
—¿Te gustaría tomar una copa de vino? —le preguntó ella, mientras él comenzaba a guardar sus herramientas.

Su pregunta le sorprendió. Fue evidente, por el modo en que se irguió.
—De acuerdo.

Hacía mucho tiempo que Vivian no tenía invitados, y se sintió azorada. No tenía muchas oportunidades de socializar, salvo con Vera y con Claire, y trataba de no formar vínculos demasiado profundos incluso con ellas. ¿Y si tenía que levar anclas y marcharse de allí a toda prisa?

Aquella pregunta la acompañaba siempre.

Por lo menos, era la única que tenía que soportar aquella presión. Los niños no entendían por qué era siempre tan recelosa, y Vivian no quería que lo supieran, para que no se convirtieran en seres tan paranoicos como ella. Sin embargo, eso tenía la desventaja de que les dejaba indefensos en cuanto a las posibles decepciones.

—¿Tú quisiste ser policía desde pequeño? —le preguntó a Myles, mientras servía una copa de vino de una botella recién abierta.

Él dejó la caja de herramientas junto a la puerta de la cocina y se sentó a la mesa.

—Pues sí. Mi tío era policía, y venía mucho a casa los fines de semana. Me ayudaba con los proyectos que estuviera haciendo, y mientras, me hablaba de su trabajo. Sus historias me fascinaban, y también me crearon la pasión de conseguir que se haga justicia. Desde pequeño quise implicarme en esa batalla.

Ella le puso la copa delante.

—¿Y no querías ser abogado, como tu padre?

—No. No me parecía que hubiera acción suficiente en eso.

—¿Y electricista?

—Sí, lo tenía como segunda opción. Pero me interesaba más el trabajo de policía.

Ella ya había bebido suficiente vino para una noche; le hacía falta muy poco para achisparse. Sin embargo, se sentía cohibida, y el alcohol le servía para relajarse.

Una copa más...

—Si querías acción, ¿qué estás haciendo en un pueblecito tan apacible como este?

Él observó el vino y lo hizo girar en la copa.

—Mi mujer vino una vez aquí, con sus padres, cuando era pequeña. Pasaron todas las vacaciones junto al lago, y siempre soñó con volver. Así que, cuando enfermó y los médicos dijeron que no tenía curación, pensé que era el mejor lugar para ella.

Él había hecho todo lo que había podido por su esposa, incluso construirle aquella terraza. Claire le había contado a Vivian que, en los últimos días, Myles sacaba a Amber Rose fuera y la sentaba en su regazo para que pudiera sentir el sol.

¿Le dolía hablar de su difunta mujer? Vivian quería preguntárselo, pero aquel tipo de cuestiones personales estaban dentro del área restringida para ella. Tenía que respetar los límites de los demás si quería que respetaran los suyos.

–¿Dónde vivías antes? –le preguntó.

–En Phoenix.

–Eso es un gran cambio.

–Y, sin embargo, a mí me encantan los dos sitios –respondió él, encogiéndose de hombros.

–¿Y vas a volver alguna vez?

Sus manos, llenas de marcas y cicatrices, eran un testimonio de todo lo que hacía con ellas. Y eran tan grandes que su copa parecía muy pequeña.

–No. Marley ha echado raíces aquí. Es feliz. Después de perder a su madre, yo nunca la separaría de sus amigas. Creo que la estabilidad es muy importante, ¿no te parece?

Mucho. Ese era el problema. Por culpa de La Banda, para ella era muy difícil proporcionarles estabilidad a sus hijos.

–Pero, ¿crees que este pueblo es tan seguro como pensábamos?

Él entrelazó los dedos y se colocó las manos detrás de la cabeza.

–Te has enterado de lo del asesinato.

Por fin había encontrado la forma de comenzar la conversación. Sin embargo, temía haberse delatado, porque él era muy hábil adivinando los pensamientos de la gente. Ella lo había visto muchas veces. Lo había visto intervenir para acabar con un desacuerdo durante los fuegos artificiales de la fiesta del Cuatro de Julio de aquel año, antes de que se produjera una pelea. Lo había visto alejar a varias personas borrachas de los bares y llevarlos a casa antes de que se pusieran tras el volante de su coche, lo había visto rehusar amablemente la atención femenina. Él estaba pendiente de todo lo que ocurría a su alrededor, se daba cuenta de todos los cambios y averiguaba cuál era el motivo de aquellos cambios. Y el hecho de invitarlo a su casa había sido un cambio, claramente, así que él debía de estar haciéndose preguntas. Y buscando pistas.

–Creo que todo el mundo se ha enterado del asesinato –respondió–. Ya sabes cómo son los chismorreos en este pueblo.

–Pues sí, y por eso mismo siento mucha curiosidad...

Él clavó la mirada en sus ojos, y ella supo entonces que no iba a limitar su comentario a lo superficial y lo cortés. Entonces, se sintió muy incómoda y apuró su copa de vino.

–¿Qué?

–Me causa curiosidad que nadie haya podido decir nunca nada sobre ti.

Se puso muy tensa, pero sonrió.

–Estás cambiando de tema.

–Tal vez, pero me doy cuenta de que mi afirmación no te ha sorprendido. Y eso me causa todavía más curiosidad.

–Nunca le he dado a nadie razones para hablar de mí –replicó Vivian.

–Exactamente. Tú no flirteas con nadie. No sales con nadie. No te acuestas con nadie. No te implicas en los actos de la iglesia ni en la escuela ni en la política del pueblo.

–Yo llevo a los niños a la iglesia los domingos.

–Pero eso es todo. Nunca sales a tomar algo. Que yo sepa, toda tu vida social se reduce a ver alguna película con Claire o a ir al grupo de literatura de los jueves por la noche. Vives al fondo de un lugar que ya está al fondo. ¿Por qué?

Oh, Dios. No debería haberlo invitado a su casa, y mucho menos haberle servido una copa de vino.

–Estoy muy ocupada con mi negocio y con la crianza de mis hijos.

–¿No necesitas tener intimidad?

Él no estaba hablando de sexo pero, gracias al vino, allí fue precisamente donde se dirigió su mente. Para cuando terminó su matrimonio, ella se estremecía cada vez que Tom la tocaba. Sin embargo, su opinión sobre hacer el amor había mejorado mucho al conocer a Rex McCready. Dar placer era algo que Rex sabía hacer muy bien.

—¿Y cómo sabes que no tengo una relación?

—Me daría cuenta si entrara algún hombre en la casa.

¿Acaso él estaba tan obsesionado con ella como ella con él? Esperaba que no. Aquellos meses pasados había estado totalmente enamorada de él; él, y solo él, ocupaba su mente durante las largas noches durante las que estaba demasiado cansada como para trabajar, pero no podía dormir. Claire estaba empezando a darse cuenta de su interés, y a darle la lata sobre por qué lo rechazaba continuamente.

Más vino. Rápidamente. Vivian se levantó, tomó la botella y se sirvió otra copa. Le ofreció un poco más a Myles, pero él negó con la cabeza.

—Tal vez haya tenido una mala experiencia y no me apetezca arriesgarme —murmuró.

Él se pasó un dedo por el labio, pensativamente.

—Mala, ¿en qué sentido?

—No quiero hablar de ello.

La respuesta podía haber sido suficiente para que él dejara de insistir. Sin embargo, el sheriff no lo dejó pasar. Aquella noche no.

—¿Qué te hacía?

Ella tomó más vino mientras buscaba una respuesta superficial. Sin embargo, ni siquiera el alcohol pudo reprimir los recuerdos más dolorosos. Tom, obligándola a mantener relaciones sexuales con él varias veces la misma noche, aunque ella no tuviera interés. Tom, haciendo que se sintiera culpable solo por querer tener a otra gente y otras relaciones en su vida, especialmente amigas. Tom, boicoteando todos sus esfuerzos de conseguir un trabajo para que fuera totalmente dependiente de él. Y después llegó el maltrato físico, que había conseguido borrar de su mente, al menos lo peor...

Cuando terminó lo que le quedaba en la copa, el sheriff seguía esperando, y la observaba atentamente.

–Era un maltratador, ¿de acuerdo? Seguro que ya lo habías deducido. Pero si querías oírme decirlo, ya lo has conseguido.

–¿Te maltrató físicamente?

–Sí.

Él se inclinó hacia ella y tocó la cicatriz en el lugar donde Tom le había grabado sus iniciales, en el brazo.

–¿Esto te lo hizo él?

Aquello había sido poca cosa, comparada con otras. Apartó el brazo.

–Eso, y más.

–¿Y dónde está él ahora?

–No lo sé. Espero que nunca me encuentre.

Había otros a los que temía más, pero no podía decirle eso. El asunto de Tom podía satisfacer la curiosidad del sheriff, y hacer que creyera que entendía el motivo por el que ella era tan recelosa y tan reservada.

–¿Crees que te está buscando?

–Puede ser –respondió Vivian. Había bebido mucho aquella noche, demasiado, y quería beber más. Cualquier cosa, con tal de entumecerse contra el miedo que sentía. Así pues, volvió a servirse vino.

–Lo siento –dijo él–. No debería haberte presionado, pero es que... te he pedido salir tantas veces que...

Ella no quería hablar de eso.

–Myles, por favor. No sé si te has dado cuenta, pero no estoy interesada en tener ninguna relación.

En vez de ofenderse, él se inclinó hacia delante y la tomó por la barbilla para obligarla a que lo mirara a los ojos.

–¿Es cierto eso?

–¿Es que no lo crees?

–Algunas veces, tu forma de mirarme es un poco... contradictoria.

Ella lo observó con los párpados entrecerrados, e intentó negarlo.

—No sé de qué estás hablando.

—Ahora mismo, por ejemplo.

—¿Ahora?

—Sí, ahora. En este mismo instante. No sé por qué, pero yo diría que estás... interesada.

Podría haber dicho excitada, porque lo estaba. El calor de su cuerpo la atraía, y sus músculos fuertes, y la satisfacción que él podía ofrecerle, pero...

—No, no estoy interesada en tener una relación —le dijo.

—Entonces, ¿en qué? —preguntó él con suavidad, como si tratara de convencerla de que fuera sincera. Sin embargo, Vivian no podía. Las fantasías que había tenido durante aquellos doce meses pasados se lo impedían. Y también el trabajo de Myles.

—En na-nada.

—Sabes que yo nunca te haría daño, como tu marido, ¿no? —le dijo él, y le acarició el brazo con los dedos, con la suavidad de una pluma.

—Mira, tú... Lo mejor para ti es no mezclarte conmigo —dijo ella, pero sin darse cuenta, giró el brazo para ofrecerle la piel más sensible del interior de la muñeca.

—Me estás enviando mensajes contradictorios otra vez.

Parecía que no podía contenerse. Aunque deseaba con todas sus fuerzas la estimulación física a la que se había acostumbrado durante el año que había pasado con el mejor amigo y compañero de celda de su hermano, Vivian sabía que no podía dejar que aquello fuera más lejos. Myles tenía una hija, y había sufrido mucho por la pérdida de su esposa. Ella no podía llevar más infelicidad a sus vidas.

—Tendrás que confiar en lo que te estoy diciendo.

Él siguió deslizando los dedos por su piel.

—¿Y si prefiero confiar en lo que no me estás diciendo?

No se daba cuenta de que estaba despertándole un gran

anhelo. Vivian estaba tan cansada y tan asustada que no era capaz de controlarse.

—¿Qué quieres de mí? —le preguntó con un susurro.

Él detuvo la mano.

—Estoy pensando que un «sí» a salir a cenar sería muy agradable. ¿Podríamos empezar con eso?

¿A cenar? No, eso no era suficiente. En aquel momento no. Todo lo que había echado de menos, lo que había deseado e imaginado durante las largas noches de insomnio la estimulaba en aquel momento, y le infundía un abandono distinto a ninguna cosa que hubiera experimentado antes. Parecía que nada le importaba, salvo mitigar aquella necesidad dolorosa.

—Se me ocurre una idea mejor.

Él ladeó la cabeza, y ella tragó saliva antes de continuar.

—¿Y si llegamos a un... acuerdo?

—¿Qué tipo de acuerdo?

—Un acuerdo que duraría... una sola noche.

Al ver que entrecerraba los ojos, Vivian se dio cuenta de que había despertado su interés.

—El único acuerdo que yo conozco que dura una sola noche se llama «aventura de una noche».

Ella no le dijo que la hubiera malinterpretado, tal y como él esperaba, así que Myles se irguió en la silla y pestañeó.

—Cuando una mujer rechaza tantas veces la invitación de un hombre como tú has rechazado las mías, ese hombre piensa que el sexo está fuera de toda cuestión.

Eso no significaba que tuviera que estar fuera de toda cuestión. No podían tener una relación, pero una noche no era una relación. Era evadirse de la realidad durante unas horas.

Vivian se humedeció los labios.

—¿Eso es un «no»?

Él la miró con más fijeza, incluso.

–Lo dices en serio.

–Es una pregunta muy fácil. ¿Quieres acostarte conmigo, o no?

«No digas que no. No puedo seguir en esta batalla yo sola. Únicamente una noche con compañía en mi solitaria vida. Eso es todo lo que pido…».

Él echó la silla hacia atrás, ligeramente. Aquel pequeño movimiento fue una explosión de energía.

–¿Es una pregunta con segundas? Porque si es… una especie de examen… Quiero decir que si piensas que solo voy detrás de eso…

–No, no lo entiendes. Yo soy la que solo va detrás de eso. Una noche. Prométeme solo dos cosas.

Él frunció el ceño.

–¿Qué?

–La primera, que no se lo vas a decir a nadie…

–¿Quién te crees que soy? –inquirió él.

Ella no se molestó en responder, porque la segunda parte era el factor decisivo.

–Y no puedes volver a pedirme que salga contigo. Nunca. Tampoco habrá repetición. Tenemos que acordar que olvidaremos esta noche y que actuaremos como si nunca hubiera ocurrido. Volveremos a ser vecinos amables. Eso es todo. Digamos que esto puede ser un… tiempo muerto para los dos.

Él se puso en pie de un salto y fue hacia la encimera.

–Mira, seguramente, tú llevas sin mantener relaciones sexuales tanto como yo. Entiendo que… debes de sentirte sola con el tipo de vida que llevas, cuidando de tus hijos, trabajando tanto y dedicando el tiempo libre al jardín. Pero… hay muchas cosas que no sabemos el uno del otro. No somos la gente más transparente del mundo. Además, no estoy seguro de que acostarnos sea el mejor modo de comenzar una amistad.

–No es una amistad –le corrigió ella–. Es una aventura de una noche, como tú mismo has dicho.

—Pero... si somos vecinos. Vivimos en el mismo pueblo, que es muy pequeño.

Ella sabía que después las cosas serían un poco embarazosas. Sin embargo, pensaba que podrían controlarlas y volver a erigir sus barreras. Y si no podían, no le importaba. Se negaba a ser razonable, a reconocer los riesgos. Por suerte, el vino le facilitaba aquello. ¿Acaso no podía actuar, aunque solo fuera por una vez, dejándose llevar? ¿Cuántos sacrificios más iba a exigirle la vida? Tenía treinta años, y solo había mantenido relaciones sexuales satisfactorias durante menos de un año, con Rex.

—No tienes por qué explicar ni justificar tu decisión. Solo tienes que decidirte. ¿Me deseas o no?

Él carraspeó y tomó aire profundamente.

—Esto no tiene nada que ver con el deseo, por el amor de Dios. Si eso fuera lo único que tengo que considerar, no lo pensaría dos veces.

—Pues entonces, hazlo.

—No puedo. Quitarnos la ropa no es el modo correcto de comenzar una relación.

¿Por qué volvía a decirlo? Ella ya le había explicado que no quería tener una relación. No había ningún comienzo, solo un final. Y ella iba a permitir que él eligiera cuál era ese final.

Vivian sonrió con tirantez.

—Lo entiendo. Gracias por arreglarme la nevera.

Él se quedó petrificado.

—¿Gracias? ¿Eso es todo? ¿Y una película? ¿O ir a la bolera? ¿Dar un paseo? ¿Ir a remar al lago? Incluso podríamos ir a Libby, si es que te da miedo que alguien del pueblo nos vea y empiece a cotillear.

De repente, se sentía como si la cabeza le pesara una tonelada. Estaba demasiado cansada como para seguir soportando su carga habitual, que se había hecho más pesada aún por el asesinato de Pat. Y ahora, además, sabía que no iba a obtener alivio ni siquiera durante unas horas.

—No, pero gracias.
—Esto es una locura —dijo él—. Quieres acostarte conmigo, pero no quieres salir conmigo. ¿Por qué?
—No puedo.
—¡Eso no tiene sentido!
Ella se apretó los ojos con las palmas de las manos.
—Por favor... vete. No debería habértelo pedido. Lo siento. No es excusa para mi comportamiento, pero... estoy muy cansada.
—Escucha —dijo él. Claramente, estaba muy tenso, pero se controlaba—. Has bebido demasiado. Eso no me permite hacer nada. Pero... nunca se sabe a lo que puede llevarte una cena.
—Lo entiendo —dijo ella de nuevo—. Pero no, gracias. No tenía derecho a pedírtelo. Debe de haber sonado horriblemente mal.
—Yo solo quiero conocerte un poco mejor, ser un poco cauto. No tenemos dieciocho años.
—Es verdad. He cometido un error. Lo siento.
El hecho de que estuviera de acuerdo con él solo sirvió para que Myles se molestara aún más.
—Pero sigue siendo un no.
—Eso me temo.
—Está bien. Olvídalo —dijo él. Después, con un gesto de frustración, se encaminó hacia la puerta, desde donde se dio la vuelta para observarla. La estudió como si no pudiera creer que hubieran llegado a aquel atolladero.
Ella apartó la mirada.
—Tu hija se estará preguntando dónde estás.
Él soltó una maldición, tomó la caja de herramientas y se marchó.
El clic de la puerta resonó en la cabeza de Vivian mientras seguía allí sentada, mirando fijamente la botella de vino.
—Magnífico. Acabo de hacerle una proposición deshonesta a mi vecino —murmuró—, que además es el sheriff del condado.

¿Qué era lo que le había pasado? ¿Acaso estaba tan sumamente desesperada como para hacer el ridículo de aquella manera?

Eso parecía. A la mañana siguiente iba a estar avergonzada. Ya sentía una punzada de vergüenza a través de la desinhibición que le había causado el alcohol.

Se sirvió otra copa, pensando que ya se enfrentaría a todo aquello más tarde. Primero tenía que lidiar con el vacío, y con el nudo que se le había formado en la boca del estómago.

Apoyó la cabeza en los brazos y miró las manijas del reloj de la cocina. Los minutos fueron pasando lentamente.

Y ni siquiera había conseguido la información que quería sobre el asesinato de Pat.

Entonces, recordó la expresión estupefacta de Myles cuando ella le había hecho la proposición, y empezó a reírse. Si no se reía, iba a echarse a llorar. ¿Y de qué le iba a servir llorar? No había nadie para oírla ni para ayudarla…

Como de costumbre.

Capítulo 3

«¿Y si llegamos a un... acuerdo? ¿Qué tipo de acuerdo? Un acuerdo que duraría... una sola noche».

Demonios, pensó Myles. Tenía tantas hormonas recorriéndole el cuerpo que ni siquiera podía sentarse. Dejó la luz apagada, porque la oscuridad le proporcionaba una sensación de privacidad que necesitaba desesperadamente en aquel momento, y se paseó de un lado a otro por el salón, intentando reprimir el impulso de volver a casa de Vivian. Si no podía convencerla de que saliera con él, ¿por qué no iba a tomar lo que pudiera conseguir? Aquella noche podía ser su única oportunidad.

Sin embargo, aquella era una forma muy repulsiva de mirar las cosas. Él no quería ser un imbécil. Para empezar, Vivian había bebido demasiado, y eso significaba que él no podía hacerlo.

Y había otros problemas. Él todavía sentía lealtad hacia Amber Rose. No se había acostado con nadie desde su muerte. Además, estaba Marley; como padre, sería irresponsable por su parte acostarse con alguien con quien ni siquiera estaba saliendo. ¿Y Pat? El asesinato de un habitante de Pineview debería ser suficiente para mantenerlo ocupado y alejado de la tentación. Ya había asignado a dos de sus mejores investigadores al caso, pero su verdadera labor llegaría a la mañana siguiente, cuando empezaran a llamar los medios de comunicación y todo el mundo comenzara a pedir respuestas. Debería dormir un poco. Toda la comunidad dependía de él...

Pero la deseaba, de eso no había ninguna duda. Por muy culpable y desleal que le hiciera sentirse, la deseaba desde el primer día que la había visto, regando el césped con un vestido de verano y descalza. ¿Acaso sería tan condenable pasar una noche de sexo ardiente?

Si se lo permitía a sí mismo, tal vez fuera capaz de empezar a vivir de nuevo. Su vida había estado detenida desde la muerte de Amber Rose. Él había hecho un esfuerzo por acudir a un par de citas a ciegas que le habían preparado unos amigos, y se había apuntado al equipo de *softball* para intentar socializar. Sin embargo, solo estaba cumpliendo, fingiendo que estaba completo, cuando en realidad no lo estaba. Salvo por el amor que le profesaba a su hija, y el interés que Vivian despertaba en él, no sentía pasión por nadie ni por nada. Ni siquiera por su trabajo, hasta cierto punto.

Aquella podía ser la respuesta. Tal vez lo convirtiera en el hombre que había sido...

Se imaginó con Vivian en el lago, se imaginó quitándole el traje de baño y posando la boca en su pecho, y estuvo a punto de gruñir. El hecho de permitirse llegar al límite del dominio sobre sí mismo le estaba volviendo loco, y...

—¿Papá?

La voz de su hija fue como un cubo de agua fría en mitad de la cara. Se giró y la vio bajando las escaleras hacia la cocina, donde él había dejado la luz encendida. Su mejor amiga, Elizabeth, iba tras ella. La película que estaban viendo debía de haber terminado.

—¿Sí?

Su respuesta desde el salón sobresaltó a Marley. La niña no se esperaba encontrarlo allí.

Después de un instante, ella dio un paso hacia él.

—¿Te pasa algo?

Le pasaban muchas cosas, pero se sentía como si pudiera solucionarlas en quince minutos con Vivian.

–No, ¿por qué?

–¿Qué estás haciendo aquí?

–Nada, solo pensar.

Cuando ella se inclinó hacia delante, él se dio cuenta de que estaba intentando verlo con más claridad, aprovechando la luz que entraba desde el pasillo.

–¿Por qué tienes el pelo tan revuelto?

–Eh... No sé. Debo de haberme pasado las manos por la cabeza y me he despeinado sin darme cuenta.

–Estás gracioso –dijo ella. Le dio un codazo a Elizabeth, y ambas se rieron. Pero entonces, se pusieron serias, y la preocupación volvió–. ¿Estás seguro de que te encuentras bien?

–Por supuesto. ¿Qué ocurre?

–Elizabeth y yo queríamos saber si puedo irme a dormir a su casa esta noche.

–¡No!

La rapidez de su respuesta reveló que ni siquiera lo había pensado. A ella no le gustó, por supuesto, pero a él no le importaba. No podía permitir que se fuera a dormir a ningún otro sitio hasta que encontraran al asesino de Pat. Además, la ausencia de su hija lo dejaría en una casa vacía, y le facilitaría mucho las cosas para que se fuera a casa de Vivian.

Cuando ella hizo el mohín que él, normalmente, no podía resistir, Myles se dio cuenta de que no iba a aceptar su decisión sin resistirse.

–¿Por qué no? Estamos en verano. No tengo colegio mañana.

Él no quería contarle lo que le había ocurrido a Pat, pero era evidente que tendría que hacerlo.

–Marley, hoy han asesinado a Pat Stueben. No quiero que vayas a ningún sitio.

Su hija había estado a punto de empezar con el consabido «por favor, por favor, por favor», pero aquello cambió radicalmente su reacción.

—¿Qué?

Él hizo un esfuerzo por suavizar la voz.

—Que alguien lo ha matado.

Marley miró a Elizabeth boquiabierta. La otra niña también tenía una expresión de espanto.

—¿Al agente inmobiliario? ¿El señor que nos vendió esta casa? —preguntó Marley.

—Exacto.

—¡Oh, no! —exclamó ella, y se tapó la boca con una mano—. Ahora me siento muy mal por burlarme de la chaqueta de cuadros que lleva siempre... que llevaba siempre...

Su comentario habría resultado cómico en otras circunstancias, pero en aquellas, Myles ni siquiera sintió ganas de reír.

—Es muy triste, sobre todo para su mujer.

—¿Estás seguro de que lo han matado? ¿No fue un accidente?

—Estoy seguro. Lo han matado a golpes.

—Entonces, por eso te estás paseando por el salón.

El asesinato era un motivo. La ira que sentía hacia Vivian era el otro. El hecho de que la lujuria pudiera convertirse en el centro de sus preocupaciones en una noche como aquella hacía que se cuestionara su propio carácter.

Marley encendió la luz.

—Pero... ¿cómo ha podido alguien hacer algo así?

La tensión sexual que lo había tenido atenazado empezó a disiparse. Su hija estaba ayudándole a recordar lo que era realmente importante. Había tomado la decisión correcta al volver a casa. ¿Cómo iba a esperar que Marley se iniciara en las relaciones sexuales con respeto y cautela si él no le daba un ejemplo apropiado?

—No sé, pero vamos a hacer todo lo posible por averiguarlo.

—¿Lo vas a investigar tú? Creía que tenías a gente que lo hacía en tu lugar.

—Tengo a gente, pero yo estoy a cargo de la investigación, así que soy el responsable de cómo se lleva.

Marley lo observó con preocupación mientras asimilaba todas aquellas noticias. Sin embargo, un momento más tarde, con el típico narcisismo adolescente, volvió a referirse a lo que quería.

—Bueno, ¿y qué tiene eso que ver con que no pueda ir a casa de Elizabeth? ¿No crees que sea seguro?

Aquello no era lo que él quería transmitir. No quería provocar el pánico en Pineview. Simplemente, prefería que su hija se quedara en casa aquella noche, donde él pudiera vigilarla. Y quería librarse de la tentación de desatar su ira, su decepción, su frustración sexual y otras muchas emociones en su vecina. Aceptar el ofrecimiento de Vivian no iba a hacer que sus vidas fueran más fáciles.

—¿Crees que pueden matar a alguien más?

A menos que el asesino se hubiera marchado ya... Myles esperaba que el peligro hubiera pasado, por el bien de todos los habitantes de aquel pequeño pueblo. Sin embargo, también deseaba que se hiciera justicia por Pat, y sabía que eso sería mucho más difícil si el asesino ya había abandonado la zona.

—No tengo la más mínima idea. Como ya te he dicho, lo que debemos hacer es ser muy precavidos hasta que sepamos algo más.

—¡Oh, Dios mío! —dijo Marley, y agarró la mano de su amiga—. Entonces, ¿se puede quedar a dormir Elizabeth aquí?

Vaya, y él tan preocupado de no asustarla. Con un suspiro, Myles estiró los músculos tensos del cuello.

—Claro. Siempre y cuando sus padres estén de acuerdo.

—Vamos a llamarlos —dijo Marley, y las dos niñas se fueron rápidamente a la cocina. Entonces, Myles oyó la voz de Elizabeth al teléfono.

–¿Te acuerdas del agente inmobiliario? ¿El que llevaba el peluquín y la chaqueta de cuadros? Ha muerto –les dijo a sus padres–. Lo han matado.

El horror de aquellas palabras consiguió apagar el resto del ardor de Myles. No tenía derecho a obsesionarse con una mujer que ni siquiera quería salir con él cuando debía dedicar todos sus esfuerzos a resolver un asesinato.

Y, sin embargo, seguía levantado, vagando por la casa, mucho después de que las niñas se hubieran ido a dormir. Nunca había echado tanto de menos a Amber Rose. «No es justo. Ella todavía debería estar aquí, con nosotros».

Pero la vida no era justa. Sin duda, Pat Stueben se lo diría.

Si pudiera.

Vivian se despertó enfadada con Myles. Era el único modo de evitar la vergüenza que iba a sentir, de otro modo. Después de haber demostrado tanto interés en ella durante aquel año, ella había sido tan agradable como para ofrecerle la intimidad física que él debía de echar en falta, y sin pedirle tan siquiera una cena a cambio. Pero él la había rechazado. Ella no tenía paciencia con un tipo como aquel. ¿Qué era, un santo?

–Claro que lo es –musitó.

Había oído lo que decía la gente del pueblo sobre el sheriff: que intentaba con todas sus fuerzas ser un buen padre, que había sido muy tierno con su mujer. En el pueblo lo consideraban su ángel de la guardia y la respuesta para todos los problemas. Tenía más popularidad, incluso, que el alcalde.

Sin embargo, ella no podía permitirse el lujo de aspirar al amor, porque pondría a la persona amada en peligro, o sin correr el riesgo de tener que apartarse de él. Y el mero hecho de que hubieran asesinado a alguien era acicate suficiente para que mantuviera la cabeza fría. Claire iba a ir a su casa muy pronto, y querría saber si había averiguado algo sobre el asesinato, si el sheriff le había mencionado algo por casualidad; incluso podía pedirle que le preguntara si tenía alguna relación, por remota que fuera, con la desaparición de su madre. Cuando Myles había llegado al pueblo, había reabierto el caso como favor a Claire, pero Leanne, su hermana pequeña, no quería que le recordaran el pasado. Había reaccionado tan mal ante la investigación que Claire había tenido que pedirle al sheriff que lo dejara.

A través de la ventana, Vivian vio un movimiento en la puerta de al lado. Myles había salido de casa.

«¡No lo mires!».

No quería hacerlo, pero no pudo resistirse. Iba con uniforme y, con su altura y su físico poderoso, estaba tan increíblemente guapo como siempre. Vivian sabía que Virgil y Rex no aprobarían su fascinación por un policía. Después de haber pasado tanto tiempo en la cárcel, a ellos no les gustaba nada el tipo de personalidad que se sentía atraída normalmente por un trabajo en los cuerpos de seguridad del estado. Sin embargo, como Claire había comentado muchas veces, Myles era diferente. Era una persona cálida con empatía hacia los demás, que no se dejaba afectar por el poder que simbolizaba su uniforme. Eso era porque tenía un sentido natural de la autoridad, y aunque no fuera el sheriff, la gente esperaría que se hiciera cargo de las situaciones difíciles...

¡Un momento! ¿La estaba mirando? ¡Sí! Vivian se sobresaltó al darse cuenta y se apartó rápidamente de la ventana. Unos segundos después oyó encenderse el motor de su coche.

—Gracias a Dios —murmuró, mientras él se alejaba.

—¿Qué pasa, mamá? —preguntó Jake, que entró tambaleándose en la cocina. Aunque ya se había vestido y llevaba un bañador largo, una camiseta y unas zapatillas, tenía el pelo rubio muy revuelto y los ojos medio cerrados de sueño.

Ella se sintió un poco avergonzada, porque su hijo la hubiera sorprendido mirando desde detrás de la cortina. Sonrió forzadamente y respondió:

—Nada, hijo mío. ¿Por qué te has levantado tan temprano? Ni siquiera son las seis de la mañana.

—La nana Vera me va a llevar a pescar. Llegará en cualquier momento.

Vivian sintió una punzada de inseguridad. La semana pasada, cuando había quedado con Vera en que podía llevar a Jake a pasar el día fuera, no sabía que habían organizado una actividad tan distinta a las habituales.

—¿De verdad vais a pescar? —preguntó.

—La nana Vera me dijo que podía elegir lo que quisiera. Hoy es mi medio cumpleaños —dijo él, y sonrió, seguramente, al pensar en lo divertida que era la idea de tener dos cumpleaños en el mismo año—. Así que he elegido la pesca. No he ido nunca a pescar.

Vivian se sintió culpable. Myles los había invitado a los niños y a ella a navegar por el lago hacía unas semanas, y le había dicho que a su hijo iba a gustarle mucho, pero ella había rehusado la invitación.

Además, no se sentía cómoda con el hecho de que Jake se acercara al agua. Por mucho afecto que sintiera por Vera, no estaba segura de que ella tuviera la fuerza física y la agilidad necesarias para garantizar la seguridad de Jake si surgía algún problema en el lago. ¿Y si Jake se caía al agua?

O, ¿y si ella estaba siendo demasiado protectora? Jake iba a ponerse un chaleco salvavidas, sabía nadar y, sin duda, Vera y él iban a pescar en el muelle, donde iban a menudo muchos chicos de su edad.

A causa de todo lo que había ocurrido desde la excarcelación de su hermano, el hecho de que Virgil y Rex hubieran intentado alejarse de La Banda y que los mafiosos no se lo hubieran permitido y quisieran vengarse de ellos, Vivian tenía tendencia a proteger demasiado a sus hijos, y con eso, conseguía que su hijo hiciera más esfuerzos por escapar de las restricciones. Vivian notaba que iba alejándose de ella a medida que crecía, y que prefería pasar tiempo con Myles y otros hombres, y vivir la vida sin miedo ni reservas.

Pero había muchas cosas que Jake ignoraba, y que no podía decirle para evitar que su hijo tuviera que soportar la misma carga que ella...

–¿Y tu hermana? –preguntó, mientras decidía si iba con ellos o no.

Él eligió una caja de cereales del armario.

–No es su medio cumpleaños, así que no puede venir.

–¿Por qué no? –preguntó Mia, que acababa de entrar en la cocina. Iba en camisón, y por su cara, tenía tanto sueño como Jake. Sin embargo, fiel a su carácter, no iba a perderse nada. Parecía que era capaz de ir detrás de su hermano las veinticuatro horas del día.

–Porque no es tu medio cumpleaños –dijo él con exasperación–. Ya te llegará el turno. Yo nací primero, así que yo voy primero. Ya has oído lo que dijo la nana.

Mía frunció los labios.

–Yo quiero pescar un pez.

Vivian le dio un cuenco y una cuchara a Jake, y él llevó ambas cosas a la mesa, junto a los cereales.

–Entonces, pídele a la nana que te lleve a pescar al lago cuando sea tu medio cumpleaños –le dijo a su hermana.

–¡Voy a llamarla! –exclamó la niña, y rápidamente se dirigió hacia el teléfono de la pared; sin embargo, Vivian la interceptó abrazándola. Estaba haciéndose demasiado mayor como para tomarla en brazos, pero Vivian no podía resistirse, además, aquel día era muy importante para Jake; Vivian sentía que tenía que acceder a que se marchara, o que aumentaría la brecha que había entre ellos.

–Vamos a dejar que Jake celebre su medio cumpleaños, y nosotras planearemos el tuyo, ¿te parece bien?

Mia abrió la boca para quejarse, pero Vivian habló antes de que su hija pudiera hacerlo.

—¿Qué quieres hacer tú para el tuyo?

La niña dejó de fruncir el ceño.

—Hacer una tarta —dijo—. ¡Y una fiesta!

—Eso parece divertido —dijo Vivian—. ¿Me vas a invitar?

Su hija sonrió con picardía.

—¿Me vas a hacer un regalo?

Vivian se echó a reír.

—Por supuesto.

—¿Qué regalo?

—¿No se supone que los regalos tienen que ser una sorpresa?

Mientras Mia intentaba sonsacarle la respuesta, Jake terminó sus cereales, llevó el cuenco al fregadero y se marchó a lavarse los dientes y a peinarse.

Justo cuando Vivian oía que se cerraba el grifo, sonó la bocina de un coche.

—¡Ya ha llegado la nana! —le dijo a Jake.

Se oyeron unos pasos rápidos en el pasillo de arriba, y Jake comenzó a bajar las escaleras de dos en dos.

—¡Que te diviertas! —le dijo Vivian.

Tuvo que hacer un esfuerzo para no salir a advertir a Vera sobre todos los peligros del lago, y para asegurarse de que había oído la noticia del asesinato de Pat Stueben para que tuviera precauciones extra. Ese era exactamente el tipo de cosa que iba a disgustar a Jake.

Vera tenía siempre mucho cuidado con los niños. Jake estaba en buenas manos.

—Estoy impaciente por que llegue mi turno —dijo Mia melancólicamente, después de que Jake se marchara.

Vivian le acarició el pelo a su hija.

—Tu turno llegará enseguida, cariño —le prometió. Si podían quedarse allí...

¿Adónde iban a ir si se veían obligados a marcharse?

¿Y cómo se las iba a arreglar para establecerse en otro sitio? Había firmado un alquiler con opción a compra de aquella casa al llegar a Pineview, y recientemente había firmado el contrato de compraventa. Ya no contaba con la ayuda del gobierno y, con la perspectiva de que aquel fuera su mejor año, todo el dinero que no había invertido en la casa lo había invertido en su negocio.

Justo cuando creía que iba a poder dejar atrás el pasado...

Se puso a prepararle rápidamente el desayuno a Mia. Estaba impaciente por enviarle un correo electrónico a su hermano para asegurarse de que Peyton, Rex y él estuvieran bien en Nueva York, y para contarle lo que estaba ocurriendo allí, en Montana. Cuando terminó, se sentó delante del ordenador, en una esquina del salón, y se conectó a Internet. Al entrar en su cuenta de correo, se le formó un nudo en la garganta.

Era martes, no domingo. Aquel no era el día en que Virgil y ella se comunicaban normalmente. Sin embargo, tenía un mensaje de su hermano. Y tenía el aviso de «Urgente».

Capítulo 4

Myles fue directamente a la cabaña de alquiler donde se había perpetrado el asesinato. Quería examinar la escena del crimen a solas, una vez que había pasado la primera impresión de horror, y después de que se hubieran marchado el forense y los técnicos del equipo de investigación. Quería estudiarlo desde todos los ángulos, para ver si se hacía una idea precisa de los sucesos previos a la muerte de Pat. También quería averiguar el posible móvil.

Sin embargo, pese a que era muy temprano, no fue el primero en llegar a la cabaña. Junto a la estrecha carretera, sobre un lecho de agujas de pino, había aparcado un viejo Porche 911. Myles lo reconoció; era de Jared Davis, uno de los investigadores a quienes había puesto a trabajar en el caso.

–¿Quién iba a querer matar a Pat? –le preguntó Jared, en cuanto atravesó la cinta amarilla que delimitaba la escena del crimen.

Myles no lo veía. Jared debía de haber oído llegar su coche patrulla, y había mirado a través de la puerta abierta al exterior antes de que él subiera por el camino.

–Nadie que yo conozca –dijo Myles.
–Bueno, está su mujer.
–¿Gertie? Ella no tiene la fuerza suficiente.

Myles encontró a Jared en el salón, agachado, cerca de

la sangre que había en las baldosas de la cocina, con el bloc de notas en la mano. Hacía fresco fuera, unos dieciséis grados, pero la temperatura subiría pronto a los veintiséis; Myles no tenía ni idea de por qué Jared llevaba una trenca y unos zapatos de cordones de invierno, pero el investigador le recordaba a Colombo, el detective de la televisión, serie que su madre veía siempre. Jared se comportaba incluso como él; iba un poco desarreglado y era un poco desorganizado, a menudo estaba enfrascado en sí mismo y aparentemente falto de atención, aunque casi nunca se le escapaba un detalle.

—Puede que contratara a alguien para hacerlo.

Myles era bastante escéptico al respecto, pero Jared continuó antes de que él pudiera responder.

—Va a recibir medio millón de dólares del seguro de vida. Lo he comprobado.

La mayoría de los asesinatos eran cometidos por un familiar o un amigo, así que Jared había clasificado a Gertie de «persona de interés». Era el procedimiento estándar. No obstante, Myles no creía que Gertie hubiera asesinado a Pat.

—Tienes que eliminar todas las posibilidades, ¿no?

Jared se incorporó, pero solo medía un metro setenta centímetros, así que le llegaba por el hombro a Myles.

—No crees que pueda ser ella.

Myles se lo había dejado claro el día anterior.

—No, ni por asomo. La vi después de que encontrara a su marido. Estaba destrozada. Un dolor como ese no se puede fingir. Además, eran felices. Siempre estaban juntos.

—Tal vez sea una magnífica actriz. Puede que, cuando investigue un poco más, descubra que estaba desfalcando la empresa de su marido y que él estaba a punto de hacer una auditoría de la contabilidad.

El interior de la cabaña contrastaba drásticamente con el precioso día que hacía en el exterior. Los pájaros cantaban en las ramas de los altísimos árboles que rodeaban la casa, y las olas del lago rompían suavemente en la orilla, que estaba a unos diez metros de la entrada principal. Era un paraíso. El olor a pino y a tierra húmeda lo perfumaba todo, y el bosque que había detrás de la cabaña creaba un silencio profundo. Aquel asesinato era completamente incongruente con el lugar donde había sucedido.

Myles intentó que aquella visión tan perturbadora no lo alterara como el día anterior. Intentó mantener la distancia emocional. Se había ablandado desde que había llegado allí, se había dejado atrapar en la vida idílica de una comunidad segura.

–Estás hastiado, ¿sabes?
–Solo hago mis cábalas. No sería la primera vez que una esposa decide liquidar a su maridito para evitar que la descubran. Con la humillación y el divorcio en una mano, y la solución a sus problemas financieros en la otra...
–Ella no necesitaba desfalcar nada. Pat le habría dado cualquier dinero. Llevaban cuarenta años casados.
–No importa.

Myles arqueó una ceja.

–Estás hastiado, como ya te he dicho.
–Sí, bueno, eso es lo que ocurre si uno se pasa veinte años trabajando para el Departamento de Policía de Los Ángeles –dijo Jared, y se encogió de hombros–. Puedes sacar a un policía de Los Ángeles, pero no puedes sacar a Los Ángeles de un policía. Por si acaso, voy a revisar las cuentas bancarias y los registros telefónicos.
–Hazlo. Cuento con que seas minucioso. Pero no pierdas demasiado el tiempo. Quiero atrapar a ese cabrón, y cuanto más tiempo pases investigando a Gertie, menos oportunidades tendremos.
–Yo no pierdo el tiempo en el trabajo, sheriff –dijo Jared, como si se sintiera ofendido. Tenía tendencia a tomarse las cosas literalmente, y a llevar la lógica a extremos ilógicos.

—Solo te estoy diciendo que no te centres exclusivamente en ella, ¿de acuerdo?
—Por supuesto que no. Voy a investigar todas las pistas.
—Perfecto.
—Hoy estás un poco tenso. ¿Hay algún motivo en especial?
—¿No te parece que el asesinato de Pat es motivo más que suficiente? —replicó Myles.

Sin embargo, sabía que su agitación tenía tanto que ver con Pat como con Vivian. No era capaz de entenderla. Quería sentirse enfadado con ella por ser tan poco razonable, pero aquellas marcas de su brazo, las que le había hecho su exmarido, se lo impedían. Seguramente, ella no quería darle a ningún otro hombre control sobre su vida, pero, de todos modos, su cuerpo sano deseaba lo que deseaban todos los cuerpos sanos.

Incluyendo el suyo...
—Vamos a atrapar al tipo que lo hizo —le prometió Jared.

Myles inclinó la cabeza mientras estudiaba las manchas de sangre de las baldosas, las salpicaduras que había en la pared y en los armarios de la cocina y las huellas empolvadas dactilares. En algunas partes había tanta sangre que todavía no se había secado. Saber que toda aquella sangre era del hombre que le había vendido la casa le encogía el estómago a Myles. Había visto muertes en accidentes de tráfico, en tiroteos entre bandas cuando trabajaba en la policía de Phoenix... Pero nunca había visto un asesinato tan brutal. Y nunca de nadie a quien conociera.

—¿Y qué hay del hijastro de Pat? —preguntó.
—Delbert está en mi lista.
—Bien.
—¿Tú te inclinas por Delbert? —le preguntó Jared.

Myles se puso las manos en las caderas.
—No me inclino por nadie.

—Entonces, ¿por qué lo has mencionado?
—Porque es tan sospechoso de haber matado a Pat como Gertie, al menos.
—Salvo por el detalle de que vive en Colorado.
—Pero pudo venir y volver a marcharse.
—Anoche hablé con algunos de los vecinos de Gertie. Creo que Pat y ella habían tenido un encontronazo con Delbert a causa de un coche, ¿no?

A Myles se le había olvidado aquello.

—Fue hace un año, más o menos. Pat y Gertie le prestaron el dinero para comprar una furgoneta nueva. Se suponía que iba a devolverles dos mil dólares en cuanto recibiera la devolución de la renta, pero no lo hizo. Me acuerdo de que Pat se quejó de ello cuando vino a la comisaría a darnos el calendario de Navidad, pero... no había vuelto a oír nada desde entonces.

—Veré qué es lo que tiene que decir Delbert al respecto —dijo Jared—. Si puedo dar con él.

—¿Lo has intentado?

—Tres veces. Puede que esté de camino hacia acá.

Myles se acercó a la puerta corredera de la terraza y encontró salpicaduras de sangre incluso allí. Pat se había resistido, pero habían podido con él.

—Estoy seguro de que sí —dijo—. Sobre todo, si tiene la esperanza de estar incluido en el testamento. Delbert siempre ha tomado lo que ha podido de sus padres.

Jared anotó algo sobre Delbert en su bloc con un lápiz que se había partido por la mitad y que casi no tenía punta.

—¿Esa porquería es el mejor lapicero que tienes? —le preguntó Myles, distrayéndose durante un segundo.

Jared examinó el lápiz.

—¿Qué tiene de malo?

Myles abrió la boca para decirle que, por lo menos, podía llevar un lapicero decente, pero el hecho de haberse fijado en aquel detalle intrascendente solo revelaba su estrés.

¿Qué importaba, si el lapicero podía escribir las palabras en el papel?

Myles refrenó de nuevo la irritación que sentía desde que se había levantado y le hizo un gesto a Jared para disipar su preocupación.

—Nada, nada —dijo.

Sin embargo, Jared se lo tomaba todo al pie de la letra, e insistió. No entendía por qué iba a mencionar Myles el lapicero si no esperaba que se hiciera algo al respecto.

—Puede que tenga alguno en el coche...

—Olvídalo —dijo Myles. Incluso aunque Jared tuviera un lápiz nuevo en el coche, no le sería fácil encontrarlo. Su vehículo estaba tan lleno de envoltorios, tickets y otros restos, que a veces Myles se preguntaba si no violaba las normas de seguridad y de salubridad—. ¿Qué hay de la llamada que recibió Pat antes de venir aquí? ¿Sabes quién la hizo?

—Todavía no.

—¿Por qué no?

Jared pestañeó.

—El número es el de la cabina de teléfono que hay junto al Kicking Horse Saloon.

El hecho de que no hubiera cobertura de telefonía móvil en Pineview no iba a ser de ayuda a la hora de resolver aquel crimen. Allí, las cabinas todavía eran un importante medio de comunicación, y eso significaba que la llamada podía provenir de cualquiera de ellas. Y la situación de aquella cabina en particular, la que estaba al lado del bar más concurrido de todo el pueblo, hacía improbable que alguien se hubiera fijado en quien la estaba usando.

—Bien. Vas a investigar a Gertie y a Delbert —resumió Myles—. ¿Y quién va después en tu lista?

—Todos los cazadores, excursionistas, pescadores y paseantes que hayan pasado por aquí durante los dos últimos días.

Myles miró las salpicaduras de sangre de la pared. Las fotografías que habían tomado los investigadores serían analizadas por un experto, pero aquel análisis llevaría su tiempo. Todo llevaba su tiempo...

–¿Y de cuánta gente se trata, más o menos?

–Por lo menos de cincuenta personas.

–Vaya, qué pocos.

Jared no reaccionó ante su sarcasmo.

–Tenemos una huella dactilar parcial, en sangre, sobre el pomo de la puerta. Eso servirá para restringir el número. Sobre todo, en conjunción con todas las huellas.

Salvo que ninguna era demasiado clara. Habían captado las huellas con cinta adhesiva, pero quién sabía si servirían de algo.

–Si encontramos a un sospechoso, tal vez nos muestren algo útil. Pero si no...

–Si no ha sido Gertie, ni Delbert, es uno de los turistas.

–¿Y por qué iba a llamar un excursionista a un agente inmobiliario para preguntar por una cabaña en alquiler, y matarlo luego?

–Algunas veces no hay ningún motivo.

–¿Crees que tenemos a un psicópata por la zona?

–Es una posibilidad.

–No sé... Pat no sufrió el ataque nada más entrar en la cabaña. Lo asesinaron en la cocina. Parece que pasó un rato con su atacante, y que tuvieron una conversación. Si matarlo hubiera sido el objetivo del asesino desde un principio, no tendría motivo para fingir que estaba interesado en alquilar una cabaña. Por lo menos, una vez que entró en la casa.

–Así que piensas que conocía a su agresor –respondió Jared.

Motivo por el que el investigador seguía apuntando hacia la familia de Pat.

–Esa teoría también tiene agujeros –dijo Myles–. Si la persona que vino aquí tenía intención de matarlo, habría traído un arma homicida. Este asesino, sin embargo, usó un objeto romo. Para mí, eso quiere decir que tomó cualquier cosa que tuviera a mano.

Myles no estaba seguro de qué podía ser. ¿Una piedra? ¿La rama de un árbol? ¿Un martillo? Estaba esperando el informe del forense para saber más sobre las heridas de Pat, y sobre qué podía habérselas causado.

–Pero si el asesinato fue espontáneo, a causa de un estallido de rabia, por ejemplo, ¿no podría ser Delbert nuestro hombre?

–Sí, pero Pat no habría venido hasta aquí para reunirse con Delbert. ¿Qué sentido tendría eso?

–Puede que Delbert lo atrajera hasta aquí con engaños.

–Ya hemos llegado a la conclusión de que no fue nada planeado. Las pruebas contradicen esa teoría.

Jared se rascó la barbilla.

–¿Sabes lo difícil que es resolver un crimen espontáneo y sin testigos? Si nuestro asesino era un visitante de la zona, tal vez no lo consigamos nunca.

–Eso es exactamente lo que temo.

Jared se metió el bloc en el bolsillo y se dio la vuelta para marcharse.

–¿Adónde vas? –le preguntó Myles.

–He quedado con Linda en el Golden Griddle.

Linda Gardiner era la otra investigadora a la que Myles había puesto a trabajar en el caso.

–Queremos conseguir una lista de la gente que utilizó la cabina pública ayer, cuando Pat recibió la llamada –continuó Jared.

El Golden Griddle era un restaurante que estaba justo enfrente del bar. Cualquiera que estuviera allí habría tenido una vista clara de la cabina, si acaso había mirado hacia la calle. Sin embargo, aquel restaurante solo servía desayunos.

–Cierra a la una. La llamada se produjo poco después de las dos.

—Es verdad, pero los camareros tardan más o menos una hora en limpiar. Si tenemos suerte, alguno vería a alguien en la cabina mientras entraba en su coche, y por lo menos podrá darnos una descripción.

«Si tenemos suerte». ¿Y si no la tenían?

Entonces, solo tendrían un cadáver.

Capítulo 5

Vivian mantuvo la mirada fija en la pantalla, con el corazón encogido.

–¿Mamá?

Oía que su hija la estaba llamando, pero la voz de Mia sonaba lejana, como si le llegara a través de un túnel. Vivian no reaccionó. No podía. Se había quedado petrificada en el tiempo y el espacio. Hasta que su hija no se le acercó y le tocó el brazo, no pudo pestañear y apartar la vista del monitor. Entonces, se sirvió de la práctica de muchos años para disimular el miedo y la desesperación delante de su hija, y consiguió ocultar su reacción a lo que acababa de leer.

–¿Sí?

Mia frunció el ceño.

–¿Por qué no me contestabas?

–Estaba concentrada en otra cosa –dijo ella.

Se preguntó si Mia estaba creciendo lo suficiente como para ver más allá de su sonrisa. En algún momento, eso iba a suceder. Vivian estaba gritando por dentro: «¡Esto no es justo! ¡Otra vez no! ¡Rex no!».

–Ah –dijo la niña. Se encogió de hombros y cambió de tema. No había nada que pudiera molestarla durante mucho tiempo–. Mírame, ¿vale? Te voy a enseñar mi nuevo baile.

Mia estaba asistiendo a clases de ballet y, para disgusto de Jake, a menudo inventaba sus propias danzas y se empeñaba en interpretarlas, incluso delante de otra gente.

Vivian adoptó una expresión agradable mientras Mia saltaba y giraba. No había música, pero eso no disminuía su entusiasmo. Bailaba solo para moverse, y lo hacía siempre que le apetecía. Para ella, los trajes eran más importantes que la música, pero aquella mañana no se había molestado en ponerse el tutú que, en algunas ocasiones, llevaba durante todo el día.

Vivian creía que su hija tenía verdadero talento para la danza, pero el ballet estaba muy lejos de sus preocupaciones en aquel momento. El terror que había empezado a sentir al enterarse de la muerte de Pat se había intensificado hasta convertirse en un golpe en la cara cuando había leído el mensaje de su hermano.

Rex ha desaparecido... Rex ha desaparecido... Rex ha desaparecido...

¿Dónde? ¿Cómo? ¿Habría muerto?

No. Eso no podía ser. Ella todavía estaba enamorada de él. Tal vez. O tal vez solo sentía un terrible anhelo de lo que podía haber sido. Aunque sus sentimientos no fueran tan fuertes como el amor, aunque al principio, lo que les había unido había sido la desesperación, la familiaridad y la necesidad de refugiarse en otro, Rex había sido un buen amigo y un maravilloso amante, y un gran alivio para la soledad.

—¿Te ha gustado, mamá? —le preguntó Mia canturreando.

Vivian hizo todo lo posible por mantener la sonrisa.

—Claro que sí. Es precioso.

Mia, con una sonrisa resplandeciente, alargó su actuación uniendo varios pasos, algunos de los que le habían enseñado en clase y que Vivian reconoció con facilidad.

—¿No me vas a aplaudir?

Vivian aplaudió obedientemente.

Cuando por fin su hija terminó, ella volvió a aplaudir.

—¡Bravo! —exclamó. Sin embargo, tenía la garganta dolorida por el esfuerzo de contener las lágrimas.

Por suerte, Mia se quedó satisfecha. Salió corriendo a cambiarse y a lavarse los dientes, y dejó a Vivian sola frente a la pantalla, releyendo el mensaje de su hermano.

Eh, detesto tener que decirte esto, pero Rex ha desaparecido. Hace dos semanas dijo que se iba a Los Ángeles a visitar a una mujer que había conocido por Internet. Intenté convencerle de que no se marchara, pero no me hizo caso. Se marchó en moto.

Vivian no tuvo que preguntarse cómo se había despedido del trabajo. Aunque todavía hacía algunas cosas para Virgil, ya no era socio suyo en la empresa de guardaespaldas. Había convencido a Virgil para que le comprara su parte y, desde entonces, había estado gastándose el dinero.

No me preocuparía demasiado de no ser porque cada vez que le llamo al móvil me salta el contestador. No he podido hablar con él desde el día siguiente a que se fuera. Y sé que esto no lo tenía planeado desde hace mucho tiempo. Tengo un trabajo en perspectiva, y le dije que podía hacerlo él. Dios sabe que necesita el dinero.

Parecía que ya no estaba gastándose el dinero, sino que había terminado de hacerlo. Ella ya se había imaginado que solo era cuestión de tiempo.

He denunciado su desaparición a la policía. Están haciendo lo que pueden, pero dudo que él sea una prioridad. Lo están buscando como Wesley Alderman. No podía darles su verdadera identidad para no añadir más peligro. Además, no serviría de nada dar a conocer el pasado. Es obvio que él hizo algunas gestiones para marcharse, así que piensan que solo ha retrasado su vuelta. Y la policía tiene otros casos que consideran más urgentes.

Entonces, ¿qué significaba eso? ¿Que ahora que Rex estaba arruinado, iba a volver a La Banda, donde podía conseguir todo el OxyContin que quisiera?

Sé que él moriría antes de ponernos en peligro. Lo único que no sé es si será capaz de abstenerse de tomar pastillas. Y eso cambiaría la situación. Él no ha estado bien desde que te fuiste. Lo siento, pero tenía que advertirte de todo esto.

Rex nunca se había drogado mientras estaban juntos. Sin embargo, ella sabía que las drogas eran parte de su pasado. Las drogas eran una epidemia entre las bandas mafiosas, y él había pertenecido a una de aquellas mafias. Y lo más seguro era que hubiera vuelto a ella.

Te avisaré si hay algún cambio. Ten los ojos bien abiertos.
V.

Vivian miró hacia el codo que tenía apoyado en la mesa, junto al teléfono fijo. Virgil y ella habían acordado no comunicarse nunca por teléfono, porque al hacerlo, establecerían un vínculo muy fácil de seguir. Ella no creía que La Banda fuera un grupo tan sofisticado como para encontrar y seguir aquel vínculo, pero podían contratar a un detective privado o a cualquier otro que hiciera el seguimiento. Harold *Horse* Pew y sus esbirros ya los habían encontrado antes. Ese era el motivo por el que habían tenido que separarse, por cautela. Sin embargo, necesitaba hablar con su hermano, aunque tuviera que infringir las normas. Lo echaba mucho de menos; hacía dos años que no lo veía.

Con inquietud y emoción a la vez, marcó el número de móvil que le había dado Virgil para que lo llamara en caso de emergencia.

Ella tenía un número oculto. Virgil descolgó al instante con un «hola» ansioso y rápido. Seguramente pensaba que se trataba de Rex.

A Vivian se le saltaron las lágrimas al oír su voz.

—Soy yo —murmuró.

—Laurel —dijo Virgil, llamándola por su verdadero nombre. Después soltó una maldición entre dientes—. Me temía que ibas a llamar.

Ella entendía que su hermano no estuviera muy contento de oírla. Sabía que se preocupaba mucho por el peligro que corrían. Sin embargo, aquella respuesta fue igualmente dolorosa para ella. Los correos electrónicos no podían sustituir el contacto personal. Él tenía a su esposa; ella no tenía a nadie. Había sido muy feliz durante los años que habían pasado en Washington D.C., porque después de esperar a que Virgil saliera de la cárcel durante catorce años, por fin tenía una familia en la que podía confiar y a la que podía querer. Sin embargo, al final, había tenido que separarse otra vez de él.

—No...

Él debió de entender que ella no iba a soportar que le hiciera reproches en aquel momento.

—¿Estás bien? —le preguntó.

—Eso depende de lo que entiendas por «bien». Estaba muy bien hasta que asesinaron a Pat Stueben ayer por la mañana.

—¿Quién es Pat Stueben? —preguntó Virgil. Obviamente, esperaba una reacción a la noticia sobre Rex, no aquello.

—Un amigo.

—Lo siento.

—En realidad era más un conocido. El hombre que me ayudó a encontrar esta casa. Mi... mi agente inmobiliario

–dijo ella. Las lágrimas se le caían por las mejillas. No había tenido un instante para llorar a Pat adecuadamente. La posibilidad de que sus hijos o ella fueran las siguientes víctimas la había hecho contener su pena y su miedo.

–Espera un segundo –dijo Virgil. Ella lo oyó levantarse, y después oyó que cerraba una puerta y volvía a tomar el teléfono. Entonces habló un poco más alto–. Bueno, ya podemos hablar.

–¿Estás en la oficina?

–Sí.

–¿Cómo va la empresa?

–No tan bien como en Washington, pero vamos tirando.

Vivian recordaba el momento en que Rex y Virgil habían empezado con aquella empresa de servicios de seguridad y guardaespaldas. Habían tenido éxito rápidamente, y eso les había puesto muy contentos. Después de vender la compañía en Washington, Virgil había vuelto a empezar en el negocio con un nombre diferente, al tener que mudarse a Nueva York. Ahora contaba con la ayuda de Peyton, su esposa, por lo menos en la oficina. Aunque Peyton trabajaba normalmente en prisiones, había dejado su puesto cuando habían tenido que cambiar de estado, y no tenía pensado retomar su carrera profesional hasta que sus hijos fueran un poco mayores. Aunque Peyton estuviera en la oficina tres días a la semana, para Virgil no era lo mismo. Echaba de menos a Rex como socio. Sin embargo, cuando la madre de Rex había muerto y su familia le había echado la culpa por haberle hecho pasar tanto sufrimiento, él se había desmoronado.

Por mucho que Vivian deseara lo contrario, estaba segura de que su ruptura con él había aumentado los problemas que le habían hecho caer en picado.

Afortunadamente para ella no había estado cerca para ver los peores momentos. Virgil se lo había contado todo en sus correos electrónicos semanales. Y después, durante sus momentos de sobriedad, Rex había empezado a llamarla de nuevo, aunque se suponía que no debía hacerlo por motivos de seguridad.

−¿Qué le ha pasado a tu amigo exactamente? −inquirió Virgil.

−Alguien lo ha matado a golpes.

−¿Por qué?

−Le robaron el dinero, pero... Esto va más allá del robo.

−¿Quién lo ha hecho?

−Nadie lo sabe todavía. Por eso... por eso estaba tan nerviosa cuando recibí tu correo.

−¿Crees que hay alguna relación entre la muerte de tu agente inmobiliario y nuestra situación?

−Tal vez. Ese tipo de cosas no ocurren por aquí.

−¿No me contaste que tienes una amiga cuya madre desapareció?

−Eso fue hace quince años, y nunca ha habido pruebas de que se cometiera un crimen. Tal vez ella se marchó sin dar más explicaciones.

−¿Y cuántas veces ocurre eso? −preguntó él irónicamente.

−A menudo −respondió Vivian.

Ella misma lo había hecho, y en dos ocasiones. Todavía se preguntaba lo que debían de haber pensado sus compañeros de trabajo de Colorado cuando ella se marchó. Un día estaba allí, y al día siguiente desapareció sin ninguna explicación y sin ponerse en contacto con la empresa nunca más. Había hecho lo mismo en Washington D.C.

−Nadie podía tener un motivo para matar a Pat −le dijo a Virgil−. Además, él no era demasiado fuerte, así que seguramente no opuso demasiada resistencia. Se dice que su cartera apenas contenía dinero. ¿Por qué iba a arriesgar la vida por cincuenta dólares?

−Llevas dos años viviendo allí. Si La Banda te hubiera

localizado, ya habrían actuado. No saques conclusiones apresuradas.

—No es solo que haya habido un asesinato —prosiguió ella—. Es la violencia. Si hubieras conocido a ese hombre... Nadie querría matarlo. Tenía sesenta años, era amable e inofensivo. Y justo después de su muerte, recibo la noticia de que Rex ha desaparecido.

—Puede que no haya ninguna relación entre una cosa y otra. Tal vez Rex tuviera noticias de su padre o de uno de sus exitosos hermanos y eso le alterara de nuevo. Ya sabes cómo es.

Sí, sabía cómo era Rex. Sabía lo que él había hecho por Virgil y por ella en el pasado, y sabía lo mucho que le debían, pese a sus tendencias autodestructivas.

—No puede ser que La Banda siga detrás de nosotros. Hace cuatro años que Rex y tú dejasteis el grupo. Tienen que haberse cansado de perseguirnos. Se habrán fijado en otras cosas.

—Ese tipo de ideas pueden llevarte a la muerte.

—Estoy cansada de huir.

—No tienes otro remedio.

Vivian miró las paredes que ella misma había pintado, y recordó lo importante que le parecía que el color fuera perfecto. Aquellas paredes no eran unas paredes corrientes; eran sus paredes. Había pensado que podría mirarlas durante muchos años.

—¿Por qué? —preguntó. Era incapaz de aceptar aquella respuesta—. ¿Cuánto puede durar esa sed de venganza?

—¿Después de lo que hicimos?

—¡No hicimos nada!

Virgil y ella podían culpar a su tío y a su madre de todo lo que habían sufrido. Ellen, su madre, había pedido ayuda a su hermano, Gary Lawson, para que matara a su marido, Martin Crawley; Martin era su padrastro, y después de que lo asesinaran, Ellen había dejado que Virgil fuera acusado y condenado a cadena perpetua por el crimen. Si Virgil no hubiera pasado tanto tiempo en la cárcel, no se habría unido a La Banda ni hubiera tenido que dejarla, y ellos no habrían intentado matarla a ella para vengarse de él.

–Eso no es estrictamente cierto –replicó Virgil–. Cuando ellos fueron a por ti en Colorado, yo les dije todo lo que sabía sobre ellos. Las autoridades metieron en la cárcel a varios de esos tipos, y dos de los que ya estaban dentro pasaron al sistema federal y fueron trasladados por mi culpa.

–Pero tú habrías cumplido tu palabra y habrías guardado silencio si ellos no hubieran intentado matarme. Entonces es cuando decidiste que no les debías nada.

–No importa. Para ellos, Rex y yo somos traidores. Nada les gustaría más que dar ejemplo con nosotros.

–Pero...

–Escucha, yo tenía la confianza de los más poderosos, y me la dieron por delante de otros que han sido leales. Cuando me fui, los humillé. Si no dan conmigo, irán por ti otra vez, y más teniendo en cuenta que perdieron a algunos de los suyos en Colorado. Matarte a ti sería tan bueno como matarme a mí, porque ellos saben lo que significaría para mí que los niños o tú sufrierais algún daño.

–¡Esto es tan absurdo! ¡La venganza es una... estupidez!

–Para ti y para mí, sí. Pero para el líder de una banda mafiosa no hay nada peor que parecer débil ante los suyos. Se trata del credo de la calle, de cuidar del negocio. Es lo único que tienen: el orgullo de saberse unos tipos malos.

A Vivian le resultó difícil no sentir rencor hacia Virgil en aquel momento, por muy unidos que hubieran estado siempre. De no ser por él, ella no estaría en aquella situación. Sin embargo, no era culpa suya. Ella lo sabía, en el fondo de su corazón. Ellos dos eran víctimas de las circunstancias, y habían hecho todo lo posible por superar los obstáculos que iban encontrando.

—Supongo que ellos también tendrán que ganarse la vida. ¿No les resulta difícil? ¿Es que no les lleva tiempo y les cuesta esfuerzo dirigir negocios de prostitución y tráfico de drogas? Mi empresa es legítima, y requiere toda mi energía.

—Si necesitan dinero, mandan a alguien a que atraque una licorería. No tardan mucho. Ellos sacan beneficios del trabajo de otras personas, no del suyo. Su prioridad es vengarse de las ofensas y cobrarse deudas antiguas. Y sobre todo una deuda tan personal como esta. Dedican la vida a planear actos violentos, a perpetrar actos violentos y a atribuirse el mérito de esos actos violentos. No van a dejar de buscarnos nunca. En el funeral de Shady, Horse juró que iba a vengar su muerte. Rex se enteró cuando estábamos viviendo en Washington. ¿No te acuerdas?

Mia había bajado las escaleras para jugar con sus Barbies, así que Vivian bajó la voz. Lo último que necesitaba era que su hija le repitiera al sheriff o a cualquier otra persona de Pineview algo que hubiera oído.

—Tal vez debiéramos haber seguido en el programa de protección de testigos. Tal vez no hubiera ninguna filtración.

—¿De qué estás hablando?

—Rex es el único que se ha puesto en contacto con alguien de su pasado —respondió ella.

Como Rex llevaba muchos años sin relacionarse con su familia, Virgil y ella nunca hubieran esperado que fuera a él, precisamente, a quien más le costara olvidar a la gente que había conocido. Sin embargo, los problemas emocionales que tenía como resultado de aquellas antiguas relaciones disfuncionales lo mantenían en una especie de limbo, le impulsaban a indagar en el pasado a pesar del peligro, y cuando se había enterado de la muerte de su madre, no había podido aceptarla.

Alejarse de todo tampoco había sido fácil para ella. Lo que le había dicho a Virgil no era completamente cierto;

había llamado unas cuantas veces a su madre. La policía nunca había llegado a encontrar las pruebas que necesitaban para acusar a Ellen de complicidad en el asesinato de su marido, así que ella había seguido viviendo en Los Ángeles, yendo de hombre en hombre. Sin embargo, había envejecido, y tenía artritis y diabetes, y Vivian se sentía obligada a llamarla cada pocos meses. Siempre había utilizado la cabina pública que había junto al bar, u otro teléfono que no fuera el suyo, y había tenido mucho cuidado con la información que divulgaba. Después de lo que le había hecho su madre a Virgil, Vivian sabía que no podía confiar en ella.

–Rex no ha sido desleal, Vivian. Eso es una locura. A él quieren matarlo tanto como quieren matarnos a nosotros.

–Pero no ha vuelto a ser el mismo desde que supo que su madre había muerto. Tal vez haya hecho un trato con ellos.

Ella no creía eso, pero tampoco quería creer la alternativa, y discutir con Virgil la ayudaría a desahogarse un poco.

–Basta.

–¡Es el único vínculo que nos queda con La Banda!

A menos que su madre les hubiera dicho que Vivian se había puesto en contacto con ella. Pero aquello era demasiado espantoso como para planteárselo. Todos habían sufrido mucho por Ellen, y no era posible que ella hubiera vuelto a traicionarlos así...

–Entonces, ¿cómo te encontraron en Colorado? –le estaba diciendo Virgil–. Rex todavía estaba en la banda en aquel momento. Él mismo nos ha dicho que alguien les daba información. Tardaron, pero nos encontraron en Washington D.C, y nos habrían encontrado una vez más si hubiéramos continuado fiándonos de que las autoridades podían escondernos bien.

Por supuesto, su hermano tenía razón, pero ella no quería terminar con aquella discusión todavía.

–Nadie del Departamento de Prisiones Federal sabe dónde estamos. Ese es el motivo por el que pienso que tiene que ser Rex.

–¡No es él! Yo le confiaría mi vida a Rex.

Era lógico que Virgil confiara más en Rex que en su madre. Él no había vuelto a hablarse con Ellen desde que había entrado en la cárcel. Por lo menos, eso era lo que decía. Y Vivian no le había confesado que ellas dos seguían en contacto.

El problema era que ella también confiaba en Rex. Entonces, ¿qué era lo que estaba diciendo? ¿Que si alguien tenía que traicionarlos, prefería que fuera Rex antes que Ellen? No quería que fuera ninguno de los dos, pero no podía soportar aquella forma de rechazo brutal de su madre. Era mejor culpar a la drogadicción de Rex, y de ese modo, debilitar su responsabilidad.

–Quieres decir que confías en él cuando está sobrio, ¿no?

Virgil no respondió a aquel comentario, seguramente porque le dolía desconfiar de su amigo. Rex había sido su compañero de celda durante casi una década, e incluyendo el tiempo que habían pasado fuera, llevaban juntos más de media vida. Sin embargo, era evidente que Virgil también estaba nervioso por el estado de ánimo de Rex, y por sus dificultades para vivir en un mundo que no tuviera nada que ver con una banda mafiosa.

–Horse nos culpa por la muerte de Shady, y por el hecho de que Ink esté en la cárcel –dijo él.

Horse. Shady. Ink. Solo con oír los nombres de los miembros de La Banda, Vivian sintió un estremecimiento. Horse había ocupado el lugar de Shady y se había convertido en el líder de La Banda, pero era Ink el que había aparecido en Colorado. Tenía tatuajes por todo el cuerpo, de pies a cabeza. Llevaba tatuada incluso la cara, incluyendo las cejas, que eran dos rayos, y daba miedo. Sus ojos oscuros y mates le producían terror.

Se preguntó cómo sería ahora, si habría cambiado. Después de meses de terapia física, se había recuperado lo suficiente de lo que había sucedido en Colorado, y ya no tenía que trasladarse en silla de ruedas. Sin embargo, según el alguacil que les había ayudado a establecerse en Washington D.C., seguía siendo un discapacitado. Vivian no sabía en qué consistía su discapacidad, pero no importaba. Estaba en la cárcel, cumpliendo una larga condena, y no era probable que saliera antes de ser muy viejo. Eso era lo único importante.

–Entonces, ¿crees que Rex puede haber muerto?

–¡No sé qué pensar! –exclamó Virgil.

Entonces, Vivian comprendió lo preocupado que estaba su hermano. Hablaba como si tuviera fe en su mejor amigo, pero estaba tan asustado como ella. Rex podía ser heroico, pero también podía ser impredecible, sobre todo cuando estaba drogado.

–Excepto que no estamos a salvo de La Banda –dijo ella–. De eso sí estás convencido.

–Completamente.

Vivian recordó todas las veces que Rex y ella se habían llamado por teléfono cuando ella llegó a Pineview. Su ruptura había sido tan difícil para ellos que se habían puesto en contacto en muchas ocasiones, pese a las advertencias de Virgil. Y ella no había ido a una cabina pública. Durante sus momentos de más debilidad había estado a punto de volver con Rex, de pedirle que fuera a vivir con ella a Montana. Lo habría hecho, de no ser porque él había empezado a drogarse de nuevo.

¿Lo habría encontrado La Banda? ¿Se habían vengado de él por tomar parte en la muerte de dos de los suyos? ¿Lo habían torturado antes de matarlo para obtener la dirección de Virgil y la suya? ¿O se había marchado a México con alguna mujer?

No. Lo más seguro era que Rex estuviera en plena juerga, drogado y alojado en algún motel de tercera.

Aquello molestaba a Vivian casi tanto como todo lo demás. Si ella le hubiera dado otra oportunidad, tal vez él se hubiera recuperado. Muchas veces parecía que Rex estaba muy cerca de conseguirlo. Sin embargo, él la había dejado a ella tantas veces como ella a él.

En resumen, no eran buenos el uno para el otro. Ella se había visto atrapada en un círculo vicioso de rupturas y reconciliaciones durante dieciocho meses antes de ir a Pineview, y no quería que el pasado incidiera en su nueva vida.

La cuestión era si podría impedirlo.

—¿Qué hacemos? —le preguntó a su hermano—. ¿Cómo podemos estar a salvo?

—Lo más inteligente sería mudarse.

—No puedo —dijo ella.

Y era cierto. No podía sacrificar todo lo que había conseguido allí. No podía privar otra vez a sus hijos de la felicidad que habían encontrado. Aquella era su casa; la primera casa que tenía en propiedad. Tener que abandonarla sería permitir que La Banda ganara, incluso si no los habían encontrado.

—Yo tengo el mismo sentimiento —admitió él—. Empezar de nuevo también fue muy difícil para nosotros cuando llegamos a Nueva York. La idea de tener que hacerlo todo de nuevo... Y no sé si Rex es lo suficientemente estable como para ir con nosotros. El último cambio fue un golpe muy duro para él.

Cierto; el golpe había sido muy duro para él sobre todo por el momento en que ocurrió. Se habían visto obligados a mudarse poco después de que él se enterara de la muerte de su madre, y entonces había empezado a drogarse otra vez. En aquella ocasión, Rex y ella habían roto por última vez.

—¿Qué alternativa hay?

—Supongo que tendremos que estar preparados. ¿Tienes el arma que te di?

–No –dijo ella. Sentía terror al pensar en que uno de los niños pudiera encontrarla y provocar un accidente.
–¿Dónde está?
–En el banco, en una caja de seguridad.
–Te sugiero que la saques.

Ella se estremeció al pensar en que quizá tuviera que usarla, aunque Virgil se hubiera empeñado en enseñarle su manejo y la hubiera obligado a practicar.

–¿Puede estar ocurriendo esto de verdad?
–Ojalá pudiera decir que no...

Vivian sabía que su hermano no podía negarlo. Lo entendía.

–Iré a buscarla.
–Bien. Avísame cuando sepas más sobre el asesinato del agente inmobiliario. Y yo haré lo mismo si hay alguna novedad sobre Rex.

Ella se dio cuenta de que él quería colgar, pero todavía no quería dejar de oír la voz de su hermano.

–¿Cómo está Peyton?
–Muy bien.

Si algo fuera mal, él se lo habría contado en los correos electrónicos, pero Vivian se sentía mejor oyéndolo de sus propios labios.

–¿Qué tal se ha adaptado a quedarse en casa con Brady?
–Echa de menos su trabajo en prisiones, pero volverá cuando los niños estén en el colegio. Mientras está disfrutando de esta temporada sin estrés. Lleva la contabilidad de la empresa, la publicidad y los horarios.

–¿Y estáis preparados para el nuevo bebé?
–Perfectamente. Solo espero que no pase lo de la última vez.

La última vez, Peyton había perdido el niño a los siete meses de embarazo, y eso había sido devastador para ellos. A causa de la endometriosis que padecía, para Peyton era muy difícil quedar embarazada. Y Vivian no había podido estar con ellos para apoyarlos. Casi no podía creer que hubieran sucedido tantas cosas durante los dos últimos años. Le parecía que ayer mismo estaba viviendo en Colorado, a unos ocho kilómetros de la cárcel, rezando por que su hermano sobreviviera hasta que lo exoneraran del crimen.

—No va a pasar lo de la última vez —le dijo—. Esta niña lo va a conseguir.

—Me la imagino igual que Mia —respondió Virgil.

Entonces le preguntó por los niños, por Pineview y por su vida amorosa; Vivian le aseguró que tenía algunas relaciones. Cuando la conversación decayó, ella preguntó:

—¿Echas de menos a mamá alguna vez?

Normalmente, siempre evitaban el tema de su madre. Sin embargo, Vivian se sentía culpable por mantenerse en contacto con el enemigo en secreto. Además, se preguntaba lo que sentía Virgil por su madre aquellos días. ¿Se había ablandado algo con respecto a ella? ¿Deberían suavizarse alguno de los dos? En una situación como aquella, ¿llegaría el momento en que pudieran dejar atrás el pasado?

—No —respondió él.

Por su tono tajante, Vivian supo que seguía sin querer saber nada de Ellen, y no podía culparlo.

Ellen le había destrozado la vida con tal de conseguir cobrar la póliza de seguro de vida de su marido. Nunca se había demostrado completamente que hubiera sido la instigadora del asesinato, pero el hecho de que no hubiera hecho nada por ayudar a la policía a descubrir al verdadero culpable y que hubiera permitido que su hijo fuera a la cárcel era algo inconcebible e imperdonable.

Y, sin embargo, algunas veces Vivian la echaba terriblemente de menos. Tampoco tenía un padre a quien acudir, porque Cole Skinner había abandonado a su familia poco después de que ella naciera. Solo había tenido noticias suyas en tres ocasiones durante toda su vida.

—Yo tampoco la echo de menos —dijo, mintiendo.

Después, le dijo a Virgil que lo quería y colgó.
—¿Quién era?
Mia estaba a poca distancia de ella. Vivian quería admitir que era su hermano, pero si lo hacía, solo conseguiría que su hija le formulara más y más preguntas.
—Un amigo.
Mia se puso triste.
—¿Y por qué estás llorando?
Vivian se enjugó las lágrimas de las mejillas e intentó contener sus emociones.
—Lo echo de menos.
Mia se acercó a ella.
—¿Era Rex?
Mia se acordaba de él. Vivian consiguió sonreír entre lágrimas mientras abrazaba a su hija. La Banda le había costado la vida que había construido en Colorado, y también la que había construido en Washington D.C; no podía permitir que le costara lo que había conseguido allí. En cuanto dejara a Mia en su clase de ballet, iría al banco y sacaría la pistola que le había comprado Virgil. Se defendería a sí misma, y defendería a sus hijos, de cualquiera que los amenazara. Alguna vez tenían que dejar de huir.
—No era Rex, cariño, pero también lo echo de menos a él —le murmuró a su hija al oído.
Mia tomó la cara de su madre con ambas manos.
—Quizá venga a vernos.
Y quizá no pudiera hacerlo...

Capítulo 6

Mountain Bank and Trust tenía los techos altos y el suelo de mármol, y el ambiente apacible, fresco y estéril de la mayoría de los bancos. Generalmente, a Vivian le gustaba ir a aquel banco. Conocía a Herb Scarborough, el director, y a su esposa, porque casi todos los domingos se sentaba a su lado en la iglesia. Él la saludó a través de la cristalera de su despacho, que estaba en una esquina. También conocía a Nancy Granger, una de las cajeras, que recientemente se había unido a su grupo de literatura. Nancy también sonrió al verla.

Vivian le devolvió el saludo, pero no se detuvo a charlar con la cajera. Tenía mucha prisa. La clase de ballet de Mia solo duraba cuarenta y cinco minutos, y ella quería entrar y salir del banco rápidamente y meter el arma en el maletero del coche hasta que los niños se acostaran aquella noche. No quería que vieran la pistola de ningún modo; ni siquiera la pequeña manta con la que pensaba envolverla. ¿Para qué iba a picar su curiosidad?

—Hola, Vivian. ¿En qué puedo ayudarte? —le preguntó Naomi Jowalski, la subdirectora, cuando ella se acercó a su mesa. Naomi la había ayudado antes, cuando llegó a Pineview y llevó la pistola bien envuelta al banco.

—Me gustaría abrir mi caja de seguridad, por favor.

—Muy bien —dijo Naomi, y comenzó a buscar una de

las llaves que llevaba en un brazalete extensible, la llave que abría la puerta de la cámara acorazada subterránea–. ¿Puedes decirme el número?

Vivian se lo dijo y le mostró el carné de conducir, el que le había comprado Virgil en el mercado negro justo antes de que ella fuera a vivir a Pineview. Entonces, firmó el registro de entrada y Naomi la acompañó a la cámara del sótano.

–Te espero aquí fuera –dijo Naomi, y se detuvo a la entrada de la sala donde estaban las cajas fuertes para darle privacidad a Vivian–. ¿Te has enterado de lo de Pat Stueben? –le preguntó la subdirectora.

Mientras, ella le bloqueaba la vista por si se le ocurría la idea de echar un vistazo a lo que estaba sacando de la caja. Desenvolvió el arma y se dio cuenta de que, con la prisa de llevar a Mia a clase de ballet con puntualidad, no había llevado bolsa para meterla. Sin embargo, tenía el bolso. Dejó su verdadero certificado de nacimiento, el carné de conducir y los certificados de nacimiento de los niños en la caja, metió la pistola al bolso y cerró.

–Sí, me he enterado. Qué tragedia, ¿verdad?

–¿Quién puede matar a otra persona a golpes, y menos a Pat? –preguntó Naomi–. ¿Por solo cuarenta y ocho dólares?

Todo el mundo se preguntaba lo mismo. Vivian había tenido una conversación muy parecida con Pearl Stringham, la profesora de ballet de Mia.

–Nadie lo sabe. Ha tenido que ser un extraño.

–Sí, eso es lo que dicen. Pero de todos modos... –la subdirectora se frotó los brazos mientras Vivian se acercaba a ella–. Me da escalofríos pensarlo.

–Sí, ahora cuesta más dormir por las noches.

¿Qué diría Naomi si supiera lo que había tenido que pasar ella, y lo que estaba intentando impedir?

–¿Has terminado?

Vivian asintió.

—Pues entonces, por aquí.

Vivian siguió a Naomi escaleras arriba, sin dejar de pensar en la pistola que llevaba en el bolso. Tener un arma letal le daba cierto poder, sí, pero no terminaba con sus preocupaciones. ¿Y si cometía un error? ¿Y si disparaba a una persona inocente? Vera y Clarie, por no mencionar a Leah, una camarera de la cafetería del pueblo a quien había conocido en el grupo de literatura de los jueves, tenían tendencia a aparecer a horas inesperadas. De vez en cuando incluso se quedaban esperándola en casa. Aquel era el tipo de comunidad en el que vivían...

—¿Vivian?

Estaba enfrascada en sus pensamientos, y se le había pasado la pregunta.

—¿Sí?

—¿Podemos hacer algo más por ti en el Mountain Bank and Trust?

—No, gracias.

Entonces, la subdirectora sonrió amablemente.

—Que tengas muy buen día.

Vivian estaba deseando esconder la pistola Sig en el maletero del coche y volver a clase de ballet de Mia. Bajó la cabeza y salió por la puerta doble casi sin mirar, y se chocó contra alguien. Al retroceder se golpeó la espalda con la puerta, y el bolso se le cayó al suelo.

Buster Hayes, una estrella del fútbol americano universitario que medía un metro noventa y pesaba ciento cincuenta kilos, acababa de girar la esquina, y Vivian no lo había visto.

—¡Oh, vaya! —dijo él. La sujetó para ayudarla a recuperar el equilibrio y se inclinó para recoger lo que se había salido del bolso, pero se quedó helado al ver la Sig P220 que había en el suelo, entre ellos.

Chrissy Gunther iba caminando hacia el banco en aquel momento, y se detuvo en seco.

—¿Eso es una pistola? —preguntó con incredulidad.

Vivian se agachó y la recogió, junto al resto de sus pertenencias.

—Es para protegerme —murmuró, y salió corriendo.

Ninguna de las camareras del Golden Griddle se había fijado en los usuarios de la cabina de teléfonos, y eso dejaba la investigación en punto muerto.

Myles tenía dolor de cabeza. Apagó las luces y puso los pies sobre la mesa. Aquella mañana lo había llamado la mitad de Pineview. Chester Magnuson, del periódico. Gertie, para preguntarle si había podido identificar al asesino de su marido. El hijastro, que había llegado al pueblo y estaba con su madre. Delbert quería saber cómo había podido suceder algo así en Pineview y qué estaba ocurriendo con la investigación. Incluso el alcalde le había telefoneado.

Myles necesitaba unos minutos para sí mismo. Sin embargo, en aquel momento vio entrar a Chrissy Gunther en la recepción, graznando como una gallina vieja. Ojalá pudiera ignorarla; aquella era su hora de la comida. Debería poder tomarse cinco minutos libres. Sin embargo, parecía que estaba demasiado nerviosa como para poder atribuirlo todo a su naturaleza exaltada. Y, por muchas excusas que se inventara para poder hablar con él, normalmente no conducía cuarenta y cinco kilómetros para hacerlo.

—Tengo que hablar con el sheriff King —le dijo al ayudante Campbell—. Ahora mismo. Es muy importante.

Con un suspiro, Myles se levantó para encender la luz. Aunque estaba casada, Chrissy tenía la costumbre de perseguirlo. Y estaba seguro de que ella no se explicaba que él pudiera resistírsele, pese a su estado civil.

El ayudante Campbell apareció en la puerta justo cuando él presionaba el interruptor de la luz.

—Chrissy Gunther ha venido a verlo. Dice que tiene información sobre el caso de Pat Stueben.

–¿De veras? ¿Chrissy?

Myles se había imaginado que aquella pequeña dinamo había ido a denunciar que el director del instituto no le permitía a su grupo de animadoras que usaran el gimnasio, aunque el edificio estuviera cerrado por ser verano. O que en el comedor, la encargada no le había devuelto los tres dólares y cincuenta centavos que quedaban en la tarjeta de uno de sus hijos, y que por tanto pensaba robárselos. Para Chrissy, aquellas cosas sí merecerían la pena el trayecto. Pero su mundo no iba más allá de sus hijos.

Campbell miró por encima de su hombro como si no supiera qué pensar. Vivía allí, en Libby, no en Pineview, así que no conocía a Chrissy, pero por su expresión estaba claro que se daba cuenta de que era de armas tomar.

–Eso dice.

–De acuerdo. Dile que pase.

Tal vez hubiera visto a un extraño con sangre en los zapatos, o algo por el estilo. Nadie prestaba tanta atención como Chrissy Gunther a los actos y los errores de los demás.

Con la esperanza de que lo que tuviera que decirle le compensara por tener que soportar sus sonrisas de flirteo, Myles se hizo a un lado para dejarla pasar.

–¡Lo he visto con mis propios ojos! –exclamó ella, antes de que él pudiera saludarla.

–¿De qué estás hablando?

–Del arma.

La fatiga de Myles desapareció al instante.

–¿Qué arma?

–La pistola de Vivian. Salía del Mountain Bank and Trust con una pistola hace pocos minutos.

Al oír el nombre de Vivian, Myles se puso en alerta. No le habría parecido de tanto interés que cualquier otra persona tuviera un arma. En el estado de Montana, las leyes de tenencia de armas no eran demasiado estrictas; ni siquiera había que tenerlas registradas, y casi todo el mundo poseía por lo menos un rifle. Sin embargo, ¿alguien como su vecina sacando un arma del banco?

—¿Te refieres a Vivian Stewart?

—Creo que la conoces. Solo hay una Vivian en todo Pineview, ¿no? Y ya me he fijado en cómo la miras. Todas las demás chicas estamos muy celosas.

Por muy inapropiado que fuera que ella se incluyera en el grupo, Myles ignoró aquel comentario.

—¿Estás segura?

—¿De que la miras? —preguntó ella, pestañeando—. ¿Cómo iba a escapárseme?

—Me refiero a que si estás segura de que era ella.

—Totalmente segura. Llevaba una pistola en el bolso. Y yo no fui la única que lo vio; Hayes también. Lo único que tienes que hacer es preguntárselo a él.

Myles no tenía ni idea de qué podía estar hablando Chrissy. Ciertamente, las estadísticas de posesión de armas por habitante en las zonas rurales de Montana eran muy altas, pero él no veía a Vivian con una pistola, y menos con una pistola escondida. Para empezar, no creía que tuviera permiso, y para continuar, a ella no le gustaban las armas. Se lo había oído decir a ella misma en una ocasión, cuando Jake le había preguntado qué edad había que tener para poder comprarse un rifle de caza.

Así pues, ¿qué pensaba hacer con aquella pistola? ¿Por qué quería esconderla? ¿Y por qué la había llevado al banco?

Le hizo un gesto a Chrissy para que se sentara.

Ella asintió y se sentó al borde de la silla.

—Te sugiero que hables inmediatamente con ella —le dijo.

Myles intentó no fijarse en que el vinilo era solo ligeramente más naranja que el *autobronceado* de Chrissy.

—Gracias por el consejo. Pero, primero, ¿por qué no te calmas y me cuentas exactamente qué es lo que ha pasado?

—No hay mucho que contar —respondió ella—. Al salir del banco, Vivian se chocó con Buster Hayes, y el bolso se le cayó al suelo. Entonces, los dos vimos que, junto a sus cosas, se le salía una pistola del bolso.

Myles se sentó en su silla, detrás del escritorio.

—No estarás sugiriendo que Vivian iba a atracar el Mountain Bank and Trust.

—Puede que lo estuviera pensando y se acobardara en el último momento. ¿Para qué iba a llevar una pistola al banco?

—¿Se lo has preguntado?

—¡No tuve ocasión de hacerlo! En cuanto se dio cuenta de que habíamos visto el arma, lo recogió todo y salió corriendo —dijo Chrissy. Bajó la voz y abrió mucho los ojos para darle énfasis a sus palabras—: Te digo que su comportamiento era muy raro.

Myles recordó a Vivian la noche anterior. No se había comportado como la misma mujer que se había estado esforzando por ignorarlo durante los meses anteriores. Eso también era un cambio muy notable, ¿no?

O tal vez no.

Lo que sentían el uno hacia el otro había estado cambiando durante algún tiempo, haciéndose cada vez más intenso. Por ambas partes. Hasta la noche anterior, Vivian había rondado al borde de su vida y había permanecido fuera de su alcance. Sin embargo, durante los dos primeros años desde la muerte de Amber Rose, si Vivian se hubiera paseado desnuda por su jardín, a él ni siquiera se le habría acelerado el pulso.

—¿En qué sentido? —preguntó.

Chrissy se colocó el tirante de la camisa, que se le había deslizado por el hombro. Vestía como si fuera una de las animadoras a las que entrenaba; llevaba pantalones cortos, tops muy escasos y, siempre, una diadema.

—No sé. Parecía como si tuviera miedo. También, como si se sintiera culpable.

–Entonces, ¿por qué piensas que la pistola que viste tiene algo que ver con el asesinato? Mi ayudante me ha dicho que...

–¡No todos los días se ve a alguien con una pistola saliendo del banco!

–Sí, es cierto. Pero hay mucha gente que tiene armas en este pueblo; por otra parte, el asesinato no se cometió con un arma de fuego. Así que ayúdame. Estoy buscando la relación entre una cosa y otra.

–Ocurre algo, ¿de acuerdo? Eso es lo único que estoy intentando decirte.

Por algún motivo, Chrissy empezó a caerle peor que antes, incluso. Tenía una personalidad que... Él había oído decir que era muy autoritaria con su marido, y que lo trataba muy mal. Tenían una tienda de artículos de segunda mano que estaba cerca del banco. Él ya había sentido lástima antes por el señor Gunther, cuando Chrissy le echaba la bronca en la fiesta anual del cangrejo o en el bar. Pero, ¿ir hasta allí solo porque tuviera un cotilleo que contarle? Aquello hacía que se sintiera incluso peor por el pobre desgraciado que se había casado con ella.

–Bien, lo investigaré –le dijo–. Gracias por venir.

Ella se puso en pie de un salto.

–Si quieres que vaya contigo, estoy dispuesta.

–No, no, no es necesario, gracias. Pero... ¿podría pedirte un favor?

A Chrissy se le iluminó la cara.

–¡Por supuesto!

–¿Hasta qué punto conoces a Vivian?

–No mucho –dijo Chrissy–. La conocí el año pasado, cuando las dos fuimos a ayudar en la escuela. Nuestras hijas están en el mismo curso. La invité a una de mis reuniones de joyería, pero el día anterior me dijo que no iba a poder ir –añadió, arrugando la nariz–. No es muy sociable. No sé cuál es su problema, pero estoy empezando a pensar que oculta algo.

Sí, cierto. Estaba ocultando algo. Estaba escondiéndose a sí misma y a sus hijos. El hecho de tener un exmarido maltratador haría que cualquiera prefiriese llevar una existencia discreta, e incluso tener una pistola. Sin embargo, él había decidido que iba a comprobar el relato de Chrissy, por si acaso.

Chrissy vaciló en la puerta.

—Eh... ¿Sheriff?

—¿Sí?

—No sé si esto es importante, pero teniendo en cuenta lo que ha ocurrido últimamente, creo que puede serlo.

—¿De qué se trata?

—Cuando Vivian llegó a vivir al pueblo, su hija le dijo a la mía que se habían mudado porque les estaban persiguiendo unos hombres malos.

Myles se quedó estupefacto. No le habría parecido extraño oír «un hombre malo», pero, ¿varios hombres?

¿Era una mentira que había inventado Vivian para proteger a sus hijos, para que ellos no tuvieran que saber que su padre les estaba causando problemas?

—¿Y dijo quiénes podían ser esos hombres?

—No. Pero tenía que ver con alguien que entró en su casa, alguien que recibió un disparo y... —Chrissy hizo una señal para entrecomillar la frase con los dedos— con sangre por todas partes.

Otra sorpresa. Myles no tenía ni idea de qué podía ser, pero sintió el impulso de defender a Vivian y a Mia.

—Tal vez todo eso fue algo que la niña vio en la televisión.

—Sé que suena un poco descabellado. Al principio, a mí me lo pareció también. Bueno, no todo el mundo es tan diligente como yo con respecto a sus hijos, pero, ahora me pregunto si...

Myles también se hacía preguntas. ¿Hablaba Mia de un suceso real? Y, de ser cierto, ¿qué relación tenía todo aquello con lo que le había contado Vivian? ¿Acaso temía a más de un hombre? ¿Tenía de verdad un exmarido maltratador?

Y, si lo tenía, ¿lo había matado?

Myles estaba en el porche de casa. Vivian veía su imagen borrosa a través del cristal ovalado y esmerilado de la puerta, distinguió su uniforme azul y supo por qué había ido a verla. Por Chrissy. Buster no habría molestado al sheriff. Buster no era un entrometido como la madre de Hope, a quien los profesores y demás empleados de la escuela elemental del pueblo consideraban una cruz. Podría decirse que todo el pueblo la consideraba una cruz. Y, para desgracia de Mia, Hope se parecía cada vez más a su madre. Antes de que terminara la escuela y comenzaran las vacaciones de verano, Hope había excluido a propósito a Mia de su popular pandilla.

Vivian frunció el ceño y se apartó del ordenador. Había estado chateando con Claire para intentar convencerla de que el asesinato de Pat no tenía nada que ver con la desaparición de su madre. También había contestado a algunos de los muchos correos electrónicos que había recibido durante las últimas veinticuatro horas.

Al llegar a casa, se había puesto unos pantalones vaqueros cortos y una camiseta de tirantes para estar cómoda, y aquel no era el tipo de indumentaria con el que le gustaba recibir a las visitas, y menos si la visita era un hombre. Sin embargo, no quería que Mia se diera cuenta de que había llegado el sheriff, porque no quería que oyera las preguntas que tal vez le hiciera Myles. Así pues, se levantó rápidamente para abrir antes de que él llamara al timbre.

Por suerte, él tocó primero con los nudillos, y con suavidad. Seguramente, la veía desde fuera, exactamente igual que ella podía verlo en el porche.

Vivian entreabrió la puerta, con intención de que el encuentro fuera lo más breve posible.

–¿Sí?

Al ver que Myles bajaba la mirada, Vivian supo que se había dado cuenta de que no llevaba sujetador. En menos de un segundo, su pecho se había vuelto un motivo de tensión entre ellos dos. Sin embargo, aquella tensión no era nada nuevo. Era el motivo por el que ella había tenido el atrevimiento de hacerle una proposición sexual la noche anterior. Nunca hubiera pensado que él fuera a rechazarla.

–Vivian –dijo Myles, a modo de saludo, inclinando la cabeza.

Ella esbozó una sonrisa forzada y respondió en un tono serio.

–Myles. ¿Qué tal el día de hoy?

–Los he tenido mejores.

Y ella también, por muchos motivos. Una de sus grandes preocupaciones era Rex. No podía dejar de pensar en todo lo que había significado para ella, de preguntarse si seguía con vida y si ella había tenido parte de culpa en su desmoronamiento. Aunque estaba acostumbrada a vivir con miedo, la culpabilidad era una emoción nueva y más difícil de soportar. Además, estaba la vergüenza, que trataba de disimular, por haberse insinuado a Myles.

Había pensado en disculparse por su comportamiento y achacárselo al vino, pero ella no era de las que se inventaban excusas. El alcohol no había cambiado lo que sentía, solo lo había revelado.

–Lo siento –le dijo, e hizo una pausa.

Sin embargo, él no aprovechó la oportunidad para decirle cuál era el motivo de su visita. Se hizo un silencio incómodo entre los dos.

–¿Puedo hablar contigo unos minutos? –le preguntó Myles, al ver que no lo invitaba a entrar.

–Por supuesto.

Él arqueó las cejas.

–¿Y tenemos que hablar aquí fuera?

Era menos probable que Mia los oyera si permanecían en el porche.

—¿Por qué no? Hace un día precioso. Vamos —dijo.

Salió de casa y cerró suavemente la puerta. Entonces se dirigió hacia las mecedoras de madera que había comprado en una subasta de antigüedades el verano anterior. Le encantaban aquellas mecedoras. Tenían la pátina del tiempo, y encajaban perfectamente en la amplia terraza, y con la sobria sencillez de su casa de cien años. Su casa de cien años.

Aunque tal vez no siguiera siendo suya durante mucho tiempo. Si tenía que huir de nuevo, no podría seguir pagándola. Ni siquiera sabía si iba a tener dinero para sobrevivir. Tendría que pedirle un préstamo a Virgil, pero, ¿cómo podía esperar que Peyton y él la mantuvieran? Era muy posible que ellos también se vieran obligados a dejar todo lo que habían creado.

—¿No sientes curiosidad por saber qué hago aquí? —le preguntó Myles, siguiéndola.

Se sentó y se abrazó las rodillas contra el pecho.

—Por el uniforme, deduzco que es un asunto oficial, así que... me imagino que no has venido por un revolcón rápido —dijo.

Pensó que tal vez haciendo una broma con su metedura de pata pudiera disminuir el azoramiento que había en el ambiente, pero su broma no provocó la sonrisa que esperaba, ni ningún otro gesto que indicara que podían reírse de lo de la noche anterior.

Por el contrario, él pasó la mirada por sus piernas desnudas, y ella lamentó haber hecho aquel comentario.

—Olvida lo que he dicho —le pidió—. Era mi forma de disculparme por ponerte en esa situación después de que fueras tan amable como para venir a arreglar mi nevera. Eso es todo.

—¿Era una disculpa?

—Sí.

—No una sugerencia.

—No. No cometería dos veces el mismo error.
—¿Y hasta qué punto lo lamentas?
—¿Cómo?
—Solo me preguntaba si lo sientes tanto como para cambiar de opinión y dejar que te invite a cenar.

Ella se abrazó con más fuerza las rodillas y negó con la cabeza.

—No. Me siento avergonzada, tanto como para evitarte de ahora en adelante.

Él frunció el ceño en señal de frustración.

—No vas a permitir que tengamos una oportunidad.

Y él no estaba acostumbrado a eso. A Vivian no se le ocurría el nombre de ninguna de las mujeres del pueblo a las que conocía que no estuviera dispuesta a dejarlo todo plantado con tal de poder pasar un par de horas con él. Siempre oía comentarios como: «Pobre sheriff King. Cuánto quería a su mujer». Aunque era un cumplido, siempre se pronunciaba con un tono de melancolía que daba a entender que a la que hablaba le gustaría ser la siguiente.

Ella no era distinta. Sentía el mismo deseo de tener lo que había tenido Amber Rose King. Sin embargo, no podía tenerlo, de no ser que consiguiera librarse de su pasado.

—Puede que no tenga otro remedio.

Vivian se arrepintió de responder así al ver el interés que provocaba en Myles.

—¿Qué quieres decir con eso?
—Nada, nada. No importa —dijo Vivian, y dio unas palmadas en los brazos de la mecedora para darle énfasis a su cambio de tema—. ¿Qué te trae por aquí?

Él ni siquiera se molestó en responder.

—¿De qué tienes miedo? —le preguntó.

Vivian se pasó la mano por el pelo recién cortado. Una costumbre nueva. Todavía le parecía algo ajeno a ella.

—No es nada que no pueda gestionar.
—Yo te ayudaría si me lo permitieras, Vivian.

—Ya lo sé —respondió ella, y sonrió con tristeza—. No puedes hacer nada. Solo... decirme por qué has venido.

Él apretó los labios.

—Hoy, cuando salías del banco...

Ella se irguió y se preparó para lo que se avecinaba.

—¿Sí?

—Llevabas algo en el bolso.

—Te lo ha dicho la bocazas de Chrissy Gunther.

—¿Pensabas que no me lo iba a decir?

—Sabía que sí. Aprovecha cualquier excusa para llamar tu atención. Sin embargo, su interferencia me resulta igualmente irritante. ¡Qué entrometida!

—Créeme, a mí tampoco me entusiasma su interés, pero en esta ocasión sí me alegro de que metiera las narices donde no le importa —replicó él, y se puso las manos en las caderas—. ¿Por qué no hablamos del arma?

Ella se sintió demasiado incómoda como para seguir en la misma posición, y se soltó las piernas.

—Es un medio de defensa propia. Estoy segura de que no soy la única que tiene una pistola.

—¿Tienes permiso de armas?

Vivian no respondió.

—¿Eso es un no?

Demonios....

—Por aquí todo el mundo tiene algún arma escondida, tengan permiso o no. Y a nadie le importa, siempre y cuando no la agiten delante de la cara de otra persona o se pongan a hacer amenazas cuando están borrachos. ¿Acaso te vas a poner estricto conmigo?

—Tal vez —respondió él, y se apoyó en la barandilla—. ¿De dónde la has sacado?

—Me la regaló un familiar.

—¿Tienes parientes?

—Uno o dos.

—¿Dónde?

—Uno de ellos está en la cárcel, por si te interesa.

—¿Es tu padre, o un hermano?
—Ninguno de los dos.
—Entonces, ¿quién?
—Un tío.
—¿Y qué hizo?
—Hizo algo que destruyó mi vida y la vida de casi todo el mundo que quiero.
—¿Qué fue eso?
Ella respiró profundamente y alzó la barbilla.
—No importa.
—No puedes decirme todo eso y después cortar la conversación.
Claro que sí podía. Ya había ido demasiado lejos.
—No quiero hablar de ello.
Sin embargo, él estaba analizando toda aquella información. Vivian observó su mirada de especulación.
—Eso significa que había dos hombres violentos en tu vida.
—Sí.
—¿Tiene alguna relación tu tío con tu exmarido? ¿Le pegó un tiro?
—No.
—¿Tienen alguna relación esas dos historias?
—Ninguna en absoluto.
Salvo que, probablemente, ella nunca se habría casado con Tom si no se hubiera marchado tan pronto de casa y hubiera estado tan desesperada por tener un amigo.
—Está bien. Entonces, ¿qué estabas haciendo con una pistola en el banco?
—¿Tú qué crees?
—Creo que será mejor que me des una respuesta clara.
Aquel día, el sol lucía con fuerza, pero los árboles que rodeaban la casa servían de pantalla a sus rayos, y soplaba una brisa suave que llegaba desde el lago y refrescaba el ambiente. En Pineview, la temperatura casi nunca subía de los veinticinco grados. Las plantas habían florecido, y era

un momento muy bonito del año. A Vivian le encantaba estar allí, sobre todo en verano.

—Acababa de sacarla de mi caja fuerte —dijo, y se encogió de hombros.

—¿Y por qué hoy?

—¿Y por qué hoy no?

—¿Tiene algo que ver con los hechos recientes?

—Si te refieres al asesinato de Pat, sí.

Tenía más que ver con la desaparición de Rex, y con el hecho de que él sabía dónde vivían los niños y ella. Si se descuidaba, o si tenía suficiente motivación, tal vez pudiera decírselo a alguien. Sin embargo, no quería hablar de eso. Durante aquellos cuatro últimos años, se había vuelto tan reservada que sopesaba todas las frases que decía. Aquel estado de vigilancia constante era agotador, y aquel debía de ser el motivo por el que, de repente, estaba hablando más de la cuenta. Estaba harta de la mentira, de la cautela y de la preocupación. También estaba cansada de pasar tanto tiempo sola, o en Internet, intentando llenar su vida con extraños o con socios de negocios que no representaban ninguna amenaza. Ni siquiera Claire sabía quién era ella en realidad.

—¿En qué te afecta a ti el asesinato de Pat?

—A menos que tú descubras quién es el asesino y lo detengas, eso nos afecta a todos, ¿no?

—¿Eso es todo? ¿Estás preocupada por tu seguridad?

—Creo que todos lo estamos.

—El asesinato de Pat no tiene ningún significado en especial para ti.

—Me entristece mucho que muriera.

—Eso no es lo que te estoy preguntando.

—Entonces, me temo que no entiendo qué es lo que quieres saber.

—¿Esto no tiene nada que ver con tu tío ni con tu exmarido?

—No.

—¿Sabes algo de por qué ha ocurrido, o quién podría ser el responsable?

Vivian sintió una aguda punzada de culpabilidad. Era posible que supiera algo. Cabía la posibilidad de que lo que temía fuera cierto, así que debería decir algo, pero, ¿y si estaba equivocada? La información que tenía podía hacer avanzar la investigación, pero también podía desviarla del camino correcto...

Era mejor esperar. ¿Por qué iba a destrozar la vida que se había creado allí, si no era estrictamente necesario?

—Por supuesto que no. ¿Qué te hace pensar que puedo saber algo?

Él agitó la cabeza.

—No lo sé. Contigo pasa algo. No puedo dar con lo que es, pero...

—Ya te lo he explicado.

—Sí, cuando me contaste lo de tu exmarido.

—Exacto.

—Y su nombre es...

Vivian se sintió alarmada. No podía revelarle el nombre de Tom, por si acaso a Myles se le ocurría investigar cuál era su verdadera identidad. Ni tampoco tenía ninguna excusa buena para negarse a hacerlo.

—No quiero pronunciarlo.

—¿Por qué?

Demonios. Ella había pensado que mencionando a su exmarido y explicándole que la maltrataba conseguiría poner fin a las preguntas del sheriff y daría una buena excusa para su secretismo, pero solo había logrado estimular su curiosidad por saber más detalles. Después de dos años en Pineview, había bajado la guardia y había hecho exactamente lo que había jurado que no haría nunca. Había divulgado un detalle concreto que, si no tenía cuidado, serviría para desentrañar toda la verdad.

—Porque forma parte de mi pasado, y no quiero volver a aquellos años.

Él le tomó el brazo y se lo giró para poder ver la cicatriz que le había dejado Tom.

—Háblame de esto.

Gracias a los años que habían pasado, las iniciales que le había grabado su exmarido con la navaja no eran tan visibles como antes. Y, aunque Myles pudiera descifrarlas, no podía hacer mucho con una «te» y una «hache». Sin embargo, la posibilidad de estar subestimándolo le provocó más ansiedad todavía.

—No hay necesidad de repetir la historia —dijo Vivian, y tiró del brazo para zafarse de él—. No tiene relación con nada de esto.

—¿Lo mataste? —preguntó él, mirándola fijamente.

—¿A mi exmarido? ¡Por supuesto que no!

—Entonces, ¿por qué no quieres hablarme de él?

Ella se puso en pie.

—Porque no tiene nada que ver contigo, ni con este pueblo, ni con la muerte de Pat.

—¿Estás huyendo, Vivian?

—¡No!

—Entonces, ¿qué?

—¡Solo quiero preocuparme de mis asuntos, y que me dejen en paz!

—Gracias por la confianza.

—¿Y por qué debería confiar en ti? ¡Casi no nos conocemos!

—¿De verdad?

—¡Sí! Somos... somos vecinos, nada más —dijo, pero no pudo mirarlo a los ojos, porque lo que habían hecho en sueños los dos juntos era mucho más íntimo que lo que podía ocurrir entre dos extraños.

Él bajó la voz.

—Entonces, ¿por qué siempre encuentras una excusa para salir de casa cuando yo estoy trabajando en el jardín?

Ella se quedó boquiabierta. Aquello era lo último que se esperaba.

–¡No es cierto!
–¿Y por qué sigues hasta mi último movimiento cuando crees que no sé que estás ahí?

Vivian enrojeció.

–No sé de qué estás hablando.

–La invitación que me hiciste anoche no ha salido de ninguna parte, Vivian. En Pineview hay muchos hombres que estarían encantados de acostarse contigo. Sin embargo, que yo sepa, tú no has tenido ninguna aventura con nadie por aquí.

–¡Eso no significa que no vaya a tenerla!

–Sí, claro que sí. No es tu estilo. Lo que ocurrió anoche no solo se debe a que quieras acostarte con alguien, sino también a las muchas horas que has estado mirándome... como yo te he mirado a ti.

Para Vivian era difícil hablar con el corazón en la garganta, pero tenía que poner coto a las emociones que estaban explotando entre ellos.

–Mira, ya he intentado explicártelo. Lo de anoche fue un error, y no voy a repetirlo. No sé en qué estaba pensando. Fue un momento de debilidad.

–Y ahora te arrepientes.

–Exacto.

–¿Y te arrepentirías igualmente si te dijera que sí?

–Seguramente, más.

–Por eso rechacé tu oferta.

Vivian entornó los ojos. Si él no iba a permitir que ella se guardara nada, ella también quería saber la verdad.

–Ese no es el motivo.

–Entonces, ¿cuál es?

–Me tienes miedo. Tienes miedo de lo que no sabes.

Él hizo caso omiso de aquella acusación.

–Con respecto al arma...

A ella se le encogió el estómago al pensar en que él pudiera confiscársela.

–¿Qué pasa con ella?

—Es peligroso tenerla en casa.

Pero era más peligroso no tenerla. Ese era el motivo por el que Virgil se la había regalado.

—Tendré cuidado.

—¿De veras la necesitas? Yo vivo en la casa de al lado.

Con una niña de trece años. De ninguna manera iba a permitir que él se viera involucrado si alguien de La Banda iba a visitarla. Ellos lo matarían a él, y matarían también a Marley, igual que habían matado a aquel alguacil...

Revivió todo el pánico que había sentido aquella noche mientras llamaba a la policía. Recordaba perfectamente haber sentido la sangre del alguacil, todavía caliente, mientras ella intentaba mantener cerrada la herida de su cuello. No podía permitir que volviera a ocurrir algo semejante, nunca. Y para eso tenía que controlar sus emociones.

—Gracias, pero sé cuidarme sola.

Aquello le ofendió. Myles quería que confiara en él al menos como sheriff, pero no discutió con ella ni intentó convencerla. Asintió una vez y se dio la vuelta para marcharse.

Ella no pudo resistir el impulso de seguirlo escaleras abajo.

—¿Eso es todo lo que tienes que decirme?

Entonces, él se giró hacia ella con una expresión de puro deseo.

—Sí. No. Sí. No. Me estás volviendo loco —murmuró.

Ella también se estaba volviendo loca, deseando algo que no podía tener.

—Lo siento.

—¿Y eso es todo lo que tienes que decir tú?

—Sí.

—No —respondió él, agitando la cabeza.

—¿No?

—¿Quieres conservar tu pistola?

—Sabes que sí.

—Entonces, ven a dar una vuelta conmigo. Esta tarde, a las seis y media. Marley hará de canguro con los niños.
—Los niños no se pueden quedar aquí...
—Entonces, los llevaremos a mi casa.

Aunque La Banda estuviera en el pueblo, no tendrían por qué ir a buscar a sus hijos a casa del sheriff. Mia y Jake estarían a salvo. Sin embargo... ¿no estaría sobrepasando los límites?

—¿Y si me niego?
—Te confiscaré la pistola ahora mismo.
Ella tragó saliva.
—¿Y si voy contigo?
—Tal vez puedas conservarla.
—¿Tal vez?
—Depende.
—¿De qué?
—De que sepas usarla o no.
Vivian no se esperaba aquello.
—¿Cómo?
—Llévatela —le dijo él, y se alejó. Cuando llegó al coche patrulla, se volvió y le dijo—: Y abrígate. Nos vamos en la Ducati.

Capítulo 7

Myles sabía que no debía presionar a Vivian; ella era demasiado tozuda. Perseguir a alguien tan misterioso y tan reservado era buscarse problemas. Y, sin embargo… ella lo atraía como ninguna otra mujer. Al principio no lo esperaba, o por lo menos, no sabía que las cosas fueran a ocurrir así. Pensaba que saldría con ella y comprobaría si las cosas iban a alguna parte y, seguramente, seguiría buscando otra candidata. No tenía muchas esperanzas de encontrar a alguien a quien pudiera querer tanto como a Amber Rose.

Parecía que Vivian no iba a dejar que el interés que sentían el uno por el otro se desarrollara de un modo relajado, normal. Era muy distinta a las otras mujeres que él había conocido, y completamente opuesta a su mujer. Amber Rose era confiada, afectuosa, luminosa. Vivian era complicada y estaba llena de sombras. Eso conllevaba muchos riesgos, y él no tenía derecho a correr riesgos en aquel momento de su vida, con una hija adolescente que había perdido a su madre…

Entonces, ¿por qué no era capaz de alejarse de su vecina?

Porque la deseaba demasiado, así de simple. Él hubiera querido relacionarse con ella sin profundizar demasiado, conocerla mejor antes de decidir si bajaba o no bajaba las defensas. Ese era el motivo por el que la había rechazado la noche anterior, aparte de que ella hubiera tomado bastante vino. Pero Vivian no le iba a permitir ir a lo seguro. Tendría que tirarse de cabeza a la piscina si quería mojarse.

Lo cual era bastante estúpido por su parte, ¿no?

Por supuesto que sí. Debería llamarla y cancelar la cita.

Sin embargo, sabía que eso no era posible. Por primera vez, desde la muerte de Amber Rose, sentía cosas positivas sobre la vida en general y sobre aquella vecina en particular: emoción, entusiasmo, excitación y curiosidad. Si Vivian le daba otra oportunidad como la noche anterior, la aceptaría. Aunque terminara arrepintiéndose, por lo menos escaparía del vacío y el entumecimiento que habían sustituido al dolor de perder a Amber Rose.

Miró el reloj. La autopsia de Pat estaba prevista para las tres, y como había estado demasiado tiempo en casa de Vivian, y la comida con Marley se había alargado, tenía que darse prisa si quería llegar a tiempo para presenciarla.

Al igual que la comisaría, la morgue estaba en Libby, a media hora de camino. Cuando le quedaban solo unos ocho kilómetros para llegar, vio un vehículo averiado en la cuneta.

Como estaba tan decidido a llegar a tiempo a la morgue, estuvo a punto de dejar al conductor que se las arreglara solo. En realidad, eran dos hombres. Sin embargo, no tenían cobertura de móvil, así que no podían llamar para pedir ayuda. Al ver que uno cojeaba al rodear el vehículo para revisar el motor, aminoró la velocidad.

Los andares de aquel hombre eran extraños, como si tuviera una pierna más larga que la otra. Tal vez el segundo, el que estaba sentado al volante, pudiera moverse incluso menos que su acompañante, y por eso ni siquiera había salido.

Myles se detuvo detrás de la pequeña furgoneta y apagó el motor. Después consultó la matrícula, que era de California, pero recibió la respuesta de que el sistema informático estaba fuera de servicio, y que llevaba así veinte minutos.

—Bueno, no importa —murmuró. Aquellos chicos necesitaban que les echara una mano. Si lo hacía rápidamente, llegaría a tiempo a la autopsia.

Justo cuando Myles salía del coche patrulla, el hombre discapacitado se inclinó sobre el capó.

—Buenas tardes, oficial.

—Parece que tienen problemas —dijo Myles. Se fijó en la furgoneta. Posiblemente era de los noventa.

—Se ha quemado el radiador —respondió el hombre.

El asiento trasero estaba lleno de equipo de acampada y de aparejos de pesca, cosa que no era extraña en aquella época del año. La persona que estaba dentro de la furgoneta lo miró a través de la ventanilla, pero no se movió. Parecía que era joven. No tan joven como para ser hijo del hombre discapacitado, pero sí su hermano o su sobrino, quizá.

El discapacitado se apoyó con dificultad en ambas manos, como si le doliera soportar su propio peso. Llevaba unos pantalones vaqueros, una camiseta de manga larga y una gorra de béisbol, pero Myles se dio cuenta, al acercarse a él, de que estaba cubierto de tatuajes, incluso en la cara. Las imágenes de serpientes y gárgolas hicieron que Myles deseara haber podido comprobar la matrícula. Él trataba con muchos turistas, sobre todo hombres, y algunos de ellos eran bastante toscos. Sin embargo, aquel tipo era distinto a cualquier otra persona que hubiera visto desde que trabajaba en Phoenix. Su aspecto, y también el hecho de que no hubiera dado muestras de alivio ante la perspectiva de contar con su ayuda, por no mencionar la forma en que el chico del interior del vehículo se hundió en el asiento, despertaron el instinto de policía de Myles.

Inmediatamente, pensó en el asesinato de Pat. Ojalá pudiera averiguar si aquella furgoneta era robada, o si había alguna orden de arresto contra ellos.

—Se ha calentado el motor, ¿no? —preguntó.

–Sí. Demasiado caliente como para aguantar sin romper el radiador –dijo su interlocutor. Había una jarra de agua en el suelo, junto a la rueda. Era evidente que el hombre había hecho todo lo posible por remediar el problema.

A juzgar por el olor a quemado, Myles pensó que era demasiado tarde como para salvar el motor.

–Si ese es el problema, no arrancará. ¿No quiere que llame a la grúa? Harvey vendrá enseguida y los llevará al pueblo junto a su vehículo.

El hombre de los tatuajes miró el dinero que llevaba en el bolsillo. Después lo miró a él.

–¿Cuánto cuesta la grúa?

–No lo sé con certeza, pero supongo que unos ochenta dólares.

–¿Lo oyes? –le preguntó al chico del volante–. Por tu culpa necesitamos una grúa.

La puerta del coche se abrió, y el muchacho asomó la cabeza. Tenía las cejas muy negras y los ojos muy azules.

–¡Yo soy el que dijo que teníamos que parar!

–¡No es verdad!

–¡Sí es verdad!

–Si necesitan una grúa, no hay nada que hacer –dijo Myles, interrumpiéndolos. No parecía que se llevaran muy bien. El chico estaba de muy mal humor, y el tipo de los tatuajes apenas podía contener la irritación.

–Sí, adelante. Llame –le dijo a Myles.

Myles sonrió ligeramente.

–Lo haré, pero primero necesito ver su carné de conducir, la documentación del vehículo y el seguro.

El chico se irguió en el asiento.

–¿Por qué? No hemos hecho nada malo.

Como estaba en desventaja numérica y no sabía si aquellos hombres iban armados, Myles mantuvo un tono y una expresión calmados. No quería ponerlos nerviosos.

–No hay nada de qué preocuparse –dijo–. Es solo el procedimiento normal.

El chico no podía tener más de diecinueve o veinte años, y aunque parecía que no se había duchado desde hacía varios días y llevaba la ropa arrugada y sucia, no era feo. Era alto y delgado, y tenía una buena constitución. Lo que inquietaba a Myles era su actitud furtiva y el sudor que brillaba en su frente.

−¿Solo porque se haya roto el radiador?

Aquella reticencia a mostrarle la documentación hizo sonar otra alarma en la cabeza de Myles. No quería estar en aquella situación sin refuerzos, porque no tenía ni la menor idea de si aquellos hombres eran ciudadanos que respetaban la ley. Aquel día, además, no había apenas tráfico por la carretera, y eso era otro punto a favor para ellos. Si quisieran, podrían pegarle un tiro, arrastrar su cuerpo al bosque y robarle el coche patrulla.

−Como he dicho −dijo Myles, y bajó la mano por si necesitaba sacar el arma reglamentaria−, es el procedimiento normal.

−Dáselo −dijo el tatuado, gruñéndole a su compañero, como si fuera él quien tomaba las decisiones.

Myles se puso muy tenso. Aquel era el peor momento de cualquier parada de tráfico: cuando el conductor se inclinaba hacia el otro asiento para abrir la guantera. En vez de sacar la documentación, podía sacar una pistola. Cuando trataba con la gente de Pineview, a él no le preocupaba eso, pero aquellos dos sujetos eran perfectos extraños.

Por suerte no hubo disparo. Myles sintió un inmenso alivio al ver que el joven le entregaba la documentación y el seguro. Todo ello estaba a nombre de un tal Quentin J. Ferguson.

−¿Y su carné?

El chico se quitó la gorra y volvió a ajustársela en la cabeza.

−Lo siento, señor. Perdí la cartera en el río, ayer mismo.

Aquel tipo de cosas ocurrían a menudo, pero Myles no pudo creérselo del todo. Se giró hacia el otro hombre.

—¿Y usted?

—Yo no me he traído el carné de conducir. Teniendo en cuenta mi discapacidad, es mejor que no conduzca.

¿Ninguno de los dos podía darle una prueba de su identidad?

—¿Por qué no comenzamos con sus nombres? —le preguntó Myles al hombre tatuado, que sonrió de oreja a oreja al responder.

—Ron Howard.

Myles se irguió.

—¿Como el director?

—¿Qué director?

¿Lo decía en serio? No, no era posible. Aquel tipo sabía exactamente quién era Ron Howard.

—¿Cómo se lesionó, señor Howard?

—Me caí de un andamio cuando trabajaba en una obra. Me rompí la espalda.

A Myles le dio la sensación de que iba a tener que arrestarlos. Había algo que le daba muy mala espina...

—Espero que sea algo temporal.

—Me temo que no.

Parecía que sufría dolores de verdad.

—Lo lamento.

La expresión del supuesto Ron Howard se volvió amarga, y las gárgolas que tenía tatuadas en la cara se le movieron como si bailaran.

—Sí, yo también.

Aquel hombre resultaba tan fascinante como repulsivo. Con esfuerzo, Myles apartó la vista de él y señaló la furgoneta Toyota.

—¿Es usted el propietario del vehículo?

—No. El dueño es su hermano —respondió él, señalando al muchacho.

—¿Y cómo se llama usted? —le preguntó Myles al conductor.

—Peter Ferguson —dijo, señalando la documentación—.

Quentin es mi hermano. La jota es la inicial de Joe –añadió, y miró la placa de identificación de Myles–, sheriff King.

Ojalá pudiera creerse lo que le habían dicho. Y ojalá no tuviera que darles la espalda a aquellos dos para volver a su coche. Sin embargo, no podía quedarse allí todo el día.

El crujido de sus botas en la gravilla sonó muy alto, seguramente porque él era muy consciente de cada uno de los pasos que daba. El asesinato de Pat, unido a la aparición desconcertante de aquellos dos individuos, le había hecho asustadizo, tan asustadizo como los demás habitantes de Pineview. Intentó escuchar cualquier movimiento que se produjera detrás de él, cualquier señal de peligro, pero llegó al coche patrulla sin problemas.

Dejó la puerta abierta, para poder salir rápidamente si era necesario, y llamó a la centralita para preguntar por la matrícula, en vez de entrar en el ordenador. La respuesta fue la misma: la División de Vehículos de Motor de California no estaba disponible.

–Llámeme en cuanto tenga alguna noticia –le dijo a la encargada de la centralita.

Después llamó por radio a Harvey's Tow, la empresa de grúas. Cuando terminó la llamada permaneció en el coche, estudiando la documentación que le habían dado. La dirección indicaba que el propietario de la furgoneta vivía en un lugar llamado Monrovia, en California. ¿Estaba aquella localidad al sur, o al norte de California?

Myles no tenía ni idea. Solo había estado una vez en Disneylandia con Marley, y eso era todo.

Ron Howard comenzó a caminar hacia el coche patrulla. Myles había estado retrasándolo todo con la esperanza de tener noticias de la centralita antes de volver a la furgoneta, pero ya habían pasado diez minutos. Sabiendo que la puerta abierta de su coche serviría de escudo si había algún problema, se puso en pie, pero permaneció tras ella.

–La grúa viene de camino.

—No tendrá una botella de agua, o algo de beber en el coche, ¿no? —le preguntó el hombre tatuado.

Myles no tenía ni comida ni bebida.

—No, lo siento.

El hombre asintió y se dio la vuelta para volver a su furgoneta. Sin embargo, no había dado diez pasos cuando se dobló hacia delante y soltó una maldición.

—¿Se encuentra bien? —preguntó Myles. Parecía que sufría un fuerte dolor, y él no pudo evitar preocuparse—. ¿Quiere que llame a una ambulancia?

—No. No pueden... hacer... nada —dijo el hombre tatuado, hablando con dificultad.

—¿Necesita aspirinas, o algo por el estilo? Yo no tengo, pero tal vez el conductor de la grúa sí.

—La aspirina tampoco me sirve de nada.

—Entonces, tendrá una receta para analgésicos más fuertes.

—Se me cayó... al río... con la cartera de Peter.

Myles estaba a punto de dejar la seguridad de su coche para ayudar al hombre a volver a su furgoneta, cuando la radio dio aviso. Estaban intentando ponerse en contacto con él desde la centralita.

—Un momento —dijo. Se agachó y entró en el coche, y tomó el micrófono—. ¿Tienes alguna información? —le preguntó a la encargada.

—La matrícula que me dio está registrada a nombre de Quentin J. Ferguson, de Monrovia, California —dijo Nadine Archer.

Myles había hablado con ella tantas veces desde que trabajaba en aquella zona que reconocía su voz.

—¿Hay alguna denuncia sobre su robo?

—No, señor.

Myles alzó la vista. Ron había conseguido erguirse y caminaba con dificultad hacia su furgoneta.

—¿Tiene Quentin J. Ferguson, de Monrovia, alguna orden judicial pendiente contra él?

—No, ni una.
—¿Y cuándo nació?
—En 1964 —respondió Nadine.

Eso significaba que Quentin, el hermano de Peter, tenía cuarenta y seis años; era bastante mayor que Peter. Sin embargo, era posible. Incluso cabía la posibilidad de que Quentin fuera su hermanastro.

Ron subió a la furgoneta e inició otra discusión con el muchacho, pero dadas las circunstancias, eso tampoco estaba fuera de lo normal. Hacía calor, estaban sin coche bastante lejos de casa y uno de ellos sufría muchos dolores y había perdido la receta de sus analgésicos.

—¿Podría darme información sobre un tal Ron Howard?
—¿También de Monrovia?
—Seguramente. Inténtelo.

Tuvo que esperar varios minutos hasta que ella volvió a la línea.

—Hay varios Ron Howard, pero ninguno tiene órdenes judiciales pendientes.
—Está bien. Gracias.
—A su disposición, sheriff.
—Bueno es saberlo —murmuró Myles, mientras colgaba el micrófono en la radio. Parecía que su intuición estaba un poco confusa aquel día. Tal vez. Sin embargo, aquellos dos seguían sin gustarle.

Los hombres dejaron de hablar en cuanto se acercó a su furgoneta. Él percibió algo de inquietud, pero podía haber muchas razones para eso. Tal vez hubieran tenido algún encontronazo con la ley tiempo atrás. De cualquier modo, él no podía hacer nada. No tenía ningún motivo para detenerlos. Lo mejor sería que se marchara a la autopsia antes de perdérsela por completo.

—La grúa llegará en cualquier momento —les explicó, mientras les devolvía la documentación—. Yo tengo que encargarme de unos asuntos en el pueblo de al lado, así que me marcho.

El muchacho se irguió en el asiento.
—¿De veras?
—No les importa esperar solos, ¿verdad?
—No, en absoluto. Muchas gracias por su ayuda, sheriff.

El hombre que había dicho que se llamaba Ron Howard no dijo nada. Apoyó la cabeza contra la ventanilla y cerró los ojos.

—¿Su amigo estará bien? —le preguntó Myles.
—Sí, no se preocupe —le aseguró Peter—. Es un dolor crónico. Nadie puede evitárselo.
—Debería ponerse en contacto con su médico para que le dé una nueva receta. Hay una farmacia justo enfrente de Harvey's Tow.

El chico asintió.
—Lo haremos. Gracias.
—Buena suerte —dijo, y se marchó hacia su coche.

Se habría quedado a esperar más por si acaso el señor Howard empeoraba y necesitaba asistencia urgente, pero Harvey llamó por radio para decirle que llegaría en cinco minutos.

Así pues, podía dejarlos. Por muy raros que fueran, aquellos chicos no le habían dado ningún problema. Tampoco podían causarle problemas a Harvey; él nunca llevaba dinero encima. Lo único que podían robarle era la grúa, pero si necesitaran hacer algo así, le habrían robado el coche a él.

Myles se sintió aliviado por poder librarse de ellos. Informó a Harvey de que uno de los hombres tenía un problema médico. Después se marchó. Con suerte, todavía llegaría a la autopsia.

Capítulo 8

—¡Mierda, qué cerca hemos estado! —murmuró Ink mientras veía alejarse al sheriff.

L.J. volvió a meter la pistola, que había tenido tapada con una camisa vieja, debajo de su asiento.

—Me alegro de no haber tenido que pegarle un tiro. ¿Y si le hubiera disparado, como tú dijiste?

Ink no se molestó en abrir los ojos. Había exagerado su estado para que el sheriff bajara de su coche patrulla y se alejara de la radio lo antes posible, ya que no quería que acudieran más policías. Sin embargo, sentía dolor casi todo el rato. Eso no era fingido.

—Entonces estaría muerto. Y un policía muerto no tiene nada de malo. De hecho, ese tipo de policías es mi preferido.

—Yo tampoco me pondría a llorar. Pero no podemos ser estúpidos o acabaremos otra vez en la cárcel. Todavía no puedo creer que no nos detuviera. Seguro que se lo estaba pensando —dijo L.J., y ajustó el espejo retrovisor.

—¿Viene ya la grúa?

—No, todavía no.

L.J. empezó a buscar una cadena de radio que emitiera música de su gusto, pero Ink no soportaba el ruido del dial, que era lo único que estaban consiguiendo, así que alargó el brazo y apagó la radio. El dolor de espalda le estaba provocando dolor de cabeza. Cuando se había escapado de la cárcel no había podido sacar ninguna medicina, y tenía que arreglárselas con otras drogas que le habían dado sus compañeros de banda, los que les habían ayudado al salir, y lo que podía comprar legalmente en la farmacia.

–¿Por qué crees que cambió de opinión? –le preguntó L.J.

–¿Te refieres al sheriff?

–Sí.

–Creo que no encontró nada sobre nosotros en el ordenador.

–¿Y cómo es posible?

–Ni siquiera sabe nuestros verdaderos nombres.

–¿Y la matrícula? Robamos esta furgoneta hace una semana.

–Será que el dueño no ha denunciado el robo todavía, o esto habría terminado de manera muy diferente.

L.J. frunció el ceño.

–No entiendo cómo es que el dueño no ha llamado a la policía.

–Tal vez no haya echado de menos la furgoneta.

–¿Y cómo no vas a echar de menos tu coche?

¿Dónde estaba aquella maldita grúa? Allí sentado, cociéndose bajo el sol, su humor empeoraba a cada segundo. Estaba más enfadado de lo normal.

–Pues porque tal vez tenga más de uno –le espetó a L.J.–. O tal vez porque solo tenga este, y como es una porquería, no le importa haberlo perdido. O a lo mejor ni siquiera es suyo. Puede que lo estuviera guardando para su hijo, que está en el ejército, o en la universidad, o en rehabilitación. Ya viste dónde estaba aparcada la furgoneta, bien lejos de la autopista y tapada por un montón de cajas y porquerías. Seguro que el dueño no se pasa por allí todos los días. Creo que seguramente tardará otra semana más en darse cuenta de que se la han robado.

Cuando estaba nervioso, L.J. intentaba controlar su energía con un movimiento repetitivo, pero Ink no lo toleraba. En realidad, no eran sus movimientos lo que más le molestaba, sino sus constantes preguntas. L.J. estaba demasiado verde. Aquel era el problema de hacerse viejo en la cárcel. Los novatos pronto empezaban a parecer bebés, y, sin embargo, todos querían unirse a La Banda. Ink había prometido que sería el padrino de L.J. si él le ayudaba a fugarse, pero ya no estaba dispuesto a cumplir su promesa. L.J. no merecía la pena.

—Y, si ya no le importaba la furgoneta, ¿por qué no la vendió? —preguntó L.J.

Ink lo fulminó con la mirada. Aquello era lo que tenía que aguantar.

Sin embargo, hasta aquel momento se las habían arreglado. Habían escapado de la cárcel, ¿no? Por supuesto, también había sido de ayuda que, después de cuatro años de buen comportamiento, lo hubieran trasladado a un centro de seguridad media. Nadie esperaba que alguien con una discapacidad como la suya creara problemas. Y L.J. había entrado en la cárcel por posesión de drogas. Solo le quedaba un año de condena, así que nadie esperaba que él se escapara, tampoco. Si no estuviera empeñado en impresionar a los jefes de La Banda, seguramente no lo habría hecho.

—¿Vas a responder?

L.J. sintió un impulso casi irrefrenable de romperle la cabeza. Sin embargo, consiguió contenerse. Debido a los tatuajes y a su cojera llamaba mucho la atención, y era demasiado memorable. Necesitaba a alguien que diera la cara por él, así que no importaba que aquel chaval no tuviera cerebro. Seguramente, así era mejor, porque nunca se atrevería a desafiarlo. Por lo menos, el chico era fuerte y estaba sano.

Igual que él, antes de que Rex, Virgil y su hermana aparecieran en escena.

–¿Y a quién le importa por qué no la vendió? –dijo Ink–. Déjate ya de preguntas estúpidas.

–Para ti todo es una estupidez –respondió L.J. malhumoradamente.

Ink volvió a apoyar la cabeza en la ventanilla.

–Lo que pienso es que tú eres estúpido, eso sí. Eres como un niño de cinco años. El dueño no denunció el robo de la furgoneta, porque si lo hubiera hecho, nosotros estaríamos detenidos. Es así de fácil. ¿Contento?

–No, en absoluto –replicó L.J.–. Me dijiste que si te ayudaba a escapar de la cárcel nos lo pasaríamos muy bien. Sin embargo, llevamos casi una semana viviendo en el bosque, sin baño ni ducha, y ahora estamos aquí, sentados en una cuneta en medio de ninguna parte. ¡Y ese sheriff no nos ha detenido de milagro! Si lo hubiera hecho, nos habrían acusado a los dos del asesinato de ese tipo al que te cargaste, y si pasa eso, nos condenarán a muerte, aunque yo no tuviera nada que ver.

Ink entrecerró los ojos y le clavó una mirada de maldad.

–Tú estabas allí, ¿no?

–Por desgracia. Ese agente inmobiliario era inofensivo. Me recordaba a mi abuelo.

–Ese viejo cabrón se lo merecía.

–¿Por decir que necesitabas tener dinero para alquilarle una cabaña?

Ink oyó el ruido de un motor diésel. Con cuidado para que no se le intensificara el dolor, giró la cabeza y vio acercarse una vieja grúa por la carretera.

–Le ofrecí algo de dinero, pero no era suficiente para él. Si no nos iba a alquilar la cabaña, tenía que habernos dado algo. No iba a quedarme con las manos vacías.

–¿Pero tú crees que alguien nos habría permitido quedarnos en una cabaña así por cincuenta dólares? –preguntó L.J., y puso los ojos en blanco–. Y dices que yo soy tonto.

—No tenía a nadie más alojado allí, ¿no? Cincuenta dólares son mejor que nada.

—Ni siquiera habría sido suficiente para pagar la limpieza de la casa.

La grúa, una camioneta amarilla, tenía un letrero adherido a la puerta: *Harvey's Tow, 133 North Main, Pineview, Montana*. Debajo había un número de teléfono y después un lema escrito con caligrafía: *Seguiré al Buen Pastor*.

Ink se frotó las sienes.

—Fantástico. Un fanático religioso.

Harvey, o quien estuviera detrás del volante, se colocó en paralelo a ellos y les hizo una señal antes de maniobrar y colocar la grúa delante de su furgoneta.

—¿Cómo sabes que es religioso? —le preguntó L.J.

—Cállate ya, ¿quieres?

—¿Qué vamos a hacer con el arma?

—¿Y a ti qué te parece? No podemos dejarla en la furgoneta. Métela en el pantalón.

El motor diésel se apagó, y cesó la vibración de la tierra, los vehículos y el aire.

—¿Vamos a volver al pueblo con él? —preguntó L.J. en un susurro, mientras la puerta de la grúa se abría y aparecían dos botas.

—No, maldita sea. ¿Y si alguien está informando en este mismo momento de que la furgoneta es robada? ¿Y si el sheriff se entera y llama por radio a Harvey? Estaríamos a su merced —dijo Ink, y agitó la cabeza—. Ahora que nos han relacionado con esta furgoneta no podemos volver con él.

—Magnífico. Entonces, ¿qué hacemos ahora?

Ink se movió con demasiada rapidez, y tuvo que apretar la mandíbula para no gruñir de dolor.

—Vamos a salir de esta, y ya pensaremos lo que vamos a hacer después —dijo, cuando fue capaz de hablar—. Haga lo que haga —añadió, y tomó aire—, deja que yo me encargue de esto.

Un hombre grande, con el pelo gris y una gorra de béisbol, y la nariz permanentemente roja de trabajar al aire libre, se acercó a la ventanilla de la furgoneta y se inclinó para mirar al interior.

–Tienen que salir mientras engancho la furgoneta a la grúa –dijo.

Hombre de pocas palabras...

–Por supuesto –dijo Ink, y le lanzó a L.J. una mirada significativa para indicarle que tenía que hacer lo que le había pedido el conductor de la grúa.

L.J. salió, pero Ink tardó más en hacerlo. Quería moverse sin que pareciera que era demasiado cojo. Detestaba llamar tanto la atención por su discapacidad, lo cual era bastante irónico, teniendo en cuenta sus tatuajes. Normalmente, disfrutaba de las reacciones de horror que inspiraba. Sin embargo, el miedo y la intimidación eran diferentes a la pena.

Desde que la bala le había dañado la columna vertebral, las miradas hacían que deseara desesperadamente castigar a todos los que lo miraban con la boca abierta, como había hecho con aquel agente inmobiliario. Había justificado el incidente de la cabaña diciendo que pensaba matar al hombre, pero no estaba seguro de cuál era el motivo por el que había estallado. Suponía que era por la frustración de que le dijeran algo que no quería oír. Últimamente era lo único que hacía falta. Su madre decía que había sido así desde niño, pero él sabía que estaba empeorando. La herida le había afectado a la mente tanto como al cuerpo.

–¿Se me ve la pistola? –le preguntó L.J. en voz muy baja, mientras observaban trabajar a Harvey.

Ink apenas miró.

–Tienes un ligero bulto, pero no se nota demasiado. Podría ser que estuvieras muy dotado, ¿no?

–Estoy bien dotado –dijo L.J., y sonrió con su propia broma, pero se metió las manos a los bolsillos para disi-

mular el bulto–. Bueno, entonces, ¿vamos a dejar que se lleve la furgoneta?
—Exactamente.
—¿Y después?
—Nos marchamos de aquí.
—¿A pie?
Ink apretó los puños.
—Deja de lloriquear. Haremos autostop.
L.J. dio una patadita a una piedra de la cuneta.
—Yo creía que tenías planes en Pineview, y que por eso habíamos venido aquí. Ibas a vengarte de esa zorra que hizo que te dispararan, ¿no te acuerdas?
Y también le había escupido en la cara, lo cual era igual de malo para él. Nadie le escupía en la cara y salía vivo, y menos una mujer.
—No tienes que recordármelo; no se me ha olvidado. Nunca podría olvidarlo. Voy a vengarme, pero las cosas tienen que suceder de un cierto modo.
—¿Por qué?
—Porque si lo hago de forma inteligente, tal vez atraiga al desgraciado que me disparó, y al hermano de la zorra también.
—Pero, ¿hacer autostop? ¿En serio? ¿Quién va a recoger a alguien que tiene dos rayos tatuados en las cejas? Esos tatuajes van a asustar a todo el mundo.
Aquel chico que aspiraba a pertenecer a La Banda estaba volviéndose demasiado atrevido para su propio bien. Ink le habría roto la mandíbula a cualquiera por mucho menos, pero ya tenían problemas suficientes. Se encargaría de L.J. más tarde.
—Yo me esconderé entre los árboles hasta que tú consigas parar a alguien.
—Y entonces, ¿qué?
El torno de la grúa hizo un ruido chirriante mientras elevaba la furgoneta.
—Les pedimos que nos lleven.

—¿Y si se niegan al verte?

Ink apretó los dientes.

—Le volamos los sesos al conductor y nos llevamos su coche. ¿Algo más?

Parecía que L.J. iba a protestar por la violencia. Se hacía el duro, pero solo era fachada. Después de que él hubiera matado al agente inmobiliario a golpes, el chico había vomitado. Sin embargo, no tuvo oportunidad de hablar. La grúa había terminado de enganchar la furgoneta y el conductor se dirigió a ellos.

—¿Necesitan que los lleve?

L.J. esperó para que respondiera Ink.

—No, gracias.

El conductor se quedó sorprendido. Estaban lejos del pueblo, y esperaba la respuesta contraria.

—¿Seguro?

—Segurísimo. Va a venir a buscarnos un amigo.

El conductor miró a L.J., y después, nuevamente, a Ink.

—¿Y por qué no se reúnen con su amigo en el pueblo y le ahorran el viaje?

—Porque no vive en Pineview y ya está de camino.

El conductor se rascó la cabeza por debajo de la gorra.

—¿Y si no les ve?

—Nos va a ver seguro.

Harvey no mencionó lo lejos que estaban del pueblo si tenían que volver caminando. Si se había dado cuenta de que Ink era discapacitado, o si le llamaban la atención sus tatuajes, no lo dejó entrever. Ink le agradeció aquella actitud de «vive y deja vivir». Aquel era un hombre que no se metía en los asuntos de los demás.

—Por mí, perfecto —dijo, y le tendió el contrato sobre una tablilla—. Solo necesito que me firmen esto y que pasen por Reliable Auto, el taller, esta noche o mañana por la mañana para hacerse cargo de la reparación.

—Sin problema —dijo Ink, y garabateó el nombre de Ron Howard en el papel.

Harvey tomó la tablilla y le entregó a Ink una copia del formulario. Después, se marchó hacia la grúa.

–¡Eh!

El conductor se giró antes de llegar a su vehículo.

–¿Sí?

–¿Por casualidad no conocerá a una mujer que vive en Pineview, rubia de ojos azules, de un metro ochenta más o menos, con dos niños?

Harvey frunció el ceño.

–¿Por qué lo pregunta?

–Es mi hermana, pero fue adoptada cuando nació. He estado buscándola durante años. Incluso contraté a un detective privado en cuanto pude permitírmelo. Él me dijo que vive aquí, y me gustaría encontrarla. No puedo explicarle lo mucho que significa para mí.

–¿Ni siquiera sabe el nombre?

–Su nombre de nacimiento era Laurel Hodges, eso sí lo sé. Pero no creo que ahora lo use.

El conductor se quitó la gorra y se pasó la mano por el pelo.

–¿Puede repetirme cómo es?

Vivian estaba sentada en su salón, mirando hacia las ventanas y las puertas como si temiera que alguien fuera a entrar por ellas. Jake todavía no había vuelto del lago, y Mia estaba en su habitación, jugando a los disfraces.

Se suponía que ella debía estar trabajando, pero no podía concentrarse. No podía dejar de imaginar formas eficaces de proteger a sus hijos, y de protegerse a sí misma, si llegaba a ser necesario.

Pero... aparte de instalar rejas en todos los puntos de entrada, cosa para la que no tenía presupuesto, no había mucho más que pudiera hacer. Se sentía muy vulnerable viviendo sola con sus hijos en un pueblo pequeño, sin poder manifestar sus temores.

¿Iría a buscarla La Banda de noche, como habían hecho en Colorado? ¿Debería hacer que Mia y Jake durmieran con ella?

Eso había funcionado cuando eran muy pequeños, pero ahora no estaba segura de que Jake lo aceptara; ya tenía nueve años, y era muy independiente.

Al recordar que seguía en el lago, y que ella no se sentía cómoda con eso, se levantó y comenzó a pasearse de un lado a otro. Tal vez debiera preguntarle a Vera si podía quedarse con los niños durante las dos semanas siguientes, hasta que ella pudiera determinar si había algún peligro o no. Podría decirles a los niños que era una especie de campamento de verano en casa de la nana, como si fuera algo muy divertido, y pagarle a Vera una cantidad de dinero por las molestias. Si Vera no quería aceptar el dinero, le haría un buen regalo, como en otras ocasiones.

Sin embargo, ¿qué iba a contarle a Vera cuando le pidiera aquel favor? ¿Que iba retrasada con el trabajo y necesitaba tiempo para ponerse al día? Posiblemente.

¿Y qué iba a hacer con el arma? Todavía estaba en el maletero del coche. Iba a meterla en casa cuando los niños estuvieran dormidos, tal y como había pensado. Pero, ¿dónde iba a esconderla? Si ponía la Sig en algún lugar seguro, como la buhardilla, o debajo del porche, corría el riesgo de no poder disponer de ella si había una emergencia.

Si no la ponía en algún sitio seguro, sin embargo, podría perder la ventaja que estaba intentando crear.

Tal vez Myles se la confiscara, después de todo, y así no tendría que tomar ninguna decisión al respecto.

Miró el teléfono. Ya lo había descolgado en varias ocasiones para llamarlo y cancelar su cita de aquella tarde, pero nunca había llegado a hacerlo. Lo temía casi tanto como a La Banda, pero por muy diferentes motivos. En una situación tan precaria no podía permitirse el lujo de sentir todo lo que le hacía sentir Myles. Aunque no tuviera una historia que ocultar, no estaba segura de si podía correr un riesgo emocional en aquel momento de su vida. ¿Y qué si se sentía sola? ¿Y qué si anhelaba contar con el apoyo de alguien que pudiera estar con ella en cuerpo y alma? No quería entablar una relación sentimental con Myles por los motivos equivocados. Lo mejor sería cancelar su salida de aquella tarde.

Cuando se acercaba al teléfono para llamarlo, lo oyó sonar. En la pantalla no aparecía el número, pero descolgó de todos modos, por si se trataba de Vera o de Jake.

—¿Diga?
—¿Laurel?

Era Virgil. Vivian apretó el auricular con fuerza. Aquella era la primera vez, desde que se habían marchado de Washington D.C., que su hermano la llamaba. Tenía que ser algo muy importante.

—Has encontrado a Rex.
—No.
—¿Ha ocurrido alguna otra cosa?
—Todavía no. Y tal vez no ocurra. Por lo menos, eso es lo que espero.

Vivian pensó en Trinity Woods, una joven que cuidaba de Mia y de Jake cuando estaban en Colorado, y que había sido asesinada a tiros en el umbral de casa de Vivian hacía cuatro años. Vivian pensaba que tal vez hubiera podido evitar su muerte si hubiera sido más firme al advertir a la policía de que alguien debía avisar a Trinity para que no fuera a su casa. Entonces fue cuando Virgil salió de la cárcel y La Banda entró en su vida. Hasta aquel momento, ella no sabía que eran capaces de matar a sangre fría a alguien que no tenía nada que ver con su situación.

—No lo entiendo —dijo—. ¿Por qué llamas?
—Me siento mal por lo de esta mañana —respondió él.
—No tienes por qué sentirte mal por nada —le dijo Vivian.

–Debería haber estado más preparado para tu llamada –admitió él–. No te respondí de la forma que hubiera querido. He sido un idiota.

–Dijiste lo que tenías que decir. ¿Qué otra cosa puedes hacer?

–De eso se trata. Me siento tan limitado, tan... impotente... Quiero cambiar el pasado por ti y por Peyton, por todos nosotros. No sé cómo decirte lo mucho que lamento haberme unido a La Banda...

–Solo tenías dieciocho años y estabas luchando por salvar la vida en una prisión de máxima seguridad. No tenías otro remedio.

Hubo un momento de silencio antes de que Virgil volviera a hablar.

–Ojalá pudiera reconfortarte, en vez de asustarte tanto. Pero me temo que en cuanto bajes la guardia, será como hace dos años, cuando...

Virgil no terminó la frase, y ella supo que ni siquiera podía pronunciar aquellas palabras.

–Lo entiendo.

Virgil carraspeó.

–¿Has sabido algo sobre el asesinato de Pat Stueben?

–No –dijo ella. Sin embargo, pensó que si salía aquella tarde con Myles, tal vez se enterara de alguna cosa, así que en aquel mismo instante decidió que no iba a cancelar su cita–. ¿Crees que deberíamos hacer algo más para encontrar a Rex? Tal vez no sea demasiado tarde. Tal vez nos necesite, Virgil.

–Ya lo sé, pero cuantos más movimientos hagamos, más rastro dejaremos, y hay niños de por medio –respondió él, y soltó una maldición–. Ni siquiera podemos ser buenos amigos con él.

–¿Has intentado llamar a su familia desde una cabina pública?

–Por supuesto.

–¿Y?

—Ni su padre ni sus hermanos quieren hablar conmigo. Y su madre murió. ¿Crees que debería seguir con el resto de su familia?

Su hermano no lo preguntaba con sarcasmo, sino con mucha seriedad. Sin embargo, ponerse en contacto con algún otro familiar de Rex sería perder el tiempo. Desde un principio, el distanciamiento de su familia había sido lo que había llevado a Rex a unirse a una banda mafiosa.

—No.

—Entonces, ¿qué otra cosa puedo hacer?

—Supongo que... nada –dijo ella. Y entonces, lo entendió. Sentirse tan impotente era una experiencia horrible para un hombre como Virgil, que intentaba hacerse cargo de todas las situaciones y solventar todos los problemas–. Tendremos que esperar que ocurra lo mejor.

—Me preguntaste si echaba de menos a mamá.

Él la sorprendió con aquel repentino cambio de tema, y no le dio tiempo para contestar.

—La respuesta es sí. La he echado de menos todos los días de mi vida desde que me apuñaló por la espalda. Ojalá pudiera odiarla. Algunas veces la odio. Pero sobre todo, me pregunto qué tengo yo de malo para que ella no pudiera quererme como yo quiero a mi hijo –dijo Virgil, y colgó.

Vivian se pasó la mano por la cara. No debería haberle preguntado por Ellen.

—Maldita sea...

¿Qué podía hacer? No sabía cómo ayudar a Rex, y detestaba la idea de que su hermano estuviera sufriendo tanto como ella. Y ya no tenía justificación para cancelar su cita con Myles.

Oyó la voz de Jake desde el jardín y se volvió hacia la puerta. Su hijo había vuelto. Lo vio corriendo hacia la casa y se alegró de que Vera estuviera tras él, acercándose para saludar, en vez de dejar a Jake y marcharse.

—¿Mamá? –preguntó Jake después de abrir la puerta de

par en par. Al verla, dijo–: Ah, estás ahí. ¡Nos lo hemos pasado genial!

Vivian tuvo ganas de abrazarlo y estrecharlo, y no soltarlo nunca. Pero el niño estaba mojado y no olía demasiado bien, y, sobre todo, ya no toleraba más que un pequeño achuchón.

–¿Habéis pescado algo?

–¡Tres truchas! Están en la nevera portátil, pero yo no sé limpiarlas, y Nana tampoco. ¿Crees que el sheriff King estará en casa?

Estupendo. Otro motivo más para que su hijo quisiera estar con Myles.

–No, todavía no –dijo ella–. Pero puedo entrar en Internet y buscar algún vídeo sobre cómo se hace. ¿Quieres?

–No, no. El sheriff King sabrá hacerlo –dijo el niño, y miró hacia las escaleras–. ¿Dónde está Mia? Quiero enseñárselas.

Vivian sonrió con un poco más de determinación.

–En su cuarto.

Entonces, Jake pasó de largo hacia las escaleras, gritando el nombre de su hermana, mientras Vera llegaba a la entrada.

–Se lo ha pasado muy bien –dijo, mientras se agarraba al marco de la puerta para ayudarse a subir el último escalón.

Vivian le tendió la mano.

–No tenía ni idea de que supieras pescar.

Vera se encogió de hombros.

–No sé, pero había un libro muy bueno en la biblioteca. Lo leí la semana pasada. Entonces, fui al centro y compré las cosas necesarias. Y no sé cómo, pero ha salido bien. Jake y yo hemos aprendido algo hoy –añadió, y pese al cansancio, soltó una carcajada.

Vivian cabeceó.

–Estoy impresionada.

—Soy mejor pescadora de lo que creía, pero no tengo ni idea de qué hacer con esas pobres criaturas que tengo en la nevera portátil. Para ser sincera, no pensaba que fuéramos a pescar ni un pez.

—La suerte del principiante —dijo Vivian. Teniendo en cuenta el olor, la suciedad y el asco que le provocaba la limpieza de las truchas, tal vez fuera mejor dejar que su hijo le pidiera ayuda a Myles—. Seguro que el sheriff King podrá enseñar a los niños.

—Dudo que tenga tiempo —dijo Vera—. Por lo menos, hoy.

—¿Y por qué?

—Seguramente está en la autopsia. Y quién sabe lo que tendrá que hacer después.

—¿La autopsia es hoy? —preguntó ella. Myles no se lo había dicho en su visita de aquel día. Tenía buen cuidado de reservarse todos los detalles del caso.

—Según Lawrence Goebel, sí.

Goebel era el médico forense del condado. Además, era la pareja de baile de Vera. En la actualidad iban una vez al mes a la sala de reuniones de los veteranos a dar unas cuantas vueltas por la pista de baile, pero en el pasado habían participado en muchos concursos. Vivian creía que tenían todos los premios de baile que podían ganarse en aquella región. Una vez le había preguntado a Vera por qué nunca había tenido una relación sentimental con Goebel, ya que hacían una espléndida pareja, pero Vera le había dicho en un susurro que a Goebel y a ella les interesaba el mismo hombre, y que para decepción de ambos, ese hombre acababa de casarse con otra persona.

—¿Y qué te ha dicho él sobre el asesinato? —le preguntó Vivian.

—Que Pat murió a causa de un trauma causado por un objeto contundente.

Vivian alzó un dedo para indicarle que guardara silencio. Jake precedía a Mia por las escaleras para enseñarle sus preciadas truchas. Aunque los niños se enterarían antes o después de que había ocurrido un asesinato, Vivian no quería que se asustaran con los detalles más macabros, seguramente por las imágenes que todavía la aterrorizaban a ella.

Después de que salieran corriendo de casa, Vivian retomó la conversación.

—¿Qué tipo de objeto contundente utilizaron?

—No se sabe; solo saben que el asesino usó algo para golpearle la cabeza.

—¿Una piedra? ¿Una lámpara?

—Supongo que pudo haber sido cualquiera de esas dos cosas, puesto que estaban en una de las cabañas de alquiler amuebladas. Pero...

—¿Qué?

Miró a su alrededor, como si quisiera cerciorarse de que estaban a solas.

—Gertie ha tenido que ir esta mañana a la cabaña a hacer un inventario, la pobre.

—¿Y ha podido hacerlo?

—Con la ayuda de su hermana, sí.

—¿Y faltaba algo?

—Faltaba un abrelatas eléctrico.

Vivian retrocedió un paso.

—¿Esa es el arma del crimen?

—Supongo que si se utiliza con la fuerza necesaria, un abrelatas eléctrico puede romper un cráneo con tanta facilidad como una piedra o un bate de béisbol.

Vivian tuvo una sensación de horror, y se mordió el labio. Pobre Pat. ¿Le habría hecho aquello La Banda? ¿Y podría ella averiguarlo antes de que fuera demasiado tarde?

—¿Te dijo Larry si el sheriff sospecha de alguien en concreto? —le preguntó a Vera. Necesitaba algo que calmara un poco su aprensión.

Pero no lo obtuvo.

—No tienen ningún testigo, ni tampoco tienen el móvil del crimen —dijo Vera—. Lo cual significa que no tienen ningún sospechoso, y que no hay muchas posibilidades de encontrar al culpable.

Capítulo 9

La moto vibraba debajo de Vivian mientras ella se agarraba al hombre que iba conduciéndola. Parecía que el sheriff King iba demasiado deprisa por aquella carretera llena de curvas, pero quizá solo fuera una sensación suya, puesto que hacía años que no montaba en moto. No estaba acostumbrada a la euforia, a la sensación de libertad y de poder, ni a las demás emociones que sentía al rodear su cintura con los brazos y apretarse contra su espalda...

Él le había prestado una cazadora de cuero y un casco de su talla para que se los pusiera. Vivian no le había preguntado de dónde los había sacado, pero estaba casi segura de que le habían pertenecido a su difunta esposa. Era muy triste pensar en lo que debía de haber sufrido Amber Rose antes de morir, así que Vivian intentó quitárselo de la cabeza. Se dijo, simplemente, que sentía mucho agradecimiento por el hecho de que él hubiera sido práctico y le hubiera prestado las dos cosas. Aunque el día había sido cálido, la temperatura iba bajando rápidamente a medida que se acercaban a las montañas.

—¿Estás bien? —le gritó él, al notar que ella se movía.

Vivian se había metido la pistola en la cintura del pantalón, a la espalda, y se le estaba clavando en la carne. Estaba intentando aliviarse la incomodidad y, al mismo tiempo, poner algo de distancia entre ellos dos. Pudo cambiar la pistola de posición, pero con la moto inclinándose hacia un lado y después hacia el otro, era muy difícil no aplastarse contra Myles.

¿Debería pedirle que aminorara la velocidad? No. Había ido aquella tarde con Myles para demostrarle que era fuerte y sabía cuidar de sí misma, y si dejaba que se enterara de que tenía miedo de ir en moto, no iba a darle mucha confianza, sobre todo teniendo en cuenta que él estaba tan cómodo sobre la moto, como si fuera una extensión de su cuerpo musculoso.

—¡Sí, perfectamente! —le aseguró.

Myles debió de tomarle la palabra, porque aceleró un poco más, y ella cerró los ojos con fuerza cuando la moto tomó la siguiente curva.

Después, él ya no volvió a intentar comunicarse con ella. Era demasiado difícil oír algo por encima del ruido del motor. Y, de todos modos, Vivian no quería hablar. El ruido creaba una especie de burbuja que la aislaba de todo, incluso de sus preocupaciones. Al menos por el momento, los niños y ella estaban a salvo. Y no solo eso, tenía toda la tarde por delante, y cuanto más se alejaban, más fácil le resultaba relajarse. En pocos minutos, nada tuvo importancia, salvo la velocidad, el rugido del motor de la moto y el hombre que la conducía.

Después de una hora, más o menos, Myles dejó la autopista y tomó un camino sin asfaltar que conducía al interior del bosque. A ella le dio la impresión de que iban hacia una cabaña, y así era. También había un pequeño claro y una playa al borde de un lago parecido al que lindaba con sus casas en Pineview.

—Esto es precioso —dijo Vivian, cuando él apagó el motor.

Él gruñó suavemente. No estaba muy hablador, pero a ella no le importó. El sol estaba empezando a ponerse, y la temperatura era tan agradable que Vivian se conformó con poder disfrutar de aquel momento.

Después de bajar la pata de cabra, Myles esperó a que ella bajara de la moto y se apeó también. Vivian dio unos cuantos pasos hacia delante, y tuvo la tentación de preguntarle cómo había encontrado aquel lugar. Sin embargo, no lo hizo. Habían llegado a una especie de tregua de paz que ella no quería alterar. Además, le gustaba estar allí sin ninguna presión.

Vivian se quitó el casco y se lo entregó, y él depositó el suyo y el de ella sobre el sillín. Después sacó una bolsa de las maletas y se dirigió hacia la cabaña como si diera por hecho que ella iba a seguirlo. No la llamó, ni se dio la vuelta para comprobarlo.

Vivian tuvo la sensación de que había habido algún cambio desde que Myles había estado en su casa aquella mañana. Por su forma resuelta de comportarse, era como si hubiera tomado una decisión. Por su parte, ella estaba tan agradecida de que él no la presionara para sonsacarle información sobre su exmarido o sobre el motivo por el que quería tener una pistola en casa, que decidió pasar por alto aquella actitud distante e interpretarla como preocupación por el asesinato.

Tal vez no estuviera satisfecho con el resultado de la autopsia, o estuviera inquieto por algún aspecto del caso, pero por el momento, ni siquiera le había preguntado si llevaba la pistola consigo.

Cuando llegaron a la puerta, él sacó una llave con una etiqueta; eso quería decir que se trataba de una cabaña alquilada. Aquel fue el momento concreto en que Vivian se dio cuenta de que él había hecho un plan que no tenía nada que ver con el asesinato ni con la sesión de prácticas de tiro que ella se esperaba.

–¿Qué...? –preguntó. Tuvo que tragar saliva antes de poder continuar–. ¿Qué es todo esto?

Myles la miró fijamente, pero no respondió. Simplemente, le hizo un gesto con la mano para que entrara con él.

El interior de la cabaña era rústico pero estaba muy limpio. Las paredes eran de troncos serrados, y tenía alfombras de piel y apliques de luz hechos con cuernas de animales. Atravesaron un vestíbulo con un perchero para los abrigos y un zapatero de metal para dejar las botas de nieve, que estaba vacío. Después encontraron una cocina pequeña y una zona de comedor con vistas al lago. La mayor parte del piso bajo estaba ocupada por un salón con una estufa de gas, un sofá de cuero y estanterías llenas de libros, revistas y juegos de mesa. Al final había una habitación doble, un baño y una escalera que subía a las habitaciones del piso superior. Seguramente, allí habría literas para niños.

¿Por qué estaban allí?

A Vivian comenzaron a sudarle las palmas de las manos. Cada vez estaba más segura de las intenciones de Myles.

Se cruzó de brazos y se apoyó contra la pared más cercana.

—No lo entiendo —dijo.

Pero era una mentira. Lo entendía muy bien. Demasiado bien. Sin embargo, no quería darse por enterada de que él había cambiado de opinión.

Él dejó las llaves en la mesa de la cocina y le lanzó la bolsa que había sacado de la maleta de la moto.

Vivian casi tenía miedo de abrirla. Cuando lo hizo, sintió el impulso de dejarla caer al suelo y salir corriendo.

—¿Has traído... preservativos?

Se le alzó el tono de voz al decir la última palabra, sin que pudiera evitarlo. Había más cosas en la bolsa. Lubricante. Crema. Un tanga. Apenas podía respirar cuando sacó la prenda interior de la bolsa y la alzó para observarla.

—¿De veras?

Él sonrió con picardía.

—Póntelo para que te vea.

No era posible que hablara en serio. Ella se quedó mirándolo boquiabierta, y entonces, él se le acercó y puso una mano en la pared, sobre su cabeza.

–Eso era lo que querías, ¿no? –le preguntó, y le acarició un lado de la cara con un dedo–. ¿No es lo que me pediste?

¡Sí! Pero eso había sido la noche anterior, y la noche anterior ella estaba borracha. En aquel momento ya no estaba tan segura.

–Yo...

–No te preocupas –dijo él. Entonces, detuvo el dedo pulgar sobre sus labios, y concentró toda su atención en ellos–. Acepto tus términos. Podemos hacerlo a tu manera.

–¿Mis términos?

Él tenía una actitud de picardía. Aquello no era lo que parecía. Y, sin embargo...

Myles volvió a mirarla a los ojos.

–Nada de repeticiones ni ataduras. Mañana nos separaremos como si esto no hubiera ocurrido. Pero, por ahora, podemos disfrutar cuanto queramos.

–Yo... eh... ¿y qué pasa con mi pistola? Yo creía que...

–¿Te la has traído?

–Tú dijiste que lo hiciera –respondió ella. Se la sacó de la cintura del pantalón; Myles la tomó, pero solo para ponerla encima de la mesa.

–Otro día nos encargaremos de eso.

–¿Y por qué no ahora?

Él volvió a sonreír.

–Estás echándote atrás.

Vivian tragó saliva.

–Es importante, ¿no te parece?

–Puede esperar.

Ella se giró para poder ver la Sig.

–¿Cuánto?

Él ladeó la cabeza y le bloqueó la visión de otra cosa que no fuera su cara; de repente, Vivian sintió terror.

–¿Qué te pasa? Anoche tú eras la atrevida. ¿Hiciste promesas que no puedes cumplir?

Ella se humedeció los labios mientras intentaba controlar el pánico.

–Tú... tú me rechazaste, ¿no te acuerdas?

–Habías bebido demasiado, y no podía aprovecharme de mi guapísima vecina.

–¿Es el único motivo por el que me rechazaste?

–No –dijo él–. Pero no irás a tenérmelo en cuenta, ¿verdad?

Ella no sabía qué hacer. Se le pasó por la cabeza empujarlo y e irse hacia la puerta. Él la dejaría marchar. Sin embargo, lo de la «guapísima vecina» la había dejado un poco embelesada. Además, él la estaba mirando de una manera que intensificaba el efecto de aquellas palabras y hacía que se derritiera por dentro.

–Tu rechazo fue bastante humillante.

Estaba bromeando, e intentando retrasar lo inevitable, y Myles lo sabía. Jugueteó con un mechón de su pelo.

–Bien. Ahora ya sabes cómo se siente uno.

–Ese es el motivo por el que, cuando te rechaza alguien, no vuelves a pedírselo –dijo ella.

–A menos que sepas que ese alguien, en el fondo, no quiere rechazarte.

¿Qué podía decir ella? Ya sabía que Myles estaba profundamente interesado en ella. Él mismo se lo había dicho la noche anterior.

–Pues esta es tu oportunidad de decir que sí –dijo él.

Su respiración cálida olía a menta.

A ella le gustaba la menta.

–¿Y si digo que no?

–Entonces tendrás que salir conmigo. Una cena en Libby. Solo una vez.

Así que aquel era su truco. Pero, si iban a cenar juntos, hablarían. Él le preguntaría de dónde era, si tenía familia, dónde vivía su familia y por qué no tenía contacto con ellos. Ella tendría que eludir la verdad pregunta tras pregunta. Él pensaría que la estaba conociendo cuando, en realidad, estaría conociendo el personaje de ficción que ella había creado. ¿Que sentido tendría eso?

La razón por la que no salía con nadie era que odiaba las mentiras. Por el mismo motivo, tampoco iba a reuniones sociales, a menos que solo fuera necesario mantener una conversación superficial, y si tenía la pantalla de sus hijos.

–¿Y si digo que sí?

A él se le borró la sonrisa de los labios.

–Tú sabes lo que ocurrirá si dices que sí.

La había atrapado, la había arrinconado para conseguir que capitulara y le diera una cita. Pero estaba excitado. Tal vez se hubiera acercado demasiado al fuego. Vivian sabía que, si decía que sí, él aceptaría. No habría conversación, solo sensaciones, como cuando había montado en su moto. Podría escapar por completo de su vida y de su precaria situación. Durante el tiempo que durara, no sentiría el miedo que la angustiaba constantemente. Y después de eso, no tendrían más contacto.

–No es tan malo cenar conmigo –murmuró Myles.

Era evidente que había alquilado aquella cabaña, había comprado preservativos y la había llevado hasta allí porque creía que, con sus inhibiciones, se acobardaría. Estaba aceptando su envite, presionándola para que aceptara su invitación a cenar.

Pero ella no iba a aceptar una cita. Iba a ver su farol.

Se puso de puntillas y le pasó la lengua por el labio inferior.

–Quítate la ropa.

Aquellas tres palabras golpearon el sistema nervioso de Myles como una inyección de heroína, o como él se imaginaba que sería una inyección de heroína. Había oído a algunos adictos a las drogas hablar de la experiencia. Decían que el primer viaje era tan espectacular que dejaba completamente alucinada a una persona, y que por eso la heroína era tan adictiva.

Él tenía la sensación de que podría engancharse a aquello. A Vivian. Eso puso en estado de alerta su instinto de conservación. Sin embargo, dejó a un lado el sentido común; ¡se suponía que Vivian no iba a elegir lo que había elegido! Él había visto lo asustadiza que era, y cómo había intentado ocultar en alguna ocasión el hecho de que no llevaba sujetador. Se retiraba de cualquier cosa que fuera personal, incluso de trabajar amistades íntimas. Él creía que sin haber bebido vino iba a rechazarlo, y sin embargo...

Oh, demonios. Aquello ya no tenía importancia. Él era humano, y ningún hombre que él conociera sería capaz de rechazar a Vivian, y menos cuando ella había posado las manos en su camisa y los labios en su boca... Estaba seguro de que nunca se había excitado tanto...

De repente, recordó la primera vez que había besado a Amber Rose, y aquello lo afectó casi como un golpe físico. Se sorprendió. Se echó a temblar al pensar en que aquella imagen pudiera pasársele por la cabeza en aquel preciso instante, y se retiró. Mantener relaciones sexuales con otra mujer que no fuera su esposa no era necesariamente una traición; él sabía que Amber Rose querría que siguiera adelante, que encontrara a otra compañera, que fuera feliz. Habían pasado tres años desde su muerte. El problema era la cantidad de deseo que sentía. Deseaba a Vivian con una desesperación que no había experimentado nunca. Aquello no era solo un desahogo porque no pudiera estar con Amber Rose, y eso alteraba todo lo que había creído sobre sí mismo y sobre su matrimonio.

Vivian lo miró de manera desafiante, y él supo que se había dado cuenta. Había sentido que él daba un tirón, había percibido que él tenía dudas, o que se arrepentía, aunque no supiera por qué. Y él no iba a decírselo, puesto que no quería darle más poder sobre él del que ya tenía. No estaba seguro del motivo por el que sus sentimientos eran tan desproporcionados, teniendo en cuenta lo poco que sabía de ella, pero esa era la realidad. Ella le atraía tanto que la lógica no le servía para nada.

—Parece que eres tú el que ha hecho promesas que no puede cumplir —dijo ella. Entonces se liberó de sus brazos y se dirigió hacia la puerta.

La llevaría a casa, si se empeñaba, pero la alcanzó antes de que pudiera salir de la cabaña.

—No te acobardes.

Ella no se dio la vuelta.

—Myles, no tienes por qué...

Él le rodeó la cintura con los brazos, la estrechó contra sí y le mordió suavemente el cuello.

—He dicho que no te vayas.

Tenía la voz entrecortada. Se apretó contra ella para demostrarle lo mucho que la deseaba, pero ella no se relajó y no empezó a responderle hasta que él metió la mano bajo su ropa y le desabrochó el sujetador.

—Maravilloso —susurró él, cuando notó que a Vivian se le endurecían los pezones bajo la palma de su mano.

Aunque él no se había quitado la ropa tal y como ella le había pedido, Vivian permitió que la despojara de la cazadora y de la camiseta. Lo siguiente fue el sujetador. Él podía verle los pechos desnudos desde aquella situación ventajosa, ligeramente por encima de ella y a su espalda, y se los tomó suavemente en las manos, con reverencia, porque apresurar un primer contacto como aquel sería una pérdida estúpida.

Ella era más grande que Amber Rose. Era más alta y tenía los huesos más grandes, y el pecho también. No quería hacer comparaciones, pero aquella fue inevitable para él. Debido a su altura, sus nalgas quedaban al nivel de sus ingles, y aunque ella todavía llevaba los vaqueros puestos, su trasero le sirvió de apoyo para su erección.

—Eres preciosa —le dijo él.

Estaba a punto de inclinar la cabeza y acariciarle la oreja con la nariz cuando ella se giró para mirarlo. Y, a juzgar por su expresión, Myles pensó que había dicho algo equivocado.

—No me hagas perder el tiempo con comentarios sin sentido.

¿Pensaba que su cumplido no tenía sentido? Pues eso no podía estar más lejos de la realidad. Para él, Vivian era despampanante, guapísima, lo cual iba a ser un problema. Si la admirara menos, le resultaría más fácil olvidar todo aquello después. Todavía no estaba seguro de cómo iba a funcionar aquella parte de su trato. Cada vez que la miraba, sabía que le iba a costar mucho olvidar la imagen de ella frente a él, con sus ojos azules llenos de cautela, su corte de pelo masculino y el pecho desnudo.

Sin embargo, ya tendría tiempo de ocuparse de eso al día siguiente, y después.

—Si no lo pensara no lo habría dicho.

Entonces, él intentó abrazarla, pero ella lo detuvo.

—¿Así que no detestas mi corte de pelo?

Él estuvo a punto de reírse. Otro desafío. Y, sin embargo, por debajo de aquella pregunta subyacía una inseguridad que le enterneció, sobre todo después de sus rechazos.

—No, no odio tu corte de pelo. Al principio no estaba seguro, pero... me gusta.

Ella continuó mirándolo con escepticismo.

—Han hecho estudios. A la mayoría de los hombres no les gustan las mujeres de pelo corto.

—Entonces, tal vez hayan encuestado a los tipos equivocados, porque a mí me parece que tu corte de pelo es muy sexy.

Como el resto de ella. Era diferente, misteriosa. Y rebelde; pero, extrañamente, eso le hacía sentir el impulso de protegerla, de convencerla para que confiara en él.

También le advertía de que tal vez perder a Amber

Rose no iba a ser la única cosa dolorosa que había experimentado en su vida.

Myles la miró como si no fuera capaz de intuir lo que estaba pensando.
—Bueno, entonces, ¿seguimos? —le preguntó—. ¿Estás cómoda?

Vivian no estaba segura. El sentido común estaba empezando a hacerse notar, y le preguntaba por qué se estaba comportando de un modo tan irresponsable.

—Estoy pensándolo...
—¿El qué?
—Esto. Solo he estado con dos hombres en toda mi vida. Mi marido, y un novio estable. Esta situación es tan... distinta, tan temeraria, tan...
—¿Me estás diciendo que no eres tan valiente como quieres aparentar?
—No quiero cometer un error. Yo...

A Vivian se le borró de la cabeza lo que iba a decir cuando él le tomó la cara entre las manos y la besó con ternura.

—Voy a cuidarte bien, Vivian. Lo sabes, ¿no?

Sí, lo sabía. Era policía, así que cuidar de la gente era su trabajo y parte de su naturaleza. Eso era algo que le gustaba de él. El problema era que ella no estaba cuidando de él. Después de todo, si no podía mantener la barrera que había erigido entre ellos, lo estaba poniendo en peligro.

—Creo que lo intentarás —dijo—. Pero no deberíamos estar haciendo esto. Tú no... Sería mejor que eligieras a otra mujer. Tienes muchas opciones.

Él posó las manos en su cintura y la sujetó mientras inclinaba la cabeza.

—No deseo a ninguna otra —dijo, y tomó la punta de su pecho entre los labios.

El roce de su lengua le envió descargas de placer por todo el cuerpo y le dificultó pensar con claridad.

−Me has prometido que no vas a volver a llamarme −jadeó, intentando mantenerse firme.

Él alzó la cabeza como si fuera a cambiar las normas, o a preguntarle por qué tenía que ser así. Sin embargo, cuando ella le bajó la cremallera del pantalón y comenzó a pasarle los dedos por el cuerpo, el pecho se le infló como si el corazón se le hubiera subido a la garganta.

−Te lo prometo.

Su voz sonaba ahogada. Ella supo que no era justo haber obtenido así su aquiescencia, pero iba a exigirle que cumpliera su palabra. No tenía más remedio.

−Bien. Bésame otra vez −le susurró.

Capítulo 10

Vivian nunca había hecho el amor de aquella manera. Se quitaron la ropa y se unieron al instante.
—Vamos a... calmarnos —le pidió Myles entre jadeos, con el pecho húmedo de sudor. Se habían trasladado de la pared hasta el lugar más blando que tenían cerca, una alfombra de piel de oso—. Quiero que esto... sea bueno para ti.

Parecía que él estaba empeñado en mantener el control, pero ella no podía permitírselo. Pensaba que le resultaría más fácil olvidarse de él si se tomaban aquello como un modo rápido de satisfacer la lujuria, y solo eso. Así pues, le pidió que se dejara llevar, que lo quería así, y él la complació. Pasó los brazos por debajo de sus rodillas y la acometió con el abandono que ella deseaba, y la intensidad y el placer llevaron a Vivian al lugar en el que necesitaba estar, un lugar donde no existían los pensamientos, sino solo las sensaciones.

Todo terminó casi tan rápidamente como había empezado, y Vivian se sintió como si hubiera ganado una especie de batalla. Por lo menos, no había disfrutado demasiado, y eso significaba que después no lo echaría de menos. O, al menos, eso fue lo que se dijo hasta que, después de dormitar durante un rato, se despertaron y comenzaron otra vez. Hicieron el amor en el salón y en el dormitorio después de aquella primera vez en el pasillo, y cada experiencia fue mejor que la anterior.

Tres horas más tarde, Vivian estaba demasiado agotada. Ya no tenía energía. Se alejó rodando de Myles para mirar el reloj que había en la pared, sobre la mesa del comedor. Eran casi las once. Ella había estado admirando su rostro mientras dormía, pero el hecho de saber que nunca iba a volver a verlo así le parecía tal pérdida que ni siquiera quería pensar en ello.

−Tenemos que irnos −le susurró, dándole un suave empujoncito para despertarlo−. Es muy tarde.

Él abrió los ojos, pero no hizo ademán de levantarse.

−Vamos a dormir un poco más.

−Tenemos que ocuparnos de los niños.

−Una vez más.

−¿Cómo? −preguntó ella con una carcajada−. No me digas que no estás satisfecho.

En vez de reírse con ella, Myles se puso serio.

−No, no lo estoy.

−¿Y cuántas veces más van a hacer falta?

−Dímelo tú.

−¿De qué estás hablando?

−Te has estado conteniendo. ¿Por qué?

Ella frunció el ceño y apartó la mirada.

−No sé de qué estás hablando −le respondió.

−Sí lo sabes.

−Me he divertido.

−Me animaste a que me dejara llevar y disfrutara, pero tú no lo has hecho. Te has aferrado tanto al control que no he podido conseguir que hicieras lo mismo que yo.

−Ya basta.

Él se sentó.

−Quiero hablar de esto.

−¿De qué? −preguntó ella con exasperación.

−Del hecho de que en realidad, no estés dispuesta a conectar.

—¿Y cómo sabes que no ha sido culpa tuya?

Vivian se arrepintió al instante de haber dicho aquello. No había sido culpa suya en absoluto, pero ella no quería hablar de la verdad.

Por suerte, él no le aceptó la acusación.

—Porque te he observado. Cada vez que estabas cerca, te cerrabas en banda.

—Es solo que... no he podido, ¿de acuerdo?

—No es un problema físico...

Ella se ruborizó.

—No.

—Entonces, ¿por qué no has querido compartir ese momento conmigo? Tú sabías que yo quería.

Vivian comenzó a buscar su ropa.

—Has conseguido lo que querías —murmuró.

—He conseguido la mitad de lo que quería.

Su camisa estaba en el suelo. Sin embargo, no tenía ni idea de adónde había ido su ropa interior.

—¿Es por tu exmarido? —le preguntó él.

—No, no creo —dijo ella.

Podía culpar de muchas cosas a Tom, pero no de eso. La culpabilidad la atenazaba por robar algo que no tenía ningún derecho a tomar. Y los malos recuerdos también; recordaba a la gente que había muerto por tener algún tipo de relación con ella. No podía soportar el hecho de estar arrastrando a Myles al caos que era su vida.

—Entonces, ¿qué? ¿Es que pensabas que no me iba a dar cuenta?

Lo que había pensado era que a él no le importaría.

—Tengo ciertos... problemas. Seguramente, eso no es ninguna sorpresa para ti.

Por fin, encontró las bragas debajo de los pantalones vaqueros de Myles.

Él se puso en pie y la observó mientras se las ponía, y Vivian se sintió muy azorada.

—Si ibas a controlarte de esta manera, ¿por qué querías

mantener relaciones sexuales? Pensaba que lo que querías era un buen orgasmo, o dos, o quizá diez.

Y ella también.

Pensaba que debía satisfacer aquel deseo que sentía y que se había vuelto tan agobiante y librarse de él. Sin embargo, no se había dado cuenta de que quería mucho más que una aventura de una noche con aquel hombre con el que llevaba fantaseando más de un año. Cuando miraba a Myles, o lo tocaba, o lo besaba...

No, no debía pensar en eso. El hecho de reconocerlo solo serviría para empeorar las cosas.

–Estoy bien, ¿de acuerdo? Tú has estado fantástico. Siento no haber gemido lo suficientemente alto.

–No me trates con superioridad. Esto no es una cuestión de ego para mí.

Vivian no quería discutir con él. Alzó una mano.

–Por favor, no quiero que esto termine mal.

–Yo tampoco, pero estoy dispuesto a que suceda eso si por lo menos puedo conseguir un poco de franqueza.

–¿Quieres franqueza?

–¡Exacto!

Ella se sujetó la camisa contra el pecho.

–¿Y si tú eres sincero conmigo primero?

–Muy bien –respondió Myles. Se puso las manos en las caderas, completamente despreocupado de su desnudez. Sin embargo, no tenía ningún motivo para sentirse azorado. Tenía un cuerpo delgado y fuerte–. ¿Qué es lo que quieres saber?

Ella siguió vistiéndose apresuradamente. Había revelado ya demasiado. Nunca debería haber comenzado aquello.

–¿Y bien? –preguntó él.

Vivian se sintió más segura con la ropa puesta, y se giró para mirarlo.

–¿Tienes alguna idea de quién pudo matar a Pat?

Él se echó hacia atrás.

—Me estás tomando el pelo. ¿El asesinato? ¿De eso se trata? ¿Acaso creías que iba a cambiar un revolcón por detalles de un caso policial?

—¡Deja de empeorarlo todo! Yo... necesito saberlo.

—Todos necesitamos saberlo, pero no se ha averiguado nada. Ni siquiera estoy seguro de si conoceremos alguna vez la respuesta. Estamos haciendo lo que podemos, y eso es lo que continuaremos haciendo. No tenemos suficiente para continuar.

—Pero la autopsia tuvo de desvelaros algún detalle.

—Si piensas que «algún detalle» es el hecho de que muriera a causa de un trauma provocado con un objeto contundente. Y eso ya se podía deducir viendo el cadáver de Pat.

—¿Habéis encontrado el abrelatas?

Él dio un paso hacia ella.

—¿Cómo sabes lo del abrelatas?

—Yo... eh... Gertie ha hablado de ello.

—¡Maldita sea! No quiero que se sepa esa información, Vivian. Si tengo la suerte de encontrar al desgraciado que mató a Pat, ese detalle puede ser muy útil para conseguir encerrarlo, pero no servirá de nada si todo el mundo lo sabe.

—Entiendo el motivo de tu preocupación, pero...

—No, no creo que lo entiendas.

Ella cerró los puños con fuerza y respiró profundamente para calmarse.

—Acabo de decirte que sí. ¿Por qué estás tan alterado?

—¡Porque estoy enfadado! Y ni siquiera estoy seguro de si puedo decirte por qué.

Ella le entregó sus calzoncillos.

—Si es por algo del caso, no tienes derecho a pagarlo conmigo.

—No es por el caso. O no es únicamente por el caso, mejor dicho.

—Estás diciendo que es por mí.

–¡Sí! Me diste todos los motivos para pensar que podía pedirte esta noche. Y sin embargo... Bah, déjalo –dijo Myles. Se sentía incapaz de seguir explicándose. Metió una pierna y después la otra en la ropa interior.

Ella le dio los pantalones vaqueros.

–¿Siempre te comportas así después de tener relaciones sexuales?

Él no se molestó en abrocharse los pantalones. Así, sin camisa y con el pelo revuelto, y con la sombra de la barba en las mejillas, estaba más atractivo, incluso, que antes de que hicieran el amor. Y eso la asustaba. Se suponía que lo que había ocurrido debía ser más que suficiente para satisfacerla. Tenía que ser suficiente.

–¿Es que no lo entiendes? –dijo él–. Intentar alcanzarte es como... ¡intentar atrapar el humo!

Ella se estremeció. Myles tenía razón, pero no podía evitarlo, no podía cambiar esa forma de ser, porque lo dejaría expuesto a una pérdida y un dolor peores a los que ya había experimentado.

Al darse cuenta de que sus palabras la habían afectado mucho, Myles se pasó una mano por la cara y suspiró.

–Lo siento. Sé que has pasado por algo horrible, y que te han hecho mucho daño. Lo sé, pero, ¿es demasiado pedir llegar a conocerte? ¿Qué es lo que tengo que hacer?

A ella se le formó un nudo en la garganta. Era un desastre. Era lo peor que podía haber hecho. En vez de sentirse mejor, o liberada de aquel deseo y aquel anhelo que había estado acumulando, se sentía destrozada.

Se dio la vuelta, para que él no pudiera ver la expresión de su cara.

–Solo cumple tu promesa.

–¿Qué promesa?

–La de encontrar a otra mujer para tu próxima relación sexual –respondió Vivian.

Se le llenaron los ojos de lágrimas, e hizo todo lo que pudo por disimularlas mientras se ponía los zapatos. Sin embargo, él no le permitió que se cerrara tan fácilmente. La tomó del brazo y la acercó a sí.

—No te entiendo —le susurró.

Pero ella no podía explicarle nada. Tampoco podía impedir que se le cayeran las lágrimas. Quería esconder la cara en su pecho y pedirle que la abrazara hasta que recuperara las fuerzas para enfrentarse al mundo. No necesitaba el sexo; lo que necesitaba era un hombro en el que llorar. Y, sin embargo, ni siquiera podía pedirle eso.

Él le enjugó las lágrimas con los pulgares.

—Crees que ha sido tu exmarido, ¿verdad?

Ella dio un paso atrás y se tapó los ojos con las palmas de las manos.

—¿De qué estás hablando?

—Por algún extraño motivo, crees que tu marido está aquí y ha matado a Pat. Se nota porque has estado comportándote de un modo muy raro desde el asesinato.

Se estaba acercando demasiado a la verdad.

—No, no creo que sea mi exmarido.

—Entonces, ¿por qué necesitas una pistola?

Al oír aquella mención del arma, Vivian recordó que la había dejado sobre la mesa. La recogió y volvió a meterla en la cintura de su pantalón.

—Porque hay un asesino suelto.

—Pero, ¿por qué iba a estar más interesado en ti que en cualquier otra persona?

—Que yo sepa, no lo está.

—Entonces, no sería nada grave que te confiscara la pistola.

—Lo siento. Has perdido la oportunidad.

Él arqueó las cejas.

—Si decido quitártela, tú no tendrás más remedio que entregármela.

Vivian se secó las mejillas e irguió los hombros.

—Entonces, harás lo que tengas que hacer.

Él agitó la cabeza y se echó a reír sin ganas.

—¿Por qué tiene que ser todo tan difícil contigo?
—No será difícil si guardas las distancias.

Él tomó su camisa y se la puso, pero no le pidió que le entregara el arma, gracias a Dios.

—Dime cómo se llama.
—¿Quién?
—El canalla de tu exmarido.
—No.
—Ya sé cuáles son sus iniciales: una te y una hache, ¿no? Eso es lo que tienes grabado en el brazo. Dame más información. Deja que lo investigue, que averigüe qué ha hecho y dónde está. Tal vez así pueda tranquilizarte.
—Nadie puede tranquilizarme. Esto ha terminado. Tengo que volver con mis hijos —dijo ella, y salió de la cabaña.

«Nadie puede tranquilizarme». ¿Qué quería decir Vivian con eso? ¿Y por qué ocultaba su pasado con tanto secretismo?

Myles se repitió aquellas dos preguntas durante todo el viaje de vuelta a casa. Sentía que Vivian, a su espalda, intentaba no tocarlo, y eso le disgustaba. Le disgustaba tanto como para tomar las curvas con más brusquedad de la habitual para que ella se viera obligada a agarrarse a su cintura. Detestaba que hubieran discutido, pero aquella noche no les había proporcionado a ninguno de los dos la satisfacción que anhelaban. Sin embargo, él no podía decir que le sorprendiera mucho; ella le había advertido desde un principio que no debían mantener ningún tipo de relación. Demonios, él también se lo había advertido a sí mismo. Y, sin embargo, había seguido adelante porque la deseaba. Deseaba a alguien a quien debería dejar en paz.

Le había dicho la verdad a Vivian: estaba enfadado. En primer lugar, con ella, porque no podía hacer que lo que los dos sentían fuera tan fácil como él quería que fuera. En segundo lugar, consigo mismo, porque no era capaz de dejar de desearla. Y en tercer lugar, con su exmarido, porque él tenía que ser el motivo por el que Vivian tenía tanto miedo a confiar.

No obstante, algo había cambiado aquella noche. Había decidido que iba a averiguar lo que había sucedido, de veras, en el pasado de Vivian. Aunque ella no quisiera decirle el nombre de su exmarido, podía empezar con el de ella y retroceder. Quería encontrar al hombre que había dañado su vida y oír lo que tenía que decir ese hombre. Su curiosidad se estaba transformando rápidamente en una obsesión por conocer la verdad.

Cuando llegó a la acera de casa de Vivian, ella se bajó de la moto y se quitó el casco. A Myles le dio la impresión de que lo habría dejado en el suelo y habría salido corriendo sin decir adiós, si hubiera podido, pero tenía que recoger a sus niños.

Él también se quitó el casco.

—¿Quieres entrar, o prefieres que yo te lleve a los niños?

Ella se mordió el labio.

—Si están dormidos, tal vez sea mejor dejarlos en tu casa hasta mañana. ¿Sería posible?

Aquello le sorprendió. Ella nunca dejaba que sus hijos pasaran demasiado tiempo en su casa. Utilizaba cualquier excusa para llevárselos.

—Sí, por supuesto.

—Puede que te despierten temprano...

Myles inclinó la moto hacia un lado, sacó la pata de cabra y se bajó.

—No me importa. De todos modos tengo que madrugar.

Ella observó la calle y después estudió su casa, que estaba a oscuras salvo por la luz encendida del porche.

—Seguro que están dormidos.

—Es más de medianoche.

–Y estarán a salvo en tu casa.

De nuevo, su obsesión por la seguridad.

–No permitiré que les ocurra nada –dijo Myles. Quería decirle que tampoco iba a permitir que le ocurriera nada a ella, pero sabía que Vivian no iba a creerlo.

–Si se despiertan y preguntan por mí...

Él levantó la puerta del garaje y dejó los cascos dentro, y después salió para meter también la moto.

–Estarán bien. Ya sé dónde puedo encontrarte si te necesito.

Ella asintió y se quitó la chaqueta que él le había prestado.

–De acuerdo. Gracias. Tráelos en cuanto te hayas despertado, no importa la hora que sea. No quiero molestarte.

Ojalá ella se quedara también. Tal vez así pudieran terminar la noche de otro modo. Parecía que tenían muchas cosas de las que hablar, muchas cosas que resolver. Sin embargo, aunque pudiera convencerla para que entrara, cosa que dudaba mucho, él no estaba listo para pasar la noche con una mujer en la casa en la que había vivido con Amber Rose. Sería demasiado extraño, y de todos modos no iba a arriesgarse a hacerlo con Marley en casa.

No obstante, se sintió muy raro cuando Vivian le dio las gracias amablemente y se alejó de él como si no hubieran hecho el amor varias veces.

–¡Eh! –dijo él.

Ella se detuvo al borde de la hierba.

–¿Sí?

–Podrías decírmelo.

–¿El qué?

–Qué es lo que te tiene tan asustada.

–No hay nada que decir.

–Tienes miedo incluso por tus hijos.

–El hecho de que se queden en tu casa esta noche es algo práctico, nada más que eso.

—No es verdad.
Ella no respondió. Siguió caminando.
—Voy a averiguarlo —dijo él.
Pero Vivian no se dio la vuelta.

Capítulo 11

Ya lo había conseguido: había conseguido que el sheriff se empeñara en averiguar más cosas sobre ella, y que dedicara tiempo y recursos para conseguirlo. Y eso era lo último que necesitaba...

¿Cómo iba a conseguir detenerlo?

Tal vez, si lo evitaba durante una temporada, él perdiera el interés. Además, no había modo de que descubriera quién era ella en realidad. Tenía las iniciales de su exmarido, sí, ¿y qué? Eso no era suficiente para avanzar. Él no era como La Banda, cuyos miembros conocían muy bien a Virgil y a Rex y estaban familiarizados con su pasado, y que llevaban siguiéndole la pista cuatro años. Si Myles intentaba conseguir información de su pasado, solo iba a dar con callejones sin salida, porque no sabía qué era lo que tenía que buscar. Además, tenía que preocuparse de la investigación del asesinato de Pat, que era mucho más importante que su pasado...

Se quedó helada al llegar a su casa. La puerta principal estaba ligeramente entreabierta...

Ella estaba completamente segura de que la había cerrado con llave. ¿Acaso Mia o Jake habían ido allí a buscar algún juguete o alguna chuchería?

Estaban dormidos, así que no podía preguntárselo. Y como ya se había separado del sheriff King, pensaba hacer todo lo posible por evitar más interacciones con él en el futuro. Con suerte, el tiempo se encargaría de difuminar los errores que había cometido y de disipar las emociones desconcertantes que ella estaba experimentando, de modo que su relación volviera a ser como antes.

Además, si La Banda la estaba esperando dentro, no se le ocurría mejor momento para enfrentarse a ellos. Por lo menos, sus hijos no estaban allí. Solo estaba ella... y ellos. Y ella tenía una pistola.

«Venid, desgraciados. Estoy harta. Vamos a terminar esto de una vez por todas».

Se sacó la pistola Sig de la cintura y le quitó el seguro, y atravesó el porche silenciosamente. Se imaginó que el sheriff iba a oír los disparos y supo que acudiría al instante, pero para cuando apareciera, lo que fuera a ocurrir ya habría terminado. O los hombres que estaban intentando matarla habrían muerto, o habría muerto ella; Vivian esperaba que, después, los hombres de La Banda se marcharan sin hacerle daño a nadie más.

No obstante, hacía mucho tiempo que no practicaba el tiro, y tal vez no fuera capaz de acertarle a un hombre, sobre todo si se estaba moviendo. Seguramente tendría que enfrentarse a tres o cuatro hombres, o tal vez más. Aquel tal Ink se le aparecía en las pesadillas. Ella había visto lo que era capaz de hacer, lo que todos ellos podían hacer. Mataban sin remordimientos.

Sin embargo, Ink estaba en la cárcel, y él era el que más la asustaba. No podría enfrentarse a él.

«Cálmate», se dijo. Si lo conseguía, les estaría haciendo un favor a Virgil, a su esposa y a su hijo, incluso al nuevo bebé. Liberaría a la gente a la que quería, incluyendo a sus propios hijos. Merecía la pena correr el riesgo, ¿no? Estaba cansada de huir, de vivir siempre con el miedo de que alguno de sus seres queridos sufriera algún daño...

Además, ya no quería ser la persona en la que se había

convertido por culpa de La Banda: «Intentar alcanzarte es como... intentar atrapar el humo».

Ella no había elegido esa forma de ser...

La puerta rechinó suavemente cuando la empujó.

La luz de la luna entraba por las ventanas de la fachada delantera. Conteniendo el aliento, entró en la casa y se detuvo a escuchar. Si había gente dentro, no estaban registrando los cajones y los armarios. No se oía nada.

Tal vez los hombres de La Banda hubieran entrado en la casa y se hubieran marchado. O tal vez no hubieran ido, y ella se estaba preocupando sin motivo.

Estaba empezando a reprenderse a sí misma por haber sido paranoica, cuando vio dos huellas en el suelo, enmarcadas por uno de los cuadrados de luz de las ventanas. Había entrado alguien, y no eran sus hijos. Aquellas huellas eran demasiado grandes; eran de un hombre. Y eran recientes. Ella era muy meticulosa a la hora de mantener brillante aquel suelo de madera, y si fueran anteriores a su salida, las habría visto.

Se le formó un nudo en el estómago. ¿Se trataba de un solo intruso?

Por suerte, solo vio huellas de una persona, aunque eso no era concluyente. Tal vez sus compañeros llevaran un calzado diferente, y sus suelas no tuvieran suficiente polvo como para dejar la marca en el suelo.

Se le resbaló una gota de sudor por la frente. Pronto tendría que enfrentarse al final, de un modo u otro.

Tragó saliva y se obligó a avanzar. La adrenalina, que supuestamente era tan útil durante una pelea, a ella la estaba debilitando. Estaba mareada. Con el corazón acelerado, bañada en sudor, ni siquiera podía mantener firme el arma.

Abrió los ojos todo lo posible para poder verlo, y siguió adentrándose en la casa. Observó los rincones más oscuros en busca de alguna señal de dónde podía estar el intruso.

Las huellas llevaban a la cocina, o por lo menos eso parecía. ¿La estaba esperando alguien allí?

Las puertas de la cocina eran batientes, y le impedían ver lo que había más allá. Sin embargo, ella conocía la casa mejor que nadie, y eso le daba ventaja.

Sigilosamente, preparándose para lo peor, las empujó.

La cocina estaba más oscura y tuvo que pestañear varias veces para que sus ojos pudieran adaptarse. Entonces, vio una sombra fuera. Una sombra que se movía rápidamente.

Se acercó a una de las ventanas y se dio cuenta de que solo era el gato de Marley, que había extendido su territorio a ambos jardines. Sin embargo, justo cuando flaqueaba de alivio, oyó un crujido.

Se dio la vuelta, con un estremecimiento, para defenderse, pero no consiguió hacer un solo disparo, porque un par de manos fuertes le arrebataron el arma.

Una voz infantil interrumpió el sueño de Myles. Estaba seguro de que acababa de acostarse, así que al principio ni siquiera abrió los ojos. Sin embargo, cuando lo hizo se dio cuenta, por el cambio de luz, de que habían pasado horas. También vio la cara de un niño pequeño a pocos centímetros de la suya.

—¿Está despierto ya, sheriff King?

Sí, ya lo estaba, aunque no le hiciera muy feliz.

—¿Qué hora es? —preguntó con la voz quebrada.

—Es por la mañana.

Myles rodó por la cama y tomó el despertador de la mesilla; eran las cinco de la mañana, lo cual confirmó su sospecha inicial. Demonios, cuando le había dicho a Vivian que no le importaba que sus niños lo despertaran temprano no se refería a antes del amanecer.

—Jake, colega, estoy muy cansado —dijo, y carraspeó para intentar hablar con su voz normal—. Tienes que volver a la cama, ¿de acuerdo?

No hubo respuesta.
—¿De acuerdo? —insistió Myles.
—No puedo.
—¿Y por qué no?
—Porque creo que si esperamos, será demasiado tarde.
—¿Demasiado tarde para qué?
—¡Para los peces! Se van a poner malos, ¿no?
—¿Qué peces? —preguntó Myles.

Entonces, recordó que el hijo de Vivian le había pedido que le destripara unas truchas, justo antes de salir con ella. Él le había dicho al niño que lo harían a primera hora de la mañana, pero nunca hubiera imaginado que tendría que cumplir su promesa al amanecer.

—¿Crees que pasará algo por una hora más? —preguntó, escondiendo la cabeza debajo de la almohada.

—Creo que será demasiado tarde. ¿No se supone que hay que destriparlas rápidamente?

La respuesta a aquella pregunta era «sí». Si el pescado no se limpiaba pronto, se echaría a perder. Y era la primera pesca del niño. Myles no quería estropeárselo, así que respondió:

—Es cierto. ¿Cuántas truchas hay?
—Tres —dijo Jake con orgullo.
—No está mal —dijo Myles, y sacó la cabeza—. ¿Y dónde las has puesto, exactamente?
—En la nevera portátil de la nana Vera.
—Que está...
—En su porche trasero.

Por supuesto. Jake estaba completamente preparado. Myles se dio cuenta de que no tenía más remedio que levantarse de la cama. Tenía intención de hacerlo, pero como no se movía con la suficiente rapidez, Jake se inclinó hacia él.

—Si me ayuda le daré una trucha, y podrá tomarla de cena.

Eso era todo un detalle. Myles no se resistió más, aunque le costara mucho empezar aquel día después de haber tenido una noche tan corta.

—Muy bien —dijo, y le señaló a Jake los vaqueros que había dejado sobre la silla—. Dame los pantalones.

Jake se apresuró a obedecer.

—¿Cuánto mide? —le preguntó el niño, cuando Myles se levantaba.

—Uno ochenta y siete —dijo él, mientras tomaba los pantalones—. ¿Y tú?

—No sé —respondió Jake encogiéndose de hombros.

—Podemos medirte cuando bajemos, si quieres.

El niño miró a su alrededor por la habitación. Vio su arma, el uniforme que estaba colgado en la puerta del armario, la maquinilla de afeitar eléctrica que había dejado en la cómoda, algunas revistas de actividades deportivas al aire libre con las que se entretenía cuando se hartaba de ver la televisión de pantalla grande... Pareció que le interesaban incluso la cartera y las monedas que había puesto sobre la mesilla de noche.

—Me gusta su habitación —dijo, cuando lo hubo estudiado todo.

—¿De verdad? —preguntó Myles.

Estuvo a punto de reírse, pero no quería avergonzar al niño. En realidad, no había vuelto a fijarse en lo que le rodeaba desde que había metido todas las cosas de Amber Rose en cajas y las había guardado en la buhardilla. Su mujer se enorgullecía mucho de su casa y decoraba las habitaciones, pero a él solo le importaba lo práctico, no lo bello. Y menos ahora que ella ya no estaba, y se había llevado consigo la alegría de aquellas actividades.

—¿Y cómo es tu habitación?

—Tiene unos dibujos tontos de fútbol pintados en la pared.

Myles arqueó las cejas.

—Pero el fútbol es guay, ¿no?

—Sí, sí. Me encanta. A todos los tíos les gusta el fútbol, ¿no?

¿Tíos? Myles tuvo que contener otra carcajada. El hijo de Vivian era muy especial.

—Es solo que los dibujos son de ositos con cascos, y cosas así —explicó el niño—. Es para bebés.

Y él, claramente, no se consideraba un bebé.

—Entiendo. Puede que tu madre te deje pintar las paredes de otro color. ¿Se lo has pedido? —le preguntó Myles mientras se ponía una camiseta limpia—. Yo puedo ayudarte.

—¿De verdad?

—Claro.

El niño se mostró esperanzado durante unos segundos, pero después de le hundieron los hombros.

—No creo que nos deje. Siempre me dice que no le moleste, que está muy ocupado. Aunque usted le dijera que no, ella no se lo creería. Y dice que la pintura cuesta dinero.

Myles pasó por alto la reticencia de Vivian a que él se involucrara y decidió referirse al asunto del dinero.

—Sí, es cierto. Puede ser caro, con los rodillos y todas esas cosas.

—Bueno, es solo que... odio esos ositos —dijo el niño. Entonces, se acercó a la cómoda—. Pero seguramente no me importaría si tuviera una tele como esta.

Aquel niño no quería tener nueve años, sino diecinueve. Quería ser adulto, más que ningún otro niño que conociera Myles. ¿Por qué tenía tanta prisa? ¿Acaso se sentía como si tuviera que ocupar el lugar de su padre?

—Tal vez cuando seas mayor podrás tener una —le dijo, mientras sacaba los zapatos de debajo de la cama.

—¿Cuánto cree que mediré cuando sea mayor del todo?

—Es difícil de saber —dijo Myles, y se sentó para poder atarse los cordones—. ¿Eres alto para tu edad?

—No, en realidad no —respondió Jake desilusionado.

—Bueno, la gente crece a diferentes ritmos. Y no hace falta ser muy alto para ser fuerte.

—Los jugadores de fútbol son muy grandes.

—Pero los pescadores no tienen por qué serlo.

Jake se quedó pensándolo.

—Supongo que no. Los cazadores tampoco.

—No. De todos modos, creo que serás alto. Tu madre tiene una buena estatura.

—Y mi tío Virgil. ¡Es gigante!

Myles se quedó petrificado mientras tomaba su navaja suiza que había dejado en la mesilla de noche.

—¿Virgil? ¿Es hermano de tu padre o de tu madre?

—De mi madre —dijo el niño, y señaló la navaja—. ¿Es un cuchillo?

—Con unas cuantas herramientas acopladas. ¿Quieres verlas?

—¡Claro!

Myles, con la esperanza de que aquello distrajera al niño y de poder sacarle algún detalle más sobre aquel tal Virgil, se la entregó.

—¿Y dónde vive tu tío?

—Mi madre no me lo ha dicho —respondió él, y sacó unas pinzas—. ¿Para qué sirven?

Myles le mostró cómo funcionaban.

—¿Y cuánto hace que no lo ves?

—¿A mi tío Virgil?

—Sí.

Jake titubeó.

—Mucho.

—¿No tienes ningún contacto con él?

—No.

—Mira, tiene un pequeño destornillador —dijo Myles, y lo sacó para enseñárselo.

—¡Es guay!

—¿Y tu padre?

Jake estaba fascinado con un pequeño par de tijeras que había descubierto, y no se enteró de la pregunta.

—¿Yo voy a poder tener una como esta algún día?

—Podemos preguntárselo a tu madre. O tal vez a tu padre. ¿Lo ves alguna vez?

Jake se volvió receloso al instante. Miró hacia arriba, y Myles intentó disimular su avidez por oír la respuesta. Tenía que comportarse como si la conversación no tuviera importancia, como si fuera un modo de pasar el rato, o el niño se cerraría en banda.

–No. Él nunca me da nada. Ni siquiera llama.

El dolor de aquellas palabras golpeó a Myles como un puñetazo, hizo que se diera cuenta de lo mucho que tenía que sobrellevar Vivian.

–¿Y dónde vive?

–No lo sé. Si lo supiera iría a verlo –dijo, mientras abría el resto de las herramientas de la navaja.

–¿Y cuándo hace que no lo ves?

–Desde antes del tío Virgil.

Myles ayudó a Jake a cerrar una hoja serrada.

–¿Y por qué?

Jake le devolvió la navaja.

–Supongo que ya no me quiere.

Aquella respuesta demostraba lo mucho que echaba de menos a su padre, lo cual era muy triste. Myles se preguntó si el exmarido de Vivian también había maltratado a sus hijos, como había hecho con ella. De lo contrario, ¿por qué no podían verlo? ¿Tanto lo temía ella?

Parecía que sí. Sin embargo, ¿qué era aquel asunto de un tiroteo que le había contado Chrissy?

–¿Te llamas igual que tu padre, Jake?

El niño se frotó una zapatilla contra la otra.

–Más o menos.

–¿Qué quieres decir?

–Mi padre se llama Jacob, pero todo el mundo lo llama Tom –dijo él, sin levantar la cabeza.

Aquella era la primera vez que el niño compartía el más mínimo detalle sobre su padre. Él le había hecho algunas preguntas en el pasado, pero siempre había recibido respuestas monosilábicas o encogimiento de hombros.

–Entonces, ¿tu padre se llama Jacob Thomas Stewart?

Jake miró hacia la puerta.

—¿Podemos ir ya?

Aquella pregunta le había causado incomodidad; Myles le había presionado demasiado.

—Solo me queda lavarme los dientes —dijo.

—De acuerdo —dijo Jake, y se dirigió a la salida—. Lo espero en el porche.

Myles soltó una maldición entre dientes mientras veía marcharse al niño. Había estado a punto de conseguir un nombre; sin embargo, sabía que su apellido no podía ser Stewart. Vivian no podría esconderse si conservara el apellido de su exmarido, y además, Stewart no correspondía a las iniciales que tenía en el brazo. Myles solo quería que Jake lo corrigiera.

Por lo menos, sabía más que antes. Vivian tenía un tío en la cárcel, un exmarido llamado Jacob Thomas o Tom H y un hermano llamado Virgil; aquel nombre no era muy corriente. También tenía un arma con un número de serie que él podía investigar. Y, como la había sorprendido portando un arma de fuego sin el correspondiente permiso, legalmente podía hacerlo.

No era mucho, pero era un comienzo.

Además, gracias a haberse tenido que levantar a aquella hora infame, podía pasar un poco más de tiempo con Jake. ¿Quién sabía lo que podía contarle el niño? Sobre todo con unas cuantas preguntas más sutilmente formuladas...

Capítulo 12

Cuando Vivian abrió los ojos, no estaba mirando al techo de su habitación, como de costumbre. Vio el techo de escayola de su salón. ¿Por qué? Ella nunca dormía en otro sitio que no fuera su dormitorio, a menos que se quedara dormida sobre la mesa de trabajo, en el sótano. Eso ocurría algunas veces durante la época de más trabajo, y todavía no era ese momento; faltaban varias semanas para que tuviera que terminar sus diseños de la siguiente primavera. No tenía que entregárselos a los mayoristas hasta septiembre.

Entonces, recordó el motivo por el que todo era tan distinto. Rex.

Rodó por el sofá y aterrizó en el suelo, porque todavía no se había despertado lo suficiente como para coordinar bien los movimientos. Sin embargo, el golpe no provocó ninguna reacción de nadie, y eso la puso frenética. ¿Dónde estaba Rex? Su aparición no habría sido un sueño, ¿verdad?

Después de la angustia que había sentido por él durante aquellos días, tal vez su mente le estuviera jugando una mala pasada. Tal vez se había engañado a sí misma para poder creer que estaba bien, que estaba a salvo, y así, poder descansar un poco...

Entonces, al ver en el suelo la manta que le había dado

la noche anterior, junto a la butaca en la que él había estado sentado mientras hablaban, supo que todo había sido real.

—¿Rex?

No hubo respuesta. No era posible que se hubiera marchado sin despedirse de ella.

—¿Pretty Boy?

Utilizó el apodo que tenía cuando pertenecía a La Banda. Ella prefería recordarlo así, porque le recordaba todo lo bueno que habían sentido el uno por el otro antes de que su relación se terminara definitivamente. Además, el apodo le encajaba a la perfección. No era como ninguno de los demás miembros del grupo, la mayoría de los cuales se enorgullecía de sus tatuajes, de su físico musculoso en extremo y de sus cicatrices.

Rex era alto, delgado y ágil. Le costaba engordar incluso cuando no se estaba drogando. No tenía tatuajes ni heridas que no hubieran cicatrizado perfectamente, pese a que durante años había participado en muchas peleas. Sin embargo, tenía otras cicatrices que estaban por dentro. Vivian no creía que algún día pudiera estar completo, porque aquellas cicatrices eran demasiado profundas. Y aquel era el motivo por el que ella no podía formar parte de su vida.

Oyó la voz amortiguada de alguien. Así que Rex todavía estaba en su casa. Hablaba por teléfono, seguramente con Virgil. Habían intentado hablar con él la noche anterior, pero su hermano no había respondido al teléfono.

Siguiendo la voz de Rex, lo encontró en el sótano. Se había marchado del salón para no despertarla, pero ella tenía que levantarse de todos modos. Debía tomar algunas decisiones antes de que sus hijos volvieran a casa.

—¿Qué pasa? —preguntó.

Él volvió sus ojos verdes hacia ella. Aquellos ojos podían ser muy vulnerables, pese a todo lo que había hecho y había vivido Rex. Sin embargo, en aquel momento tenían una mirada muy seria.

–Sí, estoy seguro. Tu hermana está aquí, sí. Se lo diré. Entendido. Bien. Adiós.

–¿Mi hermano no quería hablar conmigo? –preguntó ella, mientras se sentaba en su silla de trabajo y se giraba hacia Rex.

–Ha dicho que te llamaría después. Tenía algunas cosas que hacer.

–Como por ejemplo...

–Investigar sobre lo que está ocurriendo dentro de La Banda.

Rex estaba sentado en el pequeño sofá de segunda mano que ella había colocado en una esquina, además de unos juegos y una televisión pequeña para cuando sus hijos estaban allí con ella. Él se frotó los ojos enrojecidos. Parecía que no había dormido nada aquella noche. En realidad, parecía que no había dormido desde hacía varios días.

Sin embargo, él siempre había vivido al límite, como si pudiera dejar atrás los fantasmas que lo perseguían solo con correr desenfrenadamente hacia delante. Vivian estaba segura de que cualquiera más débil que él habría muerto durante aquellos años, y tenía miedo de que él también muriera si seguía así. La semana pasada no había sido fácil para él; ella lo notaba en su cara demacrada y en sus ojos hundidos.

–Estás drogándote otra vez –le dijo.

Él la miró con los ojos entornados, pero no respondió.

–Tienes que dejarlo. Tienes que superarlo, Rex, o vas a morir. Te pegarán un tiro en cualquier bar, o te acostarás con la mujer del hombre equivocado, o volverás a la cárcel. O sufrirás una sobredosis –dijo, bajando la voz, porque aquella última palabra era lo que más temía. Vivian tenía la sensación de que, algunas veces, él pensaba que la muerte era una alternativa mejor que la vida. Tenía que ser así, o Rex no se habría pasado los últimos años intentando destruirse a sí mismo.

—No, no me estoy drogando. Pero de todos modos, eso no es lo importante –dijo él. Se tumbó en el sofá y se puso un brazo sobre la cabeza–. Y además, tú perdiste el derecho a echarme la bronca cuando terminaste con nuestra relación.

Si no eran las drogas, tenía que ser el alcohol. Decía que no había estado localizable desde que se había marchado a Los Ángeles porque había perdido el cargador del móvil, pero si hubiera estado sobrio, habría remediado aquel problema.

—¿Yo acabé con nuestra relación?
—Exacto.
—Tú rompiste conmigo tantas veces como yo rompí contigo.
—Pero tú sabías que yo te quería.
—Yo también te quería a ti. Tú... –Vivian se interrumpió y contó hasta diez antes de continuar–. Ya no quiero discutir más sobre quién tiene la culpa de qué. Tú tienes que aceptar lo que le ocurrió a Jack, o nunca tendrás paz.

Vivian no podía creer que le hubiera dicho eso. Jack era todo un tabú. Su fantasma había estado entre ellos todo el tiempo, porque se interponía entre Rex y la felicidad. Sin embargo, tal vez ya hubiera llegado el momento de decir la verdad, por muy dolorosa que fuera.

Él alzó un brazo para poder verla, y le clavó una mirada de ira.

—No empieces con Jack.
—Pretty Boy. Mira...
—No me llames así –dijo él con una mueca de desagrado.

Él no podía identificarse con aquella persona que pertenecía a una banda mafiosa, ni tampoco con la nueva persona que era. Estaba perdido entre las dos, lo cual era casi peor que estar en la cárcel. Por lo menos, en la cárcel su vida tenía alguna estructura.

Vivian respiró profundamente.

—Muy bien. Rex. Pero alguien tiene que decírtelo. Alguien tiene que llegar hasta ti. Tu hermano pequeño... lo que le ocurrió... es la raíz de todos tus problemas.

—Deja el psicoanálisis. La cárcel es suficiente para destrozarle la vida a alguien.

Sin embargo, Virgil también había estado en la cárcel y había sido capaz de recuperarse. Pretty Boy también hubiera podido de no ser por aquello que le corroía por dentro. Tenía un hermano que era médico, y otro que era ingeniero químico. No provenía de un hogar pobre, sino de un hogar privilegiado. Habría conseguido una buena educación y un buen trabajo si no hubiera estado aquella tarde en el río, tirándose de cabeza al agua con su hermano pequeño.

—Tú no querías que se hiciera daño.

—¡Lo desafié! Le dije que yo había hecho aquel salto.

—Solo eras un niño.

—¡Y él también! Tenía doce años. Yo sabía que él pensaba que yo podía caminar sobre las aguas, que me creería. Lo que pasa es que... —se le llenaron los ojos de lágrimas, y dejó caer la cabeza hacia atrás—. Nunca hubiera pensado que iba a hacerlo, y no sabía que se haría daño si lo intentaba.

—Exactamente. Es uno de esos horribles accidentes que suceden a veces. Tú no querías que tu hermano muriera. Si hubiera caído de forma distinta, no le habría ocurrido nada. Tienes que olvidarlo, Rex. Ahora estás fuera de la cárcel, y estás estropeando todas tus oportunidades.

Salvo por la angustia que se le reflejaba en la mirada, Rex consiguió controlar sus emociones.

—Déjalo, ¿quieres?

Ella no quería dejarlo. Quería despotricar, rabiar y dar patadas en el suelo para aliviar la tensión.

—¡Estoy preocupada por ti!

—Después de lo que te conté anoche, deberías estar más preocupada por ti misma.

No lo había olvidado. Rex había ido a Montana porque se había enterado de que ella estaba en peligro. Le había explicado que se había encontrado con un viejo amigo en Los Ángeles, alguien que tenía tratos con La Banda. Ese conocido le había contado que Horse andaba por ahí fanfarroneando y diciendo que estaba a punto de vengarse de Virgil y de su hermana.

—Bueno, entonces, ¿vas a empezar a hacer las maletas? —le preguntó él.

¿Acaso esperaba escuchar una respuesta diferente a la que ella le había dado la noche anterior?

—No.

—Estás de broma, ¿no? —dijo él, y se incorporó en el sofá—. He venido hasta aquí para avisarte, para convencerte, para ayudarte a salir de este pueblo antes de que sea demasiado tarde.

—No le has dicho a nadie dónde vivo, ¿verdad?

—¿Tú crees que yo haría eso?

Vivian se sintió mal por haberle ofendido, pero Rex tenía un problema con las drogas que lo convertía en sospechoso. Ella todavía no entendía cómo era posible que La Banda la hubiera encontrado sin él.

—No tienen otro modo de dar conmigo.

Él frunció el ceño y se puso en pie.

—¿Cómo puedes decir eso?

Después de todo lo que él había hecho por ella, Vivian se sintió culpable y apartó la mirada.

—O tal vez Horse estuviera borracho cuando dijo que estaba a punto de vengarse. Tal vez solo sean bravuconadas.

—Horse no bebe. Es un tipo serio, un hombre de negocios. Es metódico y minucioso.

—Con eso no voy a cambiar de opinión —insistió ella—. No me voy a marchar de aquí. No voy a permitir que me echen de un lado a otro durante toda mi vida. ¿Es que no lo entiendes? Eso significaría que han ganado. Nosotros queremos quedarnos aquí.

Él la observó durante unos segundos.

–Has conocido a alguien.

Al instante, ella pensó en el sheriff, en su cuerpo desnudo, y sintió... No estaba segura de lo que sentía. ¿Vergüenza? ¿Arrepentimiento?

–No, no es eso. Quiero tener una vida, y quiero vivirla aquí.

–¿Y qué se supone que voy a hacer con eso?

–Lo que quieras. Ya me lo has advertido, y no tienes por qué quedarte. Pero yo sé que a los niños les encantaría verte. Ahora que estás aquí, podrías quedarte un par de días, ¿no?

–¿Quieres que considere esto como una visita normal y corriente?

–¿Y por qué no?

–¡Porque estás en peligro, maldita sea! ¡Todos estáis en peligro!

–Tengo un arma, Rex, y no me da miedo utilizarla.

–¿Te refieres al arma que te quité anoche?

–¡Te acercaste por la espalda!

–¡Porque no quería que me volaras la cabeza! Además, si piensas que ellos te van a avisar de su visita, estás muy equivocada. Vendrán dos o tres de ellos, o quizá más. ¡Sé realista, por el amor de Dios!

–Te digo que no puedo marcharme de aquí. No puedo volver a hacerlo. Para mí, este es el final del viaje, de un modo u otro.

Él soltó una maldición y comenzó a pasearse de un lado a otro.

–Entonces, ¿qué vas a hacer? –le preguntó ella, después de que hubiera hecho unas cuantas pasadas.

–Quedarme e intentar cuidar de ti, supongo.

–Puede que te hayan seguido.

–No necesitaban hacerlo, Vivian. Y saben que vives aquí.

A Vivian le latía el corazón con tanta fuerza que notaba

sus vibraciones en los oídos. Rex pensaba que estaba cometiendo un error. ¿Tenía razón? ¿Acaso iba a morir en aquella casa?

Jake la llamó desde arriba e interrumpió su conversación.

—¿Mamá? ¡Maaamá! ¿Dónde estás? ¡Quiero enseñarte una cosa!

—Piensa en ellos —le susurró Rex.

Pensó en lo mucho que le gustaba a Jake vivir allí, y en lo unido que estaba a nana Vera. Y en Mia, que estaba feliz en su clase de ballet y su escuela primaria, pese a la maliciosa hija de Chrissy. Aquello era su hogar. Era el hogar de todos. Y merecía la pena luchar por el hogar de uno.

—Eso es lo que estoy haciendo —dijo.

Había una mujer en la cocina. Ink la veía por la ventana. El conductor de la grúa no había podido decirles dónde vivía Laurel, porque no la conocía, así que L.J. y él habían tenido que decidir lo que iban a hacer hasta que pudieran encontrarla. Y lo primero era conseguir una base. Necesitaban camas, comida, una ducha. Demonios, incluso un retrete les parecería todo un lujo después de aquellos días. Sabía que tal vez tuvieran que volver a acampar en algún momento. Si no recogían la furgoneta, cosa que no podían hacer, el sheriff sabría que tenían algún problema y seguramente comenzaría a buscarlos. Sin embargo, Ink no creía que su primera idea fuera buscarlos en las cabañas que había diseminadas por aquella zona montañosa. Había demasiadas, y la mayoría eran de alquiler. Lo más probable sería que pensara que habían vuelto al pueblo en autostop o que se habían marchado de aquella zona.

—¿Crees que está sola? —susurró L.J.

Llevaban vigilando a aquella mujer más de treinta minutos. Habían reconocido la casa y el patio. Parecía la solución perfecta, justo lo que habían estado buscando. Estaba a pocos kilómetros del lugar donde se les había roto la furgoneta, así que habían podido ir caminando. Estaba apartado, pero no demasiado lejos de Pineview, de modo que podrían ir al pueblo frecuentemente.

Tenía otros atractivos. En el garaje había un arcón refrigerador que sugería que el lugar estaba bien aprovisionado. Había una furgoneta en la calle de entrada, así que tendrían el transporte que les faltaba en aquel momento. Como no podían reservar una habitación en un motel, puesto que no tenían ni carné de identidad ni dinero, Ink estaba dispuesto a conseguir lo que necesitaban de otro modo.

–Yo diría que sí.

La hierba susurró cuando L.J. se acercó un poco más a él.

–Pero nunca se sabe. Puede que llegue alguien en este minuto.

–Entonces, lo mataremos a él también.

L.J. hizo una mueca y negó con la cabeza.

–Yo digo que continuemos. Esto no me da buena espina, y creo que a ti tampoco, o ya estaríamos dentro de la cabaña.

–No te rindas tan rápidamente. Esta casa tiene potencial.

¿Para qué iban a caminar más lejos? Le dolía mucho la espalda. Además, las otras cabañas que habían encontrado estaban vacías, lo cual significaba que no habría comida ni coche en ellas. Si no estaban vacías, estaban llenas de maletas y mochilas de senderistas. Lo que menos quería Ink era meterse en una cabaña y que, al anochecer, aparecieran cinco o seis hombres para dormir, la mayoría de ellos con un arma o un cuchillo.

–Habrá otras –murmuró L.J.

Ink intentó ignorarlo, pero no pudo.

–Cálmate –le dijo, cuando L.J. le tiró de la manga.

—Hay juguetes en el jardín, tío. Obviamente, es una madre.

—¿Y qué? Ya sabíamos que era una familia cuando vimos la placa de madera en la puerta. Familia Rogers. ¿Qué pensabas que quería decir eso?

—Aquí viven niños. Yo no quiero matar a ningún niño. Ya sabes lo que les pasa a los que matan niños cuando vuelven a la cárcel. Nos matarán seguro.

Ink no iba a volver a la cárcel. Antes se pegaría un tiro en la cabeza. Entonces, ¿qué le importaban los niños? Para él no eran nada; menos que nada. Estaba pensando en los padres. Los adultos podían ser impredecibles, sobre todo cuando estaban intentando proteger a sus hijos.

—Solo quiero asegurarme de que su marido no esté en casa. Nuestra otra opción es enfrentarnos a un montón de cazadores, y te aseguro que esa mujer de mediana edad será mucho más fácil. No querrás que te peguen un tiro, ¿no?

—No, pero tampoco quiero que me detengan —dijo L.J., frunciendo el ceño—. Si esta mujer tiene marido, tendremos que matarlo a él también. Tendremos que hacerlo ahora mismo si está en casa, o más tarde si no está. Y si desaparecen, vendrán a ver qué pasa. Entonces, el sheriff irá directamente por nosotros. Y eso no es inteligente si pensamos estar en la zona durante una temporada.

Era cierto. Iban a quedarse por allí. Ink no pensaba ir a ninguna parte hasta que encontrara a Laurel Hodges. Sin embargo, detestaba dejar pasar la oportunidad de obtener gratificación inmediata.

—Esa mujer está sola en casa —dijo, sin poder quitárselo de la cabeza.

—¡Por ahora!

L.J. tenía razón. Si de repente desaparecía parte de una familia del pueblo, o la familia entera, la echarían de menos mucho antes que a un grupo de cazadores que habían ido de visita desde otro estado, y que seguramente no debían volver a su casa hasta una o dos semanas después. Además, los cazadores también tendrían comida y coche. Y si no tenían suficiente comida, ellos podrían completar el aprovisionamiento con unos pequeños robos. Ink ya había robado unos doscientos dólares en chocolatinas y tentempiés en las gasolineras por las que habían pasado desde que habían escapado de California Men's Colony, por no mencionar todo aquel equipo de pesca y caza. Incluso habían atracado una licorería en México, y se habían escapado con doscientos ochenta y cuatro dólares en efectivo.

–¿Y la última cabaña que hemos visto? –preguntó Ink.

–¿De qué estás hablando? –preguntó L.J., que ya no estaba siguiendo la conversación.

Había salido una chica a la terraza; la mujer de la cabaña no estaba sola, como habían pensado. Su hija estaba con ella. Y qué hija. Tenía el pelo oscuro y largo, pechos de estrella del cine porno y una cintura diminuta. Era curvilínea y guapa, e iba en bikini. Estaba hablando por un teléfono inalámbrico.

Solo ver a aquella chica hizo que Ink deseara algo más que comida. Estaba tan hambriento de sexo que podía olerla desde detrás de los árboles, y sabía que L.J. estaba tan afectado como él. Se había quedado como una estatua, y ya no tiraba de él para llevárselo.

–Puede que haya hablado demasiado pronto –murmuró L.J.–. Ahora digo que tomemos un poco de eso antes de hacer ninguna otra cosa.

Ink también la deseaba. Nunca había visto unos pechos como aquellos. Debido a su lesión ya no podía tener erecciones, pero eso no había disminuido su deseo. Encontraría algún modo de satisfacer su necesidad, aunque solo fuera mirando mientras L.J. la violaba. Su visión hacía que se sintiera joven y fuerte de nuevo.

Sin embargo, tenían que pensarlo bien, planearlo bien. ¿Podrían arrastrarla hasta el bosque sin que lo oyera su madre? Y, si lo conseguían, ¿qué?

–No sé... –dijo.
–¿Qué significa eso de que no lo sabes? –preguntó L.J., con la voz tensa de deseo–. Podemos turnarnos. Incluso podríamos quedárnosla un tiempo.
–¿Y después qué?
–Dejamos que se marche cuando nos vayamos.
–No. No podemos. No estás pensando con claridad.
–¿Qué? Tienes que darme alguna satisfacción. Te ayudé a fugarte de la cárcel. No estarías aquí sin mí.
Ink no quería reconocerlo, así que no lo hizo.
–Pero si la violamos, tendremos que matarla, porque si no lo hacemos podrá testificar contra nosotros.
–Puede que no. Puede que...
–Nada de «puede que». Dejarla con vida sería una estupidez. Y, como tú dices, a esta gente la echarían de menos. Si la chica desaparece, el sheriff vendrá a llamar a todas las puertas. Toda la comunidad empezará a peinar la zona.
L.J. no respondió. Estaba mirando a la chica como un puma que veía su primera comida después de una larga hambruna. Solo un momento antes no quería hacerle daño a aquella familia, pero al ver a la chica había entrado en una especie de trance, y parecía que no hubiera ninguna otra cosa importante para él. Ni siquiera los niños. Eso preocupaba a Ink. Si L.J. violaba a aquella chica, habría consecuencias. No tendrían más remedio que huir, y todavía no habían encontrado a Laurel.
Ink le dio un codazo.
–¿Me estás escuchando?
–No tendremos que matarla si le tapamos la cabeza –dijo L.J., y gruñó al ver que la chica se agachaba para extender una toalla sobre la tumbona–. A mí lo que interesa es su otro extremo. Mira esas nalgas duras...
Tenía demasiada testosterona en el cuerpo. Ink tuvo la sensación de que estaba perdiendo el control de su compañero.

–¿Es que piensas que va a abrirse de piernas y dejar que tú te lo pases bien? ¿Que no va a denunciar lo que ocurra? Una violación atraería al sheriff aquí rápidamente. Tenemos que dejarla.

–No será una violación. Ella lo desea. Lo sé. Mira cómo intenta engatusarnos. Estoy seguro de que sabe que estamos aquí. Y no tardaremos mucho. Saldrá bien, ya lo verás.

Aquello era una locura. Ink se sacó el arma de la cintura y le puso el cañón a L.J. en la cabeza.

–Será mejor que te tranquilices, hermano.

–¿Qué demonios...?

L.J. se apartó bruscamente.

Al oír aquella voz, la chica alzó la vista, pero estaba demasiado concentrada en su conversación telefónica como para investigar de dónde provenía el grito. Ink pensó que, si nunca había tenido nada de lo que asustarse, no sería consciente de que tenía motivos para estar asustada en aquel momento.

–¡He dicho que vamos a dejarla en paz! –susurró.

L.J. puso cara de malhumor.

–¿Y qué hacemos, entonces?

–Volver a la última cabaña por la que hemos pasado.

–¡Pero si hemos contado las maletas que había en esa casa! Hay tres o cuatro tíos alojados allí.

–Sí, bueno, con suerte, algunos de sus ocupantes no serán tíos, ¿no?

L.J. se posó la mano sobre el corazón, como si lo que sentía fuera algo más que lascivia.

–Si hay alguna mujer entre ellos, ¡no será como esa!

–Algunas veces hay que conformarse con lo que se tiene a mano.

–Cuando eres viejo y cojo, tal vez –murmuró L.J.

Ink estuvo a punto de darle un golpe con la culata de la pistola. Lo habría hecho si no tuviera que preocuparse del ruido.

—Voy a olvidarme de que has dicho eso. Por ahora.

El tono de amenaza de aquellas palabras devolvió las riendas de la situación a Ink.

—Oh, vamos —dijo L.J.—. Era una broma. Sabes aceptar una broma, ¿no? Yo no voy a arriesgarme.

—Será mejor que no lo hagas.

—¡No! Pero no sé si meterse en esa otra cabaña es más inteligente. Estamos en desventaja. Dos contra cuatro. O peor.

—Nosotros tendremos el elemento sorpresa, y ellos no. Nadie vuelve de cazar durante todo un día esperándose una emboscada.

Capítulo 13

Había una moto aparcada a un lado de la casa de Vivian. Myles la vio en cuanto se acercó con Jake y Mia. Mientras los niños entraban corriendo para ver a su madre, él se quedó fuera, preguntándose de dónde demonios había salido aquella moto. Obviamente, había recorrido muchos kilómetros. Y era demasiado grande para una mujer...

A los pocos segundos, Jake apareció en la puerta de la pequeña sala que precedía a la cocina de Vivian.

—Eh, ¿no va a entrar?

—Parece que tenéis visita —dijo Myles, señalando la moto.

Jake sonrió.

—Es mi tío Rex. Tiene que conocerlo.

Myles había oído hablar de un tío Virgil aquella misma mañana, ¿y ahora había también un tío Rex? Vivian tenía más familiares de los que él pensaba; y, sin embargo, se había pasado dos años sin recibir visitas de gente de fuera del pueblo. ¿Por qué no habían ido a verla ninguno de aquellos dos hermanos?

—¿Sheriff King? —dijo Jake, al ver que él no se movía.

Pese a la curiosidad que sentía por conocer el pasado de Vivian, y por conocer a su familia, Myles tuvo reparos a la hora de entrar. Finalmente subió los escalones y siguió al niño a la cocina, y allí vio a un hombre delgado, de su misma estatura y de su misma edad, con barba de varios días. Llevaba una camiseta con rotos y con las mangas cortadas, unos vaqueros desgastados y unas botas con los cordones sin atar, y estaba apoyado en la encimera y riéndose con Mia, que se había abrazado a su pierna. Al ver a Myles entrecerró los ojos. Y entonces fue cuando Myles se dio cuenta de que no era ningún familiar.

Vivian le había dicho que solo se había acostado con dos hombres en toda su vida; uno era su marido y otro un novio estable. Aquel hombre no era su exmarido, eso estaba claro. Sin embargo, Myles tampoco quería creer que fuera su novio, y menos después de lo de la noche anterior. Sin embargo, Vivian no lo miraba a la cara, y eso le sugería lo contrario.

Myles intentó controlar los celos y sonrió cordialmente mientras Jake lo llevaba hacia ellos.

–Tío Rex, este es el sheriff King.

Myles decidió ser amable y le tendió la mano.

–Me alegro de conocerlo.

Rex miró a Vivian antes de estrecharle la mano sin entusiasmo.

–Lo mismo digo.

–El sheriff me ha ayudado a limpiar mis peces –dijo Jake, como si Myles hubiera hecho algo increíble.

Rex miró al hijo de Vivian.

–La ley ayuda con eso hoy día, ¿eh?

–¿La ley? –preguntó Mia, arrugando la nariz con desconcierto.

Jake intentó explicarle que el sheriff era «la ley». El niño entendía muchas más cosas que cualquier otro chico de nueve años. Sin embargo, nadie más se molestó en aclarárselo a Mia. Por lo que podía ver Myles, Vivian estaba muy incómoda con Rex y con él a la vez en la misma habitación, demasiado como para distraerse con otra cosa.

Eso era otra indicación de que el tío Rex tenía un significado especial, romántico, en su vida.

—Es lo menos que podía hacer por un vecino —respondió, encogiéndose de hombros.

Rex se sirvió una taza de café.

—Es muy agradable por su parte haberse tomado el tiempo de hacerlo —dijo—. Lo digo porque me he enterado de que está en medio de la investigación de un asesinato.

La acusación implícita, la de que debería estar en el trabajo, hizo que Myles se irritara. Vivian también reaccionó e intentó defenderlo.

—Tiene a varios investigadores en ese caso —dijo, pero Myles siguió mirando a Rex.

—Ya sabes lo que se dice. Si quieres que algo se haga, encárgaselo a una persona ocupada.

—¿Se dice eso? —preguntó Rex, y después sopló el café para enfriarlo un poco, antes de arriesgarse a darle un sorbo.

Myles miró al otro hombre de arriba abajo, hasta sus botas sin atar. No le importaba quién fuera. «El tío Rex» no lo intimidaba, y quería que él lo supiera.

—Tal vez solo se diga entre el grupo de población que trabaja.

Rex soltó una carcajada que lo sorprendió.

—¿De verdad? Entonces ahora entiendo que no conociera el dicho.

—¿A qué se dedica usted? —preguntó Myles.

Su interlocutor alzó la taza y le hizo un saludo, y después se puso serio, aunque conservó una ligera sonrisa.

—A lo que quiero, sheriff.

—Supongo que lo que ha estado haciendo es muy importante. De lo contrario, seguro que habría aparecido mucho antes por aquí, teniendo en cuenta que a Vivian le vendría bien un poco de ayuda.

Por fin, aquella sonrisa burlona desapareció.

—¿Sabe? No me gustan especialmente las personas que llevan uniforme. Tal vez lo haya notado.

—Ah, sí. Lo he notado. Y supongo que eso viene de una vasta experiencia —dijo Myles. Se dio la vuelta para marcharse, pero Jake lo tomó de la mano.

—¡Espere, sheriff! ¿Se marcha?

—Tengo que trabajar, Jake.

—Pero, ¿va a venir a cenar esta noche? Así podemos cocinar las truchas. Ha dicho que vendría.

Con solo mirar de nuevo a Rex, que tenía una expresión pétrea, y a Vivian, que estaba avergonzada, Myles se dio cuenta de que el día anterior debía haber hecho caso a lo que le dictaba el sentido común. Lo que había sentido aquella noche mientras estaba con Vivian... Debía de estar confuso, o tal vez buscaba una vía de escape al tedio en que se había convertido su vida. Vivian era muy bella, de eso no había duda. Además, había algo de ella que lo atraía intensamente. Sin embargo, no estaba dispuesto a formar un triángulo amoroso. Si Vivian prefería a aquel tipo, que obviamente no era un miembro productivo de la sociedad, que se lo quedara.

—En realidad, no voy a poder, Jake. Tengo un día muy ajetreado por delante, y seguramente me quedaré a trabajar hasta muy tarde —le dijo al niño, y le revolvió el pelo con la esperanza de que una muestra de su afecto suavizara la decepción—. Pero estoy seguro de que tu tío Rex estará encantado de ayudar.

Era un pequeño consuelo, pero no parecía que Jake estuviera entusiasmado.

—Creo que no sabe cocinar —dijo, frunciendo el ceño—. Ni siquiera come mucho.

Myles quiso decir que los drogadictos casi nunca comían mucho, pero se mordió la lengua.

—Cualquiera puede freír un pescado —murmuró Rex, y Myles aceptó que ahí terminaba todo.

Sin saludar a Vivian, se despidió de Mia y de Jake y se

marchó. Después, se quedó varios segundos sentado al volante, sin arrancar el motor, preguntándose por qué se sentía mareado.

Vivian apoyó la cabeza en las manos.
—Qué bien ha ido todo —dijo con un gruñido.
Rex continuó tomando sorbos de café.
—¿Qué significa él para ti?
—Ya te he dicho que es nuestro vecino.
—Es un tipo amigable.
Vivian no pudo resistir el impulso de defender a Myles.
—Tú empezaste.
—¿Y qué? No me gusta su aspecto.
Rex la miró con los ojos entrecerrados. Era un hombre muy sexy, muy guapo. No importaba que estuviera demacrado y pálido después de maltratarse a sí mismo durante las últimas semanas, los últimos meses, los últimos años. Rex era tan peligroso para su bienestar como La Banda. No podía amar a alguien que estaba tan deshecho. Ella también estaba rota por dentro.
—¿Y ha sido solo su aspecto lo que te ha puesto tan desagradable?
—O tal vez su forma de mirarte.
Jake se había olvidado de sus capturas de pesca y estaba mirándolos como si estuviera en una partida de *pingpong*. Sin duda, notaba que había un trasfondo extraño en aquella conversación, y Vivian no quería eso. Alzó una mano.
—Mira... vamos a dejarlo.
Rex abrió la boca para protestar, pero debió de darse cuenta de que no tenía razón, porque se quedó callado y se terminó el café. Sin embargo, se había dado cuenta de que Myles era algo más que un vecino corriente, y no estaba contento al respecto. Ella tampoco estaba muy segura de cómo se sentía en aquella situación. Estar con Rex era

algo tan familiar que hacía que se sintiera cómoda, y deseaba estar entre sus brazos.

Con la esperanza de liberarse de aquella súbita tristeza, Vivian se puso en pie e intentó demostrar algo de entusiasmo.

—¿Quién quiere desayunar unas tortitas?

—El sheriff ya nos ha hecho tortitas —dijo Jake. Metió las truchas en el frigorífico y sacó la nevera portátil fuera para vaciarla de hielo y agua.

Durante su ausencia, Mia se puso a girar sobre sí misma en mitad de la cocina.

—Mi tortita me la hizo con la forma de Mickey Mouse.

—Vaya, es toda una figura paterna —murmuró Rex.

En aquel momento sonó el teléfono, y Vivian tuvo una excusa para no responder. Sin embargo, cuando descolgó el auricular, ya no supo si prefería aquella conversación o la confrontación que acababa de evitar. Era Virgil, y empezó diciendo que tenía malas noticias.

—¿Qué clase de malas noticias? —preguntó ella.

Al oírlo, Rex se acercó a ella. Vivian lo sintió a su espalda.

—Ink se escapó de la cárcel hace una semana.

A Vivian le pareció que el suelo se abría bajo sus pies. Ink era el hombre a quien más temía. Las pesadillas en las que aparecía su cara tatuada eran tan terribles que se despertaba bañada en sudor.

—¿Que se ha escapado de Corcoran? ¿Cómo es posible?

—No, de Corcoran no. De California Men's Colony. Los detalles son vagos, pero creo que cortaron el vallado que hay alrededor del patio.

Ella pestañeó para contener las lágrimas.

—Nunca había oído hablar de California Men's Colony.

—Es del nivel tres. Se dice que esa cárcel es como un club de campo por los programas que tienen allí.

Ella bajó la voz y se giró para que no la vieran los niños, y se vio delante del pecho de Rex. Ella pensó que tal vez él la rodeara con los brazos, pero no lo hizo.

—¡Ink es un asesino! ¿Por qué lo trasladaron a una cárcel tan buena como esa?

—Por su discapacidad. No lo consideraban una amenaza. Ya no puede moverse como antes. Además, se comportó como si estuviera arrepentido. Se hizo muy reservado y siempre sufría dolores. Y no parece que siga muy unido a La Banda. Se dice que está desencantado con los hermanos.

—Entonces, eso puede ser una buena noticia, ¿no? —preguntó ella—. Si está desencantado, ¿por qué iba a solucionarles sus asuntos?

—Creo que Ink no nos considera un asunto de La Banda. Nos odia a los tres. A Rex, sobre todo, pero si puede, se cobrará primero la víctima más débil.

Ella cerró los ojos. Como Rex no había vuelto a la sociedad de sus antiguos amigos, ella había pensado que estaba a salvo, que no tenía razón para temer nada. Quería creerlo con todas sus fuerzas. Y ahora, esto. ¿Qué significaba? ¿Estaba utilizando Ink su temporada fuera de la cárcel para disfrutar de todas las cosas que echaba de menos?

¿O iba por ella?

De repente, las palabras de Horse, tal y como se las había transmitido Rex, tenían un nuevo significado. En aquella mafia estaba ocurriendo algo. ¿De qué se trataba exactamente?

—¿Y cómo averiguaste lo de Ink? —le preguntó a su hermano.

—Llamé a Jones.

Jones era el alguacil que se encargaba de ellos, quien había ayudado a protegerlos hasta que pudieron mudarse a Washington D.C.

—¿Y?

—Nos lo habrían notificado si hubieran podido. No sabían cómo localizarnos.

—Intentándolo. Pero... ¿no habría salido una fuga como esa en las noticias?

—No, no es lo suficientemente importante como para salir en las noticias nacionales. Por lo que me dijo el alguacil, las autoridades no piensan que Ink sea una gran amenaza.

Entonces no lo conocían como ella.

—Ni tampoco al tipo con el que se escapó —continuó Virgil.

—¿Por qué estaba en la cárcel?

—Por tráfico de drogas.

—¿Qué sucede? —murmuró Rex.

Vivian alzó un dedo para indicarle que le diera un minuto más.

—¿Qué pasa, mamá? —preguntó Mia, que había dejado de bailar y estaba preocupada.

Ella cubrió el auricular con la mano.

—No pasa nada, cariño. Es solo una cosa de trabajo.

—¿Los bolsos?

—Sí.

Rex le tiró suavemente de la coleta a Mia.

—¿Por qué no me enseñas tu habitación? Y después, que Jake me enseñe la suya.

—Yo no quiero enseñarte la mía —dijo Jake—. Tiene unos ositos estúpidos pintados en la pared.

—¿Tienes algo en contra de los osos? —le preguntó Rex en broma.

—Deberías verlos. ¡Son de bebé!

—Vamos a echarles un vistazo —dijo Rex. Se echó a Mia al hombro y empujó un poco a Jake para que los guiara.

—¡Eh, bájame! —le pidió Mia, aunque era evidente que le encantaba estar donde estaba.

Sus voces se fueron difuminando mientras atravesaban el salón. Cuando se fueron, Vivian llevó el teléfono a la mesa de la cocina y se sentó.

—No es fácil escaparse de la cárcel. Puede que en el nivel uno sí, pero, ¿en el nivel tres? ¿Dónde estaban los vigilantes?

—En la torre, donde tenían que estar. Algunos miembros de La Banda crearon un altercado mientras otros bloqueaban la línea de visión de la torre más cercana, e Ink y su compañero de celda se escaparon durante la confusión.

—¿Y qué piensas de esa fuga?

—Puede que sea una coincidencia que Horse haya empezado a hablar últimamente, pero...

—Tú no lo crees.

Ella tampoco. Ya no. Toda la inquietud que había estado sintiendo era la intuición, que le decía que su vida estaba a punto de cambiar.

—No. A Ink no lo ha visto nadie. No ha aparecido por Los Ángeles. Si hubiera ido, Rex se habría enterado, porque estaba allí.

Virgil no añadió «de juerga con algunos viejos amigos», pero Vivian sabía a qué se refería.

—Pero sí se enteró de lo que iba diciendo Horse, ¿no? —siguió diciendo Virgil—. Es lógico pensar que también debería haber oído hablar de lo de Ink. Es una noticia más importante.

—Ink me da miedo —dijo Vivian.

Nunca olvidaría lo que había ocurrido en Colorado, cuando aquel hombre había intentado matarlos a Mia, a Jake y a ella. Había estado muy cerca de conseguirlo. Para ella, representaba lo malo y lo depravado.

—Rex está ahora contigo. Eso me tranquiliza un poco.

Ella bajó la voz.

—No puede quedarse aquí, Virgil.

—¿Por qué no?

Porque ella no quería volver a los viejos hábitos. Habían conseguido establecer cierta distancia del dolor que les había causado su separación, y Vivian pensó que no podría sobrevivir a una recaída. Además, tampoco quería que Rex sufriera.

—Está drogándose otra vez.

—Él dice que no.

—Entonces es el alcohol. Es... algo. Deberías verlo.

—Solo hace dos semanas que se fue de aquí, Laurel.

—Añádele a eso dos semanas sin dormir y te harás una idea. El año pasado adelgazó mucho, puede que quince kilos. Y antes de eso no es que estuviera precisamente gordo.

—Ya lo sé. Tenemos que conseguir que vaya al psicólogo.

A juzgar por su tono de voz, Virgil estaba bloqueado, como ella. Nadie podía cambiar la vida de Rex si él no estaba dispuesto a luchar, y ella no pensaba que Rex estuviera dispuesto a llegar a tal compromiso.

Vivian oyó un ruido y alzó la vista. Rex estaba en la puerta, mirándola con una expresión indescifrable. Había oído algo, o todo, sobre lo que había dicho de él.

—Está bien —le dijo a Virgil—. Rex y yo hablaremos de esto.

—Mantenme informado —le pidió su hermano.

—Virgil —dijo Vivian, y lo interrumpió antes de que él colgara—. También podrían ir por Peyton y por ti.

—Eso ya lo he pensado.

—¿Y no estás preocupado?

—Estoy preocupado, pero como te he dicho, si conozco a Ink, primero va a ir a matarte a ti.

—¿Por qué?

—Porque su venganza no será completa si yo no me entero de eso.

Vivian oyó un pitido. Virgil había colgado el teléfono.

Aunque no volvió a alzar la vista, Vivian notó la mirada de Rex clavada en ella.

—¿Dónde están los niños?

—Están preparando un juego. Les he prometido que jugaría con ellos si me dejaban hablar contigo unos minutos.

Vivian se sintió culpable por haber pensado que él hubiera podido revelar dónde estaban. Se giró hacia él y le dijo:

−Ink se ha escapado de la cárcel hace una semana.

A él no le sorprendió, pero tampoco pareció que ya supiera la noticia.

−Qué bien.

−Pero... no va a poder encontrarnos.

−¿De verdad lo crees?

Era lo que quería creer. Que estaban a salvo. Que podían continuar con lo que habían creado desde que se habían mudado por última vez. Que el asesinato de Pat no tenía nada que ver con sus vidas.

−No.

Él se acercó a la encimera y volvió a servirse café.

−Hay muchas maneras de encontrar a una persona.

−Pero... yo he sido tan cuidadosa...

−¿Hasta qué punto?

−Muchísimo.

Él arqueó una ceja.

−¿Te has puesto en contacto con alguien, con una sola persona, de tu vida anterior?

−Eres la única persona a la que he llamado desde aquí.

−Eso no es lo que te he preguntado.

A él le tembló la mano al levantar la taza, y Vivian lamentó haberse dado cuenta. No podía soportar verlo así. No podía soportar que, además de todo, Rex hubiera empezado a drogarse otra vez.

−Bueno... sí. He llamado a otros. Pero...

−¿Y qué teléfono usaste?

−Llamé desde una cabina pública. Hay varias en el pueblo −dijo Vivian−. Y... una vez, solo una vez, usé el teléfono que hay dentro del Golden Griddle.

−¿Qué es eso?

−Es un restaurante del pueblo. Dan desayunos.

−Mierda.

–No irás a enfadarte, ¿verdad? Porque eso sería gracioso, teniendo en cuenta todo lo que has hecho tú desde que rompimos.

Rex le lanzó una advertencia con la mirada para que no siguiera con aquel tema, pero no respondió a su comentario.

–¿Y por qué usaste ese teléfono? –le preguntó.

–Porque me parecía seguro. Mi amiga Leah trabaja allí. Me pidió que la acompañara a dejar el coche en el taller, para poder dejarla en casa después, pero cuando llegué al restaurante para seguirla, ella todavía no había terminado el trabajo. Así que me quedé esperándola dentro mientras limpiaba. Los niños estaban con una mujer que se ha convertido en su abuela adoptiva, el restaurante estaba cerrado y el teléfono estaba allí mismo. Me gustaba la privacidad, y la oportunidad de decir algo que no pudieran oír Jake ni Mia, ni la gente de la calle. Este es un pueblo muy pequeño.

Él exhaló un suspiro y se apoyó en la encimera.

–¿Y a quién llamaste?

Vivian se sintió avergonzada al tener que admitirlo. Si hubiera sido Virgil, no habría sido capaz de decírselo, porque había llamado a la única persona a la que no debería haber llamado.

–A mi madre.

Él no dijo nada, y ella añadió:

–Pero si La Banda sigue el rastro de esa llamada, no pasa nada. Es un restaurante.

Él cabeceó.

–Nena, un restaurante de Pineview, Montana, un pueblo que tiene una población de menos de mil habitantes. Si Ink viene hasta aquí, ¿crees que no podrá encontrarte?

Por supuesto que sí. Entonces, ¿dónde estaban todas las justificaciones que se había dado a sí misma el día que había hecho la llamada?

–Puede pensar que yo estaba de paso.

—No pensará eso si has estado haciendo llamadas desde ese restaurante durante un periodo de tiempo.

—¡No lo he hecho! Solo llamé una vez.

Él miró hacia el jardín por la ventana. Tal vez también estuviera fijándose en el jardín de Myles, y en el hecho de que ambos estaban unidos, sin valla que los separara.

—En realidad, seguro que también se puede encontrar la situación de las cabinas de teléfono. Si llamaste con el código de esta zona en diciembre, por ejemplo, y después otra vez en... no sé... en mayo, cualquiera podría pensar que te has establecido por aquí.

Ella ya había pensado en eso. Sin embargo, se sentía tan sola que se había convencido a sí misma de que no había posibilidad de que La Banda la encontrara por aquellas llamadas.

—¿Y qué le dijiste a tu madre? ¿Qué es lo que sabe?

—No mucho. De todos modos, ella no nos traicionaría otra vez.

Él la atravesó con la mirada.

—Eso es una estupidez.

—Cuando Virgil fue a la cárcel, ella estaba eligiendo entre su hermano, que había estado intentando ayudarla, y su hijo. Se siente muy mal por lo que pasó.

—Eso no va a compensar a Virgil por haberle destrozado la vida. Y, hasta cierto, también destrozó la tuya. ¿Es que la has perdonado?

—¿Y de qué iba a servirme seguir resentida? Solo serviría para aislarme más. La gente comete errores, ¿no?

Él bajó la voz.

—Y tiende a cometerlos una y otra vez.

No tenía sentido contradecirle. Él era el ejemplo perfecto.

—Entonces, ¿qué hacemos?

—¿Crees que esa abuela adoptiva que has mencionado estaría dispuesta a cuidar de los niños unas horas?

Ella se frotó los ojos.

–¿Qué día es hoy? –preguntó. Había perdido la noción del tiempo.
–Viernes.
–Tal vez pueda. No tiene que trabajar.
–Llámala para averiguarlo. Después, nos iremos a otro pueblo y llamaremos a Ellen desde una cabina.
–¿Y por qué tenemos que ir a otro pueblo? Todo el estado tiene el mismo código.
–Cuanto más lejos, mejor, por si acaso localizan la llamada.
–¿Y qué vamos a decirle a mi madre?
Él se irguió y echó el resto del café por el fregadero.
–Le preguntaremos si la ha llamado alguien preguntando por ti, y rezaremos por que nos diga la verdad.

Capítulo 14

Rex no sabía si iba a poder hacerlo. Acababa de pasarse dos semanas en un exilio que él mismo se había impuesto, apartado del resto del mundo, tirado en la bañera vacía de un motel barato de Los Ángeles para estar cerca del inodoro, sudando y temblando, con la sensación de que iba a morirse. Sabía que desintoxicarse de las drogas solo era algo muy peligroso. Podía haber sufrido convulsiones u otras complicaciones graves. Sin embargo, no podía pagarse una clínica y tampoco podía reducir el OxyContin. Él solo no. Un colocón solo le llevaba al siguiente. Y no quería ser una carga para nadie. Él se había metido en aquel lío, y tenía que salir por sí mismo.

—Estás enfermo. Tienes que ir al médico —le dijo Laurel.

O Vivian, que era como la llamaba todo el mundo en aquel pueblo. Iba sentada en el asiento del pasajero y había guardado silencio durante todo el trayecto de treinta minutos. Sin embargo, lo había estado observando. Rex sabía que había querido decirle algo desde que se habían puesto en marcha.

—Estoy bien —dijo él.

Se había empeñado en conducir, pero no estaba bien. Era una locura haber ido a Pineview, y no lo habría hecho si hubiera tenido otro remedio. Además, cuando había tomado la decisión de ir hasta allí, estaba sintiéndose mejor durante periodos de tiempo. Había podido salir del baño y tumbarse en la cama a ver la televisión. En ese momento había creído que la determinación que lo había mantenido limpio durante diez días le permitiría seguir adelante.

Sin embargo, estaba demasiado enganchado al OxyContin. Le temblaban las manos y tenía náuseas, y el anhelo por sentir la euforia que recordaba bien lo abrumaba en el momento más inesperado. Algunas veces pensaba que iba a volverse loco si no encontraba un camello.

Debería haberse quedado recluido, o por lo menos haberse mantenido alejado de Laurel, hasta que se hubiera recuperado. Verla a ella y enfrentarse a todos los sentimientos que le provocaba multiplicaban la dificultad de todo lo que estaba atravesando; el arrepentimiento, la culpabilidad, el deseo... Todo eso funcionaba como un gatillo. Eran las mismas emociones de las que esperaba poder huir tomando OxyContin.

Sin embargo, alguien tenía que ir a Pineview a protegerla, y él sabía que no podía ser Virgil. Virgil tenía una familia. Peyton estaba a punto de dar a luz a su segundo hijo, así que Virgil tenía que quedarse en Nueva York con ella, dirigiendo su empresa. Él ya lo había destrozado todo en su vida, así que no le quedaba nada que salvar. Excepto Laurel. Estuvieran juntos o no, ella era lo mejor que le había ocurrido en la vida.

–¿Quieres que conduzca yo? –le preguntó ella por tercera vez.

–No.

El sudor hacía que se le pegara la camiseta al cuerpo, pese a que llevaban el aire acondicionado encendido al máximo. Rex esperaba que Vivian no se diera cuenta. Tenía otras cosas de las que preocuparse, como por ejemplo los calambres del estómago. Era como si alguien le estuviera desgarrando los órganos internos con un punzón para romper el hielo. Sin embargo, aunque pararan, el dolor no iba a aliviársele. No había nada que pudiera aliviarle aquel dolor, ni siquiera ir al hospital. Allí solo lo pondrían en observación. Además, él no quería estar fuera de servicio en aquel momento.

—No te fuerces si no puedes hacerlo.

Rex quería ser capaz de hacerlo. Odiaba el hecho de que ella estuviera viéndolo en su peor momento, pero no podía dejarla desprotegida. Vivian no quería creer que La Banda la hubiera encontrado, pero él confiaba en Mona Lindberg, la amiga que le había dicho lo contrario. Sobre todo, porque Mona no tenía ningún motivo para mentir.

Laurel se puso un par de gafas. Él no podía esconder sus ojos con tanta facilidad, porque se había dejado las gafas de sol en una hamburguesería de Missouri durante su viaje en moto de Nueva York a Los Ángeles. Había sido en aquella odisea cuando había decidido darle un giro a su vida. Durante los primeros días había tenido el presentimiento de que, si volvía a Los Ángeles y no dejaba el OxyContin, o volvería a unirse a los hombres a los que odiaba o a otros igual de malos. Eso, si no lo mataban antes... Si no se liberaba de las drogas, perdería las únicas relaciones que le importaban de verdad, su amistad con Virgil, con la mujer de Virgil y con Laurel.

—¿Podemos hablar de lo que ocurrió en Los Ángeles? —le preguntó.

Ella quería conocer los detalles de su estancia allí, pero Rex no quería dárselos. Las últimas dos semanas no eran más que un borrón doloroso para él.

—¿Qué quieres saber?

—¿Por qué has vuelto allí? Sabes lo que te harán si te encuentran.

—Eso no es cierto para todos los miembros de La Banda. Solo para algunos.

—Cualquiera de ellos intentaría impresionar a Horse llevándole tu cabeza en bandeja de plata.

—Estaba dispuesto a correr ese riesgo.

Cuando había empezado el viaje, esperaba que terminara de esa manera; prefería morir de un disparo que drogándose.

–¿Por qué? ¿Qué has hecho mientras estabas allí?

No había estado de juerga, tal y como ella suponía. Sin embargo, no iba a decírselo, porque no soportaba su escepticismo. Aquella no era la primera vez que había intentado desengancharse de las drogas.

–En realidad, nada.

–Has tenido que hacer algo. No hemos sabido nada de ti durante catorce días, y ni siquiera respondías al teléfono.

Rex tuvo que apretar los dientes para soportar otro calambre. Tuvo que esperar hasta que se le pasara para poder responder.

–Ya te lo he explicado.

–No, no has explicado por qué no podías llamar con el teléfono de otra persona.

Y no iba a hacerlo.

–Déjalo ya.

–¿Estabas tan colgado?

Ella no tenía ni idea de lo que había pasado, no sabía que estaba intentando desengancharse de las drogas con todas sus fuerzas. Sin embargo, no podía culparla por su disgusto. Él mismo estaba disgustado consigo mismo.

–Supongo.

–¿Quién estaba contigo? Allí no conoces a nadie, salvo a los de La Banda.

–Me crié en Los Ángeles. Conozco a mucha gente –replicó él. Y ninguna de esas personas era buena para él, razón por la que no se había puesto en contacto con casi nadie.

–Así que has retomado amistades del pasado.

–Exacto.

–Si no estabas con tus antiguos amigos de La Banda, ¿cómo averiguaste que saben dónde vivo?

—Por medio de Mona. Te lo conté anoche.

—La novia de Shady.

—Exnovia. Rompieron antes de que él muriera.

—¿Estás seguro de que ella no quiere vengarse de ti por cómo murió Shady?

—Estoy seguro.

—Y, sin embargo, ella sigue relacionándose con sus amigos.

Debido a las drogas, seguramente seguiría haciéndolo toda su vida.

—La Banda le proporciona drogas.

Así era como la había encontrado él. Sabía que Mona podía proporcionarle las pastillas que necesitaba, o al menos, darle un poco de heroína. También sabía que estaría dispuesta a hacerlo. Así pues, se había puesto en contacto con la hermana de Mona, cuyo número estaba en el listín telefónico, y su hermana lo había puesto en contacto con ella.

Sin embargo, no había tomado ninguna de las drogas que ella le había llevado. Al ver lo que le había hecho la adicción a su vieja conocida, se había quedado conmocionado. No quería ser como ella, así que había tirado las pastillas por el inodoro y se había arrastrado a la bañera para seguir sufriendo.

—Pero, si ellos averiguan que te lo ha dicho, la matarán —dijo Laurel.

—Una vez le hice un favor. Mona se sentía en deuda conmigo.

—¿Qué clase de favor le hiciste? —preguntó ella.

—No es importante.

—Quiero saberlo.

—Una vez la llevé en coche a un sitio, eso es todo.

—¿La ayudaste, aunque eso fuera arriesgado para ti?

—No exactamente. Yo ya había asumido todo el riesgo estando donde estaba cuando la encontré. Solo me interesé por ella cuando lo necesitaba, le di un hombro en el que llorar y la oportunidad de escapar, y ella me lo agradeció. Tienes que acordarte de esto. Ya te lo había contado.

–¿Te acostaste con ella?

Él la miró.

–¿Por qué quieres saberlo?

–Tengo curiosidad.

–No. Ni me acosté con ella cuando la ayudé, ni cuando me ayudó ella a mí.

A Mona la habían usado tantos hombres que Rex ni siquiera podía imaginarse cuántas enfermedades tendría. Además, nunca le había resultado atractiva. Simplemente, sentía lástima por ella, porque Shady, el jefe mafioso, la trataba muy mal, como el resto de sus hombres.

Laurel se frotó la frente.

–Pero, te has acostado con otras mujeres desde que rompimos, ¿no?

Él no respondió. Sabía que a ella no iba a gustarle la respuesta. Tal vez ya no estuvieran juntos, pero había ciertos sentimientos que todavía persistían.

–Vaya. ¿De dónde ha salido eso? –se preguntó ella, con una carcajada de azoramiento–. Lo siento. Ni siquiera sé por qué lo he preguntado.

Él sí lo sabía. Se lo había preguntado porque la causa de su separación no había sido la falta de amor y atracción, y eso hacía difícil que no volvieran a acostarse juntos. Y, normalmente, hasta la mañana siguiente, o hasta varias mañanas después, no se daban cuenta de que no podían llevarse bien; a causa de sus propios defectos, no de los de ella.

–¿Qué hay entre tu vecino y tú?

Ella se estremeció.

–No me lo preguntes.

–Te estás acostando con él, ¿no?

–No, no me estoy acostando con él.

–Tú no sueles mentir.

–No estoy mintiendo, exactamente.

—Entonces, ¿por qué te has puesto como un tomate en cuanto él ha entrado en la cocina?

Ella jugueteó nerviosamente con su bolso.

—Pasamos unas cuantas horas juntos en una cabaña. Eso es todo.

Él bajó el volumen de la radio.

—¿Cuándo?

—Anoche.

—Oh, Dios. No me extraña que me odiara a primera vista —dijo Rex, riéndose.

Ella lo miró con enfado.

—Creo que fuiste tú el que empezó con esa batallita de poder.

Él siguió sonriendo. Por lo menos, aquella conversación lo distraía de sus males.

Miró los pinos verdes, el cielo azul, el trazo negro de la carretera. Laurel había estado viviendo en un lugar estupendo durante aquellos dos años. Le gustaba saber eso. Saber que los niños y ella eran felices allí hacía que se sintiera menos culpable por haberles fallado en Washington D.C.

—Tal vez tengas razón.

—¿Vas a admitirlo?

—No veo por qué no.

Ella se ajustó el cinturón de seguridad para poder girarse un poco y mirarlo.

—¿Por qué no te ha caído bien?

Él arqueó una ceja.

—¿Y a ti qué te parece?

—Que estás celoso.

—Exacto.

Él vio una expresión de dolor en su rostro, y sintió dolor también, un dolor que no tenía nada que ver con el síndrome de abstinencia del OxyContin.

—¿Alguna vez superaremos lo nuestro? —preguntó ella con un susurro.

El recuerdo de hacer el amor con ella, uno de los muchos que tenía, se le filtró en la mente.

−Espero que no lo superemos completamente.

−Pero nuestra relación es tan… complicada.

−La vida es complicada, por si no te habías dado cuenta.

−¿Se puede sentir atracción por dos personas a la vez?

−Demonios, claro que sí.

−Cuando te veo, deseo que las cosas hubieran funcionado.

Él alargó el brazo y le tomó la mano, y, de repente, el deseo horrible de tomar OxyContin y los calambres que había estado padeciendo se mitigaron. Pudo relajarse por primera vez desde que había llegado a Pineview.

−No tenemos por qué estar juntos para querernos.

A ella se le cayó una lágrima por la mejilla.

−Me ayudaste en un momento terrible, Rex. Me enseñaste cómo puede ser el amor después de que el desgraciado con el que me casé consiguiera que yo no quisiese estar nunca más con un hombre. Te agradezco mucho todo eso.

Él sintió más culpabilidad aún, por no poder ser lo que ella necesitaba. Sin embargo, no iba a permitir que el sentimiento de culpa le estropeara aquel momento. Después de dos años, tenían los dedos entrelazados, y él sentía su perdón, que era todo lo que podía pedir. No había vuelto a sentir paz sin ayuda de las drogas desde hacía muchos meses. Tal vez no era el hombre que iba a convertirse en su marido y en padre de sus hijos, pero quería que ella fuera feliz, aunque tuviera que serlo con otro hombre.

−Solo… déjame que te pregunte esto.

−¿El qué?

Él frunció el ceño.

−¿El hombre que me reemplace tiene que ser un poli?

Ella le soltó la mano y le dio un suave puñetazo en el hombro.

−No voy a emparejarme con el sheriff. Lo de anoche

fue un... algo pasajero. No había estado con nadie desde que... Bueno, desde que estuve contigo.

Eso le creó una imagen mental. Y no demasiado agradable.

—Bueno, ¿y qué tal fue?

Ella se ruborizó.

—No puedo creer que estemos hablando de esto.

Él bajó la ventanilla para poder sacar el brazo.

—¿Significa eso que no me lo vas a contar?

Ella respiró profundamente, y después exhaló un suspiro.

—Estuvo bien. Estuvo realmente bien —dijo, y se rio de nuevo azoradamente.

—Ojalá me sintiera más feliz de oír eso.

—Si no te sientes feliz, ¿por qué estás sonriendo?

Porque era libre. Porque sentía que tenía una segunda oportunidad para convertirse en el hombre que quería ser. No estaba seguro de dónde había salido aquel momento de satisfacción, ni de cuánto iba a durar. No sabía si podría mantenerlo, o si el OxyContin terminaría por ganarle la partida otra vez. Sin embargo, por el momento era feliz de poder estar con ella y de arreglar las cosas entre ellos. Estaba a cargo de su vida por primera vez desde hacía meses; estaba exactamente donde necesitaba estar, haciendo exactamente lo que necesitaba hacer. Una pequeña victoria para Rex McCready.

—No tengo ni idea —le dijo.

Ella volvió a tomarle de la mano.

—Es estupendo poder estar contigo otra vez.

Rex esperaba poder permanecer así, que el hecho de ser parte de la vida del otro no se volviera algo doloroso e insoportable, como había ocurrido antes. Tal vez, como amigos pudieran alcanzar la estabilidad.

Siguieron su camino con las manos agarradas, con las ventanillas bajadas, escuchando la música de la radio, hasta que llegaron a Libby. Entonces, Rex vio una cabina

de teléfono junto al aparcamiento de un videoclub y paró allí.
—Bueno, vamos —dijo.
A Laurel se le borró la sonrisa de la cara.
—Tú crees a Mona.
—Creo que Mona oyó a Horse hablar de ti. Que él sepa o no sepa dónde estás... —Rex se encogió de hombros—. Espero que tu madre pueda aclarárnoslo.
Ella soltó el cinturón de seguridad con un clic.
—Pero, ¿y si ella les dio los números desde los que llamé?
Él se mordió el labio mientras la observaba atentamente.
—No lo sabrás hasta que no lo preguntes.

Myles estaba en la entrada del cubículo de Jared.
—Avisa a Linda y venid a mi despacho.
Jared arqueó ambas cejas mientras se giraba hacia él.
—¿Ahora mismo? Todavía estoy organizando mis anotaciones —respondió, y señaló su agenda—. ¿Ves eso? Nuestra reunión no es hasta dentro de una hora.
—No me importa. No puedo esperar más.
Como el día anterior, Myles se había pasado la mañana atendiendo llamadas de gente de Pineview, repitiéndose, tranquilizando, aplacando, calmando y prometiendo que iba a encontrar a un asesino a quien no estaba seguro de poder atrapar. Y, cuanto más tiempo pasaba, menos posibilidades tenía de conseguirlo. Necesitaba información nueva, y la necesitaba en aquel mismo instante. También necesitaba mantener la mente activa. Aunque estaba soportando una tremenda presión, cada vez que dejaba de moverse o tenía un segundo para sí mismo, empezaba a pensar en Vivian.
Eso no le gustaba, sobre todo porque no conseguía sacar una conclusión coherente. En un momento dado, revi-

vía lo que había ocurrido la noche anterior. Al segundo siguiente estaba viendo al tipo duro que estaba en su cocina aquella mañana, y preguntándose si lo que había pasado en la cabaña había sido algún tipo de juego.

Rex se comportaba como si la casa de Vivian fuera la suya también.

Sin embargo, una mujer que solo quería un revolcón rápido no se contenía como había hecho Vivian...

–Está un poco tenso estos días, sheriff –dijo Jared, quejándose–. Si no se tranquiliza va a sufrir un infarto.

–Tengo treinta y nueve años.

–No importa. Estoy hablando de una hora. Sesenta minutos. ¿Es que no puede esperar sesenta minutos?

–No necesito un informe mecanografiado, ¿de acuerdo? Por el momento, vamos a pasar por alto tu proceso meticuloso, porque requiere demasiado tiempo. Solo quiero que vengas a mi despacho y me digas lo que tienes.

–¿Y por qué tanta prisa? –preguntó el detective, mientras rebuscaba un bolígrafo en el cajón de su escritorio.

Myles vio un bolígrafo en el suelo, lo recogió y se lo entregó. La mesa de Jared no estaba más limpia que su coche. Myles no tenía ni idea de cómo era posible que llevara sus investigaciones de forma tan ordenada y detallada en medio de aquel caos. Era evidente que los detalles corrientes de la vida no le afectaban.

–Todo el pueblo está llamándome por teléfono –dijo Myles–. Y dentro de tres horas voy a reunirme con el alcalde para decirle que no tenemos ni la más mínima pista sobre quién mató a Pat. Ni que decir tiene que no quiero hacer eso; quiero darle alguna información.

Con una expresión resignada, Jared anotó unas cuantas cosas en un sobre marrón de los grandes.

–Está bien. Concédame diez minutos.

–De acuerdo.

Myles iba a ocupar aquel tiempo leyendo el informe de la autopsia que el forense le había enviado unos minutos antes por fax. Sin embargo, recibió una llamada de Chrissy Gunther, que quería saber si había hecho algo acerca de la pistola de Vivian. Intentó convencerla de que confiara en él, pero no hubo manera de hacerla entrar en razón, así que Myles sintió un gran alivio cuando Jared y Linda llamaron a su despacho, cuya puerta estaba entreabierta. Mientras les indicaba que entraran, le dijo a Chrissy que tenía una reunión. Después colgó, sin esperar tan siquiera a que ella se despidiera.

–Sentaos –les dijo, y miró las carpetas que llevaban los detectives. Varias de ellas eran muy gruesas, señal de que habían hecho sus entrevistas–. ¿Y bien? ¿Qué habéis averiguado?

Linda tenía el pelo rizado con algunas canas, y siempre lo llevaba recogido en una cola de caballo. La detective dejó sus carpetas sobre el escritorio de Myles y lo miró.

–No tenemos mucho, pero estamos avanzando.

–Sé un poco más específica.

Ella miró a Jared, y Jared asintió para que continuara.

–¿Qué ve aquí? –le preguntó, abriendo la primera carpeta.

Myles observó una fotografía de las huellas de zapatos que ya había visto en el linóleo del suelo de la cabaña.

–Parece que el asesino llevaba zapatillas de deporte.

–Exacto. ¿No nota nada extraño en ellas?

–No.

–Mire las marcas de las suelas.

–No tienen marcas.

–Exacto –dijo Jared–. No tienen ninguna de las hendiduras y las marcas de desgaste que hace el propietario del calzado con su forma de andar, y que convierten un calzado en único.

Myles se percató de repente de aquella falta de imperfecciones.

–¿Son nuevos?

–Deben de serlo, ¿no?

Parecía que a Linda le complacía mucho aquella conclusión, pero Myles no sabía por qué. Si las zapatillas eran nuevas, sería todavía más difícil vincular a su dueño con la escena del crimen.

–¿Y por qué te parece bueno eso?

–Espere –le dijo ella–. ¿Qué más ve?

Myles se había cansado de jugar a las adivinanzas y dejó las fotografías sobre la mesa.

–No veo nada fuera de lo común. Dime adónde quieres llegar.

Ella colocó una fotografía al lado de la otra.

–Al principio, nosotros tampoco lo vimos. Se hizo evidente cuando tratamos de determinar el número del calzado.

–¿El qué?

–Pat tuvo más de un atacante.

Myles volvió a tomar las fotografías y las sujetó juntas.

–Eso significa que hay dos pares de zapatillas. Pero... todas las huellas son exactamente iguales.

–Porque son el mismo tipo de calzado. Ambos pares son nuevos. La única diferencia es el número. Déjeme una regla y se lo demostraré.

Myles abrió el primer cajón de su escritorio y sacó una regla. Jared midió las huellas.

–¿Lo ve? Un par es del cuarenta y cinco. El otro es del cuarenta y siete.

–¿Lo habéis verificado?

–Más de una vez.

–Me estáis diciendo que había dos hombres que llevaban las mismas zapatillas.

Myles pensó en los tipos a los que había visto en la cuneta de la carretera. Los había recordado muchas veces. Tal vez fuera aconsejable pasar por Reliable Auto para ver si habían recogido su furgoneta. De lo contrario, tal vez debiera buscarlos y hablar con ellos otra vez...

Linda sonrió.

—Seguramente, incluso los compraron en el mismo sitio.

—¿Dónde?

Si podían averiguar aquello, tal vez pudieran conseguir las grabaciones de las cámaras de seguridad de la tienda de las dos semanas anteriores al asesinato y ver quién había entrado a comprar zapatillas de deporte.

—Según la base de datos son de la marca Athletic Works Brand, que se vende en Walmart.

Allí no había Walmart. El supermercado más cercano de aquella cadena estaba en Kalispell. No tenían ninguna garantía de que los asesinos hubieran comprado su calzado allí, pero Myles estaba dispuesto a intentarlo todo.

—¿Habéis hablado con el director del Walmart de Kalispell?

—Sí. Vamos a ir esta tarde.

—Bien —dijo Myles. Sin embargo, su breve sensación de esperanza ya se había disipado. Intentó concentrarse en deducir cómo encajaba aquel detalle de las zapatillas con todo lo demás—. Lo raro es que… esta información contradice todo lo que hemos inferido sobre el asesinato.

Linda pestañeó.

—¿Qué quiere decir?

—Si dos hombres compraron calzado para evitar dejar huellas, es que habían planeado el crimen. Y, sin embargo, en la escena todo indica que la muerte de Pat no fue algo premeditado: desde la elección del arma homicida hasta la falta de esfuerzos por ocultar el crimen o el cuerpo.

Jared apoyó los codos en las rodillas y se agarró las manos.

—Tal vez el asesinato no fuera premeditado porque ellos solo querían robar.

—¿Y para un robo haces tantos preparativos? ¿Te llevas a tu cómplice a comprar zapatillas de deporte nuevas y quedas con un agente inmobiliario con la excusa de que te enseñe una cabaña de alquiler solo para robarle la cartera?

–¿Y por qué no? Es una forma estupenda de conseguir que un desconocido se reúna contigo en un lugar apartado.

–Pero... Nadie iba a pensar que un hombre como Pat lleve demasiado dinero encima. Les habría sido más rentable atracar una gasolinera.

–Podían haberse llevado su coche.

–Pero no lo hicieron.

–Sí, ya lo sé. Todavía estoy buscándole la explicación a eso –admitió Jared.

–Tal vez Pat se los encontrara, tal y como decía usted antes –dijo Linda–. Tal vez hiriera a uno de ellos y los enfureciera.

–Si hubo algún herido más, habría pruebas en la escena del crimen.

Myles no recordaba que Ron Howard ni su compañero tuvieran rasguños ni heridas. Sin embargo, tal vez no hubiera podido verlas, puesto que el hombre discapacitado estaba tapado de la cabeza a los pies. Su exceso de tatuajes le recordaba a los presos. ¿Acaso tenían entre manos a un par de expresidiarios violentos?

Jared intervino de nuevo.

–No necesariamente. Tal vez la herida no sangrara. Y tal vez no se llevaran el coche porque sabían que el robo los relacionaría con el asesinato.

Eso tenía sentido.

–¿Y la huella dactilar parcial que había en la puerta?

–Resulta que era de Gertie –dijo Jared–. Después de que Pat muriera, ella no podía pensar con claridad. En vez de utilizar el teléfono que había en la cocina, salió de la cabaña y corrió hasta que llegó a casa de C.C. O por lo menos, eso dijo. Yo no puedo imaginarme que nadie pase por alto un teléfono que tiene delante de las narices, pero... esa es su versión de la historia.

Myles sí podía imaginarse a Gertie haciendo exactamente lo que había dicho. Recordaba lo desorientado que se había sentido cuando murió Amber Rose, aunque llevara meses viendo aproximarse a la muerte.

—Pat acababa de morir en sus brazos, Jared.

Jared carraspeó, y Linda se movió como si sus palabras les hubieran recordado a los dos por qué sabía él algo sobre aquella situación en particular. Myles apretó la mandíbula para intentar contener la irritación. Detestaba enfrentarse con la incomodidad que su pérdida les causaba a los demás. Eso le dificultaba ser normal, seguir adelante sin tener la sensación de que lo examinaban constantemente al microscopio. Si los buenos ciudadanos de Pineview tenían la percepción de que actuaba con demasiada tristeza por la muerte de Amber Rose, susurraban entre ellos cosas como que él debía recuperarse por el bien de su hija. Y si les parecía que no se preocupaba lo demasiado, como si ya estuviera superando su muerte, entonces comenzaban a dudar de que fuera sincero sobre su dolor, o de si había querido de verdad a Amber Rose. Su muerte ya era lo suficientemente horrible. La atención extra que había estado soportando durante aquellos tres años empeoraba aún más la situación.

O tal vez, teniendo en cuenta que había hecho el amor con alguien la noche anterior, por primera vez en aquellos tres años, estuviera demasiado sensible. ¿El hecho de que hubiera deseado tanto a Vivian, y de que ese deseo no hubiera disminuido ni siquiera cuando había pensado en Amber Rose, empobrecía lo que había sentido por su esposa? ¿Era capaz de recuperarse emocionalmente? ¿Había llegado por fin a ese punto después de los meses solitarios que había pasado desde que la había enterrado? ¿O eran solo las hormonas?

Intentó recuperar la concentración. Abrió el resto de las carpetas que le habían llevado los detectives y hojeó el contenido hasta que encontró el diagrama de las lesiones de Pat. Ya lo había visto, brevemente, en el informe de la autopsia, pero aquello le recordó el abrelatas eléctrico desaparecido.

—¿Hay alguna noticia sobre el arma homicida?

—Un poco —dijo Jared—. Las heridas que recibió Pat son compatibles con el abrelatas eléctrico.

—Te refieres a «un abrelatas eléctrico». No habéis encontrado «el abrelatas eléctrico».

—No, pero Gertie me llevó a una tienda y me enseñó cuál era exactamente el modelo, y yo compré uno. Las marcas que tenía Pat en el cráneo concuerdan perfectamente.

—¿Podría haber otros objetos que encajaran también?

—Lo dudo. Grabé un vídeo de la demostración del forense... —dijo Linda; rebuscó en su bolso y sacó una cámara de vídeo muy pequeña—. Si quiere verlo usted mismo...

La detective le pasó la cámara, y él vio al forense golpeando una cabeza de Styrofoam con el abrelatas, para simular lo que le había ocurrido a Pat. Las hendiduras coincidían con el imán que sobresalía del abrelatas.

Pobre Pat. No se merecía morir, y menos de aquella manera.

—¿Sabe Gertie que la estás investigando? —preguntó Myles, mientras le devolvía la cámara a Linda.

—Sabe que estoy haciendo todo lo que puedo por encontrar al asesino de su marido —respondió Jared—, y lo agradece.

—Está bien —dijo Myles—. No puedo creer que no haya sangre de otra persona que no sea Pat en la escena del crimen —añadió pensativamente—. ¿No estaremos pasando algo por alto?

—No.

—¿No había restos bajo las uñas de Pat?

—No.

—¿Y la mancha que tenía en la camisa?

—Era suya —dijo Jared.

Myles decidió que iba a ir a Reliable Auto. Quería averiguar más sobre Ron Howard y sobre Peter Ferguson. Le habían causado muy mala impresión, y, en aquel momento, el hecho de que Howard llevara tanta ropa le parecía más sospechoso, incluso, que antes.

—Demonios, me gustaría pensar que Pat consiguió asestar algún golpe por aquí y por allá.

—¿Contra dos?

Myles puso los ojos en blanco ante el intenso escepticismo de Jared.

—¿Ni siquiera puedes permitir que me consuele con una fantasía inofensiva?

Jared se inclinó hacia delante.

—¿Y cómo es posible que eso le consuele si no es lo que ocurrió realmente?

—Olvídalo.

Myles miró a Linda con exasperación, pero sabía que ella no tenía por qué estar de acuerdo con él. Aunque se quejaba de Jared todo el rato, por su desorden, sus tendencias obsesivas y su percepción literal de las cosas, había llegado a respetar mucho a su compañero durante los dos años anteriores. Como él no estaba casado ni tenía hijos con los que pasar las tardes, y era capaz de trabajar veinticuatro horas al día si se quedaba solo, Linda y su marido lo invitaban a cenar un par de veces por semana. A veces, ella le llevaba la comida de casa.

—Debo de estar pasando demasiado tiempo con él —admitió ella—, porque lo que acaba de decir tiene sentido para mí.

Myles hizo un gesto de rendición con las manos.

—Está bien. Vamos a enfrentarnos a la pura verdad. Pat no tuvo ni la menor oportunidad desde el principio. Ahora, contadme cómo han ido vuestras entrevistas.

—Nadie de las otras cabañas vio nada —explicó Jared—. C.C. es la vecina más cercana, pero hay árboles que aíslan una vivienda de la otra. Además, ella estaba pasando la aspiradora, y no tenía ni idea de que Pat estuviera enseñando la cabaña.

—¿Y nadie vio por el camino de la cabaña algún vehículo extraño, que fuera demasiado lento o demasiado rápido?

Jared negó con la cabeza.

—Me temo que no.

Myles miró con lástima su taza vacía de café. Después de tantas horas funcionando a base de adrenalina, en aquel momento iba cuesta abajo. Sin embargo, ya había tomado suficiente cafeína por aquel día.

—Delbert me llamó ayer. Me dijo que ya habíais hablado con él.

—Sí. Unas cuantas veces —dijo Jared—. Ha sido muy colaborador.

—¿Tiene coartada?

—Estaba en el trabajo. Varias personas han confirmado su presencia en la oficina, incluyendo su jefe —dijo Linda—. Sin embargo, me permitió tomarle fotografías del torso para demostrar que no tenía ni un arañazo.

—¿Y Gertie?

—No tiene coartada.

—¿Sigue siendo la sospechosa número uno?

Jared se puso en pie.

—¿Y por qué no iba a serlo? Yo no descarto a nadie hasta que no tengo un buen motivo para hacerlo.

Myles se masajeó las sienes.

—Ya lo sé.

—Bueno, ¿tiene lo que necesita para su reunión con el alcalde?

Él se había esperado algo más.

—Sí, si es todo lo que hay.

—Por ahora sí.

Jared iba a recoger las carpetas, pero Myles le dijo que las dejara allí. Quería leer las entrevistas y ver lo que decía la gente.

Estaba solo en el despacho, en mitad de una de ellas, cuando apareció el ayudante Campbell.

—Jefe, ¿tiene un minuto?

Myles alzó la vista.

—Claro. ¿Qué ocurre?

—Ha llamado Trace, el del taller. Quiere saber qué hace con la furgoneta Toyota que le llevó Harvey.

—¿Los dueños no han aparecido?

—Trace no ha sabido nada de ellos.

Myles cerró la carpeta.

—¿Fueron al taller en la grúa?

—No. Le dijeron a Harvey que iba a ir a buscarlos un amigo.

¿Qué amigo? Cuando él estaba allí, ellos le habían dado a entender que iban a montarse en la grúa. ¿Se les habrían escapado ya?

—Gracias.

Cuando Campbell se marchó, Myles fue a buscar la libreta que tenía en el coche patrulla. Ron Howard y Peter Ferguson le habían parecido sospechosos, y había anotado la información que le había dado sobre ellos la centralita. Tal vez pudiera ponerse en contacto con ellos a través de Quentin, el hermano mayor de Peter...

Encontró con facilidad el número en el listín, y llamó. Respondió un hombre llamado Quentin, pero a juzgar por su voz, tenía por lo menos cincuenta años más que Peter.

Aquel no podía ser el hermano al que se había referido el chico, ¿no? Tal vez fuera su padre.

Myles le explicó quién era y qué quería, pero no pudo continuar, porque el hombre le dijo:

—Usted debe de haberse cruzado con los que me han robado la furgoneta.

A Myles se le puso el vello de punta.

—¿De qué está hablando? Lo he comprobado con la matrícula, y no figura como robada.

—Porque casi nunca la conduzco. No me he dado cuenta de que faltaba hasta esta misma mañana.

Capítulo 15

A Vivian le temblaban las manos mientras marcaba el número de su madre. Cada vez que llamaba a su antiguo hogar, desde que Virgil había ingresado en la cárcel, se moría de angustia. En parte, porque no era capaz de decidir si su madre había sido cómplice en el asesinato de su padrastro, tal y como sospechaba. En parte, porque llamar a Ellen le parecía una deslealtad hacia Virgil. Y, en parte, porque cada vez que tenía contacto con su madre deseaba más y más una resolución, que siempre parecía un paso más allá, por mucho que ella avanzara para conseguirla.

Sin embargo, ninguna de las veces anteriores se había sentido tan ansiosa como aquella. Antes, lo que más preocupación le causaba era cómo iba a ser recibida, y siempre había tenido la seguridad de que su madre sería cordial, como mínimo. Ellen siempre era cordial con todo el mundo. Tenía una voz suave y huía de las confrontaciones, porque era demasiado indecisa como para dar la cara y luchar, aunque solo fuera por sus hijos.

Sin embargo, así proyectaba la imagen de que era una madre cariñosa a la que se había acusado injustamente. Algunas veces, Vivian tenía la tentación de creer en la inocencia de Ellen, de reconstruir lo que habían perdido, y dudaba de todas las decisiones que había tomado con respecto a su madre. Ellen decía que cuando Virgil fue arrestado, ella creyó a la policía por el temperamento de su hijo y el hecho de que hubiera amenazado más de una vez con matar a Martin si no dejaba de maltratarla. Además, él no tenía coartada para la noche en que había ocurrido todo; estaba abajo, durmiendo en su habitación, y ni siquiera el disparo lo había despertado.

Vivian no estaba en casa, así que no sabía lo que había ocurrido.

Años después, el matrimonio de su tío Gary se había roto, y su exmujer había decidido hablar, tal vez por el cargo de conciencia que había soportado durante tanto tiempo o tal vez porque quería vengarse de él. De cualquier forma, declaró ante las autoridades, y la policía empezó a pensar que era cierto lo que Virgil había estado diciendo durante aquellos años: que habían detenido al hombre equivocado.

Al poco tiempo de comenzar a investigar a Gary, él había confesado que Ellen le había pedido que lo hiciera. Les dijo a los detectives que acudió a él diciéndole que Martin la mataría, o mataría a uno de sus hijos, sino intervenía. También le había dicho que le ofrecía la mitad del dinero del seguro si acababa para siempre con Martin. Como Gary tenía deudas e iba a perder la casa, accedió para beneficiarlos a los dos.

Sin embargo, era imposible demostrar que lo que había confesado era cierto. Ellen le había dado a Gary una parte muy importante del dinero, sí, pero, ¿como pago por el asesinato? ¿O porque quería ayudarlo a que conservara la casa donde vivía su familia, tal y como decía? Podían ser ambas cosas, pero Ellen había decidido darle a Gary el dinero, en vez de utilizarlo para contratar un buen abogado para Virgil, y Vivian no podía entenderlo. Teniendo en cuenta lo frecuentemente que había visto a su madre decirle a la gente lo que quería oír en vez de la verdad, sabía que no podía confiar en Ellen. Y menos cuando, en vez de estar angustiada y preocupada por su hijo, parecía que estaba más bien aliviada por tener una cabeza de turco.

Ellen había vuelto a tener otra relación sentimental casi inmediatamente, y, en ese momento, Vivian se había marchado de casa. Solo tenía dieciséis años, y había estado valiéndose por sí misma desde entonces. Eso no significaba que no pensara en el pasado; algunas veces, lamentaba profundamente haber perdido la relación con su madre. El hecho de que todavía estuviera en contacto con ella lo demostraba. Si no tuviera que ser tan cautelosa, la habría llamado más a menudo.

Una vez que Virgil había salido de la cárcel, seguir enfadada con ella no tenía sentido. Cuanto más envejecía, más deseaba Vivian purgar la ira que había sentido durante tantos años. Era algo demasiado oscuro y negativo, y en algunas ocasiones tenía la sensación de que esa oscuridad se iba a contagiar a todo lo demás.

Y justo cuando estaba más cerca de perdonar a su madre, las dudas volvían. ¿Habría conseguido La Banda que Ellen les diera información sobre sus hijos y sus nietos? Vivian sabía que su madre no tenía intención de hacerles daño ni a Virgil ni a ella, pero no creía que Ellen se esforzara demasiado en protegerlos si su propio bienestar o su propia vida estaba en juego.

—¿Qué sucede? —le preguntó Rex.

Vivian se dio cuenta de que había marcado mal y colgó. Volvió a marcar y, en aquella ocasión, respondió el contestador automático de su madre.

—¿No está en casa?

—No.

—¿Y no puedes llamar a algún otro familiar?

—Mis primos se han mudado tantas veces que les he perdido el rastro.

Su tío Gary estaba en la cárcel. Su exmujer había testificado en su contra y después se había lavado las manos con respecto a su familia política y a él. Sin embargo,

Ellen seguía viviendo en la casa de Sandalwood Court donde se habían criado Virgil y ella, así que Vivian conocía a algunos de los vecinos. ¿Seguirían viviendo allí?

Cuando era pequeña, había tenido un enamoramiento con Junior Ivey, el hijo de los vecinos de al lado. ¿Recordaría el número de su casa? Lo había llamado con frecuencia, para irritación de Junior, ya que él tenía cuatro años más que ella y estaba en el instituto cuando le gustaba a Vivian.

Se estrujó el cerebro para recordar el número, pero solo pudo sacar el prefijo. Sin embargo, sí recordaba el apellido del padre de Junior, y eso significaba que podía obtener el resto del número en el listín.

Cuando llamó, el teléfono sonó tantas veces que Vivian creyó que iba a recibir de nuevo la respuesta del contestador. Sin embargo, oyó la voz de una mujer que hablaba casi sin aliento.

—¿Señora Ivey?
—¿Sí?
—Voy Vivi... Soy Laurel Skinner.
—¡Laurel! Dios mío. Espera un segundo. Estaba abajo, planchando, y he subido rápidamente. Ya no estoy tan en forma como antes.
—No se preocupe, señora Ivey. Tómese su tiempo.

Después de una respiración jadeante, la vecina dijo:
—¿Cómo estás tú?
—Muy bien, gracias.
—Hace muchísimos años que no hablaba contigo.
—Sí, ha pasado mucho tiempo.
—Demasiado. Tu madre me ha contado que tienes dos niños.
—Sí.
—A ella le encantaría verlos, ¿sabes? Es una pena que vivas tan lejos.

El tono de desaprobación de aquellas palabras le dio a entender a Vivian que Sonja Ivey había perdonado a Ellen por el asesinato, aunque al principio la hubiera considerado responsable. Sin embargo, Ellen podía ser muy convincente. Era parte del motivo por el que no la habían acusado del asesinato de Martin junto a su hermano Gary. La policía creía que Gary decía la verdad, pero el fiscal no tenía pruebas suficientes que relacionaran a Ellen con el crimen, y la consideraba demasiado sincera como para acusarla con lo que tenía.

–Tal vez vaya alguna vez –dijo Vivian, para evitar una conversación sobre la razón por la que todavía no había ido de visita.

–¿Cómo está tu hermano?

–Bien.

–Es horrible lo que le ocurrió a ese chico. Increíble.

–Sí. ¿Y qué tal está Junior?

–¡Estupendamente! Es médico.

–No me sorprende. Siempre fue un niño muy listo.

–Pero no nos cae muy bien su mujer.

Vivian se hubiera echado a reír de no ser por lo angustiada que se sentía.

–Vaya, lo lamento. A veces es difícil acostumbrarse a la familia política.

Ella lo sabía muy bien. Los padres de Tom nunca la habían defendido ante él. Siempre estaban intentando convencerla de que en realidad, no era mala persona. Nunca se habían puesto de su lado, a pesar de todo lo que le había hecho pasar su hijo. Se comportaban como si ella tuviera la culpa, como si lo provocara para que él actuara de aquel modo. No les importaba que pudiera volverse loco de furia por algo tan estúpido como que ella hubiera preparado una cena que no le apetecía.

–Es una pija de la mejor zona de la ciudad –dijo Sonja.

–Espero que Junior sea más feliz que ustedes.

–No creo que lo sea, pero... yo no puedo inmiscuirme.

Vivian miró a Rex, que le hizo un gesto para que se diera prisa.

—Escuche, Sonja, siento mucho interrumpirla, pero la he llamado porque no consigo dar con mi madre. ¿Sabe dónde está?

—Debería estar en casa. Veo su coche desde la ventana de la cocina.

—Acabo de intentar llamarla. No ha contestado.

—Últimamente está muy deprimida. Randall la ha dejado, ¿sabes?

El último amante de su madre. Con aquel no se había casado, pero habían estado juntos un par de años.

—¿Cuándo?

—Creo que hace unas dos semanas. Se fue con otra.

Vaya, eso debía de haber sido todo un golpe para el amor propio de su madre. Normalmente, era ella la que se cansaba de sus parejas.

—¿Podría hacerme un favor, Sonja? No sé si le importaría ir a llamar a la puerta de su casa y ver si puede despertarla.

—Claro, cariño. Mira, te voy a dar mi número de móvil para que me llames ahí y puedas hablar con ella.

Vivian colgó y volvió a marcar. Sonja respondió a los pocos segundos.

—Está lloviendo —dijo—. Vaya, voy a ponerme un abrigo.

Vivian cubrió el auricular y le dio a entender a Rex que estaba haciendo progresos. Después esperó mientras la vecina llegaba a la casa de al lado. La oyó llamar, oyó que decía el nombre de Ellen, pero no oyó ninguna respuesta. Varios segundos más tarde, Sonja le confirmó que no había obtenido ninguna.

—¿Se ve algo por dentro? —preguntó Vivian.

—Pues no. Las persianas están bajadas. Como te he dicho, está muy deprimida.

—¿Podría ir por la parte de atrás, por favor? Me parece que algo no va bien.

—Por supuesto.

Vivian oyó el crujido de la ropa de Sonja mientras la vecina se movía. Entonces, le llegó una exclamación alta y clara.

–¡Oh, Dios mío!
–¿Qué ocurre?
–Parece que han forzado la puerta.
–¿Que la han forzado?
–No quiero asustarte, pero...

Parecía que Sonja también estaba muy asustada.

–Tal vez no deba entrar, señora Ivey. Llame a la policía.

Vivian no obtuvo respuesta.

–¿Sonja?
–Espera un segundo. Hay un olor espantoso. Y veo algo.

Vivian se mordió el labio y agarró el auricular con más fuerza.

–¿De qué se trata?
–¡Ay, Dios mío! –gritó Sonja–. ¡La han apuñalado! ¡Está muerta!

—

–Ni siquiera han cerrado la puerta con llave. Eso significa que nos han invitado, prácticamente. ¿No te parece? –preguntó Ink entre risas, mientras L.J. y él entraban en la cabaña que habían visto un poco antes.

L.J. no respondió. No había vuelto a pronunciar una palabra desde que Ink se lo había llevado de la cabaña en la que vivía la preciosa adolescente.

Ink decidió ignorar el malhumor de su acompañante y se paseó por la cocina.

–Eh, tienen cerveza suficiente para un mes –dijo, abriendo de par en par la puerta de la nevera para que L.J. pudiera verlo por sí mismo–. Échale un vistazo.

L.J. ni siquiera se molestó en mirar. Se dejó caer en el sofá con la mirada perdida.

Ink cerró el refrigerador.

–No pongas esa cara de idiota, ¿quieres?

–Solo me estaba preguntando por qué tenemos que hacer siempre lo que tú quieres. Tú puedes amenazar a la gente, o matarla, o lo que sea. Primero mataste a esa señora en Los Ángeles. Después...

–Yo no la maté.

–Le dijiste a Horse que ella tenía información, y sabías que él iba a mandar a una pareja de tipos a su casa. ¿Qué creías que iban a hacer con ella? ¿Bailar?

–Hicieron exactamente lo que yo esperaba. Y, tal y como dije, ella tenía la información.

–¿Un número de teléfono de un restaurante?

–Es lo que nos ha traído hasta aquí, ¿no?

–Sí, y estoy seguro de que ese viejo de la cabaña está muy contento de que hayamos venido.

Ink no quería acordarse de lo del agente inmobiliario, pero L.J. no dejaba de sacarlo a colación.

–Mira, podrás tener a esa jovencita cuando vayamos a marcharnos de la zona. Entonces, no importará lo que hagas, porque nos habremos ido antes de que el sheriff pueda perseguirnos.

–¿Y cuándo va a ser eso? –gruñó L.J.

–Ya te lo he dicho: después de que mate a Laurel Hodges y a sus hijos y les mande las cabezas a su hermano.

L.J. hizo un gesto de repulsión.

–Eso es una locura, tío. ¿De verdad les vas a cortar la cabeza? ¿Incluso a los niños?

–¿Y por qué no?

Ink siguió buscando pistas para averiguar con cuántos hombres iban a tener que enfrentarse dentro de poco. Entró cojeando al salón y fisgoneó. Encontró un par de botas de pesca, una caña, unos cuantos centavos en un sobre, un recibo de gusanos para pescar y una bolsa de patatas fritas.

Había un porro sobre la mesa; Ink pensó que podía resultarles útil.

L.J. lo observó.

—Que mataran a esa mujer ya fue suficientemente horrible, pero, ¿el viejo de la cabaña? Después de ver eso, me espero cualquier cosa de ti.

—¿Qué te pasa? —le preguntó Ink con una sonrisa—. ¿Es que no soportas la violencia?

L.J. frunció el ceño.

—No, no es eso. Es que... llevamos aquí una semana, y tú no sabes todavía dónde vive esa tal Laurel. Ella se habrá cambiado de nombre, así que no podemos preguntar por ella, y no nos ha servido de nada vigilar el Golden Griddle. ¿Cómo vamos a encontrarla? ¿Preguntándole a todos los que nos encontremos por una tía alta, y delgada, con el pelo largo y rubio? Esa descripción corresponde a muchas mujeres. Además, puede que haya engordado muchos kilos o que se haya cambiado de color de pelo.

—Aunque haya cambiado de color de pelo o haya engordado, no puede cambiar de altura. Medirá un metro ochenta, y no hay muchas mujeres que midan eso.

—¿Ah, sí? Te sorprenderías —respondió L.J., y se cruzó de brazos malhumoradamente.

—Además, la he visto —añadió Ink—. La reconocería.

—Eso podría dar resultado si ella fuera alguna vez a ese restaurante, pero nunca la hemos visto allí.

—Puede que la veamos en cualquier otra parte.

L.J. soltó una carcajada.

—¿Qué probabilidades hay? Tienes que ser realista, tío. Lo único que tienes es un número de teléfono que los hombres de Horse le sacaron a la madre de Laurel. Eso no es mucho. Tal vez, si hubieran conseguido los nombres de los niños, tendríamos una oportunidad, pero la vieja no los soltó.

—Yo me acordaré del nombre de la hija. Ya lo verás.

—Eso es lo que has estado diciendo desde que te conocí.

—Lo conseguiré. Oí a Laurel decirlo una vez. Yo estaba allí mismo, en su salón.

L.J. le hizo un gesto desdeñoso con la mano.

—Así que no tenemos nada, tal y como he dicho. Estamos perdiendo el tiempo.

Ink apretó los dientes. L.J. no se merecía formar parte de La Banda. Los miembros de La Banda no lloriqueaban a todas horas como aquel chaval. Ese era el problema: últimamente estaban dejando entrar a tipos que no tenían agallas.

—Ya verás. Al final recordaré ese nombre —le dijo.

Sin embargo, no tenía demasiadas esperanzas. Durante los cuatro últimos años había estado estrujándose el cerebro, pero no había servido de nada. Solo recordaba que el nombre era corto y poco común.

—Pineview no es tan grande —murmuró.

—¿Y qué? Tal vez ella no viva en el pueblo. Tal vez viva en las montañas. Esas cabañas están tan dispersas que no podríamos encontrarla ni aunque quisiéramos.

—Tiene que ir al pueblo en algún momento.

—¿Y quién lo dice? Tal vez sea una ermitaña.

Ink estaba tan cansado de las quejas que acarició suavemente el gatillo de su pistola. Sería tan fácil volarle los sesos a L.J...

—Tiene hijos. Tendrá que llevarlos al colegio.

—En verano no.

—Tendrán que comprar comida, idiota.

L.J. se puso en pie de un salto.

—¡No me insultes! Estoy harto de ti. ¡Si no cierras la boca te vas a quedar aquí plantado, cojo!

Ink estuvo a punto de levantar el arma. L.J. tenía que aprender a respetar, tenía que saber cómo se comportaba un verdadero miembro de La Banda. La pistola Glock que tenía era lo único que habían podido darle los hermanos con tan poco tiempo, así que no sería difícil. L.J. ni siquiera tenía arma.

Sin embargo, Ink no iba a sabotear su propio éxito, y menos después de haber llegado tan lejos. Cuando tuviera lo que quería, liquidaría a L.J. Después robaría un coche y se escaparía hacia la frontera de Canadá, y se perdería en el otro país. Hasta aquel momento, necesitaba a alguien que pudiera ir al pueblo y preguntar por Laurel, alguien que no llamara tanto la atención como él. ¿En qué otro iba a poder confiar?

–Cálmate antes de que lo eches todo a perder.

Tomó un *Playboy* que había sobre la mesa de centro del salón y miró a la bomba rubia de la portada. Tenía fecha reciente, así que debían de haberla comprado los tipos que habían alquilado la cabaña.

–Tenemos un buen sitio para dormir, con mucha comida y bebida. Incluso tenemos chicas desnudas para disfrutar –le dijo al chico, y le lanzó la revista–. Si seguimos llevándonos bien, podemos hacer una fiesta cuando nos libremos de los tipos que alquilaron esta cabaña.

L.J. dejó que la revista cayera sobre el sofá. Tenía tal expresión de mal humor que Ink se preguntó si estaba evaluando las probabilidades que tenía de atacarlo y dominarlo. Él tenía quince años más que L.J., y no podía mantenerse erguido, pero L.J. no tenía demasiada experiencia ni agallas suficientes para matar a un hombre. El chico había vomitado después de que él matara a golpes al agente inmobiliario, y eso le daba a entender que L.J. no había hecho ni la mitad de cosas que decía. Pensó que podría golpear al chico pese a su discapacidad, y estaba deseoso de hacerlo, pero por el momento tenía otros planes, así que adoptó un tono conciliador.

–¿Qué te parece?

Por fin, el chico se relajó.

–Si sabes dónde está el hermano de Laurel, ¿por qué no vamos allí, le pegamos un tiro y acabamos con esto?

–Porque no sé dónde está. Ella me lo va a decir para salvar a sus hijos.

–Tú me has dicho que ya te conoce. Eso significa que sabe que no va a poder salvar a sus hijos.

–Entonces lo averiguaremos por las pistas que encontremos en su casa. Virgil y su hermana siempre estuvieron muy unidos. Ella tendrá su número de teléfono, sus cartas, sus correos electrónicos... Habrá alguna forma de encontrarlo.

–¿Y el otro tipo?

–¿Quién?

–No sé... Ese tal Pretty Boy. ¿Vamos a ir a buscarlo a él también?

Con solo oír aquel nombre, Ink apretó los dientes.

–Sabes que sí.

–No has dicho nada de él últimamente. Solo has hablado de la tía.

–Eso no quiere decir que me haya olvidado de él. Ella va primero. Virgil y su mujer van después. Pretty Boy es el último. El orden es importante.

L.J. murmuró algo como «estás loco» y encendió la televisión. Sin embargo, Ink tomó el mando a distancia y la apagó.

–¿En qué estás pensando? Si oyen el sonido de la tele cuando lleguen, se darán cuenta de que tienen compañía. ¿Quieres verte delante de cinco rifles?

–Aquí lo que hay son cañas de pescar.

–Pero puede que también hayan venido a cazar.

–Solo estamos en temporada del oso negro. ¿Cuántos cazadores de oso negro puede haber?

–Tantos como para que haya temporada del oso negro, ¿de acuerdo? Además, ¿quién te ha dicho a ti que estamos en temporada de oso negro?

–Ese tipo del Walmart al que tuve que distraer mientras tú robabas las zapatillas, ¿no te acuerdas?

Entonces, Ink miró a su alrededor.

–Así que puede que sean cazadores, como yo pensaba.

L.J. se rascó el cuello.

–Y también pueden ser un grupo de ejecutivos que no saben usar un arma.

—Ya te he dicho que lo más seguro es ponerse siempre en la peor de las situaciones.

—Muy bien —dijo L.J., y con un suspiro, se levantó y sacó una cerveza de la nevera—. ¿Y qué hacemos hasta que vuelvan esos cazadores? No son ni las doce.

—Tenemos que esperar hasta que lleguen. Vendrán para la cena, o antes. Con toda la comida que tienen, seguro que han pensado en hacer una barbacoa.

Sonó un silbido cuando L.J. abrió la lata de cerveza.

—Ya, pero será dentro de cinco o seis horas. Odio esperar, tío.

Ink se giró hacia él.

—¿Quieres dejar de quejarte? ¿Se te ocurre alguna idea mejor? ¿Dónde quieres que nos quedemos? ¿Cómo vamos a conseguir comida?

L.J. no respondió. Entonces, Ink le señaló el *Playboy*.

—¿Por qué no miras esa revista, si quieres sexo? Llévatela al baño. Seguramente, en dos minutos habrás terminado con tu problema.

—Por lo menos, a mí se me levanta todavía —le espetó L.J.

L.J. solo había hecho una suposición, pero tenía razón. Laurel, Virgil y Pretty Boy no solo le habían causado impotencia. Ya no era ni la mitad de hombre que antes. Pero iban a pagar muy caro lo que habían hecho. Y pronto.

Abrió la boca para decirle a L.J. que le iba a pegar un tiro en la entrepierna, para que no estuviera tan orgulloso, pero oyó un coche que se paraba fuera, junto a la cabaña.

—¡Han llegado ya!

L.J. miró por la ventana mientras Ink se metía detrás del sofá.

—¿Cuántos son? —le preguntó Ink con un susurro.

—Cuatro.

—¿Llevan rifles?

—No, a no ser que los hayan dejado en la furgoneta.

Llevan cámaras. Parece que son un grupo de amigos que se han reunido para algo –dijo L.J.

El chico miró hacia atrás como si quisiera pedirle que no siguiera adelante con el plan, pero era demasiado tarde. A Ink ya no le quedaba más remedio que hacerlo. Tenía que librarse de aquellos tipos. Ellos no iban a irse de la cabaña y a mantener la boca cerrada solo porque se lo pidieran amablemente.

La puerta se abrió. Entonces, L.J. se tiró al suelo, e Ink comenzó a disparar.

Capítulo 16

Rex la estaba abrazando. Estaban debajo de un árbol, en uno de los parques de Libby, y él le estaba diciendo palabras de consuelo al oído.
—Todo va a salir bien, te lo prometo. No te preocupes por nada.

Vivian oía lo que le estaba diciendo, pero sus palabras no tenían sentido. Su madre había muerto. La habían matado. Y Vivian ni siquiera sabía si la había querido. ¿Era posible querer a alguien en quien no se podía confiar, a quien se culpaba de tanto dolor?

Ella siempre había deseado querer a su madre, pero...

Si antes de que ocurriera aquello, ella pensaba que los sentimientos que albergaba hacia su madre eran complicados, ahora eran muchísimo más confusos. Necesitaba encontrarse a sí misma en medio de todo aquello, encontrar alguna emoción que pudiera entender. Pero no lo conseguía.

—¿Qué te sucede, Laurel?

En aquel momento, su nombre verdadero le parecía tan ajeno como todo lo demás. Ya no era Laurel, y él tampoco era Pretty Boy. Él mismo se lo había dicho. Las cosas habían cambiado.

Vivian lo echaba de menos, y también echaba de menos su antigua personalidad. Y, sin embargo, quería tener más poder que antes. Quería tomar las riendas de su vida e impedir que La Banda la controlara por medio de una gran amenaza.

Rex se echó hacia atrás para mirarla a la cara.

–No has dicho ni una palabra desde que soltaste el auricular del teléfono.

Al verla agarrarse a la cabina para no caerse, Rex se había dado cuenta de que sucedía algo grave, y se había acercado rápidamente a ella para ayudarla a volver al coche. Entonces la había llevado hasta el parque, donde no había teléfonos ni tráfico, solo hierba verde, árboles, flores doradas y naranjas, y un inmenso cielo azul.

–No sé qué decir –respondió–. Ni siquiera sé lo que tengo que sentir.

Estaba segura de que debería haber algo dentro de ella, algo además del vacío. ¿Pena? ¿Arrepentimiento? ¿Alivio? ¿Sentimiento de venganza? Podría justificar cualquiera de ellos y, sin embargo, no estaban allí. Solo sentía un vacío en el corazón, en el lugar donde debería estar el dolor.

Él le quitó las gafas e hizo que alzara la barbilla para mirarla a los ojos.

–Empieza por lo que estás pensando.

–Nada –dijo ella, y agitó la cabeza–. Estoy entumecida.

–Vamos, no te cierres en banda –le dijo él, apretándole los hombros suavemente–. Di algo. Si hablas, será más fácil pasar este momento. Puedes confiar en mí, ¿no te acuerdas?

Podía confiar en que Rex cuidara de ella, pero no podía confiar en que cuidara de sí mismo. Eso significaba que no podía quererlo y, sin embargo, lo quería. Pero como amigo, no en un sentido romántico. Lo quería como un gran amigo, como alguien que siempre sería muy especial para ella.

Incluso eso la asustaba.

—¿Laurel?

Tenía que conseguir que dejara de llamarla así.

—Vivian —dijo.

—Muy bien. Vivian. Me estás asustando. Estás muy pálida, y he sentido tu pulso hace un segundo. Te late el corazón como el de un conejo. ¿Vas a decirme lo que tienes en esa preciosa cabeza?

Vivian miró la hierba mientras intentaba aislar uno solo de sus pensamientos. Quería preguntar qué significaba la muerte de Ellen, pero él no iba a saberlo. ¿Significaba que La Banda le había hecho una visita a Ellen y ella no les había dado la información que tenía?

Aquella posibilidad hizo que Vivian se estremeciera. ¿Había hecho un juicio equivocado de su madre, después de todo?

O... ¿les había dicho Ellen todo lo que sabía sobre sus llamadas?

Ni siquiera su muerte podía darles la respuesta. Era posible que La Banda la hubiera matado pese a que su madre hubiese cooperado con ellos.

—¡Eh! —exclamó Rex, y volvió a apretarle los hombros.

Hablar. Tenía que hablar.

—¿Quién se va a encargar del entierro? —preguntó—. Virgil no puede.

—Tienes razón. No puede dejar sola a Peyton, tan cerca de la fecha del parto.

Había más: su hermano estaba convencido de que Ellen había conspirado con Gary para asesinar a Martin y dejar que él fuera declarado culpable. No iría al funeral de Ellen de ninguna forma.

—¿Y? —preguntó.

—Es un homicidio, así que le harán la autopsia al cadáver —respondió él—. Puede que tarden varios días, incluso un par de semanas.

—Ya llevaba muerta un tiempo, quién sabe cuánto. Sonja Ivey estaba tan disgustada que no podía hablar. Jadeaba y lloraba –dijo Vivian. Recordó las imágenes del alguacil al que habían matado en Colorado, pero se las apartó de la cabeza.

–La policía querrá conseguir toda la información posible sobre la forma en que fue asesinada. Pero en realidad, lo que quiero decir es que no tienes por qué tomar ninguna decisión en este momento. Primero vamos a superar la conmoción.

Eso era lo que estaba intentando hacer. Se sentía como si de repente la hubieran abandonado en mitad del Ártico. Si no se obligaba a sí misma a seguir pensando, a seguir planeando, a seguir moviéndose, se congelaría y no podría hacer nada.

–Pero... en algún momento tendré que ocuparme del entierro, ¿no? Pronto. Además, como mínimo tendré que decirle a la policía quiénes son los culpables. No voy a permitir que La Banda salga indemne de esto.

Aquel lugar vacío de su interior estaba empezando a llenarse de ira y de rabia, y eso podía hacer que se comportara de un modo temerario, porque estaba empezando a preocuparse menos por su seguridad y por su bienestar que por el hecho de conseguir justicia.

O tal vez no fuera justicia lo que quería, sino venganza. ¿Acaso estaba empezando a parecerse menos a la gente normal y más a la gente que quería cazarla? No le sorprendería. Ellos la habían obligado a vivir en su mundo, la habían obligado a mirar constantemente hacia atrás, por encima del hombro, durante cuatro años.

–Será mejor que dejes a la policía que lleve la investigación a su manera –le dijo Rex.

–No.

Él la agarró del codo.

–Mira, sé lo que estás sintiendo. Yo siento lo mismo. Pero esta es una guerra que no podemos ganar.

Ella le apartó la mano.

–No ganaremos si no luchamos.

—¿Es que crees que Virgil y yo no hemos pensado ya en eso? Lo hemos pensado muchas veces. Pero ellos son demasiados. Aunque acabáramos con uno o dos, o con tres o cuatro, nunca llegaríamos a los miembros más poderosos, y ellos seguirían enviándonos matones hasta que nosotros cometiéramos un error o nos cansáramos de huir. Entonces, nos cazarían.

Ella no quería oír eso, por muy lógico que fuera.

—Puede que debamos arriesgar la vida para conseguir que merezca la pena vivirla.

—Eso está muy bien para nosotros —respondió Rex—. Yo estoy dispuesto a correr el riesgo, pero, ¿qué me dices de Jake y de Mia? ¿Y de los niños de Rex?

—Eso es exactamente lo que piensa La Banda: que no vamos a ofrecer resistencia, que vamos a ser dóciles.

—O puede que quieran sacarte de tu escondite matando a tu madre. Por eso no puedes ponerte en contacto con nadie, y menos con la policía de Los Ángeles.

—Oh, vamos. La Banda no puede tener informantes en todas partes.

—¡En Los Ángeles sí! ¡Es su territorio!

¿Acaso no iba a poder ir, ni siquiera, al funeral de su madre?

—Entonces, ¿quién la va a enterrar?

—Natalie.

Era su tía, la hermana de Ellen.

—¿Crees que ella se va a molestar en interrumpir su vida por nosotros?

Natalie vivía en Texas con su esposo, que era militar del ejército del aire. Ella había tenido buen cuidado de mantenerse a distancia del resto de su familia, porque no quería que lo que había ocurrido le destrozara la vida.

—Si no hay otra persona —dijo él—. Después de todo, ella siguió siendo leal a Ellen durante todo este tiempo, ¿no?

Natalie creía que Gary había matado a Martin como favor a Ellen, pero que Ellen no tenía conocimiento previo de sus planes. Según ella, Gary había implicado a Ellen en el asesinato porque Ellen no le dio más dinero, y la exmujer de su tío apoyaba aquella teoría; otro motivo más por el que Ellen nunca había sido acusada. Sin embargo, dejar que Natalie se hiciera cargo del funeral era concederle otra victoria más a La Banda.

–Ella era mi madre. Su funeral es responsabilidad mía.

Él se pasó los dedos entre el pelo.

–No importa. No puedes volver a Los Ángeles. La Banda está vigilando y esperando a que lo hagas.

O tal vez estuvieran allí mismo, en Montana. Ese era el problema: que no lo sabían.

–Yo... ya estoy harta. Esto es la gota que ha colmado el vaso para mí –dijo–. No sé de qué otra forma explicarte lo que me está pasando.

Él se sentó al borde de la mesa de picnic más cercana.

–No te queda más remedio que aguantar, si quieres sobrevivir.

–No. Podría luchar. Tengo esa opción.

–Pero, ¿sabes lo que significa luchar?

–Significa que pondré en peligro a mis hijos, como ya has dicho tú. Pero, ¿y si tú te los llevas con Virgil?

Él se levantó de nuevo.

–Eso es una locura. No te voy a dejar aquí sola.

Él tenía que irse. No estaba bien.

–Si no tengo que preocuparme por mis hijos, podré defenderme.

Con su expresión, Rex le estaba diciendo que no pensaba que tuviera la más mínima oportunidad. Y seguramente, estaba en lo cierto. Sin embargo, ella necesitaba intentar liberarse, por lo menos. Seguir huyendo tampoco era lo más seguro. La Banda podía encontrarla una vez más, y tal vez la próxima ocasión ella no contara con ningún aviso.

–¿De cuántos? –le preguntó él–. ¿De uno, de dos? ¿No te acuerdas de lo que ocurrió en Colorado?

Nunca podría olvidarlo. Sin embargo, no podía permitir que el miedo que le provocaba aquel recuerdo limitara toda su vida. No podía seguir viviendo así.

—De los que envíen.

En vez de seguir discutiendo con ella, Rex se sacó el teléfono móvil del bolsillo y marcó un número. Sin duda, esperaba que Virgil la hiciera entrar en razón.

—Malas noticias —dijo—. Ella está bien, pero... está diciendo locuras. Y tiene que contarte una cosa.

Al principio, Vivian se negó a tomar el teléfono. Sabía lo que iba a decirle Virgil. Sin embargo, Rex le dijo que no iban a marcharse de allí hasta que tuviera aquella conversación, y ella no podía quitarle las llaves del coche.

—Chismoso —le murmuró, y le clavó una mirada asesina cuando él sonrió burlonamente—. ¿Diga?

—¿Qué ocurre? —preguntó Virgil.

Ella echó hacia atrás la cabeza y miró el cielo azul. Respiró profundamente el perfume de los pinos.

—Han matado a mamá.

Él respondió en voz tan baja que ella casi no pudo oírlo.

—Lo siento, Laurel.

De repente, se le llenaron los ojos de lágrimas, pero pestañeó para no derramarlas. Ya no iba a llorar más. Tampoco iba a seguir asustada e intimidada. Aquella era su vida, y quería recuperarla.

—¿Qué ha pasado? —preguntó Virgil.

—La apuñalaron. Sonja Ivey la encontró en el suelo del cuarto de la lavadora.

—¿La Banda?

—¿Y quién si no? Con Ink fuera de la cárcel, tienen que ser ellos.

Pese a sus esfuerzos, las lágrimas se le cayeron por las mejillas, y ella se puso las gafas de sol para esconderlas.

—No te había contado esto, pero... intenté advertírselo.

Aquello dejó asombrada a Vivian.

−¿Tú llamaste a mamá?
−Fui a verla. Justo después de que nos marcháramos de Washington D.C.
Ella cerró los ojos con fuerza, y volvió a abrirlos. Si Virgil había ido a visitar a Ellen, era porque tenía las mismas dudas que ella sobre su culpabilidad.
−¿Y qué te dijo?
−Lo que decía siempre. Que no sabía que Gary iba a matar a Martin. Que ella nunca hubiera sido cómplice de tal cosa. Que pensó que había sido yo porque se lo dijeron los detectives.
−¿Y qué le dijiste tú?
−¿Qué iba a decirle?
−Podías haberle dicho que la creías.
−Lo intenté, pero... no pude.
Vivian lo entendía. ¿Cuántas veces había estado ella a punto de perdonar a su madre? Demasiadas. Y, sin embargo, aunque quería creerla, cuando decidía confiar en Ellen, su historia sonaba falsa.
−¿No tenías miedo de que La Banda estuviera esperando que aparecieras por allí?
−Tuve mucho cuidado de minimizar los riesgos.
−¿Cómo?
−Fui en avión hasta Phoenix y allí alquilé un coche. Después, devolví el coche en San Francisco y me marché.
−¿Y por qué no me habías contado nada de este viaje?
−No lo sé.
Porque su madre era un tema de conversación muy duro para los dos. Porque no había conseguido cambiar de opinión después de la visita, cosa que seguramente esperaba. Porque era más fácil fingir que no le importaba, como había hecho durante años.
−Podías haberme llevado también.
−Necesitaba verla a solas para darle una última oportunidad.

Ellen no se había dado cuenta de que era una última oportunidad. Hacía menos de seis meses había intentado una vez más convencerla a ella de que todavía podían formar una familia unida. Pero eso era típico de su madre.

—Le hablé de La Banda —dijo Virgil—. Le expliqué por qué me uní a ellos y por qué no permitían que abandonara el grupo. Intenté que comprendiera que iban a utilizar todos los medios posibles para encontrarme, incluida ella, y que no se iban a rendir. Le sugerí que se marchara de aquella zona.

—Ella no hizo caso de tu consejo, obviamente.

—No. Se sentía segura porque no sabía dónde vivía yo, ni tenía mi número de teléfono. Llevábamos tanto tiempo separados, que... supongo que pensó que ellos seguirían pensando que no pintaba nada en mi vida. Además, conoció a Randall el día que yo me fui. Después de eso, se olvidó de todo lo demás.

De repente, Vivian percibió con claridad la ironía de la situación. A Ellen siempre le habían importado más los hombres de su vida que sus propios hijos. Sus aventuras y sus relaciones siempre iban primero y, sin embargo, al final se había quedado sola.

—Entonces, ¿por qué crees que la han matado ahora, después de todo este tiempo? Podían haber ido por ella hace cuatro años.

—Sabían que no teníamos contacto, así que no le vieron la utilidad. Sin embargo, ha pasado tiempo... Tal vez decidieran intentarlo.

Vivian vio un coche patrulla pasar lentamente por delante de ellos. Seguramente, el policía pensaba que estaban comprando droga. Estaban solos en mitad de un parque y no tenían niños, ni perro, ni cesta de la merienda.

—No es solo eso.

—¿Qué quieres decir?

—Es Ink.

—¿Crees que la ha matado él?
—Si no la ha matado él, seguramente está detrás del asesinato. La cuestión es... ¿está cerca de aquí ahora?
—Eso depende de lo que le dijera nuestra madre.
—No pudo decirle mucho. Tal vez apuntara los números desde los que yo llamé y se los diera, pero eso es todo.
—Así que tenemos que asumir que Ink sabe que vives en Montana. Seguramente, a través de Horse o de otro contacto, tiene a un policía en el cuerpo que ha podido localizar uno de esos números y situarlo en Pineview.

Era horrible oírle decir eso a Virgil. El hecho de que él reconociera que Ink podía conseguirlo tan fácilmente lo hacía todo mucho más real. Tal vez estuviera esperándola en casa en aquel preciso instante.

—Por eso quiero que Rex se lleve a Jake y a Mia contigo hasta que esto pase.
—¿Estás loca? De ninguna manera vas a quedarte allí sola.
—Es mejor que estar aquí con los niños. ¿Qué pasa si no puedo protegerlos?
—¿Y si no puedes defenderte a ti misma? Ven aquí con ellos. Puedes empezar de nuevo. Esta es una zona muy amplia. Yo pagaré la mudanza y todo lo que necesites.

Ojalá fuera tan sencillo. Echaba mucho de menos a Virgil y a Peyton, pero no quería marcharse de Pineview, y además no tenía la seguridad de que aquella fuera la última vez que tenía que huir.

—¿Y qué pasará cuando nos encuentren en Nueva York?
—Ya nos preocuparemos de eso si sucede.

El policía volvió a aparecer. Aminoró el paso y aparcó al lado de su Blazer. No salió del coche patrulla, pero su presencia la distraía y la irritaba. La policía estaba presente y disponible cuando no los necesitaba, pero no tenía confianza en que la ayudaran cuando importaba de verdad. Antes nunca habían sido capaces de hacerlo.

—No. Estoy harta de huir. No voy a mudarme otra vez.

—Entonces, yo tendré que ir allí.
—¡No puedes dejar sola a Peyton!
—Tampoco a ti.
—Esto es decisión mía.
—Pero no lo estás pensando bien.

Rex no estaba cómodo con un policía tan cerca. Miró el coche patrulla mientras se sentaba de nuevo en la mesa. No se encontraba bien; estaba temblando. Vivian lo notó, aunque él estuviera intentando disimular.

—Lo estoy pensando perfectamente, y por eso tú estás tan enfadado. No tienes un plan mejor.

Él no respondió, y ella supo que tenía razón.

—Dime la verdad —le pidió—. ¿Qué harías tú en mi lugar?

—Yo no soy tú. Me he pasado catorce años luchando con hombres de otras bandas. He tenido que matar en defensa propia, Laurel. Aunque tú pudieras defenderte, no quiero que pases por esa experiencia. Es demasiado, y no podrás olvidarlo nunca. Escucha, Peyton no va a dar a luz hasta dentro de dos semanas. Voy a ir allí y...

—No. Puede ponerse de parto en cualquier momento, y el embarazo es de alto riesgo debido a la diabetes gestacional. Sé que estás muy preocupado. ¿De verdad vas a dejarla sola? ¿Y si pierde también a esta niña?

No hubo respuesta. Virgil estaba sopesando todas sus opciones, intentando decidirse, así que ella suavizó la voz e intentó convencerlo.

—Quédate allí, Virgil. Cuida de tu familia. Yo creo que Ink ya está aquí, y tengo que enfrentarme a él.

—¿Y por qué no me mandas a los niños y dejas que Rex se quede allí?

Vivian miró a Rex.

—Porque Rex también necesita ayuda.

—¿Qué clase de ayuda?

—Ya sabes qué clase de ayuda. Metedlo en rehabilitación en cuanto baje del avión.

—¡Tonterías! —dijo Rex—. Dame mi teléfono. La rehabilitación puede esperar.

Ella se alejó un par de pasos. Con un policía mirando, Rex no podía arrebatarle el teléfono móvil.

—No sabemos cuánto tardará en resolverse esta situación. ¿Una semana? ¿Dos? ¿Un mes? —le dijo a Virgil—. Rex no se tiene en pie. No quiere admitirlo porque es un terco, pero necesita ayuda.

—Ahora sí que me estás cabreando —gruñó Rex—. Llevaré a los niños con Virgil, pero volveré.

—Sí volverá —dijo Virgil—. Rex no va a permitir que te enfrentes a esto tú sola.

Seguramente, lo intentaría, pero ella no creía que su cuerpo aguantara mucho más.

—Ya hablaremos de eso cuando los niños estén contigo.

De cualquier modo, ella tenía la sensación de que para entonces todo habría terminado.

Capítulo 17

Llevaban una eternidad allí fuera. Ink no podía trabajar, y aunque L.J. era joven y fuerte, se tardaban muchas horas en cavar cuatro tumbas. A Ink no le hubiera importado dejar los cuerpos sin enterrar, porque estaba impaciente por volver al pueblo ahora que tenían coche. Sin embargo, no podía abandonar a las víctimas en la cabaña. El olor habría sido insoportable a las pocas horas. Tampoco podían tirar los cadáveres en mitad del bosque, por si alguien se los encontraba. Y, si nadie se daba cuenta de la desaparición de aquellos cuatro hombres, iba a pasar un tiempo antes de que alguien fuera en su busca. Tiempo suficiente para que L.J. y él terminaran sus asuntos allí en Pineview.

Por eso tenían que enterrar a los muertos.

Ink se alegraba de haber tomado aquella decisión. «Ojos que no ven, corazón que no siente», pensó. Mientras L.J. hacía el trabajo duro en el bosque, él había limpiado la sangre del salón, por lo menos, todas las salpicaduras a las que alcanzaba. Estaba tan empeñado en tirotear a todos los hombres antes de que alguno pudiera reaccionar que los había asesinado antes de que se enteraran de lo que pasaba. Y se había montado una buena sangría.

Sentía alivio por haber terminado de limpiar; se puso en pie y observó el trabajo de L.J.

—Eso es una mierda —dijo el chico, que descansaba apoyado en la pala mientras se limpiaba el sudor de la frente—. Esta tarde hace un calor del demonio, y aquí estoy yo, haciendo trabajo manual.

—¿Y qué? Por lo menos, esta noche no tendrás que dormir en el suelo. Y podrás ducharte —añadió, mientras abría la cerveza que había llevado—. Hay otra de estas esperándote en la nevera.

—¿Estás de broma? ¿Es que te crees que me apetece una cerveza ahora? —preguntó L.J., y señaló la manta que cubría el único cadáver que faltaba por enterrar—. Estoy completamente manchado de la sangre de ese tipo —dijo. Extendió los brazos y le mostró a Ink las manchas rosadas de la sangre de la víctima mezclada con su propio sudor.

Ink se encogió de hombros. Él había visto cosas mucho peores. Después de matar a su hermana por meterlo en líos con la policía, había acudido a su entierro del brazo de su madre y había llorado al lado de su ataúd, mientras por dentro se reía por no tener que volver a soportar a aquella imbécil.

—¿Y qué? Alguien tenía que sacarlo —le dijo a L.J.—. No te ha hecho ningún mal —añadió, y le dio un sorbo a la cerveza, que le pareció tan refrescante como esperaba—. Alégrate de no ser él, ¿eh?

Se rio señalando al tipo muerto, pero L.J. no lo secundó.

—Me das miedo, tío —dijo el chico.

Aquel no era un comentario despreocupado. Ink se había convertido en el ídolo de L.J. mientras estaban en la cárcel, pero ya no estaba tan impresionado. Él no le caía bien a nadie una vez que llegaban a conocerlo bien, y eso le molestaba más de lo que estaba dispuesto a admitir. Muy pronto, todas las personas que lo conocían se quedaban tan espantadas como L.J. en aquel momento. Su propia hermana lo miraba con miedo, como si nunca hubiera visto un monstruo más grande. Ese era otro motivo por el que la había matado. Ella había sido la primera persona a la que asesinaba, aunque la policía nunca había podido acusarlo del crimen. Al menos, todavía; llevaban quince años trabajando en aquel caso, y seguramente siempre seguirían haciéndolo. Él lo había hecho todo como si fuera un atropello al azar mientras conducía por la ciudad con algunos de sus amigos más violentos y ella volvía a casa del instituto. Todos suponían que el atropello lo había cometido una banda rival.

—Eso está bien —dijo. Intentó convencerse de que no le importaba el cambio de sentimientos de L.J. El chico no iba a ir a ninguna parte hasta que él no lo necesitara más—. Es mejor que estés asustado, porque si alguna vez me cabreas —añadió con una sonrisa—, ya sabes lo que va a pasar.

L.J. se quedó mirándolo con la boca abierta, como si fuera la primera vez que lo veía.

—¿Por qué estás tan tristón? Ahora que tenemos una cabaña y un coche, lo bueno acaba de empezar.

Ink le hizo un brindis con la lata de cerveza y volvió a la cabaña. Les había quitado ochocientos dólares a los muertos, cuatro teléfonos móviles que no funcionaban, las llaves del coche y varias tarjetas de crédito. No entendía por qué estaba tan impresionado L.J. Todo iba viento en popa.

Lo único que les quedaba por hacer era ir al pueblo y encontrar a Laurel.

Myles lanzó una orden de búsqueda y captura para los dos hombres de la furgoneta Toyota. Después, pasó la tarde y la noche conduciendo por Libby y por Pineview, preguntándole a todo el mundo si habían visto a alguien con su descripción. Parecía que Ron Howard y su compañero se habían desvanecido, pero tenían que haber ido a alguna parte. Cuando Harvey los dejó en la carretera, no tenían coche, lo cual solo dejaba tres opciones: o habían ido caminando a algún sitio, o habían robado otro coche, cosa que no se había denunciado por el momento, o habían hecho autostop, y cualquiera que los hubiera recogido se acordaría de ellos.

Bob, el de la gasolinera, le dijo a Myles que habían parado allí a repostar el día anterior. Myles se imaginó que había sido justo antes de que él se los encontrara en la carretera. Esperaba que la cámara de seguridad los hubiera grabado. Quería hacer un cartel. Un cartel con su fotografía era una ayuda mucho mejor que una mera descripción.

Sin embargo, la cinta era tan vieja y estaba tan reutilizada que era imposible distinguir a un cliente de otro, y mucho menos capturar imágenes que imprimir. Le dijo a Bob que comprara una cinta nueva, por si acaso volvían, y se marchó. Quería averiguar quiénes eran aquellos hombres, y qué hacían allí. A menos que tuvieran familia en la zona, el bosque de Lincoln County estaba un poco alejado de todo como para ir a visitar sus pueblos.

Miró la lasaña congelada que había metido al horno al llegar a casa. Todavía no estaba hecha. Aquellas cosas tardaban siglos. A juzgar por el pedazo congelado del centro de la lasaña, no iba a cenar hasta las doce de la noche. Pero no le importaba. Marley no estaba esperando la comida; se había ido a casa de Elizabeth hacía más de seis horas. A él no le gustaba que estuviera lejos de su protección, pero creía que estaba más segura allí, con adultos, que en casa sola mientras él trabajaba, sobre todo después de que anocheciera.

Llamó a Chester para poner un anuncio sobre Ron y Peter en el periódico, y cuando terminó de hablar con el director, sonó el timbre del reloj del horno, indicándole que la lasaña estaba lista.

–Ahora estoy demasiado cansado para cenar –gruñó.

Apenas había dormido aquella semana, y aquel día había trabajado demasiado. Estaba decidido a resolver el asesinato de Pat. Además, mantener ocupada la mente le impedía obsesionarse con Vivian. Todavía no se le habían pasado los celos de aquella mañana, y a menudo miraba por la ventana para ver si la moto de Rex seguía aparcada junto a su casa.

La moto continuaba allí, así que a aquellas alturas, Myles estaba seguro de que Rex iba a quedarse a dormir.

¿En el sofá?

Myles tenía la mirada perdida y estaba pensando en su pregunta cuando alguien llamó a la puerta. Sacó la lasaña del horno y la dejó sobre la cocina para poder abrir la puerta. Era demasiado tarde como para tener una visita de cortesía, así que esperó que Vivian se hubiera acercado para hablar de la noche anterior o, por lo menos, explicarle qué relación tenía con su visitante inesperado.

Sin embargo, no era Vivian, si no el visitante en persona.

Myles sintió una punzada de desagrado al ver a Rex. Tenía que admitir que, aunque tenía un aspecto desaliñado, la mayoría de las mujeres lo considerarían atractivo. Tenía aspecto de estrella del rock y, claramente, estaba enganchado a las drogas. Myles no quería fijarse en que se le pegaba la camiseta al cuerpo debido al sudor, ni en su palidez, ni en el temblor de sus manos. Tenía suficientes preocupaciones como para preocuparse también de la adicción de una persona que no era del pueblo. De hecho, hubiera deseado olvidarse de Rex y de Vivian, pero eso no iba a ocurrir pronto. Y menos después de haber hecho el amor con ella en la cabaña.

–¿Qué puedo hacer por ti? –le preguntó a Rex.

Rex movió el palillo que llevaba entre los dientes a la comisura de los labios, como si no tuviera prisa por responder.

–¿Puedo pasar?

Myles vaciló, y después asintió por la curiosidad que sentía.

—Como quieras.

Rex miró brevemente a la luz que brillaba por la ventana de la cocina de Vivian, frunció el ceño y entró. Miró a su alrededor y asintió.

—Bonito.

Por extraño que pudiera resultarle, Myles tuvo la sensación de que el cumplido era sincero. Sin embargo, el tono de voz de Rex también era amargo, y eso impidió que Myles le diera las gracias.

—Supongo que no has venido a ver mi casa.

—No —dijo Rex, y se metió las manos en los bolsillos del pantalón, seguramente para ocultar los temblores—. He venido a pedirte un favor.

Myles estuvo a punto de quedarse boquiabierto.

—¿Tú has venido a pedirme algo?

La actitud dura que Rex intentaba mantener se desmoronó cuando tuvo que apoyarse en la pared para no caer redondo. Myles lo sintió por él.

—Necesitas ir al médico —le dijo—. Lo sabes, ¿no?

—No te preocupes por mí. Yo sé cuidarme.

—Pues no lo parece.

Rex sonrió desdeñosamente.

—Sí, bueno, no todos podemos ser tan perfectos como tú.

—Si me odias tanto, y odias lo que representa este uniforme, ¿por qué estás en mi salón?

—Para decirte una cosa —respondió Rex.

Hizo una mueca, pero Myles no supo si era debido al dolor o a su reticencia a seguir hablando con él. Aquel tipo no era humilde; seguramente, si había ido a su casa era porque no tenía más remedio.

—Estoy esperando.

—Vivian te necesita. Yo no puedo... no puedo protegerla en este momento —dijo Rex.

Se le humedecieron los ojos, otra señal de debilidad que sin duda él despreciaba, pero aquella sutil evidencia de afecto sirvió para mejorar la opinión que Myles se había formado de él. Por lo menos, Rex era sincero. Por lo menos, se preocupaba de alguien más que de sí mismo.

–¿Qué es ella para ti? –le preguntó.

Rex lo miró fijamente antes de responder.

–Soy un amigo suyo. Antes era algo más, pero... –agitó la cabeza y continuó–: No hacemos buena pareja. Yo no le convengo –explicó con más honestidad–. Ella necesita a alguien como tú, que pueda ser un buen padre para sus hijos, con un trabajo decente y una casa –dijo, haciendo un gesto vago a su alrededor–. A ti te gusta ella, ¿verdad?

No había duda de que Vivian sí significaba algo para él, pero él no tenía ganas de determinar qué significaba en aquel momento, delante de Rex. Tampoco le gustaba la idea de ser un premio de consolación.

–No quiero que sufra, si es lo que me estás preguntando.

–Entonces, vas a tener que cumplir con tu parte.

–¿Y cuál es mi parte, exactamente? ¿Vas a contarme algo sobre su marido maltratador?

Rex se enjugó el sudor del labio superior.

–No. Voy a contarte que alguien quiere matarla.

Lo dijo en serio. Muy en serio. De repente, para Myles tuvo mucho sentido que Vivian hubiera llevado una pistola a su casa. Y también entendió el miedo que ella había demostrado después del asesinato de Pat.

–¿Y no es su exmarido?

–No.

–¿Cómo lo sabes?

–La amenaza no es algo nuevo. Estuvimos en el Programa de Protección de Testigos durante dos años, hasta que tuvimos que marcharnos de Washington D.C. porque La Banda nos encontró y fue por nosotros de nuevo. Nos imaginamos que hubo un soplo, así que tuvimos que dejar el programa y separarnos para que no nos encontraran.

–¿Qué es eso de La Banda?

—Es una banda mafiosa relativamente nueva que funciona en la cárcel de California, y fuera también. El hermano de Vivian y yo pertenecíamos a ella.
—Eso no me dice mucho. ¿Por qué quieren matarla?
—Por venganza. Es una larga historia, pero, en resumen, nos culpan de un par de muertes y de unas cuantas detenciones que no se habrían producido si nosotros no hubiéramos dado información a las autoridades. Quieren vengarse.
—¿Y por qué se vio involucrada ella en todo esto?
—Estaban intentando llegar a nosotros a través de Vivian y de sus hijos, y ocurrió algo inesperado.
—Explícame qué.
Aparte de estar enfermo, era evidente que Rex estaba ansioso y muy agitado, e impaciente por volver junto a Vivian.
—Hubo unos cuantos tiros, y murió gente. Otros quedaron dañados para siempre, y nunca lo olvidarán.
Myles no podía imaginarse a Vivian relacionada con nada de aquello. Sin embargo, tampoco la hubiera imaginado en compañía de alguien como Rex.
—¿Y cómo entrasteis en contacto su hermano y tú con una banda carcelaria?
Rex se rio sin ganas.
—¿Tú qué crees?
—Estuvisteis en la cárcel.
—Eso tendrá que contártelo ella. Yo no puedo quedarme más. Vivian no se va a poner contenta cuando se entere de que he venido a verte. Lo que pasa es que no podía marcharme del pueblo sin saber que he hecho todo lo posible por ella.
—¿Te vas de Pineview? —preguntó Myles. No podía creerse lo feliz que estaba de oír aquello. Era evidente que la historia de Rex y Vivian le hacía sentirse más amenazado de lo que hubiera querido admitir.
—Sí, me voy mañana por la mañana. Voy a llevarme a

Mia y a Jake. Van a quedarse en casa de su tío una temporada. Aquí no están a salvo.

—Si La Banda quiere matar a Vivian, ella tampoco está a salvo.

—Pero no quiere marcharse. Por eso dependo de ti.

—¿Por qué no quiere marcharse?

—Este lugar le importa —dijo Rex, mirándolo fijamente de nuevo—. No está dispuesta a renunciar a él.

¿Estaba intentando decirle Rex que pensaba que él tenía algo que ver en el apego que Vivian le había tomado a Pineview? ¿Sería cierto?

—Entonces, ¿ella piensa defenderse?

—Si se queda, tendrá que hacerlo, y lo sabe. Sabe de lo que es capaz esa gente. Lo ha visto antes. Ahora tengo que irme.

Myles lo siguió hasta la puerta, y lo detuvo en el último segundo antes de que saliera.

—Pero tú todavía la quieres, ¿no? —le preguntó, aunque no estaba seguro de si quería saberlo.

—Si no la quisiera no estaría aquí.

Por lo menos era sincero. Myles ya lo había deducido, y con aquella visita se habían confirmado todas las cosas que había estado diciéndose a sí mismo. Había sido un estúpido por enredarse en la vida amorosa de Vivian. Por el bien de Marley y por el suyo propio, lo mejor que podía hacer era mantenerse apartado de ella en el futuro. Sin embargo, una vez que aquella banda mafiosa había llegado a su comunidad, había cosas mucho más importantes que proteger su corazón.

—¿Dónde vive su hermano? ¿Cómo podré ponerme en contacto contigo?

—No podrás.

—¿Me estás pidiendo que la cuide, pero no te fías de mí lo suficiente como para decirme dónde puedo encontrarte?

—Cuanto menos sepas, mejor. Por si acaso.

Myles cabeceó.

—No tienes mucha confianza en mí.
—Yo podría decir lo mismo.
No hubo respuesta. Se miraron con idéntico recelo.
—Tú eres un policía de pueblo que seguramente nunca se ha visto las caras con gente como esta —añadió Rex—. Todo está en tu contra.
Myles lo detuvo una vez más.
—Antes de irte, dime lo que sepas de los hombres que vienen por ella.
—Supongo que son dos. Se escaparon de una cárcel de California hace unos diez días.
—¿Y por qué piensas que van a venir aquí?
—Para empezar, asesinaron a ese agente inmobiliario.
—¿Y qué relación tenía Pat con La Banda?
—Ninguna, salvo lo absurdo que fue el crimen. Seguramente, el que lo cometió solo quería un sitio donde alojarse, o dinero, o algo por el estilo, y las negociaciones no fueron como esperaba.
—Has dicho «para empezar». ¿Qué más hay?
—Juraron que iban a vernos muertos a todos nosotros, y han empezado a cumplir su promesa. Han matado a la madre de Vivian de una puñalada la semana pasada.
Myles arqueó las cejas.
—¿Han matado a su madre?
—La encontró una vecina.
—¿Y Vivian lo sabe?
—¿Lo de su madre? Sí, desde esta mañana.
¿Cómo se suponía que iba a reaccionar ante eso? Vivian estaba atrapada en algo mucho más grande de lo que él hubiera pensado nunca.
—¿Y cómo se llaman esos tipos que se fugaron de la cárcel?
—Solo conozco a uno. Se llama Ink. Pasé mucho tiempo con él, pero no recuerdo su nombre verdadero porque nunca lo utilizaba. Lo único que sé es que es un loco peligroso.
—¿Cómo es?

—Tiene tatuajes...
—Por todo el cuerpo, incluyendo la cara —dijo Myles, frunciendo el ceño—. ¿Lleva dos rayos en lugar de cejas?

Rex dejó de intentar escapar de allí y dio un paso hacia él.

—Lo has visto.

—Ayer, sí. Estaba con un chico de unos diecinueve años y llevaban una furgoneta robada. Yo no sabía que era robada, claro, o los habría detenido.

Aquella noticia debió de producirle a Rex suficiente adrenalina como para superar los síntomas del síndrome de abstinencia. Dejó de temblar y se concentró.

—¿Estabas solo?

—Sí.

—Entonces, me alegro de que no lo intentaras. ¿Dónde están ahora?

Esa era la pregunta del millón de dólares.

—Ojalá lo supiera.

Sobre todo, porque estaba seguro de que Rex tenía razón. Aquellos fugitivos habían matado a Pat. Dos hombres que acababan de escaparse de una cárcel necesitarían comprar calzado nuevo, normal. Incluso cabía la posibilidad de que compraran las mismas zapatillas. Y esas zapatillas serían baratas, corrientes y, sobre todo, nuevas.

Rex soltó una maldición y comenzó a pasearse de un lado a otro.

—Tienes que encontrarlos antes de que ellos encuentren a Laurel.

—¿Quién es Laurel? —preguntó Myles. Aquello era cada vez más complicado.

—Vivian, por supuesto —respondió Rex con impaciencia—. Estoy hablando de Vivian.

—¿Su verdadero nombre es Laurel?

—Sí, antes sí. Laurel Hodges. Por lo menos, ese era su apellido de casada.

Una te y una hache. Aquellas eran las iniciales de su

exmarido, así que él se llamaba Tom Hodges. Por fin lo sabía, pero el alivio era muy pequeño. La mujer con la que se había acostado en la cabaña no era quien él creía. No era de extrañar que fuera tan misteriosa, tan hermética, tan difícil de conocer. Comprender todo aquello era un ligero consuelo, porque explicaba muchas cosas. Y, sin embargo... Ya había perdido a Amber Rose. Sería idiota si se implicara emocionalmente en algo así.

A Myles se le ocurrieron muchas más preguntas, pero Rex no iba a esperar más.

—El resto tendrá que contártelo ella —dijo—. Ahora está muy ocupada haciendo las maletas de sus hijos. No quiero que se entere de que lo sabes todo hasta que yo me haya ido. Se va a disgustar todavía más —comentó, e hizo una pausa—. Hay una cosa más que tienes que entender.

—¿Y qué es?

—No puedes confiar en nadie; especialmente, en nadie de California, ni del Departamento Federal de Prisiones.

Myles frunció el ceño.

—No me digas que has inventado una teoría conspirativa. Estabas empezando a ganarte cierta credibilidad.

A Rex no le gustó aquella respuesta. Se acercó a Myles y se le plantó frente a la cara.

—Escúchame bien. Esta banda es más poderosa de lo que tú te crees. Sobornan, amenazan, coaccionan y hacen lo que sea necesario con tal de obtener información. Si das la situación de Laurel a alguien de fuera de aquí, ellos tendrán acceso a esa información y aparecerán rápidamente. O esperarán hasta que ella esté a salvo, supuestamente, y actuarán entonces.

Myles no retrocedió.

—No puedo permitir que nadie sepa que está aquí. ¿Eso es lo que quieres decir?

—Si lo haces, ella acabará muerta.

Y con eso, Rex se marchó dejando que la pantalla mosquitera diera un portazo tras él.

Myles exhaló un suspiro mientras intentaba asimilar todo lo que acababa de oír: Vivian había atraído al asesino de Pat a Pineview y seguramente lo sospechaba, pero no se lo había dicho. Probablemente estaba demasiado asustada como para confiar en nadie, pero debería haber confiado en él...

Un poco más tarde se sentó en el sofá y apoyó la cabeza hacia atrás mientras seguía pensando. Debió de quedarse dormido, porque a la mañana siguiente aquel sueño se interrumpió al oír el ruido de unas puertas de coche que se abrían y se cerraban.

Se acercó a la ventana y vio a Jake y a Mia mientras Vivian y Rex cargaban el coche de maletas.

—¿Cuántos días vamos a estar, mamá? —preguntó Mia.

—Unas semanas. Serán unas vacaciones buenísimas. Podréis jugar con vuestro primo y conocer al bebé nuevo, y estar con vuestros tíos —dijo Vivian. Su voz tenía un tono forzado de entusiasmo.

—¡Estoy impaciente! —exclamó Jake—. Hace mucho tiempo que no vemos al tío Virgil. Voy a contarle que pesqué tres truchas.

Vivian dijo algo que Myles no pudo oír. Seguramente, algo sobre que su tío iba a estar muy orgulloso de él. Entonces, Mia habló de nuevo.

—¿Y vamos a poder ver a papá cuando estemos allí?

Vivian tardó ligeramente en responder.

—No, cariño. Lo siento. Esta vez no. Tal vez más tarde. Papá no vive cerca del tío Virgil.

—¿Y veremos a papá en Navidad? —preguntó Jake.

—Tal vez. Lo estoy intentando —dijo Vivian.

¿Cómo? ¿Tratando de detener a los hombres que querían matarla para poder dejar de esconderse? ¿Era eso lo que quería decir?

—Voy a pedirle a Santa Claus que traiga a papá a casa por Navidad —dijo Mia.

Ninguno de los dos adultos la contradijo. Rex siguió

cargando el equipaje, y Vivian colocó a Jake y a Mia en los asientos y les puso el cinturón de seguridad.

—¿Lo tienes todo? —preguntó Rex.

—Creo que sí —dijo ella.

Él la tomó del brazo antes de que ella pudiera sentarse tras el volante.

—¿Estás segura de que no quieres venir con nosotros? Por favor...

Ella se soltó de su mano.

—No puedo —dijo, y Myles se dio cuenta de que estaba llorando.

Capítulo 18

—Estás preocupado.

Virgil miró a su embarazada esposa, que estaba en la puerta del despacho de su casa.

—No sé qué hacer.

—¿No quiere venir?

Habían hablado de Laurel la noche anterior, susurrando en la cama para no despertar a Brady.

—No.

—¿Crees que tienes que ir a Montana?

Por la tensión de su voz, estaba claro que ella no quería que lo hiciera. Tenía miedo de perderlo. Y él también tenía miedo de perderla a ella. Después de todo lo que había pasado en la vida, por fin era feliz. Sin embargo, no sería feliz sin ella.

—Iría si no estuviéramos tan cerca del parto —dijo él—. No quiero dejar sola a Laurel. Pero... ha sido un embarazo tan complicado...

Peyton se acercó y se sentó en su regazo, y él apoyó la frente en su hombro mientras la abrazaba.

—¿Ya te lamentas de haberte casado conmigo?

Ella cubrió sus manos. Sabía que Virgil estaba bromeando, pero respondió seriamente.

—Nunca podría lamentarme de eso.

Virgil le acarició suavemente el vientre para intentar

que su bebé se moviera. No había nada que le reconfortara más que notar a su diminuta hija moviéndose en el vientre de Peyton. Su mujer se había sometido a muchos tratamientos de fertilidad y se había enfrentado a muchas complicaciones cuando esos tratamientos habían dado resultado: diabetes gestacional, retención de agua, dolores... Él estaba impaciente por poder abrazar al nuevo miembro de la familia y sentir que podía proteger todo lo que habían creado. Un año y medio antes habían sufrido un aborto ya avanzado el embarazo, y había sido peor que ninguna de sus experiencias anteriores, sobre todo porque el dolor no era solo suyo. Peyton se había quedado destrozada.

–¿Por qué ha tenido que suceder esto ahora? –gruñó él–. Justo antes de que nazca la niña...

–Tampoco sería fácil después –dijo ella–. No querrías irte y dejarnos solos a Brady, a la niña recién nacida y a mí...

Sí, era cierto, pero... ¿y Laurel? Su hermana siempre había estado muy unida a él y le había sido leal, y pese a lo que pensara que podía hacer con la pistola que él le había dado, no era capaz de defenderse a sí misma contra los miembros de La Banda. Eran decididos, brutales, implacables. Sobre todo Ink, que no tenía ni un mínimo de conciencia. La violaría y la torturaría antes de matarla, si tenía ocasión. Rex había llamado desde el aeropuerto de Montana para decir que había avisado a las autoridades locales de lo que estaba ocurriendo, y que el sheriff vivía en la casa de al lado de su hermana, pero, ¿era eso suficiente?

Para Virgil era muy difícil confiar en los demás; ni siquiera confiaba en la policía. En el pasado habían tenido la protección de alguaciles federales y no había servido de nada.

–No, supongo que entonces tampoco habría podido irme –admitió.

–¿Cómo te sientes con respecto al asesinato de tu madre?

Aquella pregunta le sorprendió. Aparte de lo que le decía el asesinato de su madre sobre La Banda y lo que podían estar haciendo, se había apartado aquel asunto de la cabeza. Él no deseaba que muriera, pero le había resultado más fácil aceptar su muerte que su traición.

–Igual –dijo–. Para mí era una completa extraña.

–¿Su muerte no ha cambiado nada?

–No, nada.

Tal vez Martin fuera un desgraciado maltratador, vago y egoísta, y tal vez se mereciera lo que le pasó. Sin embargo, Ellen, con su obsesión por salvarse a toda costa, incluso a costa de sus hijos, para él no era una madre. Además, sus acciones eran incluso más censurables porque había esperado demasiado tiempo para asumir la responsabilidad de lo que había hecho. Había mentido y mentido, y había seguido mintiendo, obligándoles a Laurel y a él a soportar la incertidumbre durante años. Ellen había esperado tanto tiempo para confesar la verdad que, cuando por fin se lo había contado, a Virgil no le había servido de nada.

Peyton se giró para mirarlo a la cara.

–¿Le vas a contar a Laurel alguna vez lo que averiguaste hace dos años?

Había tenido la oportunidad de hacerlo cuando había hablado con su hermana por teléfono, pero no la había aprovechado. No estaba seguro de por qué. Cuando Ellen estaba viva, él no se lo había dicho porque pensaba que Laurel, secretamente, quería mantener una relación con su madre, y de ese modo no le arrebataba la posibilidad de intentarlo. Sin embargo, ahora que su madre había muerto, ya no tenía esa excusa, y seguía sintiendo reticencia a revelar la horrible verdad.

¿Por qué? ¿Por un deseo inexplicable de proteger a su madre ocultándole su verdadera naturaleza a Laurel? ¿O estaba intentando ahorrarle a su hermana la profunda decepción que él se había llevado? No estaba convencido de que Laurel necesitara saberlo. ¿La ayudaría en algún sentido?

Virgil no veía cómo. No saberlo era una tortura, pero también lo era el hecho de enfrentarse a la dura realidad. Tal vez fuera distinto si Ellen hubiera sido inocente, pero era culpable. Y ni siquiera su confesión había servido para redimirla: se lo había contado en un momento de su vida en que estaba entre dos novios, envejeciendo y sintiéndose sola, y esperaba poder utilizar a sus hijos para llenar el vacío de su vida.

–¿Y bien? –le preguntó Peyton.

Virgil se frotó los ojos. Aquella noche no había dormido. Había estado dando vueltas por la cama, sin poder dejar de preocuparse por Laurel y sus niños, por Peyton y Brady y por el nuevo bebé, y también por Rex.

–Puede que se lo diga algún día. Pero todavía no. En este momento ya tiene suficientes problemas.

–Deberías haber denunciado a Ellen.

–¿Por qué? Era mi madre. Además, yo ya había pagado el precio de su crimen. No iba a ganar nada enviándola a la cárcel.

–Mucha gente opinaría lo contrario.

Él arqueó una ceja.

–¿Qué gente? ¿Mi esposa, la subdirectora de una cárcel de máxima seguridad?

–Exsubdirectora. Y, sí, a mí me hubiera gustado verla procesada y condenada.

–Pero mi declaración no habría servido de nada. Ya lo sabes. No me dio ningún detalle; solo me dijo que le había pedido a Gary que se ocupara de Martin, tal y como dice mi tío. Eso es lo único que conseguí sonsacarle.

–¿Y crees que después habría negado lo que te contó?

–¿Delante de la policía? Por supuesto que sí. ¿Por qué no iba a negarlo, después de todas las otras cosas que hizo?

–Sí, supongo que habría sido muy capaz.

A Virgil no le había resultado muy difícil decidir si denunciaba o no denunciaba a su madre ante la policía. Lo más difícil para él había sido decidir si se lo decía o no se lo decía a Laurel. Y seguía siéndolo. No quería poner sobre sus hombros otra carga emocional. Tal vez fuera mucho más fácil para ellos dos dejar el pasado en el pasado ahora que Ellen había muerto. No había ningún manual sobre cómo actuar en caso de tener una madre egoísta, mentirosa y asesina. Ellen siempre tuvo una voz muy dulce, y era muy guapa. Tratar con ella era muy desconcertante. ¿Deberían comprender la desesperación que la había hecho recurrir al asesinato? ¿Deberían achacar su comportamiento a los meses de locura, y después, al miedo que debía de causarle la idea de intentar arreglar lo que había hecho tan mal?

Peyton se puso en pie.

—Entonces, ¿qué vas a hacer?

—Quizá se lo diga más adelante. Cuando tengamos la oportunidad de estar juntos.

—Estoy hablando de La Banda.

Él frunció los labios, se inclinó hacia atrás en la silla y dijo algo que llevaba pensando desde que se había enterado del asesinato de Ellen y de lo que significaba.

—Voy a llamar a Horse.

Su esposa lo miró fijamente.

—No lo dirás en serio.

—Tengo que hacer algo.

—¿Y eso es lo mejor que se te ha ocurrido? ¿Qué demonios vas a decirle?

—Mamá, ¿qué pasa?

Brady estaba junto a la puerta, con el ceño fruncido por la tensión que percibía. No estaba acostumbrado a ver a sus padres enfrentados.

—Nada, cariño —dijo ella.

Sin embargo, el hecho de que ni siquiera se volviera a mirar a su hijo le dio a entender a Virgil que estaba completamente concentrada en su conversación. Y él entendía por qué. Llamar a Horse era correr un riesgo muy grande. Sin embargo, quedarse de brazos cruzados podía ser incluso peor.

Brady vio a su padre y se acercó. Como Peyton no podía tomarlo en brazos, fue Virgil quien lo hizo, y se lo sentó en el regazo, donde su mujer había estado sentada segundos antes.

—Papá, ¿podemos ir a lanzar la pelota de béisbol?

—Dentro de un minuto, cariño —dijo él. Por el momento, Peyton lo tenía paralizado con una mirada de desaprobación.

—Te he hecho una pregunta —le recordó ella.

Virgil respiró profundamente.

—Le explicaré que será mejor que no empiece esta lucha.

—¿O qué?

—O yo la terminaré.

Lo transfirieron varias veces antes de pasarle con alguien que pudiera ayudarlo en el Departamento de Prisiones de California, pero al poco tiempo, Myles consiguió la información que estaba buscando. Le enviaron por fax las fotografías de los dos reclusos que se habían fugado de la cárcel de California, y él los reconoció al instante. Uno de ellos era Ron Howard, alias Ink. Su verdadero nombre era Eugene Rider. El chico que había dicho que se llamaba Peter Ferguson era Lloyd Beachum, de diecinueve años. Lloyd tenía antecedentes por posesión de drogas y robo, pero el historial de Eugene era terrible. Violación. Atraco a mano armada. Incendio provocado. Asesinato.

Myles soltó una imprecación y marcó el número que acababan de darle en el Departamento de Prisiones de California.

Respondió una mujer.

—Despacho del director Wright.
—Buenas tardes, ¿podría hablar con el director?
—Está en su despacho, pero me temo que no está disponible en este momento. ¿Quiere dejarle algún mensaje?
—Soy el sheriff King, de Pineview, Montana. Dígale que he visto a sus chicos y creo que todavía están en esta zona.
—¿Disculpe?
—Me refiero a los dos reclusos que escaparon hace diez días por un agujero en el vallado. Están en Montana.
—¡Oh, Dios mío! Umm, en ese caso, espere un segundo, por favor. Estoy segura de que querrá hablar con usted más pronto que tarde.

Pasaron dos o tres minutos antes de que respondiera un hombre de voz grave y resonante.
—¿Sheriff?
—¿Sí?
—Gracias por llamar. ¿Tiene alguna información sobre los reclusos fugados?
—Ojalá tuviera más, pero voy a decirle lo que sé. Robaron una furgoneta roja de la marca Toyota a un tal Quentin J. Ferguson en Monrovia, y vinieron hasta aquí en ella. Se quedaron tirados en la carretera a causa de una avería en el radiador. Allí fue donde los encontré ayer.
—Dígame que los tiene bajo custodia.
—Me temo que no.

Myles le explicó lo que había ocurrido, y después mencionó el asesinato de Pat Stueben.
—A Eugene Ryder nunca deberían haberlo trasladado aquí desde Pelican Bay. Es un preso que solo debe estar en el nivel cuatro.

Por el tono de tensión del director, Myles se dio cuenta de lo mucho que quería que aquellos dos reclusos en particular volvieran a su sitio.

Myles se había preguntado cómo era posible que un criminal con tantos asesinatos en su haber no estuviera recluido en una cárcel de máxima seguridad, pero aquellas cosas sucedían de vez en cuando. Por buen comportamiento, por el tiempo de condena que ya habían cumplido, por masificación o por otras muchas razones, los presos eran trasladados a cárceles cuyo nivel de seguridad no se correspondía con su peligrosidad.

–Teniendo en cuenta su historial delictivo, ¿por qué lo reclasificaron?

–Hace cuatro años, Ryder intentó matar a una mujer que estaba en el Programa de Protección de Testigos. Mató al alguacil federal que la estaba protegiendo, pero esa noche recibió un balazo que casi le cercenó la médula espinal. Los médicos pensaban que no volvería a andar. Ha evolucionado mucho mejor de lo que pensaban, pero tiene un dolor constante. Nadie pensó ni por asomo que se alejaría de su aprovisionamiento gratis de codeína y se echaría al monte. Cuando le dan los dolores de espalda, casi no puede caminar. Y le duele prácticamente todo el tiempo.

–Sin embargo –dijo Myles–, en la calle hay muchos sustitutos de la codeína, incluyendo drogas legales e ilegales mucho más fuertes.

–Se pasó dos años en Pelican Bay después del tiroteo, y parecía otro hombre. Y allí hay tanta masificación...

Myles leyó de nuevo el historial de Ryder. ¿Que habían pensado que era otro hombre? Aquello, obviamente, era un error garrafal, y el director no estaba dispuesto a admitirlo. Así pues, Myles cambió de táctica.

–¿Quién le disparó?

–No lo sé. Hasta hace diez días solo era un recluso más para mí. Ahora, lo único que me importa es traerlo de vuelta.

Myles recordó las historias que le había contado Mia a su compañera de colegio. ¿Acaso había presenciado el tiroteo en el que había resultado herido Ryder, o el asesinato del alguacil?

Rex le había dicho que La Banda llevaba mucho tiempo queriendo matar a Vivian y a su hermano, y que habían estado en el Programa de Protección de Testigos.

−¿Fue la mujer a la que estaba intentando violar la que le disparó?

−Puede ser. No he consultado esos detalles. No tienen importancia; lo que tiene importancia es lo que está ocurriendo ahora. Tenemos que meter a esos chicos en la cárcel antes de que le hagan daño a alguien más.

Sin embargo, tendrían muchas más posibilidades de atrapar a los fugados si averiguaban adónde estaban dirigiéndose y por qué. Y eso podía estar vinculado a su pasado.

−¿Qué puede decirme que ayude a encontrar a Eugene? ¿Tiene familia o amigos en Montana?

−No. Su familia vive en San Diego, pero perdió el contacto con ellos hace años. Este tipo es un criminal de carrera y además no está bien de la cabeza. Su familia le tiene tanto miedo como los demás, sobre todo su madre. Cuando tenía doce años ya intentó prenderle fuego a su cama mientras ella dormía.

Vaya hijo…

−Entonces, no va a llamarlos en un futuro cercano.

−Ellos esperan que no, pero les hemos avisado de su fuga, por si acaso.

−¿Y el chico que escapó con él, este Beachum? ¿Dónde vive su familia?

−Es de Modesto, aquí en California. También hemos avisado a su familia, o lo que queda de ella. Es hijo de una adicta al crack que perdió su custodia cuando el niño tenía once años. Los servicios sociales se encargaron de él hasta que lo pusieron en una familia de acogida durante tres o cuatro años. Al final terminó en la calle. Su madre dice que no ha vuelto a saber nada de él, pero nunca consiguió desengancharse, así que tal vez ni siquiera lo recuerde.

Myles intentó dar con alguna otra forma de localizar a Eugene Ryder.

—Alguien tuvo que ayudar a esos tipos a escaparse. Alguien de fuera, tal vez una novia, o un familiar, o un colega. ¿No es así como suceden estas cosas normalmente?
—A menudo sí.
—¿Y han determinado quién pudo ser?
—No. Tienen muchos amigos, sheriff, pero no de los que estarían dispuestos a ayudarnos. Ryder y Beachum pertenecen a un grupo mafioso llamado La Banda.

Aquel era el problema, no la respuesta.

—Alguien debió de pasarles un cortador de cable para que pudieran cortar el vallado —estaba diciéndole el director de la prisión—. Pero podríamos traer a mi despacho a todos los miembros de esa banda e interrogarlos durante horas, y ni uno hablaría, porque nada de lo que podamos hacer nosotros tiene comparación con lo que les ocurriría si delataran a un compañero de La Banda.

—Pero, ¿ha intentado hablar con ellos? Tal vez haya alguna posibilidad de conseguir información, por débil que sea. Alguien que odie a Ryder y que quiera verlo dentro de la cárcel. Alguien que, en el fondo, quiera hacer lo que está bien.

El director se echó a reír.

—Veo que nunca ha trabajado en un centro penitenciario.

—Mire, ya tengo un hombre muerto aquí, gracias a sus fugados. Espero que haga todo lo que pueda, por muy inútil que le parezca.

Se hizo el silencio. Myles había reaccionado así debido a la frustración, pero no se disculpó. Cuando Ryder y Beachum habían ido a Pineview y habían matado a Pat, el problema de California se había convertido en su problema. Y eso no le gustaba.

—Estamos haciendo todo lo que está en nuestras manos, sheriff —respondió el director. Su tono frío y cortés daban a entender que la camaradería había terminado, y que también quería terminar la conversación—. Gracias por llamar.

—¡Espere! —exclamó Myles—. Dígame una cosa: ¿por qué han decidido venir a Montana estos hombres?

—Sheriff, yo ni siquiera sabía que estaban en Montana hasta que usted me lo ha dicho. Sin embargo, supongo que es tan buen lugar para esconderse como cualquier otro.

Tal y como había sospechado, las autoridades de California no sabían nada. Laurel Hodges había abandonado el Programa de Protección de Testigos, de modo que ni siquiera tenía esa vía de comunicación con la gente que podría haberle informado de aquella fuga. Myles tuvo la tentación de abrirles los ojos, pese a las advertencias de Rex.

—Tiene que revisar el incidente que causó la discapacidad de Ryder —dijo.

—¿Por qué?

—Porque estos dos reclusos seguramente no están buscando la libertad, sino la venganza.

—¿Contra quién?

—¡Contra quien estuviera implicado en el tiroteo!

El director se aclaró la garganta, y su voz se hizo aún más grave.

—¿Sabe algo que no me esté diciendo, sheriff?

¿Iba a contar lo que sabía? ¿Todo?

Myles tamborileó con los dedos en la mesa mientras intentaba decidirse. No estaba seguro de que La Banda pudiera averiguar todo lo que sabían las autoridades, tal y como le había dicho Rex. Para eso sería necesario que hubiera una corrupción rampante, o que hubiera demasiadas novias trabajando en demasiados despachos estatales. Pero... Los Ángeles, el lugar donde tenía su origen aquella banda mafiosa, no era Pineview. Tal vez él estuviera siendo demasiado ingenuo.

—Sé que no han salido a darse un paseo. Eso es lo que sé.

Un buen rato después de haber colgado, Myles seguía mirando el teléfono. ¿Debería haberle explicado al director que Vivian era Laurel Hodges y que su vida corría peligro? ¿Que tenía dos niños? ¿Que ya había pasado por demasiadas cosas y que merecía sentirse segura para variar?

Podría haber intentado conseguir su apoyo, ofrecerse a colaborar. La mayoría de los sheriffs lo habrían hecho, y él lo había sopesado.

Sin embargo, no podía ignorar lo que le había dicho Rex. Parecía que confiaba en el exnovio de Vivian más de lo que le gustaría admitir. O tal vez no quisiera comprobar lo que podía ocurrir si no seguía su consejo. De cualquier forma, ya le había dicho al director que Beachum y Ryder estaban allí. Que fueran en busca de sus fugitivos sin saber nada más sobre Laurel y su situación. Él se aseguraría de que ella estuviera a salvo.

Y, hablando de estar a salvo... Miró la hora. Tenía que volver ya a Pineview. No quería que Vivian regresara del aeropuerto de Kalispell y entrara en una casa vacía.

Acababa de recoger las llaves e iba hacia la puerta cuando uno de los ayudantes, Ben Jones, le hizo un gesto.

—Señor, Ned Blackburn está al teléfono. Quiere hablar con usted.

Ned era un vendedor de seguros que estaba en el equipo de *softball* de Myles. Durante su último entrenamiento, él le había mencionado que le gustaría ampliar su seguro de vida. Sin embargo, aquel no era el momento.

—Dile que estoy ocupado. Lo llamaré cuando haya menos trabajo por aquí.

—Creo que es mejor que hable con él, sheriff.

Myles vaciló.

—¿Por qué?

—Dice que vio a esos dos hombres a los que estamos buscando. Los llevó ayer mismo en su coche.

Por fin. Tal vez Ned fuera la persona que había recogido a Ryder y a Beachum después de que Harvey los dejara en la cuneta de la carretera.

—¿Por qué línea? —preguntó Myles.

—Por la uno.

—¿Puede enseñarnos exactamente dónde los dejó?

—Dice que sí. Me dijo que lo llevaría hoy mismo si usted puede.

Quería ir, por supuesto. Sin embargo, primero quería asegurarse de que Vivian estaba bien.

—Dile que no cuelgue, que estaré con él en un segundo.

Myles volvió a su escritorio y llamó a casa de Vivian. No hubo respuesta. No quería dejar que corriera riesgos ni siquiera durante un minuto, pero no tenía la seguridad de que fuera a volver directamente a su casa. Tal vez se hubiera quedado en Kalispell haciendo compras...

—¿Sheriff? Ned está esperando —dijo Jones.

—Lo sé, lo sé —murmuró él, y miró de nuevo el reloj. Eran solo las once. Si se daba prisa, podría ir con Ned y volver a Pineview antes del mediodía.

Apretó el botón de la línea uno y dijo:

—¿Ned? ¿Dónde podemos quedar?

Capítulo 19

Vivian tenía un compromiso con aquel lugar. Después de haber buscado su sitio durante toda la vida, por fin había encontrado lo que deseaba y no estaba dispuesta a abandonarlo. Ella misma había pintado, reparado y decorado su casa, y había plantado un huerto en el jardín. Si se marchaba, no vería madurar nada de aquello.

Sin embargo, enviar a sus hijos a Nueva York no le había resultado nada fácil. No sabía si iba a volver a verlos, y eso le causaba todo tipo de dudas. ¿Estaba cometiendo un error? ¿Estaba exponiéndose innecesariamente al peligro? ¿Estaba siendo demasiado obcecada para su propio bien?

Había estado a punto de volver a Kalispell muchas veces durante el trayecto de regreso a Pineview, para tomar un avión a Nueva York. Sin embargo, tampoco tenía la seguridad de poder quedarse allí con sus hijos. Y vivir huyendo constantemente no era vivir.

Virgil y Peyton criarían a Mia y a Jake si a ella le ocurría algo. Sin embargo, aquel era un pequeño consuelo, porque sus niños lo eran todo para ella. Ellos eran completamente felices allí; en Pineview había un futuro para ellos. Los tres habían formado vínculos de afecto y de simpatía con mucha gente, como por ejemplo Vera y Claire, y ella quería quedarse allí y formar parte de verdad de aquella comunidad.

Mientras conducía rodeando el lago, sus ojos se fijaron en la casa de dos pisos que había junto a la suya. La noche que había pasado con el sheriff King no había ido tan bien como esperaba; seguramente, él no estaba muy impresionado con ella en aquel momento. Sin embargo, había sido capaz de hacer algo con respecto a sus sentimientos, y pese a lo que había ocurrido, siempre valoraría mucho aquella experiencia.

Miró su propia casa. Durante los siguientes días, o quizá semanas, iba a sentirse muy rara sin Mia y sin Jake. El lugar ya le parecía distinto, vacío y triste sin el triciclo de Mia en el césped del jardín, y sin una niña pequeña que saliera de la casa y se montara en él.

Cuando aparcó el coche en su parcela, sacó la pistola de debajo del asiento y se apeó, pero no se alejó del vehículo inmediatamente. Observó la casa en busca de señales que le indicaran que había habido alguien por allí durante su ausencia.

No veía nada raro. Así pues, cuando una figura emergió de su porche, estuvo a punto de levantar la Sig y disparar.

Era Claire, que había estado sentada en las sombras del porche, detrás de una columna. Debía de haber ido hasta allí dando un paseo, porque su coche no estaba a la vista. Algunas veces lo hacía, aunque estaban casi a tres kilómetros de distancia. Le gustaba hacer ejercicio. Sin embargo, si no hubiera dicho su nombre, tal vez ella hubiera disparado.

—¿Dónde están los niños? —le preguntó su amiga, levantando una mano para protegerse los ojos del brillo del sol.

Vivian se angustió por lo que había estado a punto de hacer y metió la Sig en el bolso. Esperaba que Claire no hubiera visto el arma. No lo parecía. Su amiga no imaginaría que ella portara una pistola, así que no era probable que pensara nada raro.

Sin embargo, aquel incidente hizo que se preguntara si sabía lo que estaba haciendo. Había decidido lo que era mejor para su familia, pero, ¿era lo mejor para la gente de Pineview? Ellos no se merecían verse en el fuego cruzado entre Ink, o quien hubiera enviado La Banda para matarla, y ella. Y eso podía ocurrir fácilmente si Claire, por ejemplo, seguía yendo a visitarla sin avisar. Recordó lo que le había ocurrido a la pobre Trinity Woods. A ella la habían matado en la puerta de su casa, en Colorado.

Vivian esbozó una sonrisa forzada.

—Están de visita en casa de unos parientes de fuera del estado.

—¿En casa de tu hermana?

—Eh... sí.

Se había inventado una familia ficticia que vivía en Denver, y se sentía culpable cada vez que Claire se los mencionaba. «¿Has hablado con tus padres? ¿Cómo están? ¿Cuándo va a nacer el bebé de tu hermana?».

Sin embargo, no había tenido más remedio que hacerlo; todo el mundo provenía de algún lugar, de alguna familia. Para poder compartir la alegría por el embarazo de Peyton, había creado a una hermana llamada Macy que se había casado recientemente y que iba a tener su primer hijo. También se había inventado a unos padres que eran maestros de escuela y que estaban jubilados, e incluso había dicho que su madre tenía diabetes, motivo por el que Claire preguntaba frecuentemente por su salud.

¿Había llegado la hora de decirle la verdad a su amiga?

Nunca hubiera soñado que podría hacerlo. Solo con pensarlo se sentía más libre de lo que se había sentido en cuatro años. Podría ser honesta de nuevo. Y no solo eso; teniendo en cuenta el peligro, su obligación moral era ser honesta.

No sabía cómo iba a darle la noticia a Claire, ni cómo iba a reaccionar. Claire la había hecho partícipe de sus secretos, había confiado completamente en ella. ¿Cómo respondería cuando se enterara de que ella no había hecho lo mismo, y que había fingido que era alguien que no era desde el principio?

Claire se sentiría traicionada y herida. Ella no creía que pudiera soportar eso en aquel momento, además de la presión y la preocupación que la atenazaban. Sin embargo, no podría vivir con el remordimiento de saber que a Claire le había pasado algo porque ella no la había avisado del peligro.

—Vaya, ¿y cuánto tiempo van a estar fuera? —le preguntó.

—Seguramente todo el verano —respondió Vivian.

Le parecía una eternidad, pero tenía que asumir que en solucionar su problema podía tardar ese tiempo, o más. Si tenía suerte, la policía encontraría a Ink y lo devolvería a la cárcel antes de que Ink la encontrara a ella, y Horse sería encarcelado con él. Y tal vez encerraran a algunos miembros más de La Banda, a los que querían vengarse de Virgil y de Rex...

Si tenía suerte, podía suceder eso. Sin embargo, ella había dejado de contar con la suerte hacía muchos años...

Temiendo que La Banda llegara derrapando y las abatiera a tiros a las dos, le hizo un gesto a Claire para que se acercara y subiera al coche.

—Vamos a cenar por ahí.

—¿Ahora?

—¿Por qué no?

—Porque son solo las tres de la tarde.

—No he comido —replicó Vivian. Aunque con la inquietud que sentía, no creía que pudiera tragar ningún bocado. Había sido demasiado duro despedirse de los niños. Sin embargo, tenía que llevarse de allí a Claire—. Además, tengo que contarte una cosa.

Claire percibió su tono sombrío.

—¿De qué se trata?

—¿Podemos hablar en el Chowhound?

—Bueno, supongo que sí. Si te apetece...
—Sí, me apetece mucho —dijo Vivian, mirando hacia la calle, vigilando hasta que Claire entró y se sentó en el asiento del pasajero. Entonces, ella se colocó tras el volante.
—¿Qué pasa? —le preguntó Claire.
—Ya lo verás.
—¿Es malo?
—Sí.
Claire sonrió débilmente.
—Estupendo. Me encantan las malas noticias.
Vivian ya había arrancado el coche. Miró por el espejo retrovisor y salió a la carretera con brusquedad; Claire tiró del cinturón de seguridad para ponérselo.
—¡Vaya! —exclamó—. Ten cuidado. Vives al lado de un poli, ¿no te acuerdas?
¿Cómo iba a olvidarlo? Observaba la casa del sheriff, y lo esperaba, todo el tiempo.
—Está trabajando —dijo.
Claire debió de entender que Vivian estaba organizando sus pensamientos. La observó atentamente durante un momento, como si pudiera descifrar el problema sin palabras, antes de intentar dominar su curiosidad.
—Seguro que el sheriff King está muy ocupado.
—Mucho —dijo Vivian.
El comentario de Claire había sido inocente, pero ella no pudo evitar recordar la cabaña donde habían hecho el amor. Claire se quedaría alucinada si lo supiera. Le había dicho muchas veces a Vivian que le diera una oportunidad al sheriff. Como todo el mundo en Pineview, tenía un gran concepto de él. De no ser porque todavía estaba superando la muerte de su marido David, que había ocurrido hacía pocos meses, Claire también estaría interesada en Myles.
—Pero has hablado con él, ¿no?
—De vez en cuando —dijo Vivian.
Le contaría a Claire que en realidad, su nombre era

Laurel Hodges, pero no iba a mencionar su aventura con el sheriff King.

−¿Y te ha dicho algo sobre el asesinato?

−No, en realidad no.

Cuando llegaron a la autopista, Vivian se fijó en un coche que no conocía. Se puso muy tensa, pero en el asiento del conductor había una mujer mayor. Claramente, no era un miembro de La Banda.

−¿Estás bien? −le preguntó Claire.

−Perfectamente.

A medida que se alejaban de su casa, le resultaba más fácil respirar, e intentó calmarse para poder mantener aquella conversación con tanto tacto como le fuera posible.

−Bueno, entonces, ¿el sheriff no te ha contado nada del asesinato? −preguntó Claire.

−No tiene nada que ver con lo que le ocurrió a tu madre, Claire.

−Eso no lo sabes −dijo su amiga−. Nadie lo sabe.

Parecía que enterarse de que Alana había muerto a manos de un asesino psicópata era mejor que continuar viviendo con el misterio de su desaparición.

A Vivian le rompía el corazón constatar hasta qué punto podía afectar el pasado al presente. Sin embargo, no podía culpar a Claire por ser tan decidida y tan obcecada. Según lo que ella había oído decir, la madre de Claire era tan cariñosa y buena con sus hijas como egoísta había sido su propia madre.

−¿Y qué dice tu padrastro al respecto?

−Piensa que la desaparición de mi madre puede tener relación con el asesinato de Pat. Bueno, no lo ha descartado. Hasta que no sepamos quién lo mató, y si tiene alguna relación con nuestra familia, nadie puede decirlo.

−¿Ni tu padrastro?

−Exacto.

Lo que pensaba ella era que probablemente, Darryl O'Toole sabía más de lo que aparentaba. Él había sido la última persona que había visto a su mujer con vida, y el que más se había beneficiado con su muerte.

—¿Consiguió ese contrato que esperaba para quitar la nieve de las carreteras?

—Sí.

—Estupendo.

Aunque Darryl, o Tug, como lo llamaba todo el mundo, no necesitaba el dinero. Había heredado dos millones de dólares gracias a la riqueza de la familia de su esposa. Con ese dinero había comprado una guardería y la bolera de Libby, así que tenía otros negocios aparte de su empresa de máquinas quitanieves. Sin embargo, estaba casi jubilado y disfrutando de una buena vida en una casa lujosa en las montañas, con la mujer con la que había empezado a vivir tan solo seis meses después de que desapareciera Alana.

—¿Cómo está Leanne?

—Su empresa está creciendo. ¿La has visto últimamente?

Vivian no le había preguntado por el trabajo de Leanne, sino por ella misma. Sin embargo, aquella respuesta era típica de Claire, a quien no le gustaba demasiado hablar de su hermana. Aparentemente, se llevaban bien, pero eran tan distintas...

—¿En qué está trabajando ahora?

Leanne hacía ventanas y lámparas de cristales de colores y los vendía por las tiendas de todo el estado de Montana, o por Internet. Su trabajo era increíble, y ya le habían encargado las vidrieras de varias iglesias.

Vivian pensaba que Claire debía marcharse de Pineview e intentar hacer realidad su sueño de convertirse en una gran estilista en Nueva York o en Los Ángeles, aunque tuviera que dejar allí a su hermana. Se había casado a los veintiséis años, y solo después de cuatro había perdido a su marido, antes de que decidieran tener hijos. Aunque su padrastro y su hermana eran todo lo que la ataba a Pineview, Claire no pensaba marcharse. Vivian nunca había conocido los detalles del accidente de trineo en el que Leanne se había roto la columna, porque Claire no quería hablar de ello, pero sospechaba que su amiga se sentía culpable por ser la que había llegado sana y salva a los pies de la montaña. De lo contrario, habría salido de Pineview hacía muchos años.

–Está haciendo una cristalera para la nueva biblioteca de Kalispell –le explicó Claire.

–¿Se lo encargaron?

–Qué va. No tienen dinero.

–Entonces, ¿la va a donar?

–Sí.

–Qué detalle por su parte. Es mucho trabajo.

–Leanne puede ser sorprendentemente generosa.

Fue el «sorprendentemente» lo que hizo que Vivian se preguntara si su relación era tan afectuosa como parecía.

Cuando llegaron al restaurante Chowhound, no detuvo el coche para aparcar, sino que continuó por delante de la tienda de Chrissy Gunther y el banco. Claire dio en la ventanilla con los nudillos.

–¡Eh! ¿No querías cenar ahí?

Pues sí, pero primero quería ver quién estaba en el pueblo. Miró bien a todo el mundo que pudo ver, en busca de alguien que estuviera fuera de lugar, que pudiera ser Ink o su amigo. Cuando llegó hasta Gina's Malt Shoppe, decidió girar y volver al restaurante.

Cuando estaban en la puerta del Chowhound, Claire la tomó del brazo.

–Estás muy rara.

–Lo entenderás dentro de un minuto –le dijo Vivian. Se irguió de hombros y le hizo un gesto a su amiga para que la precediera hacia una de las mesas.

Por las noches, el Chowhound se convertía en un club de striptease. Alguna gente del pueblo pasaba por allí, pero la mayoría de la parroquia la conformaban hombres que habían ido a la zona a cazar y pescar. Durante el día servían desayunos y comidas. En esos momentos estaba mucho menos concurrido, aunque sirviera las mejores hamburguesas del pueblo.

Aquel día había pocos clientes. Uno de ellos era Tony Garvey. Tenía puestas las botas de trabajo y unos pantalones vaqueros tan sucios como su camisa. Tony era el dueño de la gravera Garvey's San and Gravel, pero no se le caían los anillos por trabajar junto a sus empleados.

Asintió a modo de saludo cuando pasaban a su lado. Claire conocía a todo el pueblo. Tony era uno de los mejores amigos de su difunto marido.

—Tony y su mujer se van a divorciar —le dijo Claire a Vivian, en voz muy baja, después de que se hubieran sentado.

—Lo siento por su hijo —comentó Vivian.

Aunque la mujer de Tony no pertenecía a su grupo de literatura, allí era donde ella se había enterado de que la señora Garvey tenía una aventura con su quiropráctico. Normalmente, los chismorreos eran bastante fiables en Pineview, pero a Vivian no le gustaba aquel rasgo de la comunidad, así que intentaba ignorarlos. Tampoco quería que nadie hablara de ella; tenía mucho que ocultar.

—Me siento mal por lo que les ha pasado —dijo Claire—. Siempre me cayeron muy bien los dos.

El propietario del Chowhound, George Johnson, se acercó en persona a preguntarles qué iban a tomar.

—Para mí solo agua —dijo Claire.

Vivian pensó que, teniendo en cuenta su estado de nervios, tal vez fuera mejor tomar algo más fuerte, pero no era buena idea ingerir alcohol cuando se llevaba un arma en el bolso. Además, el alcohol le hacía daño en la úlcera.

—Bueno, ¿qué era eso que tenías que contarme? —le preguntó Claire cuando George se alejó.

Vivian no sabía por dónde empezar. Abrir su alma iba a ser un gran alivio, porque se liberaría de la necesidad de mentir y de evadirse, pero también corría el enorme riesgo de que Claire no la perdonara. ¿Y si se quedaba en Pineview, pero perdía las relaciones que más le importaban?

—Es algo que te va a parecer muy... sorprendente y desagradable.

A Claire se le borraron la sonrisa y la expresión de curiosidad de la cara cuando se dio cuenta de que Vivian iba en serio.

—¿Hasta qué punto me voy a disgustar?

—Creo que bastante.

—¿Contigo, o con otra persona?

—Conmigo.

—¿Y cómo es que es tan horrible?

Vivian le tomó la mano por encima de la mesa.

—Claire, todo lo que te he contado durante estos dos años es mentira.

Claire frunció el ceño.

—Tal vez deberías ser más específica.

—No soy quien tú crees. No me llamo Vivian Stewart.

¿Cuántas veces oía alguien esa frase de labios de su mejor amiga?

Claire tragó saliva.

—¿De qué estás hablando?

Vivian no quería hacerle daño a su amiga, pero no sabía cómo evitarlo.

—Es un nombre falso que yo misma elegí. No tengo madre diabética, y mis padres no son maestros jubilados. No tengo hermana. Tengo un hermano que está casado y tiene un niño, y va a tener una niña dentro de muy poco, pero eso es todo. Son lo único que tengo en el mundo, aparte de mis dos niños, y ni siquiera puedo verlos. Siempre estamos huyendo, y hace dos años tuvimos que separarnos por motivos de seguridad.

Claire soltó los bordes de la mesa y se apoyó en el respaldo del asiento.

—No querrás decirme que te busca la policía.

—No —respondió Vivian. Intentó pensar en qué iba a decirle después. Ahora que ya había empezado, quería sacárselo todo lo más rápidamente posible—. Hay unos... hombres. Ellos... intentaron matarme una vez. Fue en Colorado. Y vienen por mí otra vez. Realmente quieren a mi hermano, o por lo menos así es como empezó todo. Ahora... me odian tanto a mí como a él.

—¿Intentaron matarte?

—Sí. Y mataron al alguacil federal que nos estaba protegiendo cuando vinieron a buscarme.

—Vaya.

Fuera del contexto de las películas, seguramente Claire nunca había oído nada parecido. No era el tipo de cosas que sucedía en Pineview. Tampoco el asesinato, y sin embargo, Pat estaba muerto. Tampoco el secuestro, y sin embargo, la madre de Claire había desaparecido. ¿Era eso lo que estaba pensando? ¿Que tal vez nada era lo que parecía?

Vivian hizo todo lo que pudo por explicarle claramente lo que había ocurrido con su madre, con su tío y con su padrastro, y lo que le había pasado a Virgil, y cómo terminó perteneciendo a La Banda. Cuanto más hablaba, más increíble le parecía su propia historia. ¿Acaso Claire pensaría que había perdido la cabeza?

Sin embargo, su amiga no se mostró tan escéptica como Vivian había creído. Cuando terminó de contarle su historia, la miró con impotencia, temiendo que su amiga se hubiera tomado muy mal la noticia. Sin embargo, Claire miró a su alrededor, y después se inclinó hacia ella.

—¿Y cómo son esos hombres?

Aquella no era la respuesta que Vivian esperaba.

—Ink tiene tatuado todo el cuerpo, pero se escapó de la cárcel con un tipo al que yo no he visto nunca. Seguramente, también tendrá muchos tatuajes —dijo. Sin embargo, al recordar a Pretty Boy, se corrigió—. Claro que es posible que tenga un aspecto tan limpio como el de un misionero mormón.

Claire palideció, pero no le preguntó por qué no había confiado en ella, ni cómo podía haberle hecho algo así. No hubo recriminación alguna por su parte, ni acusaciones, ni ira. En vez de eso, le preguntó con ansiedad:

—¿Cómo te llamabas antes?

—Eso depende —respondió Vivian—. He tenido dos identidades diferentes durante estos cuatro últimos años.

—¿Y cuál es el nombre que conoce esa gente?

—Es mi nombre verdadero: Laurel Hodges.

Claire se quedó boquiabierta y se posó una mano sobre el corazón.

—Oh, Dios mío. Los he visto hace menos de una hora en Mailboxes Plus. Eran dos tipos. Uno estaba sentado fuera, en un coche blanco. No pude verlo muy bien. El otro se me acercó. Me dijo que estaba buscando a su hermana, que fue adoptaba al poco de nacer. Se suponía que vivía por esta zona. Y me dijo que se llamaba Laurel Hodges.

A Vivian se le heló la sangre. Había tenido mucho miedo de que La Banda hubiera llegado a Pineview.

Ahora lo sabía con certeza.

Capítulo 20

−¿Este es el sitio? ¿Seguro?

Myles estaba con Ned frente a la casa de Allen Biddle, al este del pueblo. No era un lugar muy conveniente para dejar a dos autostopistas. No había parada de autobús, ni cabina de teléfono, ni cafetería, ni gasolinera cerca, solo una casa, la casa de troncos de madera de un soltero de mediana edad que pasaba su tiempo entre Montana y Alaska, y que trabajaba de guía de caza.

−Segurísimo, sheriff. Sabía que no querrían continuar conmigo.

−¿Y por qué no?

−Porque no iba al pueblo −dijo Ned. Tenía unos cuarenta años y llevaba toda la vida en Pineview. Cuando no estaba jugando al *softball*, se vestía como si fuera un cowboy. Intentó subirse los pantalones vaqueros por encima de la barriga abultada, pero no pudo−. Venía de Libby, porque había tenido que ir a recoger unas cuantas cosas allí −explicó−. Los vi cuando volvía y me paré, pero les expliqué que no iba a llegar hasta Pineview.

−¿Y qué te dijeron?

−Que los llevara hasta donde pudiera, y eso fue lo que hice.

Myles se rascó la cabeza, intentando pensar si aquellos dos habrían entrado en el pueblo caminando, habrían parado a otro coche o se habrían dirigido hacia las montañas. Dudaba que hubieran hecho aquello último. Él había ido a ver su camioneta antes de marcharse de Pineview; todo el equipo de pesca y de caza que tenían seguía dentro del vehículo.

—¿Y adónde ibas? —le preguntó a Ned.

—Hace unos meses compré la plantación de pinos de Navidad de Leland, e iba hacia allí.

Myles no se había enterado de eso.

—El negocio de los seguros debe de irte muy bien.

—Como siempre. Bastante bien. Pero estaba buscando algo que pudiera compaginar con los seguros, y cuando se me presentó esta oportunidad, decidí aprovecharla.

Pese a su atuendo de cowboy, Myles no veía a Ned de granjero.

—¿Sabes algo del cultivo de los pinos de Navidad?

—No mucho, pero estoy aprendiendo.

—Bueno, entonces, ibas hacia tu granja cuando recogiste a esos chicos.

—Sí. Hay que tomar el desvío de ahí —dijo, señalándolo—. Por esa carretera hacia arriba no hay más que árboles, así que pensé que tendrían más posibilidades de llegar pronto al pueblo si los dejaba aquí mismo.

—¿No intentaron persuadirte ni obligarte a que los llevaras más allá?

—No, señor.

—¿Te fijaste en si iban armados?

—No, que yo sepa. No llevaban rifle, ni ningún arma visible.

—¿Qué llevaban?

—Nada, salvo la ropa.

—¿Y te dijeron adónde querían ir?

—A Pineview.

Myles se puso en pie.

—Me refiero a cuando llegaran allí. ¿Te mencionaron algún motel, o un campamento, o un restaurante?

—No.

Myles dio una patada a una piedra de la carretera.

—Tenían algún motivo para necesitar que los llevaran en coche. No hay muchos autostopistas por aquí.

—Me dijeron que se les había roto la furgoneta.

—¿Y no les preguntaste por qué no se habían ido en la grúa?

—No sabía que habían llamado a la grúa.

Lógico. ¿Cómo iba a saber Ned que él se los había encontrado y había llamado a Harvey?

—¿Y de que hablasteis mientras ibais en tu coche?

—Sobre todo del tiempo. Después de un rato, yo saqué el tema del asesinato de Pat, y ellos me preguntaron si la policía tenía alguna pista sobre los culpables. Les dije que no —respondió Ned, y escupió en el pavimento—. Pero usted sospecha que ellos fueron quienes mataron a Pat, ¿verdad? Por eso ha estado repartiendo carteles, como el que he visto en la cafetería esta mañana.

—Sí, exacto. Estoy bastante seguro de que son ellos. ¿Por casualidad te fijaste en el calzado que llevaban?

—Zapatillas de deporte.

—¿De qué marca?

Él se encogió de hombros.

—No sabría decirle. No me fijé mucho. A uno que prefiere las botas todas las zapatillas le parecen iguales —dijo con una sonrisa, y levantó la pierna para mostrar su bota de piel de serpiente.

—Muy bonita —dijo Myles, pero apenas la miró. Estaba demasiado concentrado en su tarea—. ¿Y los dos llevaban las mismas zapatillas?

Ned arqueó las cejas.

—Pues ahora que lo menciona, creo que sí.

¿Serviría de algo peinar la zona? Ned los había visto la tarde anterior…

Myles pensó que, por lo menos, iba a ir a hablar con Allen, y a echar un vistazo en los cobertizos de su finca.

—¿No hay nada más que puedas decirme, Ned? ¿Algo que me dé una idea de dónde buscar?

Ned volvió a escupir y cabeceó.

—Ojalá pudiera. Fingieron que ellos también estaban buscando a alguien, y yo, como un tonto, me lo creí.

—¿Qué quieres decir?

—El más joven me dijo que querían ir al pueblo porque él tenía la esperanza de reunirse con su hermana biológica, que fue adoptada al poco de nacer, y que se llamaba Laurel... algo. Me preguntó si la conocía. Le dije que no, y eso fue todo.

Vivian... Como estaban tardando más de lo que él había pensado, llamó a la comisaría y le pidió al ayudante Campbell que se acercara a Pineview e hiciera vigilancia delante de casa de Vivian hasta que él pudiera llegar.

—¿Y cómo eran?

—Uno tenía tatuajes por todas partes, como dice en el cartel. No habló mucho. El que hablaba era el chico joven.

—¿Y te dijeron cómo se llamaban?

—Ron Howard y Peter Ferguson. Me parecieron agradables. Nunca hubiera pensado que los buscaba la policía —dijo Ned, y sonrió con tristeza—. O que iba a tener suerte de salir vivo de ese viaje.

—Gracias por haberme contado todo esto —le dijo Myles.

Mientras Ned se marchaba, Myles llamó a la puerta de la casa de Allen. Sin embargo, el vecino no pudo decirle nada nuevo. Allen insistió en que por allí no había pasado nadie. No había visto a dos hombres merodeando, y dudaba que hubiera nadie en su propiedad, pero le ayudaría a buscar por si acaso.

—¿Y a qué otro sitio crees que pueden haber ido? —le preguntó Myles.

—¿Quién sabe? Si estuviera en su lugar, me iría al pueblo. Tienen que comer.

—Sí —dijo Myles.

Se sentía frustrado por no haber averiguado nada. Dejó tranquilo a Allen, pero no quería marcharse de allí. Tenía que haber algún modo de encontrar a Ink y al pequeño idiota que iba con él antes de que le hicieran daño a alguien más. Solo tenía que pensar como ellos. Dos personas que ni siquiera contaban con una tienda de campaña no podían hacer mucho por allí. No solo necesitarían comida, sino también refugio, y era mucho más fácil conseguir ambas cosas en el pueblo. Además, en el pueblo también tenían más oportunidades de dar con Vivian. Y, sin embargo, allí era donde se perdía su rastro.

Pasó por algunas otras cabañas de la zona, pero nadie los había visto. Cuando decidió dejarlo por el momento, estaba oscureciendo y se sentía como un perro de caza que no era capaz de dejar un rastro.

El ayudante Campbell lo llamó por radio justo cuando estaba entrando en el coche.

—¿Qué tal está? —le preguntó Myles.
—No lo sé. No ha vuelto.
—¿Cómo?
—Llevo toda la tarde aquí sentado, pero no he visto ni un alma. Estoy pensando que ha debido de quedarse a pasar el día en Kalispell.

Era una posibilidad. Cualquiera preferiría eso a volver a la situación que tenía en su propia casa.

—Avísame cuando llegue.
—De acuerdo, jefe —dijo Campbell.

Myles miró el reloj. Debía volver a relevar a su ayudante, que tenía una familia joven que lo esperaba con impaciencia. Iba de camino, pero estaba muy cerca de la cabaña en la que estaba Marley, así que decidió pasar a recogerla primero.

Cuando se acercó a la puerta principal, oyó una música que salía de la casa a un volumen atronador. Tuvo que llamar tres veces al timbre antes de conseguir que alguien lo oyera, pero finalmente Alexis, la hija de dieciséis años de

Elizabeth, abrió. Llevaba una camiseta de tirantes, los pantalones más cortos que él hubiera visto en su vida, y sonreía como si el pecho no estuviera a punto de escapársele del escote.

–Hola, sheriff.

Myles evitó mirar por debajo de su cuello. Para él, Alexis todavía era una niña.

–Hola, Alexis. Has estado tomando el sol.

Tenía la cara roja y un par de círculos blancos alrededor de los ojos, y parecía un búho.

–Un poco –dijo ella, y se apretó una mejilla para mostrarle lo mucho que se había quemado–. Me he pasado la mañana en la terraza. No me di cuenta de que me estaba quemando porque no hacía calor.

–Te vendría bien el aloe vera.

Ella se encogió de hombros.

–No me importa. Mañana se habrá convertido en bronceado.

–Eso espero. Bueno, ¿puedes avisar a Marley de que estoy aquí?

La chica sonrió.

–Pensaba que iba a pedirme eso. No está aquí. Las niñas se han ido a Kalispell con mi madre.

–¿A qué?

–De compras.

¿Marley había salido del pueblo sin decírselo? Sabía muy bien que tenía que pedir permiso. Seguro que le diría que se le había olvidado llamarlo. ¿Cuántas veces había oído él aquella excusa? Sin embargo, probablemente su hija había decidido que prefería pedir perdón en vez de pedir permiso. Siempre quería salir con la madre de Elizabeth; aquellas excursiones significaban para ella más que ninguna otra. Él tenía la impresión de que estar con Janet le recordaba a estar con su madre.

Se preguntó si debía dejar aviso de que Janet llevara a Marley a casa, puesto que la había sacado del pueblo sin avisarlo, o si volver a recogerla en persona. Carraspeó suavemente.

—¿Qué han ido a comprar?

—Ropa para el colegio.

—Pero si estamos en junio. El colegio acaba de terminar.

—Mi madre empieza muy pronto —dijo Alexis con una risa—. Y creo que querían salir, hacer una excursión de chicas. Dijeron que también iban al cine.

Eso significaba que volverían tarde. Tendría que castigar a Marley por haber desobedecido, pero, sin duda, ella pensaría que valía la pena el sacrificio.

—¿Y por qué no has ido tú también? —le preguntó a Alexis. Todavía estaba intentando decidir qué hacer con respecto a todo aquello.

—Ya había quedado con mi novio.

Por eso estaba allí aparcado el coche de Jett Busath. Alexis y él llevaban saliendo juntos desde Navidad. Su relación tenía a Marley tan fascinada que durante semanas solo había podido hablar de eso.

—¿Tu padre está en casa? —preguntó Myles; quería avisarle de que había dos presos fugados y peligrosos por la zona, pero sospechaba que Henry se había ido, y Alexis se lo confirmó.

—No, está de viaje de trabajo. Por eso quería salir mi madre. Él ha estado viajando mucho últimamente, y ella se ha pasado muchos días aquí metida, atendiendo la casa.

—Entiendo. Entonces, ¿estás haciendo de canguro?

—No. Mis hermanos están en un campamento esta semana.

Así pues, Alexis estaba sola en casa, vestida con muy poca ropa y acompañada de un chico que, a los dieciséis años, seguramente tenía más hormonas que cerebro. El instinto paternal de Myles se disparó y le instó a que advirtiera a la chica que tuviera cuidado. Él sabía que sus padres lo pasarían mal si ella se quedaba embarazada. Querían que ganara una beca por el *softball* y tenían grandes planes para su hija mayor. Sin embargo, él no debía inmiscuirse en los asuntos de aquella familia, por muy protector que se sintiera hacia todos los habitantes de Pineview.

–¿A qué hora volverán las chicas? ¿Lo sabes? –le preguntó.

Ella negó con la cabeza.

–No, lo siento.

Él se puso las manos en la cintura y se giró a mirar por el jardín delantero. Le gustaba aquella parcela. La cabaña era más moderna que rústica, y tenía una gran cocina y muchos baños. La familia Rogers vivía en el bosque, pero no había renunciado a las comodidades de la gran ciudad, salvo cuando nevaba. Entonces era difícil llegar a la carretera principal, pero ellos siempre se las arreglaban bien.

–Si conozco bien a Elizabeth y a Marley, ellas lo van a llamar para pedirle que deje a Marley quedarse a dormir –le dijo Alexis–. ¿Por qué no viene a recogerla por la mañana?

Myles prefería que fuera a casa aquella misma noche. No le gustaba nada la idea de no tenerla junto a él cuando había dos hombres peligrosos sueltos por allí. Sin embargo, después de lo que había averiguado sobre Vivian, o sobre Laurel, más bien, tal vez fuera mejor que Marley no estuviera en casa mientras él les seguía la pista a los fugitivos. Seguramente estaba más segura allí, en aquella cabaña retirada en las montañas, con la familia de su amiga, que durmiendo en la casa de al lado de la mujer a la que había ido a matar La Banda.

–Está bien –dijo–. Dile que me llame cuando llegue a casa, y quedaremos para mañana.

Alguien llamó a la muchacha desde dentro de la casa.

–¿Alexis? ¿Dónde estás?

Jett se estaba impacientando.

–Bueno, te dejo para que vuelvas con tu... umm... acompañante –dijo Myles.

–Gracias.
Alexis sonrió y cerró la puerta.

Trudie's Grocery era un local familiar con hilo musical de ascensor en el que se vendía empanada casera y gominolas. A L.J. le recordaba a la tienda que tenían sus abuelos cuando vivían. Él había vivido con ellos durante los veranos, entre los cursos quinto y séptimo. Aquellos seis meses antes de que entrara en una familia de adopción habían sido los más felices de su vida, así que le gustaba el ambiente de aquella tienda, las filas ordenadas de latas y bolsitas de aperitivos, la sección de congelados del fondo, llena de helados y comida precocinada. Él ayudaba a sus abuelos a colocar esas cosas.

Aquella era una de las raras ocasiones en las que había estado lejos de Ink desde que lo habían trasladado a California Men's Colony y se había convertido en su compañero de celda. Como necesitaba verdaderamente aquel descanso, se paseó por los pasillos de la tienda durante unos minutos, antes de acercarse al mostrador, donde había una mujer menuda sentada en un taburete detrás de una caja registradora.

Ella estaba enfrascada viendo un programa en la pequeña televisión que había tras el mostrador, así que apenas lo miró.

–¿Eso es todo, cielo?
–Sí, es todo. Gracias.

La mujer llevaba una chapa en la que ponía *Trudie*, y aunque él nunca había conocido a otra persona llamada así, aquel nombre era perfecto para ella. Tenía el pelo teñido de un horrible color naranja, peinado de la misma forma que se peinaba su abuela, y llevaba una bata de color morado, los labios pintados de rojo y las uñas a juego. No era fea para tener setenta años, y pese al horrible color de su tinte. A él le gustaba que se cuidara. Percibía su perfume desde el otro lado del mostrador. No parecía un perfume especialmente caro, pero él pensó que, si alguna vez se casaba, le gustaría estar casado con una mujer que siempre se esforzara por tener buen aspecto.

Trudie fue pasando por el lector de la caja registradora los códigos de las chocolatinas, las cortezas de cerdo y el whisky, y también de los preservativos que él agarró y puso en el mostrador en el último segundo.

Miró por la ventana, y vio a Ink sentado detrás del volante del Dodge Ram blanco que pertenecía a los hombres a quienes habían matado. Ink había decidido conducir. Se quedaba en el coche, con el motor encendido, mientras él entraba en una tienda tras otra preguntando por Laurel Hodges. A aquellas alturas, tenía tanta prisa por encontrarla como el propio Ink. Quería terminar con lo que tuvieran que hacer en Montana y echarse a la carretera. Pineview era un pueblo muy pequeño, y ellos llamaban demasiado la atención, sobre todo por culpa de los tatuajes de Ink.

Trudie, que no quería perderse ni un minuto de su programa, le entregó la bolsa sin mirarlo, y le dio las gracias distraídamente.

Era el momento de empezar con su cantinela.

—Disculpe, pero... Quisiera saber si podía ayudarme.

Ella lo miró por primera vez.

—Estoy buscando a mi hermana —dijo—. Mide más o menos un metro ochenta y...

No pudo continuar, porque Trudie miró un cartel que tenía pegado a un lado de la caja registradora. Entonces, abrió unos ojos como platos y estuvo a punto de caerse del taburete.

L.J. se quedó casi tan sorprendido como ella. Miró el cartel para ver qué ocurría y vio una fotografía suya, y otra de Ink, debajo de un aviso del sheriff, un número de teléfono y una explicación que no tuvo tiempo de leer. No necesitaba hacerlo. Ya sabía lo que era aquel cartel, como también sabía que Trudie lo había reconocido.

Dejó allí la bolsa con las compras que había hecho, salió corriendo por la puerta y se montó al coche.

—¡Vamos, vamos, vamos!

Ink no se detuvo a preguntarle por qué. El terror de su expresión fue suficiente para provocar una respuesta inmediata. Ink metió la marcha atrás y aceleró a tope, y después cambió de nuevo antes de que pudieran detenerse.

L.J. cerró los ojos con fuerza. Estaba seguro de que iban a tener un accidente. Sabía que Ink no podía estar prestando atención al tráfico, porque estaba demasiado concentrado en poner distancia entre la tienda y ellos. L.J. tenía más miedo de que los arrestaran que de un choque, de todos modos. Había traficado con drogas y había golpeado a unas cuantas personas, pero nunca había pensado en hacer todas las cosas en las que le había metido Ink. Matar a tiros a aquellos cazadores. Matar a golpes a aquel agente inmobiliario. Si los detenían, tendría que responder por todo eso.

Las piedras golpeaban los bajos del coche como si fueran balas. El coche derrapaba y los neumáticos disparaban gravilla. Sin embargo, cuando llegaron al asfalto, la tracción del vehículo los empujó hacia delante con una gran fuerza. Milagrosamente, Ink consiguió controlar el coche, y se alejaron de la pequeña tienda sin chocar contra nadie. Pero solo porque la carretera estaba vacía.

L.J. miró por el espejo retrovisor para comprobar si Trudie había salido del local. No quería que apuntara la matrícula del coche. Entonces, el sheriff podría averiguar que la matrícula correspondía al vehículo de los hombres a quienes habían matado.

Lo único que podía ver era una enorme nube de polvo. Seguramente, eso era lo que ella veía también.

—¿Qué ha pasado? —le preguntó Ink, cuando perdieron de vista Pineview.

—¡Me ha reconocido! —exclamó L.J., sin apartar la vista del espejo retrovisor, para ver si los perseguía algún coche de policía.

Ink dio un manotazo en el asiento, entre ellos dos.

–¿Cómo es posible? ¿Qué demonios ha ocurrido?

–¿Cómo iba a saberlo yo? Entré y pregunté por mi hermana, como de costumbre. Al principio, la mujer estaba tan tranquila, pero después me miró como si se hubiera tragado una canica. No sabía lo que pasaba hasta que vi el cartel.

–¿Qué cartel?

–Un cartel que ha repartido el sheriff, con tu foto y con la mía.

Ink soltó una maldición. Estaba tan furioso que no se preocupó de aminorar la velocidad.

Una vez que se habían alejado del pueblo, L.J. no veía motivos para llamar la atención por un exceso de velocidad. Si los detenían se les acabaría la libertad para siempre.

–Eh, ¿no puedes ir más despacio?

–¿Quieres que vaya más despacio? –le preguntó Ink.

L.J. se asustó al ver la mirada salvaje de su compañero. Se soltó del reposabrazos de la puerta para indicarle que se calmara con un gesto.

–¡Eh! Necesitamos pasar inadvertidos, no llamar la atención, ¿no crees?

A Ink no le gustaba que le dijeran lo que tenía que hacer. Nunca había visto a nadie enfadarse tanto por motivos tan nimios. Siempre andaba buscando pelea. Sin embargo, debió de pensar que lo que él le había dicho era lógico, porque aminoró la velocidad.

–Vamos a encontrarla.

–Claro que sí –dijo L.J. Solo esperaba que la encontraran pronto, porque hasta entonces, estaba en peligro su propia seguridad.

Ink giró el retrovisor y comenzó a mirar hacia atrás cada pocos segundos.

–¿Y qué hiciste cuando te reconoció?

–¿Tú que crees? Salir corriendo antes de que ella pudiera llamar a la poli.

–¿Y por qué no le pegaste un tiro? La gente muerta no habla.

Aquello ni se le había pasado por la cabeza. El asesinato no era la respuesta para todo.

–No era el único cliente de la tienda. Había una madre con dos niños.

–Pues no he visto ningún otro coche.

–No sé. Debieron de ir andando.

Ink se dio cuenta de que estaba mintiendo.

–No puedes tener tanto miedo de usar la pistola, tío.

–No me da miedo –respondió L.J.–. Lo que pasa es que no quiero matar gente a menos que sea estrictamente necesario.

–Deberías haberle metido un balazo.

Y un cuerno. Eso solo le causaría más problemas. Tenía que escapar de aquel psicópata, y cuanto antes mejor. Sin embargo, no sabía cómo hacerlo; si se marchaba en aquel momento, Ink encontraría a Laurel, la mataría y después iría por él. Y si Ink lo encontraba...

–¿Es que quieres morir, o algo así? –le preguntó–. Porque te van a condenar a la pena de muerte cuando te atrapen.

–No me van a atrapar.

No debió de ver nada preocupante detrás del coche, porque tomó el camino que llevaba a su cabaña y siguieron el trayecto en silencio durante veinte minutos.

Cuando llegaron, L.J. miró hacia la oscuridad. Estaba pensando en los cuatro hombres a los que había matado Ink, y en el horrible proceso de enterrarlos. Se preguntó si tendrían familia, hijos. Aquello no tenía sentido. Su vida se estaba convirtiendo en una pesadilla. No se sentía eufórico ni malo, tal y como había pensado antes de escapar. Se sentía como una porquería. Peor que una porquería, porque sabía que su abuelo estaría muy avergonzado de él.

–¿Qué vamos a hacer? –le preguntó–. No podemos volver al pueblo. Está todo lleno de carteles.

—Esperaremos a que oscurezca para que no puedan vernos bien.

Ink tenía respuesta para todo. No se habían afeitado desde que salieron de California Men's Colony, pero la barba no había impedido que Trudie lo reconociera.

—¿Y si no funciona? Dentro de uno o dos días, todo el mundo habrá visto ese cartel.

—Por eso mismo vamos a volver esta misma noche. Pero vamos a esperar una hora, más o menos, para que la cosa se tranquilice.

—¿Qué dices? No podemos volver.

—No nos queda más remedio. Y tenemos que hacerlo pronto, porque tienes razón, cada vez va a ser más difícil.

Ya era lo suficientemente difícil.

—Eso es buscar problemas. Estamos acabados, ¿sabes?

Ink apagó el motor.

—No, no es verdad.

—¿Por qué estás tan seguro?

Ink lo miró a los ojos.

—Porque me he acordado de su nombre.

—¿Del nombre de quién?

—Del nombre de la hija de Laurel.

Aquella noticia no era buena. Él había sido un idiota al ir a Montana con Ink, pero... ahora que estaba allí, tenía que hacer las cosas lo mejor posible antes de poder escaparse. Antes deseaba con todas sus fuerzas ser un miembro de La Banda, pero ya no entendía por qué. Si todos eran como Ink, entonces Ink tenía razón: La Banda no era para él.

—¿Cómo?

—No lo sé. Cuando saliste gritando de la tienda, se me apareció en la mente. ¿A que es increíble?

Pues sí, totalmente increíble. ¿Y si Ink solo pensaba que había recordado el nombre? No tenía sentido que no lo hubiera conseguido durante tanto tiempo y que de repente se le apareciera en la cabeza, como decía él. ¿Acaso le estaba tomando el pelo?

—Estás soñando.

—¿Soñando? —repitió Ink—. Tú quieres decir que estoy mintiendo, ¿verdad? Pero no es así. Y aunque estuviera mintiendo, tú no estás en lugar de cuestionarme.

¿Cuestionarlo? ¿Acaso se pensaba que era su padre? L.J. no había tenido padre, y no quería tenerlo en aquel momento. Y menos un psicópata que solo era quince años mayor que él.

—¡Casi nos pillan ahí abajo!

—Te estoy diciendo que ahora vamos a poder encontrarla. Después nos largaremos.

Encontrarla no era lo mejor que podía ocurrirles. Ya habían pasado demasiadas cosas. L.J. estaba seguro de que iban a condenarlo a la pena de muerte, pasara lo que pasara.

—Pero... tal vez ella también le haya cambiado el nombre a su hija. O que la haya dado en adopción. O tal vez la niña haya muerto de alguna enfermedad. Eso no resuelve nada. Vamos a salir de Montana. No merece la pena pasarse toda la vida en la cárcel por una venganza. O algo peor.

—Me estás vacilando.

L.J. tuvo la impresión de que Ink iba a matarlo allí mismo si volvía a desafiarlo.

—Lo único que digo es que nos estamos arriesgando mucho.

Se odió a sí mismo por acobardarse, pero Ink era demasiado volátil, demasiado impredecible.

—Eso me parecía a mí —dijo Ink, abriendo la puerta del coche—. Pero de todos modos, todo saldrá bien, ya lo verás. Ella no daría a su hija en adopción. Y no le cambiaría el nombre, tampoco, porque eso confundiría a la mocosa. Laurel no es el tipo de madre que les causaría dolor a sus preciosos hijos.

—¿Cómo lo sabes?

L.J. no podía creer que se hubiera atrevido a hacerle otra pregunta. Quiso patearse el trasero a sí mismo al ver que Ink se giraba hacia él y le clavaba aquellos ojos fríos en la cara. Sin embargo, parecía que Ink había salido de su momento de psicopatía.

—He visto cómo intenta protegerlos.

L.J. se pasó una mano por el pelo, con un suspiro. Estaba tan atrapado como en la cárcel, tal vez más. Dentro de una hora estarían yendo al pueblo y arriesgando de nuevo su futuro.

—Pero... ¿el nombre de su hija es tan poco común como para que la gente sepa de quién estamos hablando?

Ink sonrió, y fue la sonrisa más fría que L.J. hubiera visto en su vida. Si necesitaba más pruebas de que Ink estaba loco, aquella era la definitiva.

—Sí. ¿Cuántas niñas de este pueblo pueden llamarse Mia?

No muchas, como averiguó muy pronto L.J. Cuando volvieron al pueblo, encontraron a una mujer que estaba cerrando una tienda llamada Chrissy's Nice Twice. L.J. se le acercó con el ceño fruncido.

—Vaya, ¿ha cerrado ya?

La mujer se giró y lo miró.

—En realidad, cerramos hace varias horas. ¿Por qué, necesita algo?

—Quería comprar un regalo para mi sobrina, Mia. Tal vez la conozca.

—¿La hija de Vivian Stewart?

No tenía ni idea, pero se imaginó que lo más inteligente era seguirle la corriente.

—Sí.

Ella se subió la correa del bolso por el hombro mientras sujetaba una caja de carpetas y un montón de ropa, que seguramente llevaba a casa para lavar o arreglar.

—Sí, conozco a toda la familia. Mia va a clase con mi hija.

—¿Quiere que la ayude con eso?

Ella sonrió de alivio y le permitió que tomara la caja.

–¿Qué regalo habías pensado?

–¿Tal vez un vestido bonito? Verá, solo quiero una sorpresa agradable, porque he venido de visita desde lejos y hace un par de años que no la veo.

–¿Y quieres también un regalo para Jake?

L.J. sintió al mismo tiempo alivio y angustia. Había encontrado a la persona adecuada. Ink le había dicho que Mia tenía un hermano. Sin embargo, sabía lo que significaba eso...

–Por supuesto. Sería perfecto.

–Puedo ayudarte. Pasa.

La mujer, que parecía contenta por tener un cliente pese a lo tardío de la hora, abrió de nuevo la tienda e hizo exactamente lo que le había dicho: le ayudó a elegir un vestido para Mia y ropa de deporte para Jake. Después, cuando iba a pagar, L.J. le dijo que no sabía si le iba a costar encontrar la dirección, porque nunca había estado allí.

Así que ella le dibujó un mapa.

Capítulo 21

Al ver el Blazer de Vivian acercándose por la calle, Myles exhaló un gran suspiro de alivio. Cuando había llegado a casa, a las once de la noche, y había comprobado que ella todavía no había aparecido, había sentido pánico. Les había ordenado a los ayudantes que estaban de servicio que la buscaran, a ella y a su coche, pero nadie la había encontrado; entonces, Myles había empezado a preguntarse si Ink y Lloyd la habrían encontrado después de salir de Trudie's Grocery y se la habían llevado a rastras al bosque.

Con aquel pensamiento tan horrible, se maldijo a sí mismo por no haber ido con ella por la mañana y haber permanecido a su lado durante todo el día. Había sido el único modo efectivo de protegerla. Había pensado en hacerlo al verla meter las maletas al coche. Sin embargo, Rex iba a estar allí, por lo menos durante la mitad del viaje, y él decidió que aprovecharía mejor el tiempo en Pineview, intentando cazar a aquellos tipos. Finalmente, no había hecho tantos progresos como pensaba.

Mientras Vivian aparcaba, él esperó en los escalones del porche para que lo viera. No quería que se asustara, y tampoco quería que le pegara un tiro.

—¿Dónde has estado? —le preguntó, en cuanto la vio salir.

No pudo disimular su preocupación, pero tenía derecho a estar preocupado. Era el sheriff. Su trabajo consistía en proteger a la gente de aquella jurisdicción. El hecho de que estuviera más preocupado por ella de lo que hubiera estado por cualquier otra persona hizo que se arrepintiera de no haber dejado a Campbell de vigilancia, o haber asignado a otra persona a su protección aquella noche. No obstante, él vivía en la casa de al lado. Era el más indicado para cumplir la tarea.

Antes de correr hacia él, Vivian miró a ambos lados para asegurarse de que no había nadie más en la calle.

–Es cierto, ¿sabes? –le dijo él–. La Banda está aquí. Han venido dos tipos. Mataron a Pat, y ahora te están buscando a ti. Hace un par de horas fueron a Trudie's Grocery preguntando por Laurel Hodges. Ella me llamó cuando yo venía hacia casa y fui corriendo a su tienda, pero no encontré ninguna pista.

A ella se le hundieron los hombros.

–¿Y Trudie pudo apuntar la matrícula de su coche, por lo menos?

–No. Se cayó cuando intentaba salir corriendo tras ellos. Cuando consiguió llegar a la puerta ya se habían ido.

Ella subió los escalones del porche.

–¿Está bien?

–Tiene un par de moretones y está un poco asustada, pero sí, está bien.

–Claire también los ha visto –le dijo ella–. Ahora ya entiendes por qué no puedes estar aquí, delante de mi casa. Es como si tuvieras una diana pintada en el pecho. A esa gente no le va a importar que seas policía. De hecho, prefieren matar policías antes que a cualquier otro, salvo a Virgil, Peyton, Rex o a mí.

Vivian pasó por delante de él, y con las prisas por abrir la puerta, estuvieron a punto de caérsele las llaves al suelo.

—Y ahora ya sé por qué estabas tan preocupada —dijo él. Notó la tensión de su tono de voz, pero el sentimiento que prevalecía era el alivio, y eso le molestó. Y también la reacción de su cuerpo a la cercanía de Vivian.

—Espera un segundo —le dijo ella.

Estaba tan concentrada en conseguir entrar en casa que no podía fijarse en nada más. Le temblaban las manos, así que Myles le quitó las llaves y abrió. Rápidamente, Vivian entró en casa tirando de él; cerró y echó el pestillo. Después se apoyó cansadamente en la puerta.

—Bienvenido a casa, ¿eh? —le dijo, con una sonrisa apagada.

Después de todo lo que había averiguado, Myles entendía mucho mejor su comportamiento, y la compadecía. Vivian tenía que vivir con miedo todo el tiempo, escondiéndose, vigilando, preocupándose y evitando todas las relaciones que pudieran amenazar su tapadera. A él no le extrañaba que fuera tan reservada. Y, de todos modos, no había podido evitar que aquellos de quienes quería escapar dieran de nuevo con ella. Por su palidez, estaba claro que Vivian pensaba que tal vez no estuviera viva dentro de unos cuantos días. El mero hecho de llegar a casa había sido una experiencia aterradora para ella, porque sabía que podían dispararle un tiro mientras caminaba hacia la puerta principal.

Sin embargo, él no quería sentir lástima por ella, ni admirar su valor, ni nada por el estilo. Quería hacer su trabajo de un modo profesional, sin emociones de por medio. Eso era todo. Si había aprendido algo de cómo se sentía desde que había visto a Rex en la cocina de Vivian, era que no estaba listo para querer a alguien de nuevo.

Aunque no habían encendido la luz, la veía a la luz de la luna que entraba por las ventanas.

—Bueno, ¿dónde has estado? —le preguntó—. ¿Con Claire?

Ella asintió.

—No quería venir a casa. Y ella no quería dejarme venir.

—Deberías haberte quedado en su casa.
—¿Y que vayan a buscarme allí? No.
—¿Ella sabe lo que está pasando?
—Sí. Se lo he contado.
—¿Y qué te ha dicho?
—No podía creerlo, pero no se ha enfadado, como yo pensaba. Seguramente se habría enfadado si no hubiera visto a Ink y al que va con él.
—¿Dónde?

Vivian estaba muy cansada. Ojalá él pudiera hacer algo para darle fuerzas, para convencerla de que todo iba a terminar bien; sin embargo, no tenía ninguna garantía.

—En Mailboxes Plus. Estaban en un coche blanco. Pero no necesitabas venir corriendo para acá. Ya se han ido.

—Lo que necesito es poner vigilancia en esta casa, pero con las vacaciones estoy corto de personal. Mañana es el primer día en que podré enviar a alguien.

—Bueno, de todos modos supongo que esta noche no va a pasar nada —respondió—. Si todavía andan preguntando por mí en el pueblo, es que no saben dónde vivo. Y lo que pasó en la tienda de Trudie debe de haberlos acobardado un poco; ya no se acercarán a la gente con tanta confianza. La mayoría de la gente mantendría la cabeza agachada un rato, ¿no?

Él frunció el ceño.

—No hay forma de saberlo. Comenzaría la vigilancia esta misma noche si pudiera, pero no tengo hombres suficientes, y tu seguridad es prioritaria para mí. Voy a enviar a un ayudante aquí cada hora, más o menos. No es mucho, pero...

—Por lo menos sabemos qué coche llevan Ink y su amigo —dijo ella—. Eso puede ser de ayuda.

—Salvo por el detalle de que los coches blancos son los más comunes del pueblo. No me había dado cuenta hasta que empecé a buscarlos —dijo Myles, y se dio cuenta de que ella se frotaba el estómago—. ¿Estás bien?

Vivian bajó la mano.

—Estoy viva. Eso es lo máximo que puedo esperar en este momento.
—Deberías habérmelo contado antes.
—¿El qué?
—Lo de La Banda.
—¿Y eso habría cambiado las cosas?

Myles no tenía respuesta. Solo sentía que ella debería haber confiado en él.

Vivian cerró los ojos y apoyó la cabeza en la puerta.
—No puedo creer que esté ocurriendo esto.
—¿Por qué no me has llamado esta noche para decirme dónde estabas? ¿No te has dado cuenta de que si no volvías a casa yo iba a pensar en lo peor?
—No. Estaba demasiado ocupada intentando convencer a Claire de que no íbamos a huir del pueblo.

Eso lo distrajo. A él le caía bien Claire, pero podía ser tan evasiva como Vivian.
—¿Ella quería ir contigo?
—No es feliz aquí. Hay demasiados recuerdos. Hace mucho tiempo que quiere marcharse.
—¿Y por qué no lo hace?
—Por Leanne —dijo Vivian, y lo miró especulativamente—. ¿Tú crees que su padrastro mató a su madre, Myles?

Él se sorprendió de que le preguntara eso en mitad de su propia crisis, pero seguramente era una buena distracción del peligro al que se enfrentaba. Aquella pregunta se la había formulado mucha gente desde que había llegado a Pineview. Por el bien de Leanne y de Claire, él siempre había dicho que no. No quería que la verdad les dificultara más la vida, sobre todo porque no estaba seguro de cuál era esa verdad.

—No puedo responderte con sinceridad. Y creo que sabes por qué.

Ella ladeó la cabeza.
—Tú pensabas que yo debía confiarte mi identidad y mi vida.

Y, sin embargo, él no estaba dispuesto a confiarle su opinión con respecto a aquel asunto.
—Está bien. ¿Entre tú y yo?
Vivian asintió.
—Creo que es lo más probable.
Ella se rio sin ganas.
—Siempre es el marido.
—Casi siempre —la corrigió él.
—Eso es especialmente triste en este caso. Claire adora a su padrastro.
—Si sospechara de él, perdería a sus dos padres, porque entonces no podría quererlo. Es una negación clásica.
—Yo tengo un poco de experiencia con eso. Alguna gente es capaz de hacer cosas horribles.
Myles quería quitarse de encima el peso del cinturón de las pistolas y el uniforme, pero no había decidido cómo iba a proteger a Vivian. Sabía lo que él quería hacer, pero no estaba seguro de si Vivian iba a cooperar.
—¿Y cómo conseguiste que Claire te dejara marchar?
—Me empeñé. Entonces, llegó Leanne, y la necesitaba.
—Es la única manera. Claire pone a Leanne por encima de todo lo demás. Pero te quiere.
—Sí. Pero tiene que estar lejos de mí hasta que esto termine —dijo Vivian. Por fin, parecía que se había recuperado lo suficiente como para moverse—. ¿Vamos abajo o arriba?
—¿Cómo?
—Tenemos que alejarnos del piso bajo —le explicó ella, haciendo un gesto con la mano—. Estaremos más seguros sin todas estas ventanas.
—Arriba sería mejor —dijo él. Así podría vigilar, y cualquiera que quisiera llegar hasta ellos tendría que subir las escaleras.
—Entonces, arriba.
Él la siguió hasta su dormitorio. Estaba decorado en

colores beis y negro y tenía una cama de forja negra. Había también una silla que hacía juego con una cómoda antigua. En la pared tenía unos veinte relojes antiguos, y del techo colgaba una lámpara de araña que hacía que todo encajara.

A Myles le gustó, por muy diferente que fuera.

–Me sorprende que Rex haya accedido a dejarte aquí sola –dijo, desde el umbral de la puerta.

–Ya lo viste –dijo ella, y dejó la pistola sobre la cama antes de quitarse los zapatos–. No tenía elección.

–¿Qué le pasa? Aparte de su drogadicción, claro.

–Aparte de su drogadicción no le pasa nada. No lo juzgues, por favor. Ha tenido una vida muy dura, y yo le debo mucho.

–¿Sigues enamorada de él?

Myles no podía creer que hubiera hecho aquella pregunta. Se había dicho a sí mismo que no quería preguntarle por su relación con Rex porque no le importaba, porque ella no era la persona adecuada para él. Necesitaba a alguien con quien pudiera sentir más... indiferencia. Alguien agradable, una compañera fiable, no alguien que lo dejara sin respiración con solo verla.

Ella estaba concentrada en responder. Se sentó en la cama y cruzó las piernas.

–Quizá un poco.

Ojalá no se lo hubiera preguntado. Su respuesta fue muy sincera, y le hizo daño. Además, lo que ella sintiera no era asunto suyo, y él tampoco estaba seguro de haber superado la muerte de Amber Rose tanto como para poder enamorarse de otra persona.

–Necesita ayuda.

–Mi hermano se encargará de eso, si Rex se lo permite. Si no, nadie podrá hacer nada. Hazme caso. Pero no he terminado de responder a tu pregunta.

–Has dicho que sí.

–He dicho que un poco. Creo que siempre sentiré algo

por él. Si supieras lo que hemos pasado, y lo que él hizo por mi hermano y por mí, lo entenderías. Pero nunca volveré con él. Lo que teníamos se terminó.

—Tener una relación seria con alguien así sería problemático. Pero eso es solo un consejo —dijo él, y se apoyó contra el quicio de la puerta—. A mí no me importa.

Ella frunció el ceño.

—¿De veras?

Él fue incapaz de sostener su mirada y se inclinó para recoger un centavo que vio en la alfombra.

—Sí.

—¿Me estás avisando de que ya no estás interesado?

—Solo estoy cumpliendo la promesa que me obligaste a hacerte en la cabaña.

—Que encontraras a otra persona para tu siguiente relación sexual.

Él sabía que la razón por la que ella le había hecho prometer eso ya no era válida. Su secreto ya había salido a la luz, y que él supiera, Vivian ya no tenía nada más que ocultar. Y, ahora que ya no tenía razones para rechazarlo, él tenía miedo de lo mucho que podía enamorarse si ella empezaba a decir que sí.

—Si quieres explicarlo con detalle…

—Está bien —dijo Vivian, y carraspeó—. Por si te lo preguntabas, tú no eres el único motivo por el que me he quedado aquí. Hay muchas más cosas en Pineview. Cosas muy buenas.

—Estoy de acuerdo.

A él se le había formado un nudo en el estómago, pero continuó.

—Entonces, ¿cuál es tu plan? No me digas que te vas a quedar por aquí esperando a ver qué ocurre.

—Es mi única opción, ¿no crees? —respondió ella, y se encogió de hombros. Sin embargo, él se dio cuenta de que se había puesto muy tensa—. Soy el cebo que los va a atraer.

—Y entonces, ¿qué?

—No es un plan complicado. Yo intento matarlos a ellos antes de que ellos me maten a mí.
—¿Has matado a alguien alguna vez?
—No, pero he visto a hombres asesinados —dijo ella—. Y por mí han muerto otros.

Por muy terrible que hubiera sido todo eso, no era lo mismo. Vivian no tenía el control de aquello, pero de esto sí. Ella misma tendría que apretar el gatillo.

—Eso no es suficiente. Si te crees que te voy a dejar sola en esto, es que estás loca.

—No te queda más remedio. No quiero implicarte. Estos hombres son implacables. Yo no podría soportar que muriera alguien más. Tal vez tú no tengas muy buena opinión de mí después de todo lo que ha pasado, pero yo... no quiero verte herido.

Él ignoró aquel comentario sobre lo que pensaba. Tenía una opinión mucho mejor de lo que Vivian pudiera creer, pero si lo admitía, no le resultaría tan fácil mantener la distancia emocional.

—Nadie va a resultar herido si de mí depende. Recoge lo que necesites. Esta noche vamos a dormir en mi casa.

Ella se levantó de un salto.

—¡No puedo hacer eso!
—¿Por qué no?
—Por lo mismo que me impide quedarme con Claire. Si no te preocupa tu propia seguridad, ¿y Marley?
—La niña no está en casa. Se ha quedado a dormir en casa de una amiga.
—Por favor, no. Cada vez que te imagino intentando detenerlos, veo... veo al alguacil a quien... —a Vivian se le quebró la voz, y no pudo continuar.

Él quiso consolarla, abrazarla, pero sabía que no podía, porque volvería a sentir todo el deseo que había experimentado en la cabaña, y la noche que tenían por delante sería demasiado difícil de superar. Por no mencionar el resto de la semana, del mes y del año.

Se metió las manos en los bolsillos y dijo:

–Saldrá bien –le prometió–. Ahora estás muy cansada y angustiada. Necesitas descansar.

–No, no. Sé a lo que voy a enfrentarme.

–Vivian... Laurel... Dios, ni siquiera sé cómo llamarte.

–Soy Vivian –dijo ella suavemente.

–¿Por qué eliges a esa persona?

–Porque para ti soy Vivian. Incluso para mí también, por el momento.

–Está bien. Entonces, Vivian. Deja que cuide de ti durante un rato.

Ella le rogó que la comprendiera con una mirada.

–Pero, ¿y si...

–No me va a pasar nada –dijo él, y de repente se sintió tan irritado que la miró malhumoradamente–. Deja de rechazar la ayuda que necesitas, ¿de acuerdo?

Entonces, entró en su dormitorio y se dirigió hacia la cómoda, y comenzó a sacar ropa de los cajones. No le importaba lo que era; se imaginó que si ella no quería ayudarle a elegir lo que iba a necesitar, lo mejor era tomar todo lo que pudiera. No iba a permitir que Vivian se quedara allí sola, aunque tuviera que llevársela a rastras.

–Mañana te llevaré a un lugar seguro que no conozca nadie del pueblo y...?

–No.

Vivian lo agarró del brazo. Él iba a zafarse dando un tiró para poder continuar, pero se dio la vuelta y la miró, y todos los recuerdos que había querido reprimir le inundaron la cabeza: el sabor de sus besos, la suavidad de su piel, el primer momento en que le había hecho el amor.

Y ella se sorprendió de todo lo que veía en su semblante. Lo soltó.

Él se sintió frustrado consigo mismo por desearla tanto, y volvió a recoger su ropa.

—Ayúdame. Solo hasta que podamos encontrar a esos hombres. Son extraños en Pineview, y tenemos carteles con sus fotografías por todo el pueblo. No pueden seguir escondidos para siempre.

A él no le dio la impresión de que a Vivian le pareciera que encontrarlos iba a ser fácil, pero ella asintió resignadamente, sacó una bolsa y le ayudó a terminar de hacer el equipaje.

Después de un silencio interminable, Virgil comprobó el tiempo que había consumido de la tarjeta telefónica de prepago que había adquirido para hacer aquella llamada: quince minutos ya. Vaya. Creía que había comprado más que suficientes; ¿cuánto tiempo era necesario para amenazar a alguien? Debería haber sabido que aquello no podía ir precisamente como la seda. Nada de lo relacionado con La Banda era sencillo...

Se giró enfrente de la cristalera que daba al aparcamiento de su oficina y esperó a que el tipo que había respondido a su llamada avisara a Horse y lo llevara al teléfono. Él nunca había hablado con Horse; sabía que su verdadero nombre era Harold Pew, pero que nunca lo utilizaba. Como en la mayoría de las bandas mafiosas de la cárcel, todo el mundo tenía mote, y Virgil no tenía que pensar demasiado para imaginarse de dónde había sacado Horse el suyo. Caballo.

Por lo menos, tenía algo que ofrecerles a las damas. Por lo que había oído decir Virgil, Horse era un desgraciado grande, feo y con la cara marcada por la viruela, y malo, también. Desde que Horse se había hecho con las riendas de La Banda en Los Ángeles, el poder se le había subido a la cabeza.

—¿Es una broma? —preguntó alguien de voz ronca y grave al teléfono. Como había preguntado por Horse, supuso que era él.

Por fin. Estaba a punto de colgar, volver a la tienda a recargar la tarjeta y llamar de nuevo.

—¡Sorpresa! —exclamó—. Debe de ser tu cumpleaños, ¿no?

—¿Eres de verdad Virgil Skinner?

—¿Acaso te llama otra gente y se hace pasar por mí?

—Sabiendo lo que pienso de ti, nadie sería tan idiota.

—Entonces, tú mismo te has contestado la pregunta.

Virgil se giró, le dio la espalda a la ventana y miró su despacho. Algunas veces, se despertaba con la sensación de que iba a ver la celda en la que se había pasado catorce años, en vez de la preciosa casa que tenía con Peyton. Todavía no podía creer que hubiera sido capaz de cambiar su vida, que tuviera tantas cosas que le importaban, cuando había empezado con las manos vacías. Era feliz. ¿Por qué tenía que seguir surgiendo aquel problema?

—Tienes pelotas, ¿sabes? —le dijo Horse—. ¿Qué crees que estás haciendo, llamándome como si fuéramos amigos?

—Podía haberte mandado un correo electrónico diciéndote: «Voy a joderte si no dejas de hacer lo que estás haciendo», a montondeporquería@gangbangers.com, pero temía que lo consideraras otra amenaza insignificante.

Horse soltó una carcajada demasiado alta y demasiado larga.

—Pero si es que es una amenaza insignificante. Tú no puedes hacerme nada.

—Yo no estaría tan seguro.

—¿Por qué no?

—Porque tengo una ventaja.

—Tú no tienes nada.

—Sé dónde estás. Tú no puedes decir lo mismo de mí.

—Pero para poder alcanzarme tienes que pasar por encima de otros cincuenta de La Banda.

Entonces, Virgil también se rio forzadamente.

—Eso es un poco exagerado, ¿no crees? Seguramente

habrá unos cinco tíos por ahí a la vez –le dijo a Horse. La Banda no podía estar a su alrededor todo el tiempo; tenían que vigilar a sus prostitutas, acosar a sus deudores y vender drogas–. Cinco contra uno. Es muy buena proporción donde yo aprendí a luchar.

–¿Te refieres a hace cuatro años? ¿Antes de que sentaras la cabeza y te convirtieras en padre de familia? Seguro que has perdido forma.

Parecía que Horse no sabía que él tenía una empresa de guardaespaldas. La Banda debía de haber pasado por alto aquel detalle cuando fueron por ellos a Washington D.C. Lo único que les importaba era tener una dirección, y de alguna forma habían conseguido la de Laurel. Virgil nunca olvidaría la llamada que había recibido de su hermana después del ataque. De no ser por Rex, estaría muerta.

Sin embargo, Horse no andaba completamente descaminado. Durante aquellos cuatro años que había pasado protegiendo a otros, lo peor que había tenido que hacer había sido empujar a alguien para que se apartara del camino o echar a unos cuantos borrachos fuera de una discoteca, y eso había sido antes de que pudiera contratar a otros. Actualmente tenía un equipo de ocho personas, sin contar a los tres que hacían investigación, y a sus dos empleados administrativos.

–Lo que pueda haber perdido en cuanto a la técnica lo he ganado en motivación –dijo.

–No me importa. Ya sabes cómo funciona esto: el ganador se lo lleva todo, Skin.

Virgil se estremeció al oír su antiguo alias. Le recordó todos los años que había vivido dominado por la rabia, una rabia que no era muy distinta a la que sentía en aquel momento.

–Llama a Ink y dile que lo deje. Vamos a terminar con esta guerra, o llevaré la lucha a tu casa, y entonces será demasiado tarde para tener paz.

–¿Ink? ¿Se trata de eso? ¿Te preocupa ese chiflado?

No podría darle órdenes ni aunque quisiera. Sabes que está loco de remate, ¿no? Lo único que le interesa es la venganza.

Aquel chiflado ya les había causado demasiado daño.

—Es uno de los tuyos. Tienes que hacer algo al respecto antes de que esto vaya demasiado lejos.

—No puedo hacer nada. Seguramente, tu hermana ya está muerta.

Virgil tuvo que contener el impulso de romper algo. Volvió hacia la ventana y apoyó la frente en el cristal.

—Por tu propio bien, será mejor que no le haya ocurrido nada.

—No me das miedo, Skin. ¿Me quieres? Ven por mí. Si apareces por aquí me ahorrarás el trabajo de buscarte —dijo Horse, y bajó la voz—. Porque te encontraré por mucho que tenga que buscarte. Estoy seguro de que Laurel le está dando tu dirección a Ink en este momento. Pero cuando vaya por ti, no te voy a matar de inmediato; primero voy a destruir a todos los que hayas querido en tu vida —añadió, y se rio suavemente—: Como hice con tu madre.

Virgil estalló. Se dio la vuelta, agarró lo primero que tenía a mano y lo lanzó contra la pared. Resultó ser una grapadora que dejó una mella en el yeso y aterrizó ruidosamente en el suelo.

—No vas a tocar a nadie más. No tendrás ocasión de hacerlo —le dijo a Horse, y colgó.

Sandra, su secretaria, llamó a la puerta y asomó la cabeza.

—¿Va todo bien?

Él se cubrió la cara y se quedó inmóvil, intentando recuperar el dominio de sí mismo. Ella conocía su pasado y sabía cuál era su verdadero nombre; se lo había contado para que tuviera un cuidado extremo a la hora de dar información personal sobre él a la gente que llamaba, pero probablemente, su secretaria no se hacía una idea de la amenaza en la que vivía. La mayoría de la gente ni siquiera podría imaginárselo.

−¿Me oyes? −le preguntó ella, un poco más alto.

«Respira hondo...».

−Sí, Sandra. Todo va bien −dijo por fin, aunque con la voz entrecortada.

−Ah. Bueno. De acuerdo. Entonces, ¿podemos mirar ahora esos contratos?

−No.

No podía pensar en los negocios. No podía pensar en nada salvo en que tenía que marcharse rápidamente, pese a que su hija estaba a punto de nacer. Tenía que detener a La Banda antes de que le hicieran daño a alguien más. Tal vez se perdiera el parto, pero no tenía elección. Ni Laurel ni él podían seguir huyendo, y si no podía convencer a Horse de que enterrara el hacha de guerra, tendría que detenerlo de otra forma, incluso metiéndole una bala en la cabeza.

Su secretaria volvió a tocar en la puerta con los nudillos. Él creía que había vuelto a su escritorio.

−¿Y ahora qué?

Hubo una breve vacilación. Sin duda, ella estaba sorprendida. Él nunca la trataba con aspereza.

−¿He hecho algo mal? −preguntó.

Él soltó una maldición entre dientes, pero consiguió responder con firmeza:

−No, soy yo. Lo siento.

Aquello mejoró las cosas. Su voz sonó más estridente cuando volvió a hablar.

−Ha venido el señor Winn. Quiere hablar contigo.

El señor Winn era propietario de una licorería y quería reforzar la seguridad aumentando los guardias que Virgil le proporcionaba durante los fines de semana.

−Dile que estoy resolviendo un asunto familiar y que no voy a poder reunirme con él hoy.

Hubo una pausa, y un apagado «de acuerdo».

—Y, Sandra...
—¿Sí?
—Cancela mis compromisos y citas durante los dos siguientes días. Tengo que marcharme.

Entonces, ella enrojeció de emoción.

—¿Es por la niña? ¿Se ha puesto de parto tu esposa?

Ojalá Peyton pudiera arreglárselas bien sola y no le ocurriera nada a su hija. Ni a su hijo. Ni a ninguno de sus seres queridos. En cuanto dejara en casa a los niños de Laurel, Rex iba a volver a Montana para defender a su hermana, pero él estaría en Los Ángeles. Tendría que llevar a Peyton, a Brady, a Jake y a Mia a un hotel hasta que pudiera volver. Ellos podían pedir comida al servicio de habitaciones y nadar en una piscina climatizada; esas eran las ventajas. La desventaja era que él no sabía cuánto tiempo iba a estar fuera.

—Todavía no.

A Sandra se le borró la sonrisa de la cara al mirar la marca que había dejado la grapadora en la pared.

—Y... ¿adónde vas?
—Tengo que hacer un trabajo.
—¿Vas a proteger a alguien?
—Sí.
—Pero... no tenemos ningún trabajo previsto para fuera de la ciudad. Llevas semanas sin aceptar ninguno de esos.
—Esto no puedo dejarlo.
—¿Es por eso que me has contado? ¿Por la gente de... Los Ángeles?

Él asintió. Tomó las llaves, salió del despacho y pasó por delante del señor Winn antes de bajar las escaleras de dos en dos hacia el aparcamiento. Darle aquella noticia a Peyton no iba a ser fácil, pero tenía que tomar el primer vuelo a Los Ángeles.

Capítulo 22

Mientras Myles subía las escaleras para quitarse el uniforme, Vivian se paseó por el piso de abajo. Salvo la parte del salón que era visible desde la puerta, nunca había visto el interior de aquella casa. Su ambiente acogedor, los retratos familiares, las piezas de arcilla y los dibujos de Marley... Todo aquello le recordaba lo que quería tanta gente: un hogar, una familia, una casa en la que sentirse cómodo y seguro... Para ella, incluso la amplia terraza del jardín trasero tenía un atractivo especial, porque simbolizaba el amor que un hombre sentía por su mujer, y el compromiso de Myles con Amber Rose, a la que había cuidado durante sus últimos meses de vida.

Ella quería aquella misma clase de amor y de compromiso. Y del mismo hombre.

Ciertamente, se había quedado en Pineview por Claire, por sus compañeras del grupo de literatura de los jueves, por la hija de Myles, que siempre estaba dispuesta a hacer de canguro, por nana Vera y por los demás. También se había quedado allí porque adoraba su casa y sus hijos eran felices. Sin embargo, ninguna de aquellas cosas habría bastado para que asumiera tantos riesgos. En realidad, no había sido capaz de marcharse por el sheriff King. Estaba convencida de que nunca iba a conocer a un hombre como él, a uno que encajara tanto en su idea del marido y el padre perfecto. De no haber sido por él, probablemente se habría marchado a Nueva York para escapar de La Banda y para poder reunirse con su hermano otra vez.

Sin embargo, vivir cerca de Virgil no la atraía tanto como antes si significaba vivir sin Myles. Había fantaseado con el sheriff demasiadas veces, y ya no podía renunciar a la esperanza que había arraigado en ella. Pese a que se había resistido y se había negado, finalmente había terminado por creer que tenían una posibilidad de convertirse en pareja. Ella estaba luchando por aquella posibilidad y por poder formar la familia con la que siempre había soñado. Y, después de encontrárselo en el porche cuando había vuelto de su cena con Claire, había entendido que él era lo que había estado buscando durante todo el tiempo.

Solo que él había dado un paso de gigante en dirección opuesta a ella. ¿Acaso había cometido una locura al enviar a Nueva York a los niños, al intentar conseguirlo todo?

—¿Tienes hambre?

Ella se sobresaltó al oír su voz. Se giró delante de un retrato de Amber Rose. Vio a Myles a los pies de la escalera; no lo había oído bajar porque estaba absorta contemplando a su esposa. Él tenía fotos de Amber Rose por todas partes, aunque no porque la casa fuera un santuario, ni mucho menos. Aquellas fotografías debían de ser las mismas que estaban en el salón cuando Amber Rose vivía. Sin embargo, Vivian se sentía un poco incómoda al verlas. Había estado tan preocupada con sus problemas, con sus razones para ser incapaz de mantener una relación estable, que no se había parado a pensar en si podía competir con alguien como la mujer de Myles, que, después de muerta, se había convertido en alguien perfecto. Ella, por el contrario, tenía que vivir con lo que la vida arrojara en su camino.

—No, gracias.

Estaba demasiado agotada como para comer. Además,

no quería tomar nada que pudiera irritarle la úlcera. Había tenido ardor de estómago durante todo el día.

−¿Has cenado?

−No, pero he comido muy tarde, cuando estaba con Claire.

−Es medianoche. Han pasado muchas horas.

−Pero no tengo hambre, de veras.

Él avanzó. Iba a pasar hacia la cocina, pero vaciló. Ella lo sintió a su espalda, grande y sólido, y deseó que le pusiera las manos en los hombros, en los brazos, en cualquier parte. Se estaba jugando muchas cosas, y necesitaba que él le confirmara que había centrado sus esperanzas en algo que podía ser. Sin embargo, Myles no lo hizo. Después de unos segundos, durante los que ella tuvo la sensación de que quería decir algo, pero no lo hizo, él siguió hacia la cocina y abrió la nevera.

−La tortilla me sale muy bien. ¿Quieres que te haga una?

El estómago ya le dolía.

−Gracias, pero no.

−¿Qué te pasa?

Ella cambió de posición para mitigar su incomodidad.

−Nada.

−No dejas de frotarte el estómago. ¿Te duele?

−Un poco −respondió ella, encogiéndose de hombros−. Tengo una úlcera que a veces me molesta. No es nada importante.

−Una úlcera.

−Viene y va. El otro día, al beber vino, debí de irritarla otra vez. El alcohol no me sienta bien. Y el estrés lo empeora todo.

−¿Puedo cocinarte algo que te ayude?

Parecía que estaba preocupado, pero después de lo que había pasado con su mujer, ella no podía imaginar que quisiera saber nada de ninguna enfermedad más, aunque no fuera un cáncer.

—Está bien. Una tortilla —le dijo con una sonrisa.

La cocina se llenó del reconfortante olor a huevo batido cocinándose en una sartén cuando ella caminó lentamente hacia las ventanas que daban al porche trasero. Desde allí veía su propia cocina. Se preguntó si él la habría observado alguna vez mientras se movía de un lado a otro. Ella, por su parte, miraba muy a menudo hacia allí.

—¿Quieres hablarme ahora de tu exmarido? —le preguntó él, mientras abría un cajón para sacar una cuchara de madera.

Ella se alejó de la ventana y se sentó a la mesa de la cocina.

—¿Por qué quieres que te hable de mi exmarido? —le preguntó.

—¿De veras era un maltratador, o eso también era parte de tu tapadera?

Al pensar en Tom, Vivian se estremeció.

—No, es cierto. Era un maltratador.

—¿En qué sentido?

—En todos los sentidos.

Él puso dos rebanadas de pan en la tostadora.

—¿Cuántos años tenías cuanto te casaste con él?

—Acababa de cumplir dieciocho.

—Vaya, qué joven.

—Sí. Demasiado.

Él abrió el armario más cercano y sacó la sal.

—¿Dónde os conocisteis?

—En la tienda de donuts donde yo trabajaba.

—¿Él entró allí?

—Iba regularmente. Al principio yo no me fijé en él. Era un cliente más, alguien que era bastante mayor que yo. Sin embargo, finalmente captó mi atención con su persistencia. Yo trabajaba en la tienda de donuts por las mañanas y por las noches en un restaurante mexicano. Cuando él se enteró de que yo tenía un segundo trabajo, comenzó a aparecer también allí.

Myles se giró a mirarla.

—Eso parece propio de un acosador.

—Tiene problemas emocionales. Ojalá hubiera sido más lista y me hubiera dado cuenta entonces. Pero yo tenía que trabajar noche y día para mantenerme, y no tenía vida social. Estaba muy sola, enfadada con mi madre y preocupada por mi hermano. Tom se ofreció a ayudarme en medio de todo eso.

—Y estoy seguro de que lo hizo por tu bien.

Vivian percibió el sarcasmo de aquellas palabras, pero no intentó justificar sus actos. Al mirar atrás, veía con claridad sus errores. Sin embargo, no explicó lo desesperada que estaba por un poco de amor, ni cuánto tiempo había pasado sin que experimentara nada parecido.

—Todo empezó bien —continuó—. Tom no se volvió posesivo hasta que me quedé embarazada de Jake.

A Myles no le estaba gustando aquella historia. Apretó la mandíbula y un músculo le vibró en la mejilla. Sus movimientos se hicieron tensos.

—¿Y dónde estaban tus padres?

Ella señaló la sartén.

—Creo que se van a quemar los huevos.

Entonces, él echó queso rallado y dobló la tortilla. Después le dio la vuelta.

—Bueno, ¿y dónde estaban tus padres?

—Mi padre nos abandonó después de que yo naciera. Mi madre pasó de una relación a otra. Lo que más le importaban eran sus «amores». Yo me fui de casa a los dieciséis años, al poco de que mi hermano entrara en la cárcel. Él era lo único que me permitía soportar la vida en mi casa.

—Estás hablando de Virgil.

—Sí. Es mi único hermano.

—Y él conoció a los miembros de La Banda en la cárcel.

—¿Te lo ha contado Rex?

–Sí, pero no me contó lo que hizo Virgil para acabar en prisión. Además... ¿no me dijiste tú que tenías un tío en la cárcel?

–Ahora llegaré a eso –dijo ella, y apoyó la barbilla en una mano mientras recitaba el resto de la historia–. Acusaron a Virgil del asesinato de mi padrastro, pero catorce años después fue exculpado porque la exmujer de mi tío confesó lo que sabía de la noche del asesinato.

Él puso la tortilla en un plato y comenzó a hacer la segunda.

–¿Por qué tardó tanto en hacerlo?

–Por lealtad. Después, cuando su matrimonio se rompió y esa lealtad desapareció, ella estuvo dispuesta a revelar lo que sabía. Después de todo, ella también se había beneficiado de ello, al menos económicamente. Cuando mi tío intentó quitarle la custodia de los niños, se enfureció tanto que lo atacó con todas las armas que tenía contra él.

–Debió de ser interesante.

–Sí, lo fue. Ella dijo que había salido la noche que murió Martin, mi padrastro. Que, cuando mi tío llegó a casa, tenía la ropa manchada de sangre y estaba muy alterado. Entonces llegó el dinero del seguro, y pudieron pagar las facturas. Ese tipo de cosas.

–Entonces, fue tu tío el que mató a tu padrastro.

–Exacto.

–¿Con qué?

–Con la escopeta de mi padrastro, ¿puedes creerlo? Él la tenía en casa para defenderse –dijo ella, y se rio de la ironía–. La policía sabía eso cuando detuvo a Virgil. La escopeta estaba en el suelo, junto al cadáver. Quien disparó a Martin dejó caer el arma y salió corriendo.

–No fue el asesino más inteligente del mundo.

–No era un profesional, pero llevaba guantes. No había huellas en la escopeta. Y, gracias a mi madre, estuvo a punto de librarse de la condena por el asesinato.

Myles sacó otro plato.

—¿Y tu madre no fue la beneficiaria del seguro? ¿Cómo es que el dinero lo cobró tu tío?

—Mi madre lo repartió con él. El tío Gary dice que fue ella quien le pidió que cometiera el asesinato. Ella dice... decía que solo quería ayudarlo a resolver sus problemas económicos, porque él se había quedado sin trabajo.

—¿Qué tipo de trabajo perdió tu tío?

—Era jefe de servicio de un concesionario de Toyota. Debido a la crisis económica, no conseguía trabajo en ningún otro concesionario, y estaba intentando encontrar la forma de mantener a su familia.

Myles silbó mientras sacaba la segunda tortilla de la sartén.

—Entiendo. Tu madre estaba detrás de todo ello y, sin embargo, permitió que tu hermano fuera a la cárcel.

Vivian se frotó la cara.

—Es horrible, ¿verdad? Yo no pude quedarme con ella después de que hiciera eso.

—Pero... ahora ha muerto.

Vivian no respondió.

—¿Qué sientes con respecto a eso?

—No quiero hablar de lo que siento. Es demasiado complicado.

—Lo entiendo —dijo Myles, y apagó el gas—. ¿Adónde fuiste cuando te marchaste de casa? Eras muy joven.

—Intenté vivir en casa de una amiga, pero sus padres se estaban divorciando y yo no quería hacerles más difícil la situación. Alquilé una habitación en una casa, dejé el instituto y me puse a trabajar.

Él untó mantequilla en una de las tostadas.

—¿Y volviste alguna vez a estudiar?

—Nunca he tenido la oportunidad. Conocí a Tom, nos casamos y tuve a Jake. Y Tom apenas me dejaba salir de casa. Creo que tenía miedo de que conociera a alguien de mi edad y lo dejara.

–¿Era mucho mayor que tú?
–Veinte años.
–Dos décadas es una gran diferencia, sobre todo cuando se tienen dieciocho.
–Soy afortunada por haber podido dejarle.
–¿Cuánto tiempo estuvisteis casados?
–Seis años.
Myles sacó un cartón de leche de la nevera.
–¿Y cuándo te marcó sus iniciales en el brazo?
–Después de la primera vez que intenté dejarlo. Se emborrachó y me demostró lo que iba a pasar si intentaba hacerlo de nuevo –dijo Vivian.
Recordó que su exmarido había hecho otras muchas cosas, como por ejemplo tenerla atada durante ocho horas. Nunca iba a olvidar lo mucho que le habían dolido los pies y las manos cuando por fin la sangre comenzó a circular otra vez por ellos.
–¿Bebía mucho?
–Al final, bebía todo el tiempo.
Myles terminó de servir los platos y los llevó hacia la mesa.
–¿En qué trabajaba Tom?
–Era corredor de bolsa. Tenía educación, buena posición social, éxito profesional...
–Y estaba empeñado en conservarte a su lado. ¿Cómo conseguiste escaparte?
Ella se echó a reír.
–Fue como intentar escapar de La Banda. Después de que se fuera a trabajar un día, recogí las cosas de los niños y me marché del estado.
Él puso los platos y dos tenedores sobre la mesa.
–¿Y tu madre te ayudó con el dinero, o algo?
–No. No nos hablábamos. Cuando cobró el dinero del seguro y lo repartió con su hermano en vez de buscarle un buen abogado a Virgil, me enfadé mucho. No podía creer que hubiera hecho eso. Mi hermano era la única persona a

la que quería y en la que podía confiar, y ella me lo había arrebatado.

—¿Sabía lo que estabas sufriendo con tu marido?

—No. Intenté hablar con ella, pero ella le restó importancia y me dijo que algunos hombres eran más posesivos que otros, y que por lo menos, yo tenía un marido con un buen trabajo que además quería ser un buen padre. En el fondo, a mi madre no le importaba, y no quería que me convirtiera en un problema para ella. Eso no le habría gustado nada a Terry, el que era su novio por aquel entonces, que no quería saber nada de Virgil ni de mí.

Myles se dio cuenta de que se había dejado la leche en la encimera. Se levantó y sirvió un vaso para cada uno.

—Parece que era una mujer infantil y egoísta.

—Sí, lo era.

Por mucho que ella quisiera recordar a su madre de un modo más positivo, tenía que ser sincera y asumir la verdad.

—Bueno, ¿y qué ocurrió? ¿Cómo pudiste salir adelante? —le preguntó Myles, mientras le hacía un gesto para que comenzara a comer mientras hablaban. Ella hizo un esfuerzo por tomar unos cuantos bocados.

—Había una mujer llamada Kate Shumley que dirigía un refugio para mujeres en Tucson, Arizona. Yo había ido allí con la esperanza de llegar, finalmente, a Colorado, donde habían llevado a Virgil. Sin embargo, no pude llegar más lejos. No tenía dinero para gasolina ni para comprar comida para los niños. No encontraba trabajo; nadie quería contratarme porque no tenía una dirección fija. Así que encontré aquel refugio, y Kate me acogió. Ella consiguió una ayuda del estado y pagó para que yo pudiera establecerme en Colorado.

—Fue muy buena contigo.

—En el refugio habían recibido la llamada de un hombre que preguntaba por mí. Ella supuso que era un detective privado contratado por Tom, y tenía miedo de que descubriera dónde estaba yo.

Vivian se dio cuenta de que le estaba gustando la tortilla. Estaba mucho más rica de lo que se esperaba.

−¿Y qué tal te fue en Colorado?

−El mero hecho de estar cerca de mi hermano me ayudaba. Me puse en contacto con una organización llamada Innocent America que tenía su central en Los Ángeles, y que empezó a trabajar para conseguir su libertad. El estado no tenía pruebas, y el jurado había declarado culpable a Virgil basándose solo en pruebas circunstanciales. Yo no tenía muchas esperanzas de poder sacarlo, pero ellos luchaban, buscaban pruebas para demostrar que había sido, o que podía haber sido, otra persona. Entonces, mi tía decidió decir la verdad, y eso era lo que ellos necesitaban. Yo pensé que lo peor había pasado y que Virgil y yo podríamos reconstruir nuestra vida.

−Pero tu hermano se había unido a una mafia carcelaria y ellos no estaban dispuestos a dejarlo marchar.

−Dicho así, parece que es una persona rebelde o irresponsable. O tonto. Pero Virgil no tenía más remedio que hacer lo que hizo. Si no se hubiera unido a una banda o a otra, habría muerto en la cárcel. Se veía metido en peleas todos los días.

−Siempre hay que pagar un precio por la seguridad.

−Sí, y él sabía demasiado. Ellos temían que hablara con las autoridades. Además, una vez que te unes a ellos, es de por vida. Si intentas marcharte, ellos van por ti, y si no pueden dar contigo, van por tu familia.

Myles ya había terminado su tortilla, y apartó el plato.

−Así que tuviste que huir y volver a esconderte.

−En aquella ocasión, tenía la protección del gobierno. Virgil había hecho un trato con ellos. Si me metían en el Programa de Protección de Testigos, él entraría de incógnito en Pelican Bay para ayudarles a deshacer otra banda que no era la suya. Acababa de salir de la cárcel, así que era muy creíble en ese papel. Y tenía la motivación adecuada.

—¿Cuándo ocurrió eso?
—Hace cuatro años.
—Estaba intentando salvarte la vida.
—Y la de mis hijos.
—Parece algo bastante oportunista por parte del gobierno.
—El problema de las bandas estaba empeorando tanto que estaban muertos de miedo. Pensaron que era pan comido.
—¡Pero si estaban poniendo su vida en peligro!
—Sí.
—Entiendo que él cumplió su parte.
—Las cosas no fueron tan bien como hubiéramos querido, pero Virgil hizo lo que pudo. Gracias a sus esfuerzos, muchos miembros de ambas bandas, tanto de La Banda como de la Furia del Infierno, fueron a la cárcel.

Myles estiró las piernas y las cruzó por los tobillos.

—Entonces, ¿te está persiguiendo alguien de la Furia del Infierno?
—Seguro que les encantaría encontrarnos, pero los más decididos y eficaces han sido los de La Banda. Lo que hizo Virgil fue una afrenta personal para ellos, porque habían vivido como hermanos durante catorce años. Además, cuando él se fue, al final Rex también se fue con él. Eso tampoco les gustó nada. La familiaridad que La Banda tenía con ellos dos les ha dado ventaja a los mafiosos.
—¿Y consiguieron dar contigo, pese a que estabas en el Programa de Protección de Testigos?
—Tienen que tener a alguien dentro, o con acceso a información reservada.

Él asintió. Le hizo un gesto para que continuara comiendo, y ella tomó un bocado más.

—¿Y hasta qué punto conoces a los tipos que vienen por ti? ¿A Ink?
—Sé que es el individuo más salvaje y peligroso que he conocido. Está loco.

—¿Tú eres quien le disparó?
—No. Fue Rex. Sin embargo, Ink me culpa a mí, porque Rex lo hizo para salvarme.
—¿Y lo vio Mia?
—Sí.
Él soltó una maldición.
—Pobrecita —dijo. Después se inclinó hacia Vivian—. Supongo que uno nunca sabe quiénes son sus vecinos, ¿verdad?
La conversación era tan seria que Vivian tardó unos segundos en darse cuenta de que le había hecho una broma.
—No. ¿Qué secretos oscuros ocultas tú?
—Nunca lo diré.
—Entonces, háblame de tu familia.
—¿Qué quieres saber de ellos?
—¿Viven tus padres?
—Sí.
—¿Y dónde están tus hermanos?
—Solo tengo un hermano. Él también está en Arizona.
—¿Y lo ves a menudo?
—Un par de veces al año.
Ella recordó que Myles y Marley se habían ido de vacaciones el verano pasado. Habían pasado varios días en Disneyland, pero también habían pasado una semana con la familia de Myles. Marley se lo había contado una tarde que había estado cuidando de sus hijos durante un par de horas. Marley también había estado con la familia de su madre a finales de verano, y Myles se había quedado solo en casa. Seguramente, aquel había sido el momento en el que él había empezado a corresponder a su interés.
—Me llevo tu plato —le dijo él.
Vivian se dio cuenta de que se había tomado toda la tortilla, y de que se sentía mejor después de haber comido.
—Gracias. Estaba muy rica.
Él llevó el plato al fregadero.

—Ponte cómoda mientras le cambio las sábanas a la cama de Marley, ¿de acuerdo?

Después de aclarar los platos y meterlos al lavavajillas, Myles subió las escaleras.

Vivian intentó esperarlo, pero estaba tan cansada y tan llena que no pudo mantener los ojos abiertos. Fue al salón y se sentó en el sofá, y lo siguiente que supo fue que Myles la estaba llevando en brazos a la cama.

Capítulo 23

Por fin la había encontrado. Después de planear aquel momento durante meses, había llegado. Ink no podía creer que tuviera tanta suerte. Su casa estaba allí mismo, tal y como le había dicho L.J.

Sin embargo, eso no fue todo lo que vio. L.J. lo tomó del brazo y le señaló la casa de al lado.

—¡Mira, un poli!

Había un coche patrulla aparcado junto a la casa. Sin embargo, a Ink no le preocupaba aquello. El coche estaba vacío, así que el oficial que lo conducía ni siquiera estaba de servicio. Tenía que estar durmiendo, como los demás vecinos de la calle.

—Seguramente vive ahí. No pasa nada.

—¿Que no pasa nada? —preguntó L.J. Parecía que le iba a dar un ataque al corazón—. ¡Esto es una locura, tío!

—¡Ya basta! Ni siquiera se va a enterar de que estamos aquí.

El chico estaba tan nervioso que no dejaba de mirar hacia atrás. Suspiraba muy alto y hacía otras muchas cosas irritantes, como toser y escupir una flema constantemente. Ink estaba a punto de decirle que fuera a esperarle al coche; lo habían dejado escondido detrás de unos árboles a la orilla del lago. No quería que L.J. le estropeara la victoria, pero necesitaba un ayudante por si la situación escapaba a su control, cosa que era posible si había un policía viviendo en la casa de al lado. No quería arriesgarse a que lo detuvieran antes de haber llevado a cabo completamente su venganza. Todavía tenía que encargarse de Virgil y de Rex.

Si hacía las cosas de un modo inteligente, entraría y saldría de casa de Laurel Hodges sin provocar un alboroto, y se habría marchado cuando amaneciera. Entraría en su habitación y buscaría unas medias, o el cinturón de su bata, y ella se despertaría cuando él se lo hubiera puesto alrededor del cuello, pero estaría adormilada y desorientada, y antes de que pudiera reaccionar, tiraría del cinturón con tanta fuerza que ella no podría respirar. Abriría los ojos desorbitadamente y demostraría todo el terror que él quería ver.

Entonces le arrancaría la ropa del cuerpo...

Al imaginarla a su merced, sin poder gritar, sintió una descarga de placer tan poderosa como cualquier orgasmo que hubiera experimentado nunca. El sexo nunca había sido fácil para él. Nunca había sentido lo que se suponía que debía sentir, ni ternura, ni conexión, ni alivio de la tensión. Por otro lado, la violencia era para él algo tan natural como respirar. Tal vez, si tenía suerte, consiguiera su primera erección desde el disparo. Eso sería lo justo, ¿no? Castigaría a Laurel por haberlo dejado lisiado violándola.

Solo lo mejor para la hermana de Virgil.

Y si no conseguía una erección, podía ser creativo y usar los objetos más dañinos que pudiera encontrar. De un modo u otro, él quedaría satisfecho, y ella lo lamentaría.

Lamentaría haberlo conocido.

Lamentaría haber intentado desafiarlo.

Lamentaría haber nacido.

Respiró profundamente para poder dominar la excitación y miró hacia el lago inmóvil, que brillaba como un espejo bajo la luna. Había arrojado a aquel lago el abrelatas eléctrico que había utilizado para golpear a aquel tipo, pero no dejó que eso le molestara. No iba a permitir que nada le estropeara aquel momento. No solo tenía a Laurel al alcance de la mano, sino que además, ella era la llave para encontrar a Virgil y a Rex.

—Vamos, tío, terminemos ya —murmuró L.J.

Ink estuvo a punto de abalanzarse sobre él.

—¡Cállate! No me vas a estropear esto, ¿entiendes?

L.J. dio un paso atrás.

—¿Qué te pasa? Tenemos que darnos prisa. Vive al lado de un poli, tío. Si no, ¿por qué está ahí ese coche patrulla? Tenemos que acabar rápido.

—No quiero acabar rápido. Quiero tomarme mi tiempo.

—Oh, Dios mío, estás disfrutando de cada segundo.

Otra vez aquel disgusto que lo enfurecía tanto. L.J. no tenía derecho a hacerle sentir inferior. L.J. solo era un niño, y nunca podría hacer todas las cosas que había conseguido él.

Sin embargo, Laurel y sus hijos iban primero.

—Exacto —dijo entre dientes—, y a partir de ahora va a ser todavía mejor.

Le susurró a L.J. que hiciera guardia en la puerta y que le pegara un tiro a cualquiera que intentara entrar. Después rodeó la casa y, en la parte de atrás, rompió con el codo la parte del cristal que estaba más cerca del pomo de la puerta.

El ruido reverberó a su alrededor como una sinfonía de promesas, pero no tan alto como para que lo oyera nadie más. Observó la casa del poli durante un par de minutos, a la espera de una posible respuesta, de algún cambio, pero no lo hubo.

Entonces, entró.

Myles estaba demasiado ansioso como para relajarse, y se paseó por el pasillo, junto a la habitación de Marley. Había dejado a Vivian en la cama de su hija hacía quince minutos. Pese a que ella había protestado diciéndole que iba a hacerse daño en la espalda si se inclinaba para tumbarla, él lo había hecho sin sentir una sola punzada. Vivian era alta, pero no pesaba mucho. En aquel momento, estaba profundamente dormida.

Sin embargo, él no podía olvidarla y marcharse a su propia habitación. Quería meterse en la cama con ella y curvar el cuerpo alrededor del suyo. Quería hacer el amor con ella, aunque estaba tan cansado que el sexo era una necesidad secundaria, no tan importante como estrecharla contra sí. Si podía sentir su respiración, no tendría ninguna duda de que estaba bien, y él también podría descansar.

Dudaba que ella fuera a rechazarlo si intentaba dormir a su lado. Sin embargo, teniendo en cuenta lo difícil que le había resultado abstenerse de tocarla desde que la había llevado a su casa, sabía adónde le llevaría eso. Y había decidido que iba a protegerse, que iba a ser muy cauto antes de enamorarse de nuevo. Había sufrido mucho al perder a Amber Rose. ¿Para qué iba a sufrir más?

No quería tener una relación seria con nadie en aquel momento, ni tan pronto ni tan rápidamente, y sabía que con Vivian todo sería intenso y veloz como la luz. Llevaban demasiado tiempo negándose a aceptar la atracción que sentían y, después, negándose a que siguiera su curso normal.

Eso los había dejado esperando, observando y deseando. Lo que sentían el uno por el otro podía encenderse como una mecha y él no iba a ser quien prendiera la cerilla.

Entonces, ¿por qué estaba allí, en el pasillo, luchando contra la tentación de encender aquel fuego?

«Porque soy idiota».

Decidió controlarse y fue a su habitación, pero solo estuvo allí unos minutos y volvió al pasillo. No podía impedir que su mente trabajara febrilmente. El asesinato de Pat. La muerte de la madre de Vivian. Virgil, su hermano, de quien no había sabido nada hasta aquel mismo día.

Rex, el exnovio. Los niños. La responsabilidad que sentía de encontrar a los canallas que ya habían provocado tanto dolor. Ink y Lloyd llevaban un vehículo idéntico a la mayoría de las furgonetas de Lincoln County, así que podían ir y venir donde quisieran, a pesar de los carteles que había en casi todos los establecimientos de la zona. Tenía que ser muy cauto y estar siempre listo para actuar.

Bajó las escaleras para tomar una infusión que le ayudara a relajarse. Estaba buscando la caja de bolsitas de té que había comprado la última vez que había ido al supermercado cuando, de repente, tuvo la sensación de que algo iba mal.

Se dio la vuelta, y el vello se le puso de punta. Había una luz encendida en casa de Vivian. ¡Lloyd y Eugene habían encontrado la dirección de Vivian! Tenía que ser eso. Aquellos dos desgraciados habían ido por ella pese al incidente de la tienda de Trudie, que había ocurrido tan solo unas horas antes. Eran muy atrevidos, muy temerarios.

Myles apagó la luz de su cocina para poder mirar sin ser visto. Les había pedido a sus ayudantes que pasaran por allí cada hora, y estaba seguro de que habían obedecido sus órdenes, pero aunque hubieran hecho una visita reciente, aquello no se veía desde la calle. Estaban en uno de los dormitorios de la primera planta que daba a la parte trasera de la casa.

Tenía tanto miedo de que Ink y Lloyd escaparan, que no quería perder el tiempo llamando para pedir refuerzos. Sin embargo, no era estúpido; tenía una hija. Así pues, descolgó el auricular y marcó el número de la policía. Respondió Kimberly Hannah. Él conocía a toda la gente que trabajaba en la centralita.

Le dijo que había encontrado a los sospechosos que estaban buscando, y le pidió que enviara a dos coches patrulla a la casa de al lado de la suya.

—Haney no ha podido venir. Llamó diciendo que estaba enfermo. El único que está en la zona es Botha, y acaba de marcharse a solucionar una bronca en el Kicking Horse, pero lo enviaré para allá lo antes posible –le dijo–. No se mueva y espérelo, ¿de acuerdo?

Estaba asustada por él. En su pequeño condado no tenían muchos asesinos psicópatas. Si dejaba que aquellos hombres escaparan, pondrían en peligro a toda la comunidad.

–Dile que se dé prisa –dijo él–, y llama a los demás.

Después colgó y subió las escaleras de dos en dos para recoger su arma.

Virgil sentía los párpados como papel de lija sobre los ojos. El vuelo desde Buffalo iba muy lleno; en el avión hacía mucho calor, y no había podido dormir. Sacó la única bolsa que había llevado del compartimento que había sobre los asientos y se abrió paso entre los demás pasajeros por el pasillo del avión. No tenía intención de quedarse más que uno o dos días en Los Ángeles, lo suficiente para terminar lo que debería haber hecho cuatro años antes.

Con suerte, estaría en un vuelo de vuelta a casa por la mañana.

Si no tenía suerte, volvería en una caja.

Abrió el teléfono móvil, que sonó en cuanto apretó el botón de encendido.

–¿Sí?

–Rex ya ha llegado con los niños. Solo quería que lo supieras.

Era Peyton. Ella lo había llevado al aeropuerto, y después había tenido que esperar una hora más para recoger a Rex, a Jake y a Mia.

Él bajó la cabeza y habló en voz baja.

–¿Qué tal están?

–¿Los niños? Muy bien. Emocionados. Para ellos esto es una fiesta.

–¿Y Rex?

Ella tomó aire.

—Creo que necesita ir al médico.

Virgil tuvo que contenerse para no soltar una maldición. No era un buen momento para que Rex estuviera enfermo.

—¿Muy mal?

—Sí, muy mal.

—Dios, si le pasa algo...

Rex era el hermano que nunca había tenido. La única persona en la que había confiado de verdad, aparte de Laurel y Peyton.

—Se pondrá bien. Solo quería decirte que no voy a dejar que vuelva a Montana, si puedo impedírselo. Voy a llevarlo al hospital.

Peyton no necesitaba más preocupaciones. Ya estaba soportando demasiada presión.

—Laurel intentó decírmelo.

—Tenía razón. Pero si él no colabora, no podemos hacer nada.

—Está bien. Pey, no dejes que esto te disguste, ¿de acuerdo?

—¿Y cómo voy a conseguirlo, contigo en Los Ángeles, yendo directamente a ver a la gente que quiere matarte?

Al notar que su mujer estaba a punto de echarse a llorar, Virgil se frotó la frente. Ojalá pudiera estar en dos lugares a la vez.

—Ni siquiera sé si vas a salir con vida —añadió ella.

—¿Te he fallado alguna vez?

—Sé que tú sobrevivirás si puedes, Virgil. De eso no tengo duda. Es solo que...

—Deja de ponerte en lo peor —la interrumpió él—. Necesito que tengas fe.

Hubo un breve silencio, durante el que Peyton debió de reunir valor.

—Está bien —dijo—. Puedo hacerlo. Estoy de tu lado. Lo sabes, ¿no?

—Sí, nena. Lo único que quiero es que te lo tomes con calma hasta que yo vuelva.
—Lo entiendo.
—¿Puedo hablar con Rex?
—Claro.
Un segundo después, oyó la voz grave de Rex.
—Eh, colega.
—Estás enfermo, ¿eh?
—No, demonios. Estoy bien.
—Deja que te lleve al hospital.
—¿Cómo? ¡Ni hablar! Me vuelvo a Montana en cuanto pueda cambiarme de ropa y comprar un billete. Me dejé todo lo que llevé a Los Ángeles en algún motel.

Habían abierto la puerta del avión. Por fin, la cola estaba empezando a avanzar. Virgil notó el aire cálido que entraba en la cabina.

Se colgó la bolsa del hombro y se despidió del azafato que le deseó buenas noches.

—Debías de estar fuera de ti en Los Ángeles —le murmuró a Rex.
—Más o menos.
—Escucha, necesito que hagas una cosa.
—¿El qué?
—Necesito que dejes a Peyton que te lleve a urgencias para que te vean.
—No. Acabo de decirte que...
—Rex, por favor. ¿No puedes hacerlo por mí?

Virgil no recordaba ninguna otra ocasión en que hubiera tenido que rogarle nada a Rex. Ellos siempre se entendían. Él sabía lo que había ocurrido con Jack, y dudaba que hubiera podido aceptarlo si le hubiera pasado a él. Así que era muy flexible con Rex e intentaba no exigirle demasiado. Sin embargo, en aquel momento le estaba rogando.

Aquello, obviamente, dejó asombrado a Rex. Se quedó en silencio.

—¿Sigues ahí?

Rex soltó un resoplido de frustración.

—Sí, estoy aquí. Estoy intentando decidir qué hago. No puedo dejar sola a Laurel. Ink va por ella.

—Yo voy a quitarle el apoyo y la dirección a Ink en cuanto pueda. De ese modo se quedará sin refuerzos si falla, y no podrá informar a nadie para que lo alabe o lo ascienda. No creo que eso le prive de todo el estímulo, pero si Laurel y el sheriff se las arreglan en Pineview, todos saldremos de esta. Peyton está a punto de dar a luz, Rex. Ella no puede cuidar sola a tres niños y preocuparse por ti también, y menos si se pone de parto. Así que necesito que tú la ayudes, y solo podrás hacerlo si recibes atención médica. Así, yo podré sentirme tranquilo, porque sabré que los niños y ella están en buenas manos. ¿Me entiendes?

Hubo otro largo silencio.

—¿Rex?

—Pero... ese pueblo, Pineview. Deberías verlo. No están preparados para lo que es capaz de hacer Ink.

—Tú quédate en Buffalo con Peyton hasta que yo llame. Después uno de nosotros dos irá a Pineview. Laurel significa tanto para mí como para ti, pero esto tiene que suceder de cierto modo, o nos hundiremos todos.

Finalmente, Rex respondió con reticencia, pero al menos estuvo de acuerdo. Virgil sabía que cumpliría su palabra.

—Está bien.

La terminal se extendía ante él, amplia, cavernosa, con gente moviéndose en todas direcciones. Aceleró el paso.

—Gracias —dijo.

—Bueno, ¿y qué vas a hacer ahora? —le preguntó Rex.

—¿Lo primero? Intentar comprar un arma. No podía traer ninguna en el avión, evidentemente.

—Tengo un amigo —dijo Rex—. Él te ayudará si lo llamas.

—¿Es de confianza?

–Completamente. Ni siquiera sabe nada de La Banda.

Lo cual significaba que Rex tenía contacto con aquel tipo desde antes de ir a la cárcel.

–¿Cómo se llama, y cuál es su número?

Rex le facilitó la información, y Virgil la grabó en su teléfono móvil.

–Y cuando tengas lo que necesitas, ¿qué vas a hacer? –preguntó Rex.

–Será el momento de hacerle una visita a Horse.

La voz de Rex sonó apagada, y Virgil entendió que se había dado la vuelta para que Peyton no lo oyera. Eso se lo agradeció.

–Lo que estás planeando es un suicidio, y lo sabes. No tienes ninguna posibilidad de conseguirlo tú solo.

–Sí, lo sé –dijo, y apretó el botón de colgar.

Capítulo 24

Myles miró por las ventanas delanteras. No vio ningún vehículo aparcado frente a la casa de Vivian, salvo el de ella. Tampoco había luces en la parte delantera de su casa, ni ningún coche patrulla pasaba por allí. Todo era exactamente igual que las otras noches. Las casas estaban oscuras y silenciosas, el lago brillaba plácidamente bajo la luna y las estrellas oscilaban como adornos de Navidad en el cielo.

Seguramente Ink y Lloyd habrían entrado a casa de Vivian por la puerta trasera, así que él atravesó rápidamente su cocina y salió a la terraza. Allí se detuvo a escuchar. Oía los latidos de su corazón, pero no podía oír voces ni movimiento.

¿Ya se habían marchado?

La luz del piso de arriba no le permitía ver el interior por las ventanas. Tal vez, al ver que Vivian no estaba en casa, ellos se habían ido sin molestarse en apagarla. O tal vez estuvieran saqueando la casa en aquel momento, buscando pistas o dejando sorpresas...

No. Seguramente estaban tan decepcionados y furiosos por no haberla encontrado allí que no se habrían ido sin más. Atravesó rápida y silenciosamente el jardín de Vivian. Aunque no había tenido tiempo de ponerse el uniforme, sí se había puesto el chaleco antibalas encima de la camiseta. Sabía que seguramente estaba ridículo, pero el chaleco era lo más necesario.

Al descubrir que la puerta estaba rota y entreabierta, y que había cristales en el suelo, se alegró de haberse puesto los zapatos.

Alguien había estado en casa de Vivian, desde luego.

Myles abrió un poco más la puerta, pisó los pedazos de cristal y se detuvo a escuchar nuevamente. No oía nada, no veía nada. No había ni la más mínima iluminación en aquella parte. La luz de la luna entraba por las ventanas delanteras de la casa, pero no llegaba al fondo. Myles se había llevado la linterna, pero todavía no se atrevía a encenderla. Quería encontrar a Ink y a Lloyd antes de que ellos se dieran cuenta de que estaba allí, así que fue palpando la pared en medio de la oscuridad, con cuidado de no tirar nada.

Ni siquiera había salido del cuarto de la lavadora a la cocina cuando oyó pasos por las escaleras. Parecía que el intruso bajaba para marcharse.

Sin ver adónde iba no podía moverse muy rápido, así que encendió la linterna y se lanzó contra las puertas batientes que separaban la cocina del salón.

El haz de luz de su linterna iluminó la espalda de un hombre que estaba abriendo la puerta. Ink. Se giró en aquel instante, y Myles pudo verle la cara. Después, vio a un segundo intruso; era Lloyd, que estaba detrás de Ink, en el umbral.

Lloyd tenía un arma. Myles se parapetó detrás del sofá y gritó:

—¡Alto o disparo!

Ellos no se detuvieron; de todos modos, Myles no esperaba que lo hicieran. Ink empujó a Lloyd a un lado e intentó cerrar la puerta tras él, así que Myles apretó el gatillo, rezando por darle a alguien. Estaba asomándose por un lado del sofá para mirar, cuando alguien abrió la puerta de nuevo y la hizo chocar contra la pared con un ruido que resonó por toda la casa, justo antes de que se oyera un segundo disparo. En aquella ocasión era de los intrusos.

Ink se había hecho con el control del arma. Estaba cegado por la linterna de Myles y había disparado a la oscuridad, pero se había acercado mucho. Cuando Myles oyó el silbido de la bala junto a su oreja, lanzó la linterna hacia el centro del salón para que no revelara su situación, y disparó la Glock una, dos, tres veces.

Y le dio a alguien. Oyó un gruñido de dolor y una imprecación.

Con la esperanza de que el coche patrulla llegara ya, esperó unos segundos. Sin la linterna ya no podía verlos.

—¿Ink? —gritó—. ¡Tira el arma!

—¡Vete al infierno! —respondió el gangster. Entonces, alguien echó a correr.

Tenía que ser Lloyd. Myles no creía que Ink pudiera moverse tan rápidamente debido a su discapacidad. Eso significaba que, aunque Lloyd consiguiera escapar, él podía atrapar a Ink. Sin embargo, no iba a conseguirlo si se quedaba quieto. Tenía que sacrificar la protección del sofá para conseguir algún avance.

Primero, recargó el arma. Después, se puso cautelosamente en pie.

Su linterna abandonada dibujaba un círculo luminoso en la pared. Fue lo único que pudo ver antes de lanzarse hacia la puerta. Llegó hasta ella sin problemas, pero en cuanto la atravesó, oyó otro disparo.

Tampoco era de su propia pistola.

Entonces, sintió el dolor.

El ruido de los disparos despertó a Laurel de un sueño muy profundo. Pestañeó en la oscuridad, sin saber si había estado soñando. ¿Había revivido aquella noche funesta de Colorado, como le ocurría a menudo?

No, no lo creía. Después de unos segundos de intentar

recuperar el aliento, oyó otro disparo. Entonces, supo con seguridad que todo era real.

–¿Myles?

No obtuvo respuesta. Tenía la impresión de que estaba completamente sola en la casa, pero sabía que él nunca la dejaría sin que hubiera alguien más allí. Al menos, si no tenía una muy buena razón para hacerlo.

–¿Myles? –repitió.

Entonces, sintió una descarga de adrenalina muy familiar. Estaba ocurriendo algo malo, algo horrible.

¿Dónde estaba su arma?

Tuvo que hacer un esfuerzo para recordarlo. Estaba en su bolso, pero ella no se lo había subido a aquella habitación. Lo último que recordaba era que lo había tenido junto a ella en la cocina de Myles, mientras él preparaba la cena.

–Dios, por favor –murmuró.

No estaba rezando por nada en concreto. Estaba rezando por todo. Por la seguridad. Por sí misma, por Myles, por todos los habitantes de Pineview. Por Virgil, por Rex y por los niños. No quería encontrar muerto al sheriff. No podría soportarlo.

Sonaron más disparos. Lo que estuviera ocurriendo, fuera lo que fuera, no había terminado. Tenía que salir de allí y ayudar, si podía. Sin embargo, ni siquiera tenía puestos los pantalones vaqueros. Después de que Myles la hubiera metido en la cama, se los había quitado para estar un poco más cómoda, y se había acurrucado bajo la manta de Marley.

¿Dónde estaban? Seguramente en el suelo, en alguna parte, pero ella ya había salido al pasillo y no iba a perder el tiempo buscándolos.

Bajó las escaleras y entró en la cocina para tomar su arma. Vio una luz encendida en el piso superior de su casa, pero eso no la sorprendió. Lo que la sorprendió fue no oír sirenas ni ver actividad policial fuera.

¿Dónde estaban el resto de los policías? ¿Acaso Myles había ido allí solo? ¿Y por qué?

Sacó la pistola del bolso, que estaba sobre la mesa, y salió corriendo por la puerta principal. No se habían oído más disparos, pero tampoco había oído a Myles haciendo ningún arresto, ni volviendo a casa.

—¿Myles? ¿Dónde estás?

—¡Vuelve a... entrar en casa, y... cierra con llave!

Al reconocer su voz, sintió un alivio abrumador, pero no le obedeció. Parecía que él estaba herido, que apenas podía hablar, y menos gritar.

Se lo imaginó desangrándose en su porche.

Miró a su alrededor en busca del peligro, pero no vio nada y echó a correr. Se vio rodeada por unas sombras oscuras y amorfas, pero se dio cuenta de que aquellas formas eran su coche, sus mecedoras, su hibisco y las columnas de su porche. Lo que hubiera ocurrido ya había terminado.

—¿Myles?

—¿Es que... no me has oído? —le preguntó él con la voz ronca—. Viene uno de mis... ayudantes. Él... me ayudará. ¡Vete!

Si Ink y su amigo estaban por allí, volverían a disparar, pero eso no la detuvo. Tenía que llegar hasta Myles antes de que fuera demasiado tarde; eso era lo único que le importaba. Bajó la pistola y corrió hacia su porche.

Lo encontró tendido sobre su felpudo, solo.

—¿Te han dado?

—Solo... en la pierna. Estoy bien.

Estaba bien si la bala no le había cortado una arteria importante. Pasó por encima de él para encender la luz del porche y comprobó que, en realidad, le habían dado dos veces, una en la pierna y otra en el cuello.

—¡Apaga eso! —gruñó él.

Ella no obedeció. A lo lejos se oía una sirena. El ayudante estaba a punto de llegar, e Ink y su compañero se habían marchado. Ella tenía que cortar la hemorragia.

Mientras entraba en su casa para tomar una sábana limpia, se le caían las lágrimas. Aquello era exactamente lo que temía. Había atraído a La Banda al pueblo, y, ahora, ellos estaban haciéndole daño a la gente que más le importaba.

Volvió al porche justo cuando aparecía una caravana de coches patrulla por su calle. Los vecinos de las casas de al lado se habían despertado y habían salido al porche, frotándose los ojos y bostezando, para ver qué sucedía. Unos cuantos empezaron a acercarse, pero ella los ignoró. En situaciones como aquella, los segundos eran preciosos.

Con unas tijeras cortó la sábana y le vendó el muslo a Myles. La herida de la pierna parecía peor que la del cuello, que era nada más un arañazo. Estaba limpiándole la sangre cuando notó que él deslizaba la mano bajo sus braguitas y le apretaba la nalga.

–¿Qué estás haciendo? –le preguntó ella entre las lágrimas. La barandilla del porche impedía que los vecinos y la policía que se acercaba los vieran, pero eso iba a cambiar dentro de unos segundos.

Él sonrió.

–Eh, no tendría tantas ganas de acariciarte si me estuviera muriendo.

Ella se echó a reír y le apartó la mano. Posó la cabeza sobre su pecho. El chaleco antibalas no era lo más cómodo del mundo, pero nunca había sentido algo mejor que la ternura con la que él le acarició el pelo.

–Todo va a salir bien –le dijo Myles–. No me ha pasado nada.

Entonces fue cuando Vivian lo supo. Tal vez Myles estuviera resistiéndose, tal vez tuviera miedo de enamorarse. Sin embargo, no podía evitar que ella le importara tanto como él le importaba a ella.

–¿Qué demonios te pasa? ¡Corre! –susurró L.J. con dureza.

No tenían tiempo de que Ink se dedicara a cojear. Si no salían rápidamente de Pineview, estaban muertos. Parecía que la policía salía de todas partes. Las luces del techo de los coches patrulla mareaban a L.J. con su efecto estroboscópico.

Se adentraron en el bosque y se refugiaron entre los árboles, pero L.J. tenía la sensación de que el rojo de aquellas luces se reflejaba por todas partes, y las sirenas eran ensordecedoras. La poli estaba demasiado cerca...

—Ya... voy —respondió Ink, jadeando.

Sin embargo, no estaba haciendo grandes progresos, y él no quería esperar. ¿Por qué iba a esperarlo? Ink no era nada salvo un asesino y un psicópata. Aquel desgraciado sin alma lo había metido en un gran problema, y al final todo había salido mal, tal y como él esperaba.

No iba a dejar que lo detuvieran con aquel chiflado, si podía evitarlo.

L.J. aceleró el paso para aumentar la distancia que había entre ellos. Sin embargo, él tampoco podía correr mucho. Le habían disparado en el hombro izquierdo. No sabía si su herida era grave, pero sí sabía que le dolía más que nada que hubiera experimentado en la vida. El dolor se extendía en ondas por todo su pecho, y la sangre le había empapado toda la pechera de la camisa. La tela se le pegaba a la piel. Si seguía perdiendo sangre, no podría continuar; entonces, Ink lo alcanzaría y lo mataría por intentar huir. Su compañero ya estaba haciendo amenazas guturales tan alto como podía.

—No se te ocurra dejarme atrás, idiota, o te mataré, te lo juro. Te mataré aunque tenga que buscarte por todo el país. Te encontraré cuando menos te lo esperes.

Aquellas palabras aterrorizaron a L.J., que aceleró más aún. Ya había visto lo que era capaz de hacer Ink, con cuánta despreocupación mataba a quien se interpusiera en su camino. Ink era la maldad personificada.

Tuvo ganas de darse la vuelta, mandarlo al infierno y

seguir corriendo para alejarse de él. Sin embargo, a medida que dejaban más atrás la autopista y las luces, cada vez estaba más oscuro, y L.J. no sabía si iba a tropezarse o a caer en alguna grieta. Ya le estaban fallando las piernas.

Además, Ink tenía las llaves del coche, y el coche era una necesidad absoluta. No podían escapar a pie. Aunque la policía no los encontrara, no podrían viajar lo suficientemente deprisa; tampoco tendrían agua y comida para llegar a un sitio seguro, y menos con él desangrándose. No podían ir a una gasolinera a pedir que les dejaran usar el baño para limpiarse, ni a un hospital. Su futuro bienestar dependía de que pudieran llegar al coche antes de que los polis lo descubrieran, y volver a su cabaña, donde tenían la suficiente privacidad como para recuperarse y vivir hasta que todo volviera a la normalidad.

Ink lo tenía bien agarrado. Si seguía corriendo, seguramente moriría en mitad del bosque, o lo encontraría la policía y lo enviaría otra vez a la cárcel. Su única esperanza de sobrevivir era llegar al coche con Ink y volver a la cabaña.

Se detuvo y se inclinó hacia delante para recuperar el aliento. Le dolían los pulmones y tenía el corazón acelerado. Estaba temblando.

—¿En qué demonios estás pensando? —le preguntó Ink cuando lo alcanzó—. ¿Creías que podías dejarme tirado?

—No... Solo quería alejarme de la poli. Me han pegado un tiro. No sé cuánto tiempo más podré seguir corriendo.

Ink también estaba jadeando, pero aquello lo aplacó.

—¿Te han dado? ¿Dónde?

—En el hombro.

Ink no dio ninguna indicación de que le importara. Agarró a L.J. por la parte trasera de la camisa y lo empujó hacia delante.

—Tenemos que seguir.

—¿Sabes dónde... estamos?

—Sí —dijo Ink—. El coche no está lejos. Vamos —añadió, y volvió a empujarlo.

Una nueve milímetros, no era precisamente la pistola más potente que había, pero era lo único que había podido conseguirle el amigo de Rex en tan poco tiempo. Y podía ser letal desde una distancia corta. Para acabar con Horse, Virgil tendría que acertarle en el lugar exacto. Sin embargo, aquella arma no le serviría de mucho si tenía que enfrentarse a un ejército de mafiosos.

Virgil alquiló un coche en el aeropuerto y se dirigió hacia el club ilegal que Horse regentaba en el cruce de la dieciséis con Vermont. Al bajar del avión tenía la esperanza de llegar antes de que las actividades nocturnas estuvieran en su apogeo, pero tardó mucho en recoger el coche y comprar el arma con el amigo de Rex. Intentó conseguir también un silenciador, pero no fue posible. Después tuvo que pasarse una hora en carreteras que estaban tan congestionadas de noche como de día.

Cuando por fin llegó, el club estaba abarrotado. Había coches, camionetas y motos aparcados a ambos lados de la calle, y grupos de hombres y prostitutas congregados en las aceras. Algunos fumaban hierba y otros estaban comprando sustancias más duras. Virgil sabía que dentro del local había habitaciones a las que aquellos hombres podían llevarse a las chicas para cualquier cosa que quisieran hacer, incluso orgías. También habría máquinas tragaperras y mesas de apuestas, venta de armas... Todo lo que un tipo pudiera desear.

Había llamado a Rex hacía unos minutos para pedirle el número de Mona. Ella todavía andaba enredada con La Banda. Sin embargo, estimaba a Rex, y Rex confiaba en ella. Virgil esperaba que aquella confianza tuviera una buena base, porque había accedido a que ella fuera sus ojos y sus oídos aquella noche. Según su último mensaje de texto, él había llegado antes que ella al club, pero cuando Mona llegara, se suponía que iba a inspeccionar el local, decirle quién estaba dentro, a quién más esperaban, qué estaban haciendo, dónde estaba Horse y en qué momento Virgil tendría más oportunidad de encontrarlo a solas.

Su plan era muy sencillo y parecía factible. Sin embargo, no podía estar completamente seguro de que Mona le diera una información fiable. Tal vez se colocara y se olvidara de todo su trato. Tampoco existía la garantía de que quisiera el dinero que él le había ofrecido, antes que lo que podía ofrecerle Horse si se lo entregaba. Tal vez Mona decidiera decirle al mafioso que él estaba sentado en un coche fuera del local, y La Banda le tendiera una emboscada.

El hecho de confiar en ella era una aventura de alto riesgo. Sin embargo, tenía que confiar en alguien; sin aquella ayuda no tendría ni la más mínima oportunidad.

No se molestó en agachar la cabeza ni en girar la cara cuando pasó junto a aquellos hombres de la acera. No era probable que ninguno de ellos lo reconociera. Él se había criado en Los Ángeles, pero no había formado parte de ninguna banda mafiosa hasta que había entrado en la cárcel. Y, debido a que lo habían juzgado en el sistema federal, que imponía penas más duras, él había cumplido su condena en cárceles de Arizona y Colorado, y no en su propio estado. Tal vez algunos de los miembros de La Banda a quienes él conocía hubieran vuelto a Los Ángeles para vivir con los hermanos y formar parte del imperio criminal, pero si él se comportaba de un modo sospechoso, llamaría más la atención que si actuaba como si aquel fuera su sitio.

Mientras torcía una esquina y aparcaba, miró la fotografía de Peyton y de Brady que había puesto sobre el salpicadero del coche. Estaba tan ansioso que no quería esperar a Mona. Peyton podía ponerse de parto en cualquier momento, y él no quería que estuviera sola cuando, además, estaban enfrentándose a tantas cosas...

Si ella perdiera el bebé...

Ni siquiera quería pensarlo. Tenía que calmarse; no podía actuar apresuradamente si quería volver a verla.

Tomó la pistola del asiento del copiloto y miró el cargador mientras llamaba a Laurel. Había comprado un teléfono móvil de prepago para tener un medio de comunicarse, algo que no tuviera en la memoria todos sus contactos, por si caía en las manos equivocadas. No quería marcar el número de su hermana. Eso significaba que tendría que destruir el teléfono antes de dejar el coche. Sin embargo, tal vez si hablaba con ella consiguiera nueva información que le ayudara a reunir valor. Si tenía que matar a Horse, esperaba que eso la salvara a ella, al menos.

Respondió su contestador automático.

—Este es el contestador automático de Vivian Stewart...

¿Dónde demonios estaba? Eran las dos de la mañana. Debería estar en casa.

Se le formó un nudo de angustia en el estómago. ¿Acaso Ink había dado con ella? ¿Era demasiado tarde?

Si había sucedido algo así, La Banda no sabía lo que iba a ocurrirle. Porque, una vez que él hubiera desatado su rabia...

Sonó el pitido que le indicaba que debía dejar un mensaje. En realidad, no sabía qué decirle a Laurel. ¿Qué podía decir, después de todo lo que había ocurrido?

Algo. Aquella podía ser su última oportunidad de comunicarse con su hermana, que había estado a su lado en todo momento, incluso cuando parecía que el mundo entero, incluso su madre, estaba decidido a destruirlo.

—Eh, hola. Soy yo... —dijo—. Quería decirte que... que lo siento. Ojalá nunca te hubieras visto implicada en nada de esto. Ojalá hubiera encontrado una manera de gestionar mi vida que no te hubiera afectado a ti. Pero... esto no sirve de mucho, ¿verdad? Somos lo que somos. Solo quiero que sepas que te quiero. Siempre te he querido.

Cuando colgó, recibió otra llamada, y después de comprobar el número, respondió:

—¿Diga?

—Soy yo. Estoy a una manzana del club.

Mona. El juego había empezado. O ella le daba la información que necesitaba para matar a Horse, o le daba la información que Horse necesitaba que le diera para matarlo a él.

Capítulo 25

Aquello no iba a funcionar. Estaban haciéndole esperar demasiado.

Rex observó a la gente que abarrotaba la sala de espera de urgencias. Había una madre con un bebé enfermo en brazos. Un adolescente que tenía un tobillo muy hinchado. Un niño pequeño moviéndose en el regazo de un padre exhausto que trataba de mantener contra su frente ensangrentada un trapo.

Él no era una de aquellas personas. Él estaba allí porque había sido tan idiota como para engancharse al OxyContin, y no quería irle llorando a nadie con su desgracia. ¿Y qué si estaba enfermo? No podía quedarse allí de brazos cruzados mientras Virgil iba a enfrentarse a Horse y Laurel debía vérselas con Ink. ¿Qué clase de amigo sería si los dejaba solos? ¿Y qué clase de hombre?

Miró hacia la puerta. Peyton pensaba que había cumplido con su deber. No iba a preocuparse si él se marchaba, porque no lo sabría. La había convencido para que se marchara a un hotel con los niños. La llamaría, le diría que iban a darle clonidina y que se encontraba muy bien, y que se iba a casa a dormir. Ojalá pudiera conseguir clonidina de verdad. Por lo menos, así podría funcionar a corto plazo. Cesarían las náuseas, la tos y las palpitaciones. Tenía la sensación de que sus huesos eran de fuego y que le estaban quemando la carne.

La clonidina también le aliviaría eso, pero ¿cuánto tiempo? Con un porcentaje de éxito de menos del diez por ciento después de un año de tratamiento, ni siquiera las desintoxicaciones médicas funcionaban bien. Rex sabía que era él mismo quien tenía que desengancharse. Lo había pensado así desde el principio. Entonces ¿por qué estaba allí?

—Al cuerno —murmuró, y se levantó de su asiento.

—¿Señor? Disculpe, señor.

Era la enfermera con quien había hablado Peyton cuando habían llegado al hospital. Él no quería prestarle atención, porque lo retrasaría, pero ella lo alcanzó antes de que pudiera llegar a la puerta.

—¿Le importaría contestarme, por favor? —le preguntó ella. Estaba enfadada, pero no sabía lo difícil que era para él el mero hecho de andar. Era como si alguien le hubiera partido en dos mitades la cabeza.

—¿Qué puedo hacer por usted? —inquirió con amabilidad.

—Siéntese, por favor. No creo que tarden mucho más.

Él bajó la cabeza y respiró profundamente un par de veces.

—¿Qué le ha dicho Peyton?

—¿Qué Peyton?

Se estaba haciendo la tonta. Él lo percibió en su semblante.

—La mujer con la que vine. La recordará porque tenía un embarazo así —dijo él, y colocó las manos delante de su propio estómago.

Ella apretó los labios.

—Dijo que seguramente usted no querría quedarse. Se preocupó mucho al ver lo llena que está la sala de espera. Ella está angustiada por usted, así que yo estoy haciendo lo que puedo por ayudarla.

La enfermera debía de pensar que el bebé de Peyton era suyo, y que Peyton tenía que vérselas con un marido drogadicto. Con un fracasado.

–Vamos, siéntese, por favor –dijo ella, intentando persuadirlo–. Iré a ver si pueden atenderlo un poco antes.

¿Antes de todos aquellos niños que necesitaban atención? De ninguna manera. Él no iba a saltarse su turno. Era un hombre adulto que se sentía culpable por malgastar recursos que debían ser para otras personas, para gente que no había sido tan tonta como para meterse en aquella situación. Él podía comprar algunas pastillas en la calle para poder funcionar de nuevo. Cuando todo aquello terminara, se desengancharía.

–Estoy bien –dijo.

Ella lo agarró del brazo.

–Por favor, la mujer que estaba con usted me suplicó que no lo dejara marchar.

Rex le miró la mano, respiró profundamente y asintió.

–Está bien.

Fue hacia su asiento, pero en cuanto vio desaparecer a la enfermera por el pasillo, se marchó de allí y llamó por teléfono a su farmacéutico callejero.

Ink estaba furioso. Hiciera lo que hiciera, Virgil y su hermana siempre permanecían fuera de su alcance. Además, habían pegado un tiro a L.J., y parecía que el chico tenía un pie en la tumba. Iba apoyado en la puerta del coche, y él ni siquiera podía buscarle ayuda.

Tenía que salvarlo, aunque no se lo mereciera. Durante unos minutos, en el bosque, había pensado que L.J. iba a abandonarlo. Eso era toda una deslealtad. Justo el día anterior había estado pensando en matar al chico, pero todavía no podía hacerlo. No había terminado de usarlo. Si perdía a L.J., le resultaría mucho más difícil llevar a cabo su plan, y sus posibilidades de éxito serían mucho menores. Sería una victoria para el otro bando.

–¿Estás bien?

Le había hecho aquella pregunta cada pocos minutos, y

L.J. se limitaba a gruñir. Sin embargo, en aquella ocasión no respondió. L.J. había dejado incluso de gemir cada vez que el coche pasaba por los baches del camino de tierra que llevaba a la cabaña.

—¡Eh!

Cuando lo zarandeó, L.J. abrió los párpados. Tenía los ojos vidriosos, y la camisa ensangrentada. ¿Se iba a morir?

—Mierda —dijo Ink, y dio un puñetazo en el salpicadero.

¿Qué iba a hacer? Él siempre había sido un tipo con recursos, un tipo capaz de resolver problemas. Si había que coser una herida, suya o de alguno de sus camaradas, él lo haría. Si había que sacar una bala, lo haría también. Él mismo se había sacado una bala de la espinilla una vez. Había sido una cosa muy truculenta, y él había estado a punto de desmayarse, pero lo había conseguido, y aquel hito le había granjeado una gran fama entre La Banda. Todavía le pedían que les enseñara la cicatriz y comentaban que hacía falta tener muchas agallas para hacer algo así.

Pues bien, también tenía agallas para sacar la bala de L.J. Buscaría un botiquín en la cabaña, y si no lo encontraba, trabajaría sin él. Sedaría al chico con los últimos analgésicos que le quedaban y utilizaría agua caliente y vendas hechas con la ropa de los hombres a quienes había matado. Había tirado sus maletas en la última de sus habitaciones, así que todavía podía usar lo que había en ellas.

—¿Qu-qué estás pensando? —preguntó L.J.

—Estoy pensando que voy a curarte yo mismo.

—¿Tú? Pe-pero... Yo necesito un médico. Creo que me estoy muriendo.

Tenía que sentirse muy mal para que no le importara exponerse a que lo detuvieran con tal de ir al médico.

—No, no vas a morirte —le dijo Ink.

—Mira... déjame en... un hosp-pital. Tiene que haber alguno cerca de aquí. Después, tú puedes escaparte.

No. Él no había terminado sus asuntos allí. Ni por asomo. Además, con salir corriendo en aquel coche solo conseguiría que lo arrestaran. Ya debían de haber enviado una descripción del vehículo a todas las comisarías del estado. Lo mejor era esperar escondido. Todavía faltaban algunos días para que alguien se diera cuenta de la desaparición de los hombres de la cabaña, y eso les daba tiempo para que L.J. se recuperara y para que él pudiera conseguir otro medio de transporte, y para terminar lo que habían ido a hacer allí en primer lugar.

—No te preocupes por nada —le dijo a L.J.

—Pero el dolor... Es como si no me latiera el corazón. Es como si lo tuviera... lleno de sangre, o algo así.

—A mí también me han tiroteado. Siempre parece que te vas a morir —dijo Ink—. Relájate. Ya hemos llegado a casa y te voy a curar.

Y si no lo conseguía, enterraría a L.J. en el bosque, con los otros tipos, y pensaría en otra cosa. No tenía intención de dejar viva a Laurel, y menos después de estar tan cerca de ella. Además, aquel sheriff de pueblo también se iba a llevar lo suyo.

—¡Maldita sea!

Vivian se despertó con un sobresalto. Se dio cuenta de que se había quedado dormida en una silla junto a la cama de Myles. Era muy tarde, pero en aquel hospital de Libby había muchos ruidos. Los pitidos de las máquinas, la conversación del médico que había limpiado y vendado las heridas a Myles, las enfermeras que entraban y salían para tomarle la presión sanguínea, para administrarle la medicación, para apuntar datos en los cuadros médicos o para llevarle la comida en un carrito. Toda aquella actividad debería haber impedido que se quedara dormida, pero estaba demasiado agotada. Se había dormido casi en cuanto le habían dicho que Myles estaba bien. Sin embargo, aquella exclamación del sheriff hizo que pegara un bote en el asiento.

—¿Estás bien? —le preguntó con un jadeo, mientras se daba cuenta de que él acababa de colgar el teléfono, y que estaba más enfadado que dolorido.

—Ink y Lloyd se les han escapado —dijo. Se dio un golpe en la frente con la palma de la mano y dejó caer la cabeza sobre la almohada—. Tengo a media docena de ayudantes peinando la zona y no son capaces de hacer su trabajo.

Aquello no era lo que quería oír Vivian. Ella había pensado que tal vez, por fin, aquella pesadilla iba a terminar.

—¿Se han escapado? —preguntó con la voz apagada.

Él suspiró y la miró.

—Han buscado por todas partes. No los encuentran a ellos ni a su coche.

Sin embargo, ellos no iban a rendirse tan rápidamente.

—Ink no se marchara si no consigue lo que quiere. Sigue aquí.

—¿Dónde? —preguntó él—. Mis ayudantes llevan tres horas parando a todos los coches y camionetas que van o vienen del pueblo en dos controles distintos. Tengo a una unidad K-9 y a un grupo de oficiales con focos peinando el bosque. No hay ni rastro de ellos. Los perros captaron un rastro y lo siguieron hasta que llegaron a las huellas de unos neumáticos, pero ninguno de los vehículos blancos que han parado los oficiales era el suyo. Tal vez pasaran antes de que pudiéramos organizar los controles. Por desgracia, si es así, ya estarán a doscientos kilómetros del pueblo en cualquier dirección, y no tenemos información suficiente sobre el modelo de furgoneta como para esperar que otros departamentos puedan buscarlo.

—No se han marchado —repitió Vivian—. Se han escondido. Están esperando.

—No ha habido ninguna denuncia de merodeadores por la zona desde que me llamó Trudie.

—Puede que todavía estén en el bosque.

—Entonces no podrán quedarse mucho tiempo allí. Estoy seguro de que le acerté a uno de ellos. Oí un grito y lo vi caer.

¿Tendría ella la suerte de que Ink hubiera muerto? Sin ver su cadáver, no podía creerlo. Parecía un ser indestructible.

—¿Han registrado mi casa los ayudantes?

—Varias veces. Harold Willis, de Libby, está allí en este momento.

—Entonces, no sé qué decir, salvo que tenemos que descansar. Ya nos organizaremos de nuevo por la mañana.

A él no le gustó aquella respuesta, pero no había más que decir.

—¿Quieres que llame a casa de Elizabeth para decirle a Marley que estás herido?

Vivian no lo había hecho todavía porque quería saber qué gravedad tenían sus heridas antes de alarmar a la niña. No tenía sentido asustar a Marley sin un buen motivo. Después, cuando llegó el médico y comenzó a hablar con Myles, ella no quería interrumpirlos. Y después se había quedado dormida.

—No. No vamos a ganar nada despertando a toda la familia Rogers. Marley se asustaría muchísimo si la sacamos de la cama para decirle que me han herido. Además, no quiero que vaya a casa en medio de este caos. Mañana le explicaré lo que ha pasado. Además, seguro que estaré más fresco, y ella me creerá cuando le diga que voy a sobrevivir.

—¿Te duele? —le preguntó Vivian.

Ella pensaba que sí. Myles no había querido tomar nada salvo Tylenol, porque quería tener la cabeza clara mientras dirigía la búsqueda de Ink y Lloyd desde la cama del hospital. Sin embargo, ya había hecho todo lo que podía. En su opinión, era hora de darle el Vicodin que había dejado el médico en un vaso de cartón, para que pudiera descansar.

—Me duele muchísimo la pierna —admitió Myles—, pero no tanto como podría dolerme. ¿Vas a hablar con el médico? Tienes que pedirle unas muletas para que podamos irnos.

Ella pestañeó de la sorpresa.

—¿Ir adónde?

—A casa. Aquí ya no pueden hacer nada más por mí.

—Pero si te dispararon en tu casa.

—No, me dispararon en la tuya.

—Porque te fuiste antes de que llegaran los refuerzos.

Su ayudante se había quejado de eso cuando llegó corriendo y encontró herido al sheriff. Y ella también se había enfadado con Myles por exponerse al peligro de esa manera. Podrían haberlo matado, y eso era precisamente lo que ella temía desde el principio.

—Ink y Lloyd se habrían escapado si no lo hubiera hecho.

—Se han escapado de todos modos —señaló ella.

A Myles no le gustó la respuesta, pero hizo tiempo tapándose la boca para bostezar antes de responder a Vivian.

—Realmente sabes hacer leña del árbol caído.

Ella no sonrió. No quería bromear con aquel tema. No quería que Myles volviera a su casa hasta que hubieran encontrado a Ink, a Lloyd a otros miembros de La Banda que pudieran estar por la zona.

—Alguien tiene que pararte los pies. Con tu coche patrulla aparcado fuera, estoy segura de que ya saben que vives al lado de mi casa.

—¿Y qué? No tienen ningún motivo para venir por mí. Yo soy el tipo a quien tienen que evitar.

—Irán por ti si sospechan que estoy contigo. De no ser que quieras verte metido en otro tiroteo, deberías quedarte aquí.

Él arqueó una ceja.

—¿Y tú? ¿Dónde te vas a quedar?

—Yo iré a un hotel durante un par de días.

—Buena idea. Iremos los dos al Blue Ridge. Llama al médico.

Ella agitó el vaso con los analgésicos.

—Si lo hago, ¿te tomarás el Vicodin?

—Soy un tipo duro. No necesito analgésicos —respondió él. Aunque estaba bromeando, ella tuvo la impresión de que no pensaba tomárselos hasta que intentó levantarse. Entonces, hizo un gesto de dolor y se dejó caer hacia atrás con un gruñido—. Mierda, sí. Dámelos.

Ella se rio mientras le daba un vaso de agua para que tragara la medicación. Después fue a buscar al médico. Sin embargo, antes de que saliera, él la llamó.

—¿Vivian?

Ella se dio la vuelta.

—¿De verdad no llevabas pantalones cuando saliste al porche antes?

Ella recordó sus dedos deslizándose por debajo del elástico de sus braguitas, y sintió una avalancha de deseo y de excitación. Miró hacia ambos lados del pasillo para asegurarse de que nadie escuchaba aquella conversación.

—Iba tapada. Bueno, tanto como si llevara un bañador. Cuando oí los disparos, no me atreví a perder el tiempo buscando los pantalones vaqueros y salí corriendo.

En cuanto el ayudante había llegado para ayudar a Myles, ella había entrado rápidamente en su casa y había tomado unos pantalones de algodón, así que nadie la había visto en ropa interior.

—Me acuerdo —dijo él, y sonrió de un modo soñador—. Tus braguitas son finas, de encaje, ¿no?

Ella puso los ojos en blanco.

—Si no supiera que es demasiado pronto, pensaría que ya te ha hecho efecto el Vicodin y estás bajo sus efectos.

Él sonrió aún más.

—Algunas cosas trascienden el dolor.

—Eso parece —dijo ella, y se cruzó de brazos para contener el delicioso escalofrío que le había causado su expresión–. Espera un segundo... Hace pocas horas, me diste un aviso.

–¿Qué aviso?

–Me dijiste que no querías tener ninguna relación conmigo.

Él se puso serio.

–Eso era antes.

–¿Antes de qué?

–Antes de que me diera cuenta de que es demasiado tarde.

Horse está en la habitación del fondo con Gully. Es el momento en que va a estar menos acompañado. Hazlo ahora. Acabo de abrir la puerta de atrás de camino al baño.

Aquel era el mensaje de texto que había estado esperando Virgil. Mona había tardado casi toda la noche en hacer lo que había prometido, pero la situación no tenía mucho mejor cariz. Él no sabía quién era Gully, o si podría alterar lo que estaba a punto de suceder. Y aunque estaba amaneciendo y la gente de la calle se había dispersado, todavía había muchos vehículos aparcados en la calle, lo cual sugería que el local seguía lleno.

Así pues, Horse no estaba tan solo como él hubiera querido. Además, llevaba levantado veinticuatro horas y estaba cansado. No estaba tan alerta ni tan despejado como era necesario. Aquel no era el mejor estado para decidir si el mensaje de Mona era una invitación para ser torturado y recibir un disparo en la cabeza, o la ayuda que le había pedido.

Sin embargo, no le quedaba más remedio que confiar en ella, ¿no? Era la decisión que había tomado cuando se había puesto en contacto con la amiga de Rex.

Le dio un beso a la foto de su mujer y su hijo; después

sacó un encendedor que había comprado en una gasolinera y la quemó, junto a todas las fotografías y tarjetas de empresa que ni siquiera sabía que tenía en la cartera. Quemó el contrato de alquiler del coche y cualquier cosa que pudiera ayudar a La Banda a encontrar a su familia. No quería dejar ninguna pista por si acaso no sobrevivía. Esperaba que la venganza de La Banda estuviera completa con su muerte, si las cosas salían así, pero con ellos nunca podía saberse lo que iba a pasar. Eran el grupo de hombres más sanguinario que él hubiera conocido. No vacilaban a la hora de llevar a cabo los actos más brutales, y para él eso había sido útil en la cárcel.

Sin embargo, había supuesto un infierno cuando lo absolvieron.

Respiró profundamente para reanimarse, se metió el arma en la cintura del pantalón y bajó del coche. Si conseguía llegar hasta Horse conservando el elemento sorpresa, solo tendría que hacer un disparo. Irónicamente, no había vuelto a usar una pistola desde que había salido de la cárcel. Sin embargo, el hecho de ser el propietario de una empresa de guardaespaldas y seguridad le daba buenos motivos para visitar periódicamente el campo de tiro. Tal vez aquella fuera su única ventaja, pero tenía una puntería inmejorable.

Por supuesto, había otro problema. Aunque consiguiera dar en el blanco y matar a Horse, el ruido del disparo avisaría a todos los que estaban en el local con él. Virgil no sabía cómo volver al coche. Esperaba poder dar con la respuesta cuando llegara el momento, porque no tenía forma de saber lo que iba a encontrarse cuando entrara.

Cuando rodeaba el coche, recibió otro mensaje de Mona: *¿Vienes?*

No se molestó en responder. Si le estaba tendiendo una trampa, no quería que supiera nada más. Sin embargo, tuvo la tentación de llamar a Rex para decirle que cuidara a Peyton y a Laurel si a él le ocurría algo. Lo habría hecho si no supiera que Rex ya iba a hacerlo. Así pues, en vez de hacer la llamada, dejó caer el teléfono a la calzada y lo hizo pedazos.

Había terminado con su único medio de comunicación. Todo había quedado reducido al dominio de sí mismo, a su arma y a la supuesta lealtad de Mona.

Capítulo 26

Myles se había quedado dormido rápidamente, pero Vivian se paseó por la habitación del hotel con inquietud. Se duchó. Se lavó los dientes una, dos, tres veces. Abrió la puerta, la cerró con el pestillo, volvió a abrirla, volvió a cerrarla. Cuando habían llegado, había llamado al Departamento de Policía de Los Ángeles y les había dicho todo lo que sabía sobre la gente que, según pensaba, había matado a su madre. No parecía que les impresionara mucho su declaración, ni que estuvieran dispuestos a creerla, pero el detective con el que había hablado lo había anotado todo y le había prometido que lo investigaría. Ella pensó en volver a llamar después de unos cuantos días. Cuando supiera lo que estaba ocurriendo en Pineview, podría presionarles un poco más.

Myles había enviado a un ayudante llamado Campbell a buscar una bolsa de ropa para ella. Campbell había ido al hotel hacía una hora y le había llevado todas las cosas que se había dejado en la habitación de Marley. Sin embargo, si había encontrado sus vaqueros por el suelo, los había dejado allí, así que ella seguía llevando los pantalones de algodón que se había puesto cuando habían disparado a Myles. Al menos, por el momento estaba satisfecha de tener aquellos objetos personales. No quería volver a casa y ver la sangre de Myles en el porche, ni enfrentarse al hecho de que Ink había violado su espacio una vez más. Ya tendría tiempo más tarde, cuando la policía los hubiera detenido a él y a su compañero. Lo mejor que podía hacer en aquel momento era descansar un poco.

Ojalá pudiera relajarse. La siesta que se había echado en el hospital había aliviado su fatiga, y debido a la agitación, no podía conciliar el sueño otra vez. Sobre todo, porque no podía ponerse en contacto con nadie de Buffalo. Myles había podido hablar con Marley y le había dado suavemente las noticias. También había quedado con la familia Rogers en que ella pasaría una noche más en su casa. Sin embargo, Vivian ni siquiera sabía si sus hijos habían llegado bien a su destino. Desde el aeropuerto le habían dicho que el vuelo había aterrizado puntualmente, pero a partir de ese momento, ya no sabía nada más. El teléfono móvil de Rex remitía a su buzón de voz; Peyton no respondía y Virgil tampoco. Y, sin embargo, en el este eran las once de la mañana. Tenían que estar despiertos.

Tal vez Peyton se hubiera puesto de parto y estuvieran todos en el hospital...

Sí, tenía que ser eso. Descolgó el teléfono inalámbrico de la mesilla, salió de la habitación y se puso a darle pataditas a una piedra mientras llamaba a la oficina de Virgil por tercera vez durante las dos pasadas horas.

—Lo siento, no he tenido noticias suyas —dijo la misma mujer que había respondido a las anteriores llamadas. No parecía que estuviera muy contenta por sufrir aquella molestia de nuevo.

—Soy su hermana, Laurel. ¿Sabe cuándo llegará?

—Lo siento, no tengo la más mínima idea.

La recepcionista tenía órdenes de no dar información. Vivian se dio cuenta. Seguramente, aquella mujer ni siquiera sabía que Virgil tenía una hermana; ellos dos habían mantenido sus vidas muy separadas desde Washington D.C. Sin embargo, ella necesitaba saber qué estaba pasando.

−¿Podría decirme, al menos, si Peyton está de parto?
−Me temo que no lo sé.
−¿Podría decirle a Virgil que me llame si tiene noticias suyas?
−Por supuesto.
−El número es...
−Ya tengo el número. Me lo dio la última vez.
−Estupendo. Muchas gracias por nada −refunfuñó Vivian, y colgó.

Necesitaba oír la voz de Jake y de Mia. Lo necesitaba más que nunca.

¿Qué debería hacer? ¿Ir a Buffalo? Ni siquiera tenía el coche en el motel. Había ido al hospital con Myles en la ambulancia; después, Campbell los había llevado a la habitación antes de ir a buscar sus cosas.

Se retorció las manos mientras miraba hacia el aparcamiento. Desde allí también veía al encargado del motel en su oficina, seguramente, encargándose de que todo estuviera preparado para el desayuno. Para el resto de la gente, aquel era el comienzo de un día normal. Sin embargo, para ella no. Mientras Ink y Lloyd siguieran sueltos, había demasiadas cosas en juego como para que algo pudiera ser normal.

Con un suspiro, entró de nuevo en la habitación. Estaba esperando algo, pero no sabía qué. Noticias de Virgil o de Rex. La noticia de que la policía había detenido a Ink, o mejor, que su compañero y él estaban muertos. Cualquier de las dos cosas sería una buena noticia.

No quería pensar en que también podía recibir malas noticias. Solo sabía que aquella madrugada le parecía pesada y asfixiante, aunque en realidad no hubiera ni una sola nube en el cielo.

¿Acaso era solo su estado de ánimo, o se trataba de una premonición?

Volvió a la ventana y pasó los minutos siguientes mirando hacia el pueblo. ¿Dónde podían haber ido Ink y

Lloyd? ¿Y por qué no podía la policía encontrarlos y acabar ya con su angustia?

Pero, si aquellos dos hombres volvían a la cárcel, ¿terminaría verdaderamente su angustia, o La Banda enviaría a alguien más en su lugar?

Al pensar en lo probable que era eso, a Vivian le pareció que su intento de quedarse en Pineview y luchar por lo que había creado allí era inútil. Había sido una ingenua al pensar en que podía escapar del pasado. Tenía que marcharse, que tomar el siguiente avión hacia Nueva York y no mirar atrás...

—Eh...

La voz de Myles la sobresaltó. Se giró hacia él.

—¿Qué haces despierto? —le preguntó—. La última vez que te oí estabas bastante sedado, y de eso solo hace dos horas.

—Por lo menos he dormido. Parece que tú no has tenido tanta suerte.

—Estoy demasiado nerviosa —admitió Vivian—. No consigo hablar con Virgil, ni con Rex, ni con Peyton. Es como si estuviera ocurriendo algo horrible, como si... No sé. No sé lo que es, pero estoy asustada. Y aquí estoy, sin poder hacer nada.

Él la observó con sus ojos oscuros y brillantes. Después apartó las sábanas.

—Ven aquí.

Ella negó con la cabeza.

Había dos camas en la habitación, así que no tenían por qué dormir juntos. Ella ni siquiera sabía si quería estar tan cerca de él. Una parte de sí misma sí quería, pero la otra se sentía muy culpable.

Ciertamente, se había quedado en Pineview por la vida que había creado y todas las promesas que les aguardaban a sus hijos y a ella. Sin embargo, tenía que admitir que era aquel guapísimo vecino el que diferenciaba aquel lugar de cualquier otro. Podría comprar otra casa, encontrar otro pueblo, una escuela que les gustara a Mia y a Jake, y una buena profesora de ballet para Mia. Podría continuar con su negocio desde cualquier parte. Y podría mantener la relación con Claire y con Vera a distancia. Lo único que no podía hacer era mantener una relación con el sheriff. Si se marchaba, no. Eso lo había sabido desde el principio.

¿Había hecho precisamente lo que había jurado no hacer nunca? ¿Había puesto un interés amoroso por encima del bienestar de sus hijos, como había hecho siempre su madre?

Ella pensaba que estaba luchando por todos ellos, por lo que podía significar para todos ellos el hecho de quedarse a vivir en Pineview. Jake deseaba tener un padre. Ella sabía que el niño estaría muy feliz teniendo a Myles permanentemente en su vida. Sin embargo, en aquel momento temía haberse equivocado...

Debería haber hecho las maletas y haberse marchado de aquel pueblo inmediatamente con los niños. Nadie podía vencer a La Banda. Eran hombres demasiado decididos, demasiado malos.

—Ojalá pudiera consolarte —dijo Myles—. Ojalá pudiera decirte que todo va a salir bien. Sin embargo, no puedo estar seguro de ello. Solo sé que, en lo que a mí respecta, estás donde debes estar.

—¿Y cómo lo sabes? Estoy aquí por ti. Lo sabes, ¿verdad? Yo... siento algo por ti desde hace mucho tiempo. Y ahora...

—Ahora te estás preguntando si has cometido un error.

—Estoy bastante segura de que sí lo he cometido. Te agradezco todo lo que has hecho, pero tengo que irme.

De repente, él se incorporó y se sentó.

—¿Adónde?

—A Nueva York, a recoger a mis hijos. Después... a Salt Lake. A Cheyenne. A Denver. A cualquier sitio. Tengo que proteger a Mia y a Jake. Son todo lo que tengo.

—No te vayas.

A ella se le cayeron las lágrimas.

—No me queda más remedio —dijo.

Se dirigió hacia la puerta, pero al ver que él se levantaba e iba cojeando hacia ella, no pudo continuar.

—Rex no dejaría que les sucediera nada a Mia ni a Jake —le dijo—. De lo contrario, tú no habrías permitido que se los llevara. Y aunque te establecieras en Salt Lake o en Cheyenne, no tienes ninguna garantía de que no te encuentren otra vez.

—Esa es la excusa que me he estado dando a mí misma, pero debería haber hecho las maletas y haber tomado el primer avión que saliera de Montana. No debería haber mandado a los niños a Nueva York, ni haberte puesto en peligro. Lo siento.

—Vivian, tú no me has puesto en peligro. Lo hicieron Ink y su amigo —dijo él, y puso una mano en el pomo de la puerta para impedir que ella la abriera—. No puedo prometerte que estás más segura aquí. Lo que puedo prometerte es que haré todo lo posible por protegerte.

Vivian quería oír eso, quería creerlo. Sin embargo, él estaba delante de ella con dos balazos, e Ink y Lloyd todavía estaban sueltos. ¿Y si las cosas hubieran salido peor? ¿Y si a Myles le hubiera ocurrido lo mismo que al alguacil de Colorado? Su madre había muerto; Pat también. Si las cosas no cambiaban, ella quizá no pudiera ir a su funeral a la semana siguiente.

—Pero ¿es que no lo ves? Aunque los detengas, puede que las cosas no terminen. La Banda podría mandar más y más gente...

—Pues nos enfrentaremos a ellos también. No debemos rendirnos ante la mafia. Eso solo sirve para darles más poder.

—Pero... tú tienes que preocuparte de Marley. ¿Por qué quieres seguir implicado en esto?

Él era el sheriff. Podría haberle dicho que era su trabajo. Sin embargo, no lo hizo. Su voz se hizo más grave, y la miró a los ojos.

—Por el mismo motivo por el que tú te has arriesgado a quedarte en Pineview.

Lo estaba haciendo por ella; por lo que podía ocurrir entre los dos.

—Pero... por mi culpa te han pegado un tiro.

Él se acercó vacilante, le tomó la barbilla e hizo que inclinara la cabeza hacia atrás.

—Eso consiguió sacarte a la calle en ropa interior, ¿no?

Ella sonrió al ver su expresión sexy, y él entrelazó los dedos con los suyos.

—No me dejes —le susurró él—. Tenemos algo. No sé cómo resultará, pero nunca lo averiguaremos si dejamos que La Banda nos separe.

Tenía razón. No podían conocer el futuro; tal vez resultaran heridos física o emocionalmente. Estaban corriendo un riesgo por amor. Ella había confiado en su corazón al quedarse. Había abierto su alma y se había permitido a sí misma enamorarse de él y de aquel lugar, pese a todo lo que había pasado en su vida. Aquello, por sí solo, ya era una victoria.

Para conseguir el resto, debía tener fe.

—Está bien —dijo, y le permitió que la llevara hacia la cama.

Había dos hombres entre las malas hierbas del patio trasero del local de Horse. Estaban apiñados junto al vallado de malla metálica, en la esquina más lejana de la casa, hablando en voz baja, haciendo algún tipo de transacción. Virgil no tenía duda de que se trataba de algo ilegal, como casi todo lo que ocurría allí. Sin embargo, no se preocuparon por su repentina aparición. Cuando torció la esquina, alzaron al vista para ver qué quería, pero en cuanto se dieron cuenta de que no estaba interesado en ellos, volvieron a sus negociaciones. Por allí pasaban demasiados hombres como para que su presencia los alarmara. Estaba solo, lo cual no era amenazante, teniendo en cuenta su número. Y parecía que encajaba. Sabía cómo aparentar que era de los suyos, porque había formado parte de La Banda exactamente igual que ellos.

Sin embargo, el hecho de que aquellos hombres estuvieran en su vía de escape podía ser un problema. Cuando le pegara un tiro a Horse, ellos sabrían que no era un aliado. Tomó nota de las complicaciones que podían causarle mientras abría la puerta y entraba a un pasillo que olía a marihuana y a puro.

A juzgar por la penumbra, todas las ventanas de la casa tenían las persianas echadas. La privacidad era importante. La Banda no toleraría que ningún extraño fisgoneara, aunque los residentes de aquel barrio ya sabían que era mejor no mostrar curiosidad. Si lo hacían, podían acabar muertos.

La única luz que veía Virgil provenía de una lámpara de una sala que había al final del pasillo. También subía un poco de luz del club, que estaba bajando un tramo de escaleras. El sonido de las bolas al chocar le confirmó que todavía había gente abajo, jugando al billar. Si estaban consumiendo cocaína, tal vez no durmieran durante días.

Había varias puertas en aquel pasillo, todas ellas cerradas, salvo la que daba a las escaleras que bajaban al club. Mona había mencionado que Horse estaba en la habitación del fondo, pero había tres habitaciones, y seguramente un baño, y él no sabía a cuál había podido referirse ella.

Se apoyó contra la que estaba más cerca de él, e intentó oír si ocurría algo dentro. No se oía nada. Estaba a punto de girar el pomo y arriesgarse a mirar, cuando apareció una mujer al final del pasillo y atrajo su atención con una suave tos.

Llevaba medias de rejilla, unas botas negras de tacón alto, una falda que no terminaba de cubrirle todo el trasero y una blusa escotada que dejaba adivinar unos pechos caídos. Estaba ajada y estropeada. Las mujeres no se conservaban bien en La Banda. Dos años de servicios para aquellos hombres eran como diez haciendo la calle. Ellos eran así de exigentes y maltratadores.

Él nunca había visto a Mona, pero la reconoció al instante. Tenía una expresión de ansiedad. Su cara era ovalada y pálida, y llevaba el pelo teñido de negro. Asintió cuando sus miradas se cruzaron, para identificarse. Después, con el látigo de dominación que llevaba en la mano, y que formaba parte de su atuendo de trabajo, señaló la puerta que estaba frente a él, y desapareció. Virgil oyó cerrarse la puerta principal del garito y supo que ella se había largado.

Seguramente era buena idea marcharse mientras pudiera. Él todavía no sabía si había sido leal con él o lo había vendido, pero la vida iba a ponerse interesante de todos modos.

O a terminar.

Se sacó la pistola de la cintura y quitó el seguro. Después, abrió la puerta de la habitación que ella le había indicado.

Había dos hombres sentados en un escritorio, contando fajos de billetes. Las ganancias de la noche. El que estaba más cerca alzó la vista con una expresión de enfado por la interrupción. Sin embargo, le cambió la cara en cuanto vio el arma de Virgil. Mientras su boca formaba una o, sus ojos se fijaron en su propia pistola, que estaba a su alcance, en una estantería.

–Si intentas tomarla, te pego un tiro –le dijo Virgil en voz baja.

–Si lo haces, nunca saldrás de aquí –dijo el otro hombre.

Era un tipo grande que llevaba la cabeza afeitada y tenía las mejillas llenas de marcas de acné. Aquel tenía que ser Horse. Aunque Virgil no lo conocía, Rex le había contado muchas cosas acerca del líder de La Banda, y él sería capaz de distinguirlo entre un grupo de hombres, sobre todo si el grupo era de dos. No había muchos hombres de dos metros de estatura con una nariz tan bulbosa y una piel tan mala.

–Horse –dijo Virgil, con una sonrisa cordial–. Me alegro de conocerte.

Horse se echó a reír y mostró unos dientes amarillentos. Virgil se preguntó si aquel era el motivo por el que lo apodaban *Caballo*.

–Estás loco por haber venido aquí.

–Sí, estoy de acuerdo.

Estar loco era una cosa, pero Horse nunca hubiera esperado algo tan temerario, y eso era importante. Virgil se daba cuenta de su absoluta sorpresa; aquel hombre no estaba preparado, lo cual significaba que Mona no lo había traicionado, después de todo.

Virgil se dijo que, si aquello terminaba bien, la recompensaría adecuadamente.

–Gully, si te quitas de en medio, te dejaré vivir –le dijo al otro hombre. Era un tipo gordo con tatuajes.

–¿Cómo sabes mi nombre?

Virgil sonrió.

–Sé muchas cosas.

–Entonces, también sabrás que no te voy a dejar dispararle a ningún miembro de La Banda.

–Como quieras –dijo Virgil, y alzó el arma.

No tenía intención de pegarle un tiro a Gully. Horse era tan alto que podía alcanzarlo si era necesario. Sin embargo, en cuanto Horse cayera al suelo, tendría que ocuparse de que Gully no tomara su pistola, y estaba intentando decidir cómo podía salir de aquel local sin llevarse un balazo él también. Aunque estaba completamente decidido a defender a su familia y a liberarse por fin de La Banda, no quería matar a nadie, ni siquiera a Horse. Había matado antes, en la cárcel, pero entonces no tenía elección.

Allí tampoco podía elegir.

–Si nos dejas tranquilos a mi familia y a mí, también te dejaré vivir a ti –le dijo a Horse.

—Yo no hago tratos —dijo Horse, e hizo un movimiento brusco para tomar la pistola de Gully.

No podía alcanzarla, pero Virgil no podía calcularlo cuando disparó. La bala alcanzó a Horse en el hombro. En su camisa apareció una mancha oscura. Entonces, Gully se lanzó por el arma, tal y como era de esperar, así que Virgil tuvo que dispararle a él también.

Apuntó a su pierna. Al recibir el balazo, Gully se desplomó gimiendo. A Virgil solo le quedaban unos segundos antes de que todos los demás del local se abatieran sobre él, y tenía que rematar a Horse. Sin embargo, el mafioso se había escondido detrás del escritorio, y Virgil no podía hacer el tipo de disparo que necesitaba. Gully consiguió hacer unos cuantos disparos en aquel lapso de tiempo.

Virgil oyó el impacto de una de las balas en la pared que estaba detrás de él. Cerca, pero no demasiado cerca. Gully tenía demasiado dolor en la pierna como para poder apuntar bien. Sin embargo, el ruido atrajo mucha atención. Sonaron pasos por todo el pasillo, y por los gritos que acompañaban a aquellos pasos, parecía que se acercaban por lo menos cien miembros de La Banda para ayudar a Horse. Sin embargo, Virgil sabía que aquello era una ilusión provocada por el pánico. En realidad, no debían de ser más que cinco o seis mafiosos.

Sin embargo, eran muchos más que él. Y ya no podía escapar por donde había entrado. En aquel momento comprendió la inutilidad de lo que había intentado hacer, y vio con claridad la imagen de Peyton y de Brady en su mente. No podía fallarle a su familia. Ni a Laurel ni a Rex tampoco. No iba a fallarles mientras le quedara aliento para luchar.

Volvió a disparar y acertó en el brazo derecho de Gully, que soltó la pistola. Aquel tipo estaba neutralizado, pero Horse seguía vivo y coleando. Entre imprecaciones, intentó apartar a Gully a empujones para hacerse con la pistola, pero no podía hacerlo sin exponerse, así que se colocó a Gully delante para usarlo de escudo humano.

−¿Y este es el tipo al que querías defender con la vida? −le gritó Virgil a Gully.

Gully, congestionado y jadeante, consiguió zafarse de Horse y lo dejó sin protección durante un segundo.

Un segundo era todo lo que necesitaba Virgil. Con idea de romper el cristal de la ventana para huir por ella, atravesó la habitación sin dejar de disparar hacia la esquina de Horse. Se formó una lluvia de astillas de madera y yeso, pero Virgil se estaba moviendo demasiado deprisa como para ver si había conseguido matar a Horse. En aquel momento todo estaba lleno de humo y polvo.

En el último minuto disparó a la ventana. Pensó que sería más fácil romperla. Sin embargo, no tuvo ocasión de saltar al exterior, porque en aquel momento, los demás miembros de La Banda comenzaron a entrar en aquel despacho.

Aunque Virgil tenía el cargador vacío, las balas comenzaron a llover. Las balas de ellos. Solo pasó un segundo antes de que una, y después otra, le alcanzaran en la espalda.

Capítulo 27

L.J. lo veía todo borroso, pero al menos no sentía dolor. ¿Le habían disparado de verdad, o solo había sido una pesadilla?

Pestañeó y trató de entender qué era la luz que brillaba justo encima de él, y los objetos borrosos que lo rodeaban, pero cuando vio la fotografía que había colgada de la pared, supo que no había soñado el disparo. Estaba dentro de la cabaña que habían alquilado aquellos hombres a quienes había matado Ink.

Su mente rehuyó el resto del recuerdo, el proceso de arrastrar los cadáveres fuera y cavar sus tumbas, pero no hubo forma de evitar que las imágenes se reprodujeran una y otra vez, como un bucle interminable. Hasta que un olor muy raro que no reconocía lo distrajo, y oyó los sonidos de alguien que estaba en la cocina.

Quería llamarlo y preguntar por qué se sentía tan extraño, pero temía que fuera Ink. Tenía que ser él, ¿no? Solo había estado con Ink desde que había escapado de la cárcel. Lo último que recordaba era que su compañero quería operarle la herida…

Oh, Dios. L.J. quiso tocarse la herida para saber qué le había ocurrido mientras estaba inconsciente. Sin embargo, no podía moverse. Tenía las muñecas atadas por encima de la cabeza.

¿Qué demonios estaba ocurriendo? ¿Aquella era la idea que tenía Ink de lo que era salvar una vida? ¿O acaso quería vengarse de él porque había estado a punto de abandonarlo en el bosque?

—¡Eh, te has despertado!

Era Ink, por supuesto. La última persona a la que quería ver. La última persona que hubiera querido que le curara. Ink no sabía nada de sacar una bala, ni de los daños que podía causar enredando en el hombro de una persona. Tampoco le importaba. Aquella era la parte más terrorífica. Si él vivía, aquello solo sería un motivo para fanfarronear. En realidad, si moría, Ink fanfarronearía del mismo modo.

L.J. tuvo que tragar antes de poder responder. Tenía la boca seca como el algodón.

—No puedo moverme... ¿Por qué?

—Lo siento —dijo Ink, y se acercó a la mesa secándose las manos con un trapo—. Tuve que atarte. Podías despertarte y empezar a dar golpes, y hacernos daño a los dos. Tenías que haber visto cómo saltabas cuando te cauterice el agujero del hombro.

—¿Cuando qué?

Aquel era el origen del extraño olor. Carne quemada. Su carne. Solo pensarlo le provocó más náuseas de las que ya tenía.

—Cuando te cauterice la herida —repitió Ink—. Utilicé una cuchara de metal. Solo se me ocurrió eso. Era el único modo de esterilizar la herida y cerrarla para que no sangrara más, porque no tenía aguja e hilo para coserte.

—Pero ¿quién dijo que tenías que...?

—Lo vi en una película del Oeste —lo interrumpió Ink—. Funcionó muy bien. Deberías darme las gracias. Hemos dejado atrás lo peor.

Sin embargo, Ink no sabía que podía haberle provocado una terrible infección. Tal vez fuera astuto, pero no tenía ni siquiera una educación elemental. Por lo menos, él se había graduado en el instituto. Él no fue a la cárcel hasta que un primo suyo le convenció para robar coches, y entonces conoció a tipos como Ink y los del resto de La Banda.

–Bueno, ¿cómo te encuentras?

L.J. cerró los ojos para protegerse de la luz que había encima de él.

–¿Dónde estoy?

–En la mesa de operaciones, o sea, la mesa del comedor. Muy ingenioso, ¿eh?

Cuando vio a Ink darse con los nudillos en la cabeza, L.J. pensó que iba a vomitar. Le dio por pensar que tal vez le hubiera quitado un riñón; a Ink le gustaba hablar de esas cosas morbosas. Entretenía a los demás tipos de la cárcel con historias del mercado negro de órganos para trasplantes y de médicos que participaban en el robo de esos órganos a los pobres.

L.J. tenía los labios resecos y agrietados. Hizo un esfuerzo por humedecérselos para poder hablar.

–¿Qué... qué me has hecho?

–Te he sacado la bala que te metió ese maldito sheriff. ¿Qué creías? –dijo Ink, y le mostró una pieza de metal ligeramente aplanada–. ¿La ves? Es esta.

Ink tenía una mancha de sangre en el brazo. Se había lavado las manos pero no había hecho muy buen trabajo, no se había lavado lo suficientemente bien como para borrar todos los restos de su operación.

–Estupendo. Gracias –dijo L.J.–. Bueno, ¿me desatas?

Ink se quedó mirándolo tanto tiempo, que él tuvo miedo de que se negara. Sin embargo, Ink sonrió y se encogió de hombros. Tomó un cuchillo que todavía estaba manchado de sangre y cortó las tiras de sábana con las que le había atado las manos a dos objetos que no se movían. Cuando L.J. se incorporó, frotándose las muñecas, vio que eran dos sillas de madera, una a cada lado de su cabeza, que no deberían haber sido tan pesadas. Lo que ocurría era que él estaba muy débil. Débil, mareado y confuso.

—¿Cómo te encuentras? —le preguntó de nuevo Ink.

—Supongo que bien —respondió L.J., y se llevó la mano a la cabeza como si quisiera aclararse el pensamiento—. ¿Qué... me has dado?

—Las últimas pastillas que me quedaban. Eso sí que es amistad, ¿eh?

¿Amistad? L.J. ni siquiera quería estar allí. Ya se habría marchado, de haber podido. Ink era la persona más desequilibrada que había conocido.

—¿Qué era?

—Maxidone. O eso me dijeron.

—¿Y qué es?

Ink dejó el cuchillo en la mesa.

—No lo sé. ¿Qué importa? Funcionan, ¿no?

—Sí.

L.J. no sentía ningún dolor, así que las pastillas debían de haber hecho efecto. Era obvio que Ink también había tomado algo, y más de lo normal, porque estaba de muy buen humor. Era raro, teniendo en cuenta que la situación no podía ser peor.

—¿Y de dónde las sacaste?

—Deja de ser tan tonto, ¿de acuerdo? Me las dio Wiley Coyote, y lo sabes porque estabas conmigo. Caramba... —añadió Ink con una risita.

¿Caramba? Era evidente que Ink estaba colocado. Probablemente se había fumado el porro que estaba en la mesa de centro. O había mezclado drogas y alcohol.

—Te acuerdas de Wiley, ¿verdad?

L.J. recordaba vagamente a un miembro de La Banda que los había ayudado a fugarse de la cárcel y le había dado a Ink una provisión de pastillas para sus dolores de espalda.

—Sí.

—Bueno, baja ya de la mesa —dijo Ink, y le hizo una seña para que se levantara—. Voy a llevarte a la cama. Tienes que descansar.

L.J. no sabía cómo iba a caminar de un sitio a otro. Cuando se deslizó de la mesa, tuvo que inclinarse hacia delante y respirar profundamente varias veces para no vomitar ni caerse.

—Sí, la cama —dijo, cuando por fin pudo erguirse.

Ink lo ayudó a subir lentamente las escaleras. Incluso lo ayudó a tenderse en la cama y lo tapó con mantas. Sin embargo, el mareo que había sentido L.J. regresó con fuerza, peor que nunca, y le impidió conciliar el sueño.

¿Tenía una reacción alérgica a las pastillas que le había dado Ink?

Estaba a punto de llamarlo para decirle que le ocurría algo grave, cuando empezó a dudar de todo lo que le había dicho. Tal vez no fuera una reacción alérgica. Tal vez hubiera perdido la noción del tiempo e Ink lo hubiera tenido varios días encerrado en la cabaña. ¿Llevaba solo unas horas atado a la mesa, o días enteros?

Lo último que recordaba era haber salido del coche...

Se giró cuidadosamente hacia un lado para intentar sentir la espalda por la zona lumbar, que le dolía de un modo horrible. ¿Era por la dureza de la mesa, o porque Ink le había robado un riñón?

No estaba seguro. No podía tocarse la espalda sin abrirse la herida del hombro.

—¿Ink? —dijo. Sin embargo, fue un esfuerzo muy débil, e Ink no lo oyó.

Un segundo más tarde, la puerta de la cabaña se cerró y se encendió el motor del coche.

Recibir un disparo debería ser algo mucho peor. El balazo de la pierna había sido doloroso, sí. La visita al hospital no había mejorado las cosas. Y no poder arrestar a

Ink y a Lloyd había sido desesperante. Sin embargo, Myles podía pensar en cosas peores que estar en una cama acurrucado contra el cuerpo suave y cálido de Vivian.

Deslizó la mano por debajo de su camisa para acariciarle el pecho desnudo; había estado deseándolo desde que se habían tumbado juntos, y su cuerpo se endureció al instante. Era consciente de que estaba cayendo en aquel abismo emocional llamado «amor», y sabía que tal vez se hundiera tan profundamente que no fuera capaz de salir nunca más. Y, sin embargo, eso estaba bien. El amor conllevaba el riesgo de la pérdida, pero una vida sin amor podía ser una vida vacía, desapasionada. En aquel momento no entendía por qué había pensado alguna vez que ese tipo de existencia le bastaría. Nunca renunciaría a los años que había pasado con Amber Rose, ¿verdad? No. Entonces, ¿por qué no iba a aprovechar una segunda oportunidad de sentir lo mismo hacia otra persona?

Vivian se movió y se giró hacia él. Cuando abrió los ojos, sonrió con somnolencia.

—¿Cómo estás?

—Muy bien, ¿y tú?

—Mejor, ahora que he podido descansar. ¿Qué hora es? ¿Tenemos que levantarnos ya?

Él le acarició el borde de la oreja.

—No, todavía no. Solo han pasado un par de horas.

—Entonces, ¿por qué estás despierto?

Sus ojos parecían tan grandes, con el pelo tan corto...

—Estoy pensando.

—¿En qué?

—En ti.

—¿Y?

—Me alegro de que te mudaras a la casa de al lado.

Ella titubeó. Obviamente, estaba reflexionando sobre sus palabras.

—Estás de broma. ¿Y tus heridas?

Él sonrió perezosamente.

—Son rasguños.

Aunque ella sonrió, su expresión volvió a ser seria en un segundo.

—Soy muy distinta a Amber Rose. Lo sabes, ¿no?

—¿En qué sentido?

—Para empezar, tengo mi propio negocio.

—Y yo admiro lo que has conseguido. Estoy dispuesto a apoyarte. ¿Por qué consideras que eso es un obstáculo?

—Porque estoy acostumbrada a ser independiente.

—Entendido. Puedo adaptarme a eso.

—Pero... Claire me dijo que Amber Rose tiene un hermano que es médico.

Él se echó a reír. ¿Qué tenía que ver el hermano de Amber Rose con todo aquello?

—No te entiendo.

—Mi hermano es un expresidiario.

—Ah, claro. Pero si lo absolvieron, significa que él no cometió el crimen.

—Lo hizo mi tío. Y puede que mi madre lo planeara con él. Y Virgil no ha salido sin problemas de la cárcel. Sabes que La Banda tal vez nunca nos permita vivir en paz. Tal vez no nos permita vivir.

—No te van a hacer daño siempre y cuando yo esté aquí para protegerte. Pero entiendo tus preocupaciones. Y, para ahorrarte que tengas que mencionarlo, entiendo que el padre de tus hijos era un maltratador que puede aparecer en escena en algún momento del futuro. ¿Alguna otra advertencia?

Ella arqueó las cejas.

—He oído decir que Amber Rose era muy dulce.

—Has oído muchas cosas.

—Tú eres el tema favorito de las damas. Esto es Pineview, ¿no te acuerdas?

—Bueno... tú eres distinta a ella, tal y como has dicho.

—Y tal vez no sea tan buena. Soy agresiva y terca y... a veces me enfado. Y, además, tengo un bagaje.

–¿Más bagaje del que ya has enumerado?
–Puede ser.

Con sus piernas entre las de él, y la suavidad de sus pechos contra el suyo, el recuerdo de haber hecho el amor con ella en la cabaña le aceleró el pulso.

–¿Qué es lo que te preocupa realmente, Vivian?
–La querías tanto... No sé cómo voy a poder competir con eso.

Él pasó el dedo pulgar sobre su labio inferior. Quería besarla y probar el sabor de su piel desnuda, y su textura. Y era a ella a quien deseaba, no a una sustituta de Amber Rose.

–Tú no tienes que competir con nada. Yo quería a mi difunta esposa, y siempre la querré, pero eso no significa que no pueda quererte a ti tanto como a ella.

Myles inclinó la cabeza para besarla, pero ella se resistió. Parecía que no creía del todo lo que le había dicho, y no podía culparla. Había pasado por muchas cosas. Sin embargo, deslizó las manos hacia su espalda por debajo de su camisa y comenzó a masajearle con suavidad los músculos tensos de los hombros, y a convencerla de que dejara de preocuparse. Entonces, ella separó los labios y empezó a responder.

–No voy a permitir que te ocurra nada –murmuró Myles, y sus lenguas se tocaron y se encontraron de nuevo–. Lo único que tienes que hacer es aferrarte a mí.

Hacer el amor con Vivian fue algo completamente distinto en aquella ocasión, incluso mejor que en la cabaña. Myles lo hizo todo despacio para poder memorizar su cuerpo y disfrutar de él, y dejó que ella disfrutara del suyo. Le acarició los pechos, la cintura, las caderas para conseguir que se volviera más flexible y que creyera en él, y Vivian cerró los ojos y arqueó la espalda, y no luchó contra él cuando la llevó al borde del clímax. En aquel momento, ella abrió los ojos y los clavó en los de Myles, y él le rogó en silencio que no lo negara.

–Creo que no puedo... –comenzó a decir ella.

Sin embargo, él le quitó la mano que le había puesto en el pecho y se la sujetó por encima de la cabeza, junto a la otra.

–Déjate llevar –le pidió en un susurro–. Solo tienes que confiar en mí.

Vivian debió de creerlo entonces, porque apretó las piernas contra sus caderas y le dijo que estaba tan comprometida como él, y diez segundos más tarde, jadeó y cerró los ojos. Myles intentó que el placer durara todo lo posible, pero antes de que el espasmo final se disipara, él también llegó al éxtasis.

El dolor le impedía moverse. Sin embargo, había algo peor que el dolor, y era la dificultad para respirar. Una de las balas debía de haberle afectado al pulmón. Virgil solo podía pensar en Peyton, en Brady y en el bebé. Nunca iba a volver a verlos, y no iba a conocer a su hija. Peyton tendría que continuar sin él. Tal vez Laurel ya hubiera muerto. Su pasado le había dado caza, a pesar de todo lo que había hecho para distanciarse de él.

Entonces, de repente, la ira acudió en su rescate. Fue como si le agarrara el corazón y lo lanzara hacia sus costillas. No era una sensación agradable, pero le dio fuerzas suficientes para intentar hacerse con el arma que Gully había dejado caer al suelo. Sorprendentemente, nadie se había lanzado hacia ella. Horse y Gully estaban intentando fundirse con la pared para no recibir un balazo perdido.

Pensaban que para él, todo había terminado. Y era cierto. Precisó de todas sus fuerzas para tomar una pequeña bocanada de aire. Sin embargo, no iba a morir solo.

Le ardía todo el cuerpo por la falta de oxígeno, y casi no podía mantenerse consciente. Si pudiera respirar, podría tolerar el dolor. El dolor no significaba nada para él, si dominándolo pudiera reunirse con aquellos a los que quería. Era su maldito pulmón. Notaba que la oscuridad iba atrapándolo...

Sintió el peso de algo sólido en la mano y se dio cuenta de que tenía una pistola. No sabía cómo había conseguido agarrarla. La habitación daba vueltas y todo estaba borroso. Tenía que actuar rápidamente, antes de perder por completo la visión.

Subió el cañón y apuntó a la puerta. Sin embargo, allí ya no había un ejército armado. Todos estaban tirados en el suelo, salvo uno. ¿Cómo había sucedido eso?

Había una figura alta y borrosa que entraba en la habitación con cautela, lentamente. También tenía un arma en la mano, como si estuviera a punto de disparar.

Virgil se ordenó a sí mismo matar a aquel hombre. Un miembro menos de La Banda... Pero si iba a llevarse a alguien consigo, quería que fuera Horse. Se olvidó del otro tipo, un extraño sin importancia para él, y rodó por el suelo para buscar al líder de La Banda.

Horse estaba intentando esconderse detrás de Gully. Gully tenía un agujero en la frente, del que salía un hilo de sangre. Sin embargo, Virgil pensó que debían de ser imaginaciones suyas. Él le había disparado, pero no en la frente. Solo quería herirlo. ¿Por qué iban a matarlo sus propios hombres?

–¡No! –gritó Horse, al darse cuenta de lo que iba a hacer Virgil.

Sin embargo, él disparó de todos modos. Apretó el gatillo todas las veces que pudo hasta que se le acabaron las fuerzas. Quería terminar con aquella amenaza para su familia para siempre. Sin embargo, sintió el retroceso del arma en el brazo tan solo en dos ocasiones.

Intentó tomar aire para permanecer consciente, pero se desplomó. Estaba a punto de rendirse, cuando dos manos fuertes lo obligaron a incorporarse y a sentarse. Entonces oyó una voz familiar.

−Virgil, aguanta. Voy a sacarte de aquí.

Rex. Virgil quiso decir su nombre, pero no pudo. No sabía cómo era posible que su mejor amigo estuviera en California, pero nunca se había alegrado tanto de ver a nadie.

Capítulo 28

L.J. ya no le servía de nada. Ink se había divertido hurgándole en el hombro en busca de la bala con las manos sin lavar, y se conformaba con dejarlo morir en paz, si acaso sucedía eso. Si L.J. no moría, tal vez pudiera bajar de la montaña y conseguir tratamiento médico. Seguramente, volvería a la cárcel. El chico no tenía la inteligencia necesaria para valerse en el mundo siendo un fugitivo. Tampoco tenía agallas para hacer lo que debía hacer un fugitivo.

Él, sin embargo, tenía todo lo que necesitaba, incluyendo un buen plan. No podía creer que no se le hubiera ocurrido antes. Sabiendo Laurel que él estaba en el pueblo, no volvería a su casa, y él tendría que empezar a buscarla otra vez. Sin embargo, alguien que contara con la confianza de sus vecinos de la comunidad podría ayudarlo a encontrarla mucho antes que su antiguo compañero de celda, y más después de que L.J. hubiera recibido un disparo. ¿Y quién sería más respetado y digno de confianza que un miembro de la familia Rogers?

Había visto a su guapa hija adolescente y a su atractiva madre de mediana edad. Eran una familia estupenda. Y estaban solo a un kilómetro de distancia, en la cabaña de al lado. Tal vez hubiera un padre. Ink pensó en que podría encargarse de él igual que se había encargado de los cazadores.

La madre le serviría mucho mejor para conseguir sus propósitos. Laurel tenía un nombre nuevo, así que él enviaría a la señora Rogers al pueblo para indagar. Si se quedaba con su hija y con todas las demás personas que hubiera en la cabaña, ella tendría un buen incentivo para trabajar rápido y mantener cerrada la boca. Cuando volviera con la dirección de los amigos y familia de Vivian que pudieran vivir por la zona, él mataría a toda la familia para que no lo delataran. Y después iría a Pineview a terminar con la hermana de Virgil.

Revisó la pistola que había cargado de nuevo en la cabaña, después del tiroteo con el sheriff. Estaba en perfecto estado. Ya solo tenía que esconderse entre los árboles y esperar a que oscureciera, cosa que iba a suceder muy pronto.

El teléfono del motel despertó a Vivian a las cinco en punto. Se había quedado dormida después de hacer el amor con Myles, hacía varias horas, y había conseguido descansar. Sin embargo, la realidad interfirió en su sueño con el sonido del teléfono, y el miedo regresó.

–¿Quieres responder tú? –le preguntó a Myles. Pensó que sería uno de sus ayudantes, que lo estaba buscando. Nadie más sabía que estaban allí.

Él le acarició la piel, pero siguió con los ojos cerrados.

–Ummm... No. Todavía estoy atontado. Contesta tú.

Vivian se alegró de comprobar que él estaba durmiendo, por fin. Lo necesitaba desesperadamente. Sin embargo, temía que ninguno de los dos iba a poder descansar más. Ella tenía que conseguir hablar con Peyton y con Rex, y averiguar lo que había pasado con sus hijos y con su hermano. Y tenía que responder a aquella llamada. Esperaba que fueran buenas noticias.

–¿Diga?

—Hola, buenas tardes. Soy Sandra, de EZ Security. ¿Podría hablar con Vivian?

Reconoció el nombre de la recepcionista de la empresa de Virgil, y se irguió.

—Soy yo.

—Tengo que darle un número de teléfono para que llame.

Vivian lo apuntó en una libreta del hotel, que estaba junto al teléfono.

—¿De dónde es? —preguntó. Reconoció el código de la zona, pero no el resto de los dígitos.

—Del Mercy Medical Hospital de Los Ángeles.

Vivian se mordió el labio.

—¿Por qué he de llamar a un hospital?

—Su hermano ha recibido un disparo.

Vivian debió de soltar un gemido de dolor, porque Myles se sentó a su lado, completamente despierto.

—¿Qué ocurre?

Ella no podía explicárselo en aquel momento. Tenía que averiguar todo lo posible de aquella mujer.

—¿Se... se va a recuperar?

—Los médicos tienen esperanzas. Ahora lo están operando.

—Entonces, ¿a quién tengo que llamar, si Virgil no puede hablar?

—A Rex.

—¿Por qué no le dio mi número?

—Él no puede hacer una llamada a cobro revertido a un hotel.

¿Rex también estaba en Los Ángeles? ¿Por qué? ¿Dónde estaban sus hijos?

—¿Sabe si Peyton está bien?

—Sí, está bien.

Era evidente que aquella mujer conocía su pasado. Ella estaba usando sus nombres verdaderos, los que no habían vuelto a usar desde que habían adoptado sus identidades falsas y se habían mudado a Washington D.C.

–Rex me pidió que le dijera que Peyton tiene a Jake y a Mia con Brady, y que están en un hotel, aquí en Buffalo. Que no se preocupe por ellos.

Sintió un gran alivio al saber que sus hijos estaban bien, en buenas manos. Sin embargo, después de lo que había sabido sobre Virgil, no podía sentirse mucho mejor.

–¿Peyton sabe lo de Virgil?

Hubo un ligero titubeo.

–No. Por eso no es ella quien está haciendo esta llamada. Rex me dijo que no se lo contara hasta que... hasta que sepamos si Virgil va a salir con vida o no.

Laurel tuvo que apoyar la cabeza en una mano.

–¿Cómo ocurrió?

–No conozco los detalles. Solo sé que Rex quiere hablar con usted. Su teléfono se estropeó cuando su hermano resultó herido, así que me llamó desde el hospital.

–¿Rex no está herido?

–No. Pero lo estaría, si no hubiera llevado el teléfono en el bolsillo.

–¿Y por qué fue a Los Ángeles?

–Creo que debería preguntárselo a él. Rex solo me llamó para saber si usted había llamado aquí. Le dije que no sabía si todavía seguía en este número, pero que intentaría ponerme en contacto con usted.

–Ya entiendo. Gracias –dijo, y colgó.

–¿Qué sucede? –le preguntó Myles–. ¿Están bien los niños?

–Sí, están perfectamente.

Entonces, con cara de preocupación, le tomó la mano y le besó los dedos.

–Entonces, ¿qué pasa?

–Es mi hermano.

Cuando lo llamaron por megafonía, Rex se acercó rápidamente al mostrador de información, se identificó y tomó el teléfono que la enfermera le ofreció con una sonrisa amable.

—¿Diga? —preguntó, girándose para tener un mínimo de privacidad.

—Soy yo.

Laurel. Rex estuvo a punto de echarse a llorar al oír su voz, aunque no lo había hecho desde niño. Laurel estaba viva; él había tomado la decisión correcta.

—Dios, cuánto me alegro de oírte.

—Yo podría decir lo mismo. ¿Estás bien?

—He estado mejor.

Se encontraba tan enfermo, tan nervioso. No estaba seguro de poder aguantar tanto como fuera necesario, y sin embargo había llegado hasta allí. Cada minuto y cada hora eran un nuevo desafío, pero se sentía bien por los minutos y las horas que había conquistado hasta entonces. Y en aquel momento, se aferraba a la esperanza de que su presencia y sus oraciones pudieran ayudar a Virgil mientras los médicos lo operaban. Cuando se había marchado de la sala de espera de urgencias de Buffalo, con intención de comprar OxyContin para librarse del dolor de cabeza y de los terribles calambres que tenía en el estómago, recordó el viaje a Libby. Recordó que, durante la última parte del trayecto, había ido tomado de la mano con Laurel, y se había sentido en paz. Entonces se dio cuenta de que si volvía a tomar las pastillas nunca conseguiría escapar de ellas. Así pues, en vez de comprar droga, le había pagado a su camello para que lo llevara al aeropuerto y había tenido que tomar una de las decisiones más difíciles de su vida.

¿Iba a Montana a intentar proteger a Laurel?

¿O iba a Los Ángeles a apoyar a Virgil?

Al final había decidido ir a Los Ángeles. Sabía que Virgil iba directo a un gran problema, y Laurel, por lo menos, estaba intentando evitarlo. Y, por mucho que dijera que no tenía confianza en el sheriff de aquel pequeño pueblo, sabía que Myles haría lo posible por protegerla, y seguramente era más capaz de lo que él quería admitir.

Laurel estaba intentando contener la emoción.

—¿Cómo... cómo está Virgil?

—Recibió tres disparos, dos en la espalda y uno en el brazo. Estaba muy mal cuando llegué. Es un milagro que siga vivo.

—¿Y qué estaba haciendo en Los Ángeles? ¿Cómo pudo dejar sola a Peyton?

Rex estudió las baldosas del suelo.

—Pensó que no tenía más remedio que acabar con La Banda de una vez por todas, o que ninguno de nosotros volvería a estar seguro.

—¿Y entonces fue por ellos?

—Sí. Fue al club de Horse.

—¿Y tú lo seguiste?

—Por desgracia, él llegó antes que yo.

—O tú también estarías en manos de los médicos. O en la morgue.

—Puede que sí. Tuve suerte. Nadie esperaba que llegara alguien a última hora. Estaban tan ocupados intentando matar a Virgil que ni siquiera se dieron cuenta de que entré.

—¿Y así es como conseguiste sacarlo de allí?

—Sí.

Después de abatir a cinco hombres, por lo menos.

—¿Qué fue de Horse?

—Muerto —dijo Rex. No especificó que había sido Virgil el que le había matado. Quería ahorrarle los detalles.

—¿Y los otros miembros de La Banda que estaban allí?

Rex no sabía si habían muerto o si solo les había herido. Él había entrado disparando, pero no tenía otra alternativa. Era el único modo de salvar a Virgil, y de salvarse a sí mismo, porque ellos se habrían vuelto contra él después. Estando tan enfermo, todavía no entendía cómo había podido conseguirlo.

—¿Y la policía ya lo sabe?

Rex sabía que la enfermera lo estaba observando. Él se había puesto a sudar, y tenía palpitaciones. Sin embargo, estaba empeñado en pasar el síndrome de abstinencia sin ayuda. Se apoyó en el mostrador.

–No lo sé. Tal vez ahora sí. No me quedé mucho para averiguarlo; ni siquiera esperé a la ambulancia. Un tipo, un vecino al que desperté, me ayudó a cargar a Virgil en mi coche de alquiler, y después me marché.

–Al final te investigarán –dijo ella–. Pero fue en defensa propia.

–Con todo lo que han hecho ellos, y todo lo que han intentado hacer, creo que debería ser fácil de demostrar.

–Virgil habría muerto de no ser por ti –dijo ella–. Gracias.

–Y yo habría muerto hace mucho tiempo de no ser por vosotros dos –respondió él en voz baja.

–Tienes que dejar las pastillas, Rex. Por favor.

Él respiró profundamente. No sabía cuándo iban a remitir los síntomas del síndrome de abstinencia, pero tenía que resistirlos.

–Las he dejado, te lo prometo.

Ella no respondió, y él estuvo a punto de caerse al suelo. Las piernas ya no lo sostenían.

–No me crees.

–En realidad, sí.

Él se pasó una mano por la cara.

–Eso me ayuda. Esta vez lo voy a conseguir, Laurel.

–Me alegro de oírlo –dijo ella. Cubrió el auricular y habló con otra persona. Después volvió al teléfono–. ¿Crees que Ink se habrá enterado de la muerte de Horse?

–Lo dudo. Ha sido hace muy poco. Y de todos modos, aunque se entere, no creo que renuncie a sus planes.

–Entonces, ¿por qué lo hizo Virgil?

A Rex le llegó al alma la angustia contenida en aquella pregunta. Sin embargo, sabía cuál era la respuesta. La entendía perfectamente.

—Para decapitar a La Banda. Es el único modo de acabar con ellos para siempre.
—Pero... ¿crees que va a funcionar?
—El tiempo lo dirá –dijo Rex. La enfermera lo miró como si ya llevara demasiado tiempo usando aquel teléfono, pero él apartó la mirada–. Entonces, ¿Ink no ha dado señales?
—Entró en mi casa anoche.
—¿Y? –preguntó Rex con tensión.
—Consiguió huir.
Él soltó una imprecación.
—¿Dónde estaba el sheriff?
—Intentando detenerlo. Recibió un disparo, pero está bien. Podía haber sido mucho peor.
—Me alegro de que esté bien –dijo Rex. Y era sincero, pese a lo que sentía por Laurel–. Tengo que dejar libre el teléfono. Te llamaré cuando Virgil salga de la operación, ¿de acuerdo?

Ella le dio el número del teléfono del sheriff, además del número del motel, y se despidió. Cuando él le entregó el auricular a la enfermera, ella frunció el labio como si lo despreciara, como si supiera que era un drogadicto que no valía para nada, y por segundo, el ansia de OxyContin se intensificó.

Sin embargo, entonces se dio cuenta de que no podía empeorar más, y pese a lo que opinara aquella mujer, pese a lo que opinara cualquiera, él había resistido aquella ansia durante casi tres semanas. Y tres semanas era mucho más tiempo de lo que podía resistir la mayoría de la gente.

Iba a conseguirlo. Solo tenía que creer en sí mismo.

Sonrió a la enfermera para transmitirle que no le importaban nada sus juicios y se alejó.

Mientras Vivian se duchaba, Myles llamó a Janet Rogers. Un poco antes la había despertado, a ella y también a

Marley, para contarles todo lo que había pasado y advertirle a su hija que no se acercara a casa hasta que Ink y Lloyd hubieran sido detenidos. Sin embargo, tenía miedo de que Marley se hubiera asustado al saber que él estaba herido, y quería hablar con ella otra vez.

–Está muy bien –le dijo Janet.

–Espero que no sea mucha molestia tenerla allí.

–No, en absoluto. Ya sabes lo mucho que se quieren Elizabeth y ella. Marley está preocupada por ti, por supuesto, pero hemos hablado sobre ello, y entiende que el disparo no te alcanzó en ninguna zona vital.

Después de perder a su madre, seguramente Marley no se estaba tomando tan bien el incidente, pero estar con Elizabeth sería una distracción para ella, y él le agradecía a Janet sus intentos de calmarlo. Además, él todavía tenía que resolver aquella situación y librar a Vivian y a todo el pueblo del peligro que suponían Ink y Lloyd.

–Te lo agradezco mucho, pero, ¿estás segura? Puedo organizarlo todo para que Marley se quede en otro sitio...

–No, no. Como Henry está fuera del pueblo y los niños están en el campamento, me gusta que las niñas estén aquí. Me hacen compañía.

Myles exhaló un suspiro de alivio. Aquello le facilitaba mucho las cosas, porque estaba impaciente por retomar la búsqueda.

–Gracias. Te agradezco mucho tu ayuda. ¿Podría hablar con Marley?

–Claro.

Un minuto más tarde, oyó la voz de su hija por el teléfono.

–¿Papá?

–Hola, cariño. ¿Cómo estás?

–Bien, pero, ¿y tú?

Él se movió para aliviarse el dolor de la pierna.

–Estoy perfectamente.

—¿De verdad? ¿Después de que te hayan pegado un tiro? No me estás mintiendo, ¿verdad?
—No, en absoluto.
—¿Y cuándo voy a poder verte?
—Iré después del trabajo.
—¿A recogerme?
—No. Solo a verte. Necesito que te quedes ahí una noche más. Voy a estar muy ocupado intentando detener a esos tipos, y no quiero que estés sola en casa.
—Los atraparás. Si hay alguien que pueda hacerlo, eres tú.
Ojalá él tuviera la misma confianza que su hija.
—Espero que tengas razón.
—Pero da miedo, ¿verdad? —dijo ella—. Da miedo pensar que esos dos expresidiarios estén en el pueblo. Cuando vivíamos en Phoenix nunca ocurrió nada tan peligroso.
—Ya lo sé. Y con suerte, no volverá a ocurrir.
—¿Está bien Vivian?
—Sí, está muy bien. A ti te cae bien Vivian, ¿verdad?
—Claro.
—Bien.
Marley se echó a reír.
—¿Por qué me preguntas eso?
Porque quería que Vivian formara parte de sus vidas. No sabía con seguridad si iban a mantener una relación permanente, pero por todo lo que sentía, tenía la sensación de que sí.
—Por curiosidad.
—Es una pregunta rara —dijo ella, y volvió a reírse—. ¿Por qué no me iba a caer bien? Es nuestra vecina. ¿Quieres que venga a quedarse con nosotros hasta que detengas a los tipos que quieren hacerle daño, o algo por el estilo?
—No. Vivimos demasiado cerca de su casa.
—¿Y a qué otro sitio va a ir? ¿Todavía estáis en el motel?
—Por ahora sí. Ella está en la habitación de al lado. Pero creo que le voy a pedir a Claire que venga a buscarla.

—¿La señora que me corta el pelo?
—Exacto.
—Ah, muy bien. Vivian y ella son muy amigas. Ella siempre tiene algún bolso de Vivian.
—Vivian también ha sido muy generosa contigo en ese sentido —comentó él.
—Ya lo sé. Estoy deseando ver sus últimos diseños.

Él sonrió ante el entusiasmo de su hija. No sabía si su hija iba a aceptar rápidamente que él tuviera un interés amoroso en Vivian, pero tenían una base sobre la que empezar, y eso le daba confianza.

—Será mejor que me vaya a trabajar. Nos vemos después, ¿eh?
—Muy bien. Te quiero, papá.
—Yo también te quiero —dijo él, y colgó.

Vivian entreabrió la puerta del baño, y el vapor de la ducha salió por la rendija.
—¿Todo bien con Marley?
—Sí.
—¿Te he oído mencionar a Claire?

Él se puso una camisa que había sacado de la maleta al salir de la ducha. No tenía allí el uniforme, pero aquel día tendría que bastar con unos vaqueros y la camiseta, y con su arma.

—Estaba pensando que podías pasar la tarde en su casa, ya que yo no me puedo quedar contigo. Así te resultará más fácil esperar noticias sobre tu hermano.

Ella salió del baño envuelta en una toalla.

—No sé si hay algo que pueda facilitármelo.
—Es que... yo no sé cuánto tiempo voy a tardar, y tú no puedes ir a casa. Y tampoco puedes moverte en tu coche, porque Ink y Lloyd lo vieron aparcado en tu calle. ¿Qué vas a hacer si no? No quiero que andes sola por el pueblo si yo no llego a tiempo para traer la cena.

Ella se secó el pelo con la toalla y miró el teléfono.
—Quiero que llame Rex.

–Puede que tarde un rato –dijo él suavemente.

Vivian suspiró.

–Entonces llamaré al hospital desde el teléfono de Claire. Prefiero estar con ella que sola.

A él le dolía la pierna a cada paso que daba, pero se acercó a ella y la abrazó.

–Va a sobrevivir, Vivian.

Ella no respondió, pero cuando apretó la cara contra su cuello, Myles notó sus lágrimas.

–Llama a Claire. Yo te llamaré después para ver cómo va todo –le dijo, y la besó en la frente antes de irse.

Entrar en la cabaña fue mucho más fácil de lo que Ink hubiera pensado. Las puertas estaban cerradas con llave; él las probó todas, empezando por la de la parte de atrás. Sin embargo, las puertas cerradas no eran ningún problema cuando la llave estaba debajo del felpudo. Supuso que aquella era la llave que usaba la chica adolescente cuando llegaba tarde a casa por las noches, o un regalo que le había dejado a su novio. Seguramente, los padres ni siquiera sabían que estaba allí.

La puerta se abrió sin un solo chirrido, e Ink sonrió al atravesar el umbral. Había una televisión encendida a un volumen muy fuerte en algún lugar de la casa. Había visto el brillo de la pantalla por una ventana un momento antes, así que no le sorprendió. Seguramente, debería haber esperado hasta que todos estuvieran en la cama, pero se sentía demasiado impaciente. Además, quería que la gente del pueblo estuviera despierta para que la señora Rogers tuviera muchas personas a las que preguntar por Laurel…

No se esperaba que la casa estuviera cerrada con llave tan pronto. La mayoría de la gente no cerraba las puertas hasta las ocho y media. Sin embargo, habría entrado de todos modos, aunque no hubiera encontrado la llave debajo del felpudo, rompiendo algún cristal. No había vecinos por los que preocuparse, y ya había cortado la línea de teléfono. ¿Qué iban a hacer?

—¡Hola! ¿Hay alguien en casa? —preguntó alegremente.

La hija a la que había visto cuando estaba con L.J. apareció en primer lugar.

—Hola, guapa. ¿Está tu padre en casa?

A ella se le cayó el mando a distancia cuando vio la pistola. Sin embargo, él todavía no la había apuntado, así que la chica no sabía cómo reaccionar.

—¿Quién es usted?

—Supongo que podrías decir que soy el amigo de un amigo. ¿Conoces a Vivian Stewart? ¿Y a Mia y a Jake?

Ella dio un paso atrás, como si acabara de darse cuenta de quién era él, y entonces, Ink levantó el arma.

—Si yo fuera tú, no me movería.

—Alexis…

La mujer a la que había visto un poco antes por la ventana apareció por una esquina y se quedó paralizada. Iba secando un molde de horno, pero bajó las manos y el molde inmediatamente.

—Avise a su marido, o le pego un tiro a su hija —le dijo él.

Ella se quedó mirándolo con la boca abierta.

—Le he dado una orden.

—Mi marido… Él… Él..

—¿Él qué? —dijo Ink—. Puede hacerlo. Vamos, dígalo.

—Él no está en casa —dijo Alexis.

Eso le sorprendió, y pensó que podía ser una mentira. Había un hombre que formaba parte de aquella familia. Era evidente, por cómo estaba organizado el garaje, por las herramientas, por la cabeza de ciervo montada sobre la chimenea, incluso por el olor, que le recordaba al cuero y a los juegos de cartas.

—A mí me parece que sí. Creo que la furgoneta del garaje es suya, así que… le doy cinco segundos para que lo traiga aquí.

La señora Rogers gimoteó. Él todavía estaba apuntándole a su hija, y eso no debió de gustarle.

—¡No! ¡Por favor! Escuche, él... está fuera del pueblo. Trabaja fuera del pueblo. Esa furgoneta es su Esplanade, sí, pero yo lo llevé al aeropuerto.

¿Sería cierto eso? En realidad, Ink no había visto a ningún hombre en la cabaña en ninguna de las dos ocasiones en las que había estado allí. Y dudaba que la mujer pusiera en peligro la vida de su hija.

—¿Cuándo vuelve?

Respondió Alexis, como si tuviera miedo de que su madre no fuera capaz de hacerlo.

—Dentro de dos días.

—Si estás mintiendo...

—¡No estoy mintiendo! —la chica estaba tan pálida como su madre, pero llevaba una coleta y se le veían las orejas. Las tenía muy rojas.

—Bueno. Parece que tengo suerte. ¿Y los niños?

La señora Rogers abrió mucho los ojos.

—¿Qué niños?

Para que su amenaza quedara más clara, Ink dio un paso hacia Alexis.

—Puedo violarla aquí, delante de usted, o llevármela a la parte de atrás. Usted elige.

—¡No le haga daño! —susurró la madre.

—Estoy hablando de los niños que usan la pelota de fútbol que hay en el jardín, y el resto de equipamiento deportivo que hay en el garaje.

—Los gemelos —dijo Alexis—. Están en un campamento.

—Umm... Otra vez la suerte. ¿Por qué no vamos al salón y nos sentamos para que pueda explicarle lo que quiero que haga por mí?

Madre e hija se dieron la vuelta justo cuando alguien gritó desde arriba:

—¡Mamaaaá! ¿Podemos tomar Marley y yo más helado?

Ink estuvo a punto de apretar el gatillo en aquel momento. Pensó que una muerte sería muy convincente. Sin embargo, no quería que la señora Rogers se pusiera histérica. Necesitaba que pudiera pensar con claridad.

—Está intentando engañarme, ¿eh? Eso me lo va a pagar —dijo, en vez de disparar—. Que bajen aquí.

La chica del piso de arriba volvió a preguntar.

—¡Mamáaa!

La señora Rogers cerró los ojos y movió los labios como si estuviera rezando.

—¡Ahora! —gritó él, y la empujó, pero ella no tuvo que decir nada. El sonido de su propia voz hizo que dos niñas bajaran las escaleras para ver qué ocurría. Cuando lo vieron, se quedaron boquiabiertas en el descansillo.

—Supongo que no te habías dado cuenta de que teníais compañía —dijo él, agarrando a Alexis, y le puso la boquilla de la pistola en la sien—. ¿Hay alguien más en la casa?

Alexis estaba temblando. No se atrevía a moverse, pero respondió una de las otras chicas.

—No-no —dijo.

A juzgar por sus rasgos, era de la familia. Era la parte «yo» de «Marley y yo». La otra chica era morena, alta y esbelta, y no pertenecía a la familia. Era la parte «Marley».

—No se va a salir con la suya —dijo Marley, con un brillo de desafío en la mirada.

Él admiró sus agallas. «Yo» ya estaba llorando.

—Ya lo veremos —respondió, e hizo un gesto con el arma para que todas fueran al salón.

Allí, le explicó a la señora Rogers exactamente lo que quería que hiciera durante la hora siguiente, o volvería a casa y se encontraría muertas a sus hijas. Entonces, ella le dijo que no necesitaba irse al pueblo para decirle lo que él quería saber.

Buscó en un listín telefónico regional, anotó el nombre y la dirección de alguien llamado Claire, que tenía una peluquería anunciada en las Páginas Amarillas, y le dijo que era la mejor amiga de Vivian. Que seguramente, Vivian estaría en su casa, o que Claire sabría dónde encontrarla. Fue muy convincente. La desesperación hacía que la gente fuera convincente.

Aunque hubiera delatado a Laurel, era una estúpida si pensaba que las iba a dejar en paz. Él había cortado la línea telefónica, pero ellas seguían teniendo los coches, o podían ir andando hasta la autopista para pedir ayuda. Sin duda, encontrarían la manera de avisar a la policía en cuanto él se hubiera ido.

Y por eso tenía que matarlas.

Capítulo 29

El mareo que le habían provocado las pastillas de Ink había empezado a remitir una hora antes. L.J. estaba más lúcido, tanto como para poder moverse sin tropezar, y como para diferenciar la realidad de la imaginación. Tenía un dolor insoportable en el hombro, y se preguntaba si Ink se lo habría destrozado al operarlo. Sin embargo, era reconfortante saber que no llevaba una bala en el cuerpo. Eso tenía que reconocerlo.

Con tiempo y esfuerzo, había conseguido recorrer el kilómetro de bosque que separaba su cabaña de la de los vecinos más cercanos. Quería llamar por teléfono para pedir ayuda. Le diría a la policía todo lo que había ocurrido y todo lo que tenía planeado hacer Ink; esperaba que todavía no hubiera podido matar a nadie. Él ya no quería ser mafioso. Quería poner su vida en orden, aunque para ello tuviera que cumplir más tiempo de condena en la cárcel. Castigar al mundo por su maldita infancia solo le iba a llevar a tener una vida maldita, y nada había sido peor que la semana que había pasado con Ink. Le había demostrado que él no era como Ink en absoluto, y ya no aspiraba a serlo. Quería conseguir que sus abuelos se sintieran orgullosos, porque si había un Cielo, ellos estaban en él.

Cuando vio la parte trasera de la cabaña entre los pinos, sintió un gran alivio. Estaba muy cansado y necesitaba que lo viera un médico, que le diera antibióticos. Además, quería saber que estaba a salvo del regreso inesperado de Ink.

Sin embargo, al ver el coche blanco que habían estado conduciendo desde que Ink había matado a aquellos cazadores, se dio cuenta de que su compañero no había ido lejos.

Estaba allí, en la cabaña de los Rogers.

¿Por qué?

No podía ser por la chica a la que habían visto en la terraza. A Ink no le interesaba el sexo; ni siquiera podía tener una erección porque su lesión le había dejado impotente. ¿Qué hacía allí, entonces? ¿Quería tomar rehenes? ¿O quería conseguir otro coche?

Conociéndolo, podía tratarse de cualquier cosa.

Sin embargo, lo que hiciera Ink a partir de aquel momento ya no le importaba. Si se había dejado las llaves en el arranque, él podría marcharse...

Con cuidado de no hacer ruido, L.J. rodeó el coche y abrió la puerta del conductor. Efectivamente, las llaves estaban allí. Podía irse al pueblo y pedir ayuda. Aquellas dos semanas iban a terminar, por fin.

Estaba a punto de hacerlo, pero titubeó. Hasta el pueblo había un trayecto de veinte minutos, y en ese tiempo, tal vez la ayuda no sirviera de nada. Cuando llegara la policía, Ink podría haber terminado allí y podría haberse ido a Canadá o a otra parte en la furgoneta de la familia, si todavía estaba aparcada en la parte delantera.

A menos que estuviera tan loco como para ir por Laurel una vez más...

¿Dejaba que Ink hiciera lo que tenía pensado hacer, o intentaba detenerlo?

Ink era tan peligroso que L.J. prefería escapar sin que lo viera. Sin embargo, si él estaba asustado, aquella familia debía de estar aterrorizada.

Decidió comprobar cuál era la situación, así que rodeó la casa mirando al interior por las ventanas.

La mayoría de las habitaciones estaban oscuras y vacías. Tal vez Ink ya hubiera robado la Esplanade. De ser así, él podía marcharse. Sin embargo, al llegar a la parte delantera de la cabaña, supo que no era así. Los señores Rogers no eran demasiado cautelosos con las persianas, que estaban subidas lo suficiente como para que él pudiera ver que Ink tenía a su merced a dos niñas, a la chica del bikini y a la madre de la familia en el salón, y que estaba apuntándolas con aquella maldita pistola.

¿Dónde estaba el padre?

Tal vez ya lo hubiera matado.

O no estaba en casa.

L.J. odiaba a Ink y quería ayudar a la familia Rogers. Sin embargo, no tenía arma. Lo único que podía hacer era utilizar el bate de béisbol que había visto en el garaje la última vez que habían estado allí. Tenía herido el hombro izquierdo, no el derecho. Sin embargo, ¿tendría suficientes fuerzas para golpear con un bate?

—No, tío —murmuró para sí mismo—. Es una locura. ¿Un bate contra una pistola?

Iba a darse la vuelta para volver al coche, pero entonces vio que Ink agarraba del pelo a la niña morena y tiraba de ella hacia sí. Aquel desgraciado iba a matarla.

Casi sin pensar, L.J. tomó una piedra del suelo y la tiró contra la ventana. Oyó el ruido de la cristalera al romperse mientras corría hacia el garaje. Entonces sonó un tiro. Él no supo adónde había ido la bala; tal vez Ink hubiera matado a la chica, o tal vez hubiera disparado en dirección a la pedrada.

El bate estaba donde él lo había visto. Lo agarró y se mantuvo inmóvil; tenía la esperanza de que Ink saliera de la casa y fuera a tomar la Esplanade para poder golpearlo por la espalda. Sin embargo, eso no ocurrió. No ocurrió nada. Hasta que sonaron varios disparos más.

—Hijo de puta —masculló L.J. ¿Habría matado a las chicas de todos modos?

Una vez que se había comprometido así, L.J. estaba dispuesto a luchar. Ya había querido detener a Ink cuando había atacado a aquel pobre agente inmobiliario. Había querido detenerlo antes de que matara a aquellos cuatro hombres que entraban en la cabaña. Incluso había querido evitar que entrara en casa de Laurel la noche anterior. Él no tenía por qué haber ido a Pineview, no tenía motivos para matar a gente inocente. Era hora de que detuviera a su antiguo compañero de celda para siempre.

El bate le resultaba bastante pesado, pero consiguió levantarlo por encima de su hombro derecho y se asomó por la esquina. El ventanal delantero se había hecho añicos, como era de esperar. Sin embargo, cuando se acercó, protegido por la oscuridad y los árboles, vio que el salón estaba vacío. Si Ink había matado a aquella familia, lo había hecho en otra parte. Y si no los había matado, él ya había hecho lo que estaba en su mano.

Tiró el bate y salió corriendo hacia el coche.

Pero no llegó. Sonó otro disparo y él sintió un dolor lacerante en la cabeza, y después cayó al suelo de bruces.

¿Era L.J. el que había tirado aquella piedra? Ink no podía creerlo. Vaya un desagradecido. Tenía que haber dejado que muriera, en vez de sacarle aquella bala del hombro.

Ahora, L.J. estaba muerto. Le había disparado dos veces para estar seguro, pero eso no le proporcionó ninguna satisfacción. Ya no podía reparar el daño que había hecho aquel idiota. Cuando había tirado la piedra al cristal de la ventana, él había pensado que un equipo de los cuerpos especiales acababa de llegar a buscarlo. Se había girado a disparar y, entonces, la señora Rogers le había golpeado con una lámpara y casi lo había dejado inconsciente.

Cuando se recuperó, todo el mundo se había ido ya; o se habían repartido por toda la casa o se habían escondido todas en la misma habitación. Él no se había molestado en buscar. Había disparado unas cuantas veces para desahogar su frustración y había salido corriendo a buscar a L.J. antes de que pudiera hacer algo más.

Ahora ya no serviría de nada buscarlas. La señora Rogers podía haber tomado el rifle de caza de su marido y estar esperándolo para dispararle en cuanto volviera a entrar. Era mejor inutilizar el resto de los coches e irse de allí. Con suerte, para cuando ellas hubieran pedido ayuda, él habría terminado con Laurel y estaría de camino a Canadá.

De todos modos, era a ella a quien quería. Era la única que le importaba allí, en Pineview. Y, si la señora Rogers le había dado la dirección adecuada, tenía muchas probabilidades de encontrarla.

Los médicos estaban tardando mucho con Virgil. Vivian había hablado con Rex dos veces más, pero él no tenía nada nuevo que decirle. Una hora antes, la enfermera le había dicho que Rex estaba durmiendo en la sala de espera y que no quería despertarlo. «Parece un muerto resucitado. Le sugiero que lo deje descansar».

La enfermera se había dado cuenta de que tenía el síndrome de abstinencia. Antes, él se había quejado de que aquella enfermera no le caía bien, de que había puesto mala cara por tener que dejarle usar el teléfono, pero al final debía de habérsela ganado. Vivian lo notó en el tono de voz de la mujer, y sonrió al darse cuenta, pese a la preocupación que sentía por Virgil. No había muchas mujeres que pudieran permanecer inmunes al encanto de Rex. Si ella no hubiera conocido a Myles, si Myles no fuera exactamente lo que ella necesitaba y quería en un hombre, seguramente habría terminado de nuevo con Rex. Sin embargo, se alegraba de lo que había encontrado, y esperaba que Myles y ella tuvieran la oportunidad de construir la vida con la que siempre había soñado.

También esperaba que Rex consiguiera desintoxicarse y encontrara la felicidad que merecía.

—Vigílelo, por favor —le dijo a la enfermera—. Tal vez él también necesite ayuda médica.

—Eso era exactamente lo que yo pensaba —dijo la mujer. Después le explicó que Virgil todavía estaba en el quirófano, y eso fue todo. Era lo único que había sabido después de estar esperando todo el día.

—¿De veras puede tardar tanto? —le preguntó a Claire, quejándose.

Estaban sentadas en el porche de su amiga, tomando una infusión y mirando las estrellas. Habría sido una noche perfecta de no ser por la tremenda preocupación que sentía.

Myles la había llamado una vez y le había dicho que la pierna no le dolía, pero Vivian sabía que no era cierto. Por lo que él le había contado, no sabían más de Ink que cuando se habían separado en el motel. Vivian no sabía cuánto iba a tardar en ir a buscarla, pero estaba deseando pasar otra noche con él.

—No puedo creerme que estés con el sheriff —dijo Claire—. Sabía que erais el uno para el otro.

—Todavía es pronto para saber eso, Claire. No te emociones —le dijo Vivian, en broma.

—A mí me parece que sois la pareja perfecta.

—Sí, ya me lo habías dicho —respondió Vivian. Le encantaba hablar de Myles, pero estaba muy preocupada—. ¿Crees que debería llamar otra vez al hospital?

Claire apartó la vista de la casa de su hermana, que estaba un poco más lejos que la suya. En aquella pequeña calle solo vivían ellas dos. La mayoría de las casas de la zona eran sencillas; aquella era la zona desfavorecida del pueblo, la más alejada del lago, pero sus dos casas eran bohemias, más que pobres. Estaban muy cerca del parque antiguo. Aquel parque ya no se usaba mucho, pero era precioso, salvo por unos horribles baños públicos de cemento.

—¿Importa lo que yo diga?
—¿Qué significa eso? —preguntó Vivian.
—Creo que Rex se pondrá en contacto contigo cuando haya terminado la operación. Pero eso no es lo que tú quieres oír.
—Porque no puedo fiarme. Tal vez la enfermera no quiera despertarlo, o haya terminado su turno y la nueva ni siquiera sepa cuál es la situación.
Claire le apretó la mano suavemente.
—Ve a llamar. Tal vez te tranquilice un poco.
Vivian acababa de entrar y descolgar el teléfono cuando oyó el motor de un coche que se acercaba a toda prisa, seguido por un derrape de neumáticos. Aquella era una carretera sin asfaltar al final de una calle que terminaba en el parque antiguo; no había necesidad de ir a aquella velocidad. Estaba a punto de asomar la cabeza para ver qué ocurría, cuando sonaron disparos y las rodillas se le convirtieron en agua.

Myles recibió una llamada de la centralita. Nadine Archer le dijo que Trudie Jenson estaba al teléfono, con lo cual, él iba a hablar con Trudie dos veces seguidas en muy pocos días. Sin embargo, aquella llamada no se debía a que tuviera a Ink o a Lloyd en su tienda, sino a que Trudie's Grocery era el primer negocio abierto que uno se encontraba al llegar al pueblo desde el este, y Brett Hamerschlit había parado allí a pedir ayuda. Según Nadine, llevaba a Janet Rogers en su Suburban.
Cuando Myles se enteró de lo que Trudie le había contado a Nadine, se sintió como si le hubieran envuelto el corazón con un alambre de espino. Le dolía respirar.
—¿Qué has dicho?
Nadine se lo repitió lenta y claramente, pero el hecho de que ella hubiera hablado atropelladamente antes no tenía nada que ver con el motivo por el que no la había en-

tendido. Había dejado de escuchar después de oír el apellido Rogers, había puesto las luces en el techo del coche patrulla y había acelerado para llegar a la cabaña lo antes posible. Marley...

Por suerte, ya iba de camino hacia allí. Allen le había llamado un par de horas antes para informarle de que había visto un *pickup* blanco a un kilómetro y medio de su casa, más o menos. Myles no le habría hecho demasiado caso al aviso, porque había recibido cientos de llamadas de gente que había visto *pickups* blancos, si no hubiera una coincidencia entre el hecho de que Ned Green hubiera dejado a Ink y a Lloyd por aquella zona y el hecho de que Allen hubiera visto aquel vehículo. Así pues, había decidido echar un vistazo. Aunque no tenía ninguna denuncia que proviniera de las montañas, había empezado a pensar que tal vez los fugitivos hubieran entrado en alguna de las cabañas vacías y se hubieran escondido allí. En el pueblo no estaban. Él lo sabría, porque los había buscado por todas partes.

–¿Dónde está Marley? –preguntó.

–En casa con Alexis. Y con Elizabeth. Janet fue con el *quad* hasta la carretera y paró a Brett. Él la trajo al pueblo. Lo necesitan allí arriba, sheriff. Hay un hombre muerto en el jardín trasero, y ha habido un tiroteo en la casa. Todo el mundo está aterrorizado.

–Pero Marley está bien, ¿no? –preguntó él. Necesitaba oírlo otra vez–. ¿Están todas bien?

–Sí, todos están bien salvo el hombre que ha muerto.

–¿Quién es?

–No lo saben. Janet dice que salió de la nada para salvarlas, y que el tipo de los tatuajes debió de matarlo cuando intentó escapar.

Myles hizo unas cuantas preguntas más, pero Nadine dijo que Trudie no había podido conseguir más información de Janet, que estaba llorando y solo podía balbucear.

–Ya estoy a medio camino –dijo, y casi colgó.

Nadine lo detuvo.

–Un momento. Trudie está diciendo algo. Parece que Janet cree que Claire está en peligro.

El terror frío que había sentido hacía un segundo regresó. Vivian...

Claire estaba gritando. El sonido le arañó el alma a Vivian, porque no sabía qué significaba. ¿Había sido herida Claire, o solo estaba aterrorizada?

El coche que se había acercado a toda velocidad a la casa estaba parado en mitad del jardín de Claire. El motor estaba encendido y el aire se llenó de humo, y la puerta chirrió cuando Ink la abrió para bajar.

Vivian estaba avanzando a gatas por el porche para llegar hasta Claire, así que no podía verle la cara. Solo los pies. Llevaba unas zapatillas de deporte baratas. Sin embargo, no necesitaba ver el resto para saber quién era. La había encontrado. Había tenido pesadillas con aquel momento durante cuatro años, y allí estaba.

La polvareda que se había levantado con el derrape del coche, junto al humo del tubo de escape, le llenó la nariz. Ella tosió e intentó tomar aire mientras agarraba a Claire del brazo.

Por suerte, su amiga ya no gritaba.

–Estoy bien, estoy bien –repetía, como si no pudiera creérselo.

–Ya estoy contigo –dijo Vivian.

Ella también tenía un arma, y pensaba usarla, pero no tenía demasiada puntería. Quería arrastrar a Claire al interior de la casa antes de que Ink llegara a ellas. Él podría dispararle a Claire solo porque era vulnerable. El único motivo por el que había fallado los dos primeros disparos era que las balas tenían que atravesar el parabrisas de su coche. Ahora que ya estaba fuera del coche, el cristal no desviaría sus disparos.

—¡Eh, nena! ¡Ya estoy en casa! —gritó él.

Vivian tiró las sillas en las que habían estado sentadas para tener una barrera y poder disparar antes de que lo hiciera él. El disparo fue ensordecedor, pero, al instante, supo que no le había dado. Vio la bala incrustarse en el capó del coche.

—Vaya, ¿te parece un buen recibimiento por parte de una chica con la que llevo soñando desde que nos conocimos? —preguntó él, riéndose, pero no disparó, y tampoco avanzó.

Estaba usando el coche como parapeto. ¿Qué quería hacer? ¿Obligarla a que gastara todas sus balas antes que él?

—Claire, ¿estás bien? ¿Qué ocurre? —preguntó alguien.

La voz venía de la calle. Leanne, la hermana paralítica de Claire, había oído el coche, los disparos y los gritos, y se acercaba a investigar. La luna hacía brillar el metal de su silla de ruedas.

—¡Vete! —le gritó Vivian—. ¡Vuelve a casa y cierra con llave! ¡Ahora!

Leanne debió de entender que era una situación peligrosa, porque obedeció y se dio la vuelta rápidamente. Sin embargo, Ink no iba a permitir que se fuera. Sin duda, sabía que Leanne llamaría a la policía. Disparó en aquella dirección, pero falló. Entonces subió al coche para perseguirla.

O para atropellarla...

—¡Oh, Dios! —gritó Claire, y se levantó de un salto, como si pudiera hacer algo.

Sin embargo, Vivian tiró de ella hacia abajo. No podía permitir que Claire se interpusiera. Su pistola era la única oportunidad que tenían de detener a Ink.

—¡Llama a Myles! —le gritó, y salió corriendo detrás del coche ella misma, disparando al cristal trasero con la esperanza de acertar.

La ventana se hizo añicos, pero Vivian se quedó sin balas antes de conseguir que Ink se detuviera, y no tenía otro cargador. Virgil ni siquiera se lo había dado. Ellos siempre habían imaginado un encuentro más cercano, la oportunidad de hacer uno o dos disparos. Nunca hubieran pensado que usaría tanta munición...

Hubo un gran estrépito, y después un chirrido de metal sobre piedra, cuando Ink embistió lo que quedaba de los servicios de cemento. Leanne había conseguido llegar a una de las aberturas antes de que él pudiera atropellarla, pero la había atrapado.

Cuando Ink se dio cuenta de que ella no podía ir a ninguna parte, abandonó el coche para dejarla allí encerrada y se dio la vuelta.

Entonces fue cuando Vivian le vio la cara de verdad.

No había cambiado mucho. Parecía que tenía una pierna más corta que la otra, porque andaba de una manera extraña. Tenía un gesto de dolor por lo mucho que debía de costarle caminar tan rápidamente. Sin embargo, sus tatuajes seguían siendo tan grotescos como siempre, tanto en su profusión como en los diseños macabros que había elegido.

Y seguía teniendo los ojos vacíos de toda emoción humana, como los de una serpiente...

No parecía que tuviera miedo de que ella pudiera disparar otra vez. Era obvio que sabía cuántas balas tenía una pistola corriente, y había deducido que no tenía munición.

Con la esperanza de que él no pudiera ver lo suficientemente bien como para acertar si disparaba, Vivian se agachó detrás de todos los matorrales o árboles que encontró mientras volvía a la casa. Le sorprendió que ni siquiera tratara de dispararla. ¿Acaso estaba reservando las balas, o tenía otros planes?

Claire ya estaba dentro de la casa. Ojalá hubiera podido hablar con Myles, o con cualquiera que pudiera ayudarlas. Ahora que Ink era el único que tenía pistola, no iban a poder sobrevivir mucho tiempo.

–Leanne está bien –le dijo a su amiga en cuanto entró en la casa. Cerró la puerta principal justo cuando él empezaba a correr de verdad. Un segundo después, Ink se lanzó contra ella. Vivian gritó al oír el ruido, y también Claire, que estaba junto al fregadero con un cuchillo carnicero en la mano mientras hablaba por teléfono.

Después de echar el pestillo, Vivian comenzó a poner una barricada de muebles contra la puerta.

–¡Abre! –gritó él–. Abre, o le pegaré un tiro a esa chica.

Leanne... Vivian se quedó helada. No iba a entrar por la fuerza. No tenía por qué hacerlo.

–Esta vez lo va a hacer. ¡La va a matar!

Claire estaba intentando verificar una información básica con la operadora de la policía. Había dado su nombre dos veces y tres veces su dirección, porque estaba tan nerviosa que no conseguía hablar con claridad, y gritaba que necesitaban ayuda en aquel mismo instante.

Sin embargo, había oído perfectamente a Ink, y sabía que hablaba en serio. Vivian también lo sabía.

Leanne estaba atrapada ahí fuera, en su silla de ruedas.

Ella ni siquiera podía huir.

Capítulo 30

Myles había enviado a todos los ayudantes a la zona donde vivía Claire. Dos de ellos ya estaban allí. Al llegar, vio sus coches aparcados sin orden ni concierto, con las luces azules y rojas girando sobre el techo. También vio un Dodge Ram blanco que había chocado contra los servicios públicos del viejo Pineview Park. Sus faros delanteros lo iluminaban directamente, y se veía bien que la ventana trasera tenía varios disparos.

Pero eso era todo.

¿Dónde estaba todo el mundo?

Después de conducir como un loco para llegar hasta allí, ni siquiera quería bajar del coche. Tenía miedo de lo que podía encontrar. Había perdido a Amber Rose hacía tres años, y se había pasado todo aquel tiempo intentando volver a encontrar el sentido de la vida. Y ahora que había conseguido superarlo, que había conocido a Vivian y que quería recuperar todo lo que había tenido, sucedía aquello...

Cerró los ojos, tomó aire y salió del coche patrulla. La casa estaba abierta, y oyó un llanto...

Tuvo una sensación fría y dura que le llenó completamente, porque sabía que aquella no era la voz de Vivian.

El ayudante Campbell miró hacia arriba cuando él atravesó el umbral. Estaba hablando por radio, pidiendo una ambulancia. Claire estaba apoyada en la mesa, llena de arañazos. Ella era la que lloraba. Leanne estaba sentada, con los ojos secos, en su silla de ruedas, que estaba aplastada por un lado, y parecía abrumada. No vio a Vivian.

–¿Dónde está? –preguntó Myles.

–Se la ha llevado a rastras hacia el bosque –respondió Campbell–. Peterson's ha ido tras ellos, pero… –el policía cabeceó y no dijo nada más.

No necesitaba terminar la frase. Myles entendió lo que quería decir: que no creía que la encontraran viva.

Vivian se cayó varias veces mientras Ink la empujaba por entre los árboles. Estaba demasiado oscuro como para ver otra cosa que no fueran formas indefinidas. Cuando ella había salido de la casa para salvar a Leanne, y él no la había disparado al instante, Vivian pensó que tal vez tuviera la oportunidad de escapar. Él no era el mismo hombre que había aparecido en su salón hacía cuatro años. Aquel Ink tenía una discapacidad, y era evidente que tenía muchos dolores. Sin embargo, todavía era increíblemente fuerte, y todavía más despiadado y brutal. La llevaba agarrada de la camisa. A veces la empujaba, y a veces tiraba de ella.

–¿Qué… qué es lo que quieres de mí? –le preguntó.

–Quiero que pagues. Que paguéis todos.

Ella se tropezó por intentar mirarlo, y él le dio una patada. Aunque estaba demasiado cerca como para darle un golpe fuerte, le hizo daño en la pierna, pero ella contuvo el gruñido. Lo que quería Ink era su dolor y su pánico. Vivian estaba segura de que por eso se había metido el arma en la cintura del pantalón. La llevaba a mano, por si la necesitaba, pero no quería usarla. Matarla de una manera rápida y fácil no sería suficiente deleite para él.

Quería disfrutar del proceso.

—Vas a volver... a la cárcel –dijo ella–. Espero que lo sepas.

Estaba intentando distraerlo para que la policía los alcanzara, pero él continuó moviéndose.

—No me atraparán vivo.

Vivian oyó los ruidos del bosque. A lo lejos se oían sirenas. Myles había llegado a rescatarla, pero, ¿la encontraría a tiempo? Había demasiado terreno boscoso, y estaba tan oscuro...

Rezó por ver el haz luminoso de alguna linterna entre los árboles, porque eso significaría que había más ayudantes que la estaban buscando, y que se acercaban. Sin embargo, la zona más próxima a ellos estaba oscura y silenciosa, salvo por su respiración jadeante.

—¿Vas a... dejar que te peguen un tiro? –le preguntó–. ¿O te lo vas a pegar tú mismo? Porque aunque me mates, no saldrás de esta.

Ink no respondió.

—Y Horse ha muerto –añadió ella.

Entonces, él se detuvo en seco.

—¿Qué has dicho?

—Que Horse ha muerto. Lo mató Virgil –dijo Vivian. No añadió que tal vez La Banda hubiera matado a Virgil. No quería admitir esa posibilidad, porque esperaba con todo su corazón que no fuera cierto.

—¡Estás mintiendo! –gritó él, y le golpeó una sien con la culata de su pistola.

Ella estuvo a punto de caerse, porque le fallaron las rodillas, y vio explosiones de colores delante de los ojos. Sin embargo, agitó la cabeza para mitigar el dolor.

—No. Puedes... comprobarlo. Sucedió anoche.

—Entonces, él también está muerto.

Ink volvió a golpearla. Parecía que su deseo de violencia y castigo había superado al miedo que hubiera podido causarle la noticia. O que sentía que ya había llegado lo suficientemente lejos. De todos modos, si Ink iba a parar en algún sitio, ella prefería que fuera cerca de las casas. Así, tal vez, Myles tendría más posibilidades de encontrarla...

Ojalá pudiera sobrevivir.

—Virgil lo lamentará —rugió él.

El siguiente golpe le partió el labio. Vivian notó el sabor metálico de la sangre en la boca. Así pues, Ink pensaba matarla a golpes allí mismo. Siempre existía la posibilidad de que le pegara un tiro, pero ella no creía que recurriera a la pistola a menos que se viera obligado. Así era mucho más personal y satisfactorio para él.

Recordó a Pat, y la rabia con que lo habían asesinado. Aquello era lo que Ink tenía guardado para ella, si ella se lo permitía.

—¡Zorra! ¡Mira lo que me habéis hecho tu hermano y tú! —ladró él—. ¡Me habéis destrozado la vida!

Vivian podía responder que él mismo se la había destrozado mucho antes de cruzarse con ella, que ella nunca se había mezclado en su mundo y que nunca lo habría hecho. Sin embargo, sabía que él no iba a entenderlo. Nunca había sido lo suficientemente racional como para aceptar la responsabilidad de sus propios problemas. De todos modos, no podía hablar. Él la estaba golpeando con los puños, una y otra vez, hasta que, con un golpe salvaje, la tiró al suelo.

Por un momento, Vivian pensó que le había roto la mandíbula. Llamó a Myles con un gemido, pero él no llegaba. No importaba cuánto daño le hubiera hecho ya Ink; tenía que levantarse y luchar por sí misma, o moriría. Y aquella era la primera vez, desde que habían salido de casa de Claire, que él la había soltado.

Se puso en pie, tambaleándose, e intentó correr. Si pudiera alejarse, esconderse entre los árboles... Tenía que parar los golpes de algún modo. No podía recibir más. Sin embargo, las piernas no la obedecieron con la suficiente rapidez, y él la agarró de la camisa otra vez.

Cuando comenzó a darle patadas, ella no pudo evitar gritar de dolor. Intentó devolvérselas, pero estaba indefensa, y él era como un animal embrutecido que solo quería hacerla pedazos. No sentía nada, no oía nada, no quería nada más que matarla.

Su única oportunidad era conseguir acercarse a él y quitarle el arma.

—¡No vas a... ganar!

Quería demostrarle que todavía podía hablar, que todavía podía funcionar, que no la había vencido. Sin embargo, su voz sonó extraña. Resonó por el bosque. O tal vez solo había resonado por su cabeza. ¿Había dicho algo, en realidad?

Él la agarró por el cuello y comenzó a zarandearla.

—¡Te odio! —le gritó—. ¡Os odio a tu hermano y a ti! ¡Y os voy a matar a los dos!

Parecía un niño. Emocionalmente, era como un niño. Casi todo el mundo maduraba al llegar a ser adulto, pero Ink se había quedado atascado en la edad de las rabietas, aunque tuviera treinta y tantos años. Ella tuvo ganas de reírse de él, pero no podía respirar, porque él la estaba asfixiando, y parecía que tenía una fuerza física inacabable.

Ella lo sorprendió quedando laxa antes de lo que él esperaba; eso lo obligaría a agarrarla para evitar que los dos cayeran al suelo.

Instintivamente, Ink trató de hacerlo, pero en su espalda debió de retorcerse algo, porque Vivian oyó un chasquido, algo parecido a cuando una rama se partía en dos. Ink gritó de dolor.

—¡Zorra! —dijo, sin aliento.

Estaba jadeando, pero había caído sobre ella, y todavía la tenía agarrada por la ropa.

Claramente, tenía una gran tolerancia al dolor y podía funcionar con él porque estaba acostumbrado. Sin embargo, aquella lesión de su espalda era una oportunidad para

Vivian. Podía luchar con él por el arma, y estaba decidida a intentarlo.

—¡No eres nada! —le gritó ella, y le golpeó con la cabeza en la nariz.

Debió de darle el golpe perfecto, porque él se quedó atontando. Hubo una pausa durante la que él no pudo hacer nada. Entonces, soltó su camisa y volvió a echarle las manos al cuello. En aquella ocasión iba a matarla, Vivian se dio cuenta. Notó que le hundía los dedos en la piel, y ella le clavó los dientes en el antebrazo.

El sabor salado de su sudor le llenó la boca, y el olor a sucio de su cuerpo le invadió las fosas nasales. Sin embargo, cuando lo oyó gritar como un niño, Vivian apretó la mandíbula con todas sus fuerzas, y entonces notó su sangre.

Sintió náuseas y tuvo ganas de vomitar, pero siguió apretando.

Entre jadeos, Ink intentó agarrarla del pelo para tirar de su cabeza hacia atrás, pero Vivian lo llevaba tan corto que a él se le resbalaba entre los dedos. Entonces, ella notó el arma. No trató de sacársela del pantalón. Solo tenía un segundo, lo justo para apretar el gatillo.

El sonido del disparo reverberó por los árboles, y él gritó de agonía. Entonces, Vivian supo que le había dado en algún lugar.

A juzgar por su posición, estaba bastante segura de que le había acertado en los testículos.

El disparo que le reveló la posición de Vivian e Ink a Myles también consiguió que se le encogiera el estómago. Estaban cerca. ¿La habría matado Ink? ¿La había perdido él por tan poco tiempo?

El ayudante Peterson, que había entrado al bosque un poco antes, llegó primero a la escena. Cuando Myles se acercó, Peter estaba de pie sobre Ink, que yacía en el suelo. Peterson tenía el pie sobre el pecho del mafioso, y lo estaba apuntando con la pistola a la cabeza.

—¡Mátame! ¡Mátame, cabrón! —gritaba Ink—. ¡Aprieta el gatillo!

—Lo siento, amigo —le respondió el ayudante—. No soy como tú. Vas a pasarte el resto de la vida en la cárcel.

Myles oyó aquella conversación mientras iluminaba el suelo con la linterna. Vio mucha sangre. ¿Dónde estaba Vivian?

Entonces, la encontró. Aunque la había golpeado salvajemente, ella había conseguido alejarse varios metros arrastrándose, y estaba temblando, en silencio, observando la escena, como si temiera que todavía había alguna posibilidad de que Ink se escapara.

Myles temió que estuviera en estado de shock. Bajó la linterna y se acercó a ella.

—Eh, ¿cómo estás? —le preguntó, mientras se arrodillaba a su lado. Ojalá no tuviera heridas graves.

Ella apartó la vista de Ink y la clavó en sus ojos. Entonces comenzó a llorar.

—Ya ha terminado todo —dijo él, y la abrazó suavemente—. Nunca volverá a hacerte daño.

—¿Y... Virgil?

Myles no podía creer que aquella fuera su primera pregunta. Nunca había conocido a una hermana que se preocupara tanto por su hermano.

—Está bien. Va a sobrevivir. Y su mujer y su hija también.

Ella se limpió la sangre del labio.

—¿Has tenido noticias de Peyton?

—Rex me ha llamado a mí para darme las noticias al ver que no podía dar contigo. Peyton ha tenido una niña esta mañana. Pesa casi tres kilos y medio.

—¿Y las dos están bien?

—Perfectamente.

Las lágrimas brotaron más rápidamente.

–¿Y mis hijos?
–También. Rex me ha dicho que estaban tan emocionados con la niña que solo pueden hablar de eso.
–¿Y Virgil sabe... lo del... bebé?
–Estoy seguro de que sí –dijo Myles, y la tomó en brazos–. Vamos. Voy a sacarte de aquí.

Epílogo

Diez días después, en el funeral de Ellen, llovía. Era de esperar. Con su madre, las cosas nunca habían sido fáciles, pero Laurel, que había recuperado su verdadero nombre, se alegraba de poder estar allí. Quería hacer bien las cosas, y para eso, debía asumir la responsabilidad por la persona que debía haberlos cuidado a su hermano y a ella, pero que les había fallado en todo.

Myles estaba a un lado de ella, y Marley, al otro. Algunas veces, Marley era un poco tímida con ella, pero Laurel se daba cuenta de que le caía bien a la hija de Myles. Se estaban tomando las cosas con calma, dándole tiempo para que se adaptara, pero Laurel los veía mucho a los dos. En aquel momento, Marley la sonrió, y Laurel le pasó el brazo por los hombros.

—¿Estás bien? —le preguntó la niña en un susurro. Sabía lo que era perder a una madre, pero no podía saber que ella sentía por Ellen algo muy diferente a lo que Marley sentía por Amber Rose.

Laurel no podía hablar, porque tenía un nudo en la garganta, así que se inclinó y le dio un beso en la frente. La niña sonrió aún con más dulzura.

Myles notó aquel gesto y le estrechó la mano con delicadeza. Mia se abrazó a una de sus piernas mientras veía a Rex arrojar un puñado de tierra al ataúd. Todos lo hicieron, salvo Virgil. Él se mantuvo un poco alejado de la tumba, junto a Peyton, Brady y la niña recién nacida, aunque acababan de darle el alta en el hospital y se suponía que no debía estar ya en pie. Peyton y los niños habían ido a Los Ángeles a estar con él durante su convalecencia, y después del funeral, todos volverían a casa. Laurel le había dicho que no tenía por qué asistir, pero él se había empeñado en hacerlo. Decía que ya era hora de que enterrara el pasado junto a la mujer que los había criado, y que aquella ceremonia era importante para todos.

—Mamá, ¿quieres que vaya al coche a buscar el paraguas? —le preguntó Jake.

—No, cariño. No hace falta.

Su hijo estaba junto a Myles, como de costumbre. Apenas se había alejado de su lado desde que Mia y él habían vuelto de Nueva York. Laurel se sentía muy contenta porque su hijo se alegrara de tener a un buen hombre, un buen modelo, en su vida. Habían organizado una excursión de pesca para la próxima semana. Las chicas iban a quedarse solas y a divertirse también.

Peyton sonrió a Laurel, y Laurel le devolvió la sonrisa. La niña estaba bien abrigada y protegida bajo el paraguas que su cuñada sujetaba sobre ella y Virgil. Virgil se apoyaba en unas muletas. Su hija recién nacida simbolizaba el nuevo comienzo que todos necesitaban. Ver a la pequeña Anna allí, junto a la tumba de su abuela, tenía algo especial.

La ceremonia no duró mucho. El sacerdote no estaba muy contento con la lluvia, y acortó el servicio. A Laurel no le importó. Myles se llevó a los niños al coche para que no se mojaran; Peyton también se llevó a Brady y a la niña. Rex, Virgil y ella se quedaron a solas.

—Me pregunto si lo hizo —les dijo Laurel—. ¿No os gustaría saberlo de una vez por todas?

Rex se metió las manos en los bolsillos. Los síntomas del síndrome de abstinencia casi habían desaparecido, y él estaba recuperando el buen color.

—¿Y si lo hizo, qué?

—Entonces, no hemos perdido nada. Eso significaría que nunca nos quiso como debería querer una madre.

Rex y Virgil se miraron.

—¿Qué ocurre? —preguntó Laurel—. ¿Es que sabéis algo que no me habéis contado?

—Ha llegado el momento —dijo Rex.

Entonces, Virgil se le acercó apoyándose en las muletas, y la tomó de la mano.

—No hemos perdido nada —le dijo, y la abrazó como mejor pudo, en su estado—. Pero siempre me tendrás a mí.

Lo tendría a él, a Rex, a Myles y a los niños. Y, por fin, tendría su libertad. Ink estaba en el hospital, fuertemente vigilado, pero pronto volvería a la cárcel. Y después de lo que había hecho, no iba a salir más. Detrás de la cabaña donde habían estado escondiéndose Ink y su compañero se habían descubierto los cadáveres de cuatro hombres. Laurel apenas podía creer que ella hubiera sobrevivido a su visita a Pineview.

Tal vez sus amigos y su familia tardaran un poco en acostumbrarse a llamarla Laurel en vez de Vivian, pero ella se había ganado el derecho de recuperar su verdadera identidad, de fundir dos personalidades separadas en una persona completa. Se sentía muy afortunada.

Mientras Virgil y Rex volvían a los coches en los que esperaban sus seres queridos, Laurel volvió la cara hacia el cielo y giró bajo la lluvia.

ÚLTIMOS TÍTULOS PUBLICADOS EN HQN

Tirando del anzuelo de Kristan Higgins

La seducción más oscura de Gena Showalter

Un momento en la vida de Sherryl Woods

Prohibida de Nicola Cornick

Sin culpa de Brenda Novak

En sus manos de Megan Hart

Eso que llaman amor de Susan Andersen

Preludio de un escándalo de Delilah Marvelle

Días de verano de Susan Mallery

La promesa de un beso de Sarah McCarty

Los colores del asesino de Heather Graham

Deshonrada de Julia Justiss

Un jardín de verano de Sherryl Woods

Al desnudo de Megan Hart

Noches de verano de Susan Mallery

Érase una vez un escándalo de Delilah Marvelle

www.ingramcontent.com/pod-product-compliance
Lightning Source LLC
LaVergne TN
LVHW030333070526
838199LV00067B/6262